Dennis Paul

SUBLOON

Dennis Paul

SUBLOON

Roman

Aus dem Amerikanischen übersetzt
und bearbeitet von Thomas A. Merk

Knaur

Dieses Buch wurde auf chlor- und säurefreiem Papier gedruckt. Die Folie des Schutzumschlags sowie die Einschweißfolie sind PE-Folien und biologisch abbaubar.

Knaur Verlag, München

Umschlaggestaltung: Agentur Zero, München
Umschlagfotos: Tony Stone, München
Satz: Ventura Publisher im Verlag
Druck und Bindung: Clausen & Bosse, Leck
Printed in Germany
ISBN 3-426-66011-3

2 4 5 3 1

PROLOG

Es begann mit zwei Schneeflocken, die ein bitterkalter Windstoß den Berghang hinauftrug. Oben, über dem verschneiten Gipfel, wirbelten die beiden weißen Kristalle vor der trüb-orangen Sonnenscheibe, um dann langsam wieder nach unten zu taumeln. Die Temperatur an diesem namenlosen Berg am Rand des antarktischen Ozeans betrug minus achtundzwanzig Grad Celsius, und die einzigen Lebewesen an dieser gottverlassenen Küste waren ein paar verschrumpelte Flechten, die sich verzweifelt an den grauen Felswänden eines eiserstarrten Gebirges festkrallten.
Der dem Meer zugewandte Hang des Berges bestand aus einer Reihe von schmalen Felssimsen, die wie Treppenstufen übereinandergestaffelt waren. Relativ flache, schneebeladene Steinterrassen wechselten sich mit fast senkrechten Felswänden ab. Von Zeit zu Zeit, wenn sich auf einer der Terrassen zuviel Schnee angesammelt hatte, rutschten kleine Schneebretter über den Rand und fielen auf das darunterliegende Felsband. Lawinen waren hier nichts Besonderes, und das, was an diesem Tag an dem Berg geschah, wäre einem Beobachter – sofern es einen gegeben hätte – vermutlich nicht weiter aufgefallen.

Die vom Windstoß den Berg hinaufgewirbelten Flocken trudelten langsam wieder den Hang hinab, bis sie auf dem dritten Felsband unterhalb des Gipfels auf einem Klumpen Schnee zur Ruhe kamen. Dieser Klumpen, nicht viel größer als eine Babyfaust, lag so schräg, daß auch das kleinste zusätzliche Gewicht ihn ins Rutschen gebracht hätte.

Die beiden Schneeflocken, die sich daunenweich auf ihm niederließen, hatten dieses Gewicht. Mikroskopisch kleine Spalten taten sich an der Nahtstelle zwischen dem Schneeball und dem Untergrund auf, Spalten, die rasch größer wurden, bis der Klumpen sich schließlich löste und langsam anfing, die schräge Terrasse hinabzurollen.
Nach ein paar Metern traf er auf ein kleines Schneebrett, das ebenso wie er nur noch mit einigen Kristallen an seiner eisigen Unterlage hing. Als dieses ebenfalls ins Rutschen kam, setzte es eine Kettenreaktion in Gang: Die überhängenden Wächten brachen eine nach der anderen unter dem zusätzlichen Gewicht ab und rissen auf dem Weg nach unten immer größere Schneemassen mit sich. Eine Lawine donnerte zu Tal.
Immer weiter anschwellend ergoß sich die weiße Masse über die Terrassen und Simse des Berges und riß dabei riesige Mengen Schnee mit sich in die Tiefe.
Erst der harte Granitsockel am Fuß des Berges brachte den inzwischen auf viele zehntausend Tonnen angewachsenen weißen Moloch abrupt zum Stehen. Von der Wucht des Aufpralls wurden unzählige winzige Schneekristalle bis zu hundert Meter hoch in die Luft gewirbelt, wo der Wind sie ergriff und hinaus aufs eiskalte Meer trieb.

✷

Dünne schwarze Haarsträhnen klebten an Lilianis schweißnasser Stirn. Zusammengekrümmt wie ein Embryo im Mutterleib lag das zehnjährige dunkelhäutige Mädchen auf seiner aus Gras geflochtenen Schlafmatte und verzog unter dem Eindruck eines schlimmen Alptraums das Gesicht.
Alles in Lilianis Traum war rot und schwarz. Ein Mangobaum, der ihr seltsam vertraut vorkam, hatte auf einmal karminrote Blätter, die sich ebenso wie sein blutroter Stamm

vor dem tiefschwarzen Nachthimmel abhoben. Auf den Wänden eines Hauses in der Nähe – es war ihr Haus – zuckte der Widerschein lodernder Flammen. Das schlichte kleine Gebäude auf seinen dicken, etwa einen halben Meter hohen Stelzen stöhnte laut auf und wand sich wie in Krämpfen. Das Verhalten des Hauses machte Liliani Angst. Sie wußte genau, daß etwas nicht stimmte.

Liliani wollte zu ihrem Haus laufen, aber auf einmal erschien wie aus dem Nichts ein Feuer, das ihr den Weg versperrte. Es verwandelte die Luft in einen wabernden Vorhang, durch dessen Schlieren Liliani das Gebäude seltsam verzerrt wahrnahm. Sie versuchte, um das Feuer herum ins Haus zu laufen und ihre Eltern, Geschwister und Großeltern zu warnen, aber das Feuer schien jede ihrer Bewegungen vorauszuahnen und verstellte ihr erneut den Weg. Panik stieg in Liliani auf. Wie sollte sie nur dieses Feuer bekämpfen? Mit Wasser. Sie brauchte Wasser! Direkt neben dem schwankenden, stöhnenden Haus stand der zylindrische Wassertank aus Beton. Auch er war von oben bis unten in leuchtendes Rot getaucht. Liliani rannte auf den Tank zu, aber das Feuer hatte ihre Absicht bemerkt und schnitt ihr abermals den Weg ab. Als hätte Lilianis Finte es erst richtig wütend gemacht, verwandelte es sich in eine riesige Flammenwand, die ihr das Gesicht versengte. Liliani warf sich zur Seite und fiel zu Boden. Im Liegen sah sie, wie aus der Flammenwand ein roter, fast menschlich aussehender Arm hervorwuchs. Irgendwie kannte Liliani diesen sehnigen, mageren und doch starken Arm, der rasch immer größer wurde und nach dem Wassertank griff. Sofort stand der Beton lichterloh in Flammen. Liliani begriff, daß das Feuer den Wassertank haßte und ihn vernichten wollte. Aber weshalb? Voll nackter Angst um ihr Leben kroch Liliani auf allen vieren rückwärts, bis sie mit dem Hinterteil an den Stamm des roten Mangobaums stieß.

Einer der Äste hing fast bis auf den Boden herab, und Liliani versuchte, sich hinter seinen Blättern vor dem Feuer zu verbergen. Durch die Lücken im roten Laub sah sie den brennenden Wassertank und daneben den Umriß einer menschlichen Gestalt mit einem zerzausten, silbrig-grauen Haarschopf. Es war ihr Großvater Tekina. Liliani löste sich aus dem Schutz des Baumes und rannte auf den alten Mann zu. Die Feuerwand teilte sich, und mit ein paar Schritten hatte das Mädchen Tekina erreicht und schlang ihre Arme um seine Hüften. An ihrer Wange spürte Liliani das vertraute Kratzen der Grasmatte, die Tekina um den Leib trug.
Aber irgend etwas war dennoch nicht in Ordnung. Als Liliani hinauf zu ihrem Großvater blickte, hatte dessen faltiges Gesicht einen leeren, abwesenden Ausdruck. Liliani trat einen Schritt zurück, packte Tekina an den Armen und schüttelte ihn, aber der alte Mann blieb reglos stehen und schien seine Enkelin gar nicht wahrzunehmen. Das Feuer hatte inzwischen einen gierig lodernden Kreis um die beiden gebildet. Wie in Trance setzte Tekina sich in Bewegung und ging auf die Flammen zu. Kurz davor blieb er stehen und hob einen Fuß. Liliani dachte zuerst, er wolle das Feuer austreten, aber dann hielt er die nackte Sohle ganz langsam in die Flammen, die sofort durch die Zwischenräume zwischen Tekinas Zehen züngelten. Liliani wollte laut aufschreien, aber dann sah sie, daß das Feuer ihren Großvater nicht verbrannte. Es sprang auf den Spann seines Fußes, tanzte ein wenig darauf herum und krabbelte dann wie ein kleines Flammentier an Tekinas gestrecktem Bein empor.
Ängstlich wimmernd beobachtete Liliani, wie das Feuer immer weiter an ihrem Großvater hinaufkletterte. Obwohl es jetzt schon auf seiner Brust loderte, lag Tekinas Gesicht noch immer in einem undurchdringlichen schwarzen Schatten. Er streckte einen Arm aus, und Liliani sah, daß er eine noch nicht entzündete Fackel in der Hand hielt. Begie-

rig rannte das kleine Feuertier Tekinas Arm entlang und sprang auf die Fackel, die es sofort in Brand setzte. Als hätten sie nur auf diesen Moment gewartet, tanzten jetzt noch weitere Flammen über Tekinas mageren Körper. Mit vor Angst geweiteten Augen sah Liliani, wie ihr Großvater durch den Hof ging und ein Feuer nach dem anderen aufsammelte, bis er sie alle auf sich vereinigt hatte. Dann drehte sich der alte Mann entschlossen um, und mit einemmal wußte Liliani, was er vorhatte. Ihr brennender Großvater ging direkt auf das Haus zu, das inzwischen aufgehört hatte zu stöhnen und stumm sein Schicksal erwartete. Liliani wollte Tekina hinterherrennen und ihn aufhalten, aber was hätte sie schon groß tun können? Schließlich war er ein Erwachsener und sie nur ein kleines Mädchen. Außerdem loderte, kaum hatte Liliani sich in Bewegung gesetzt, eine neue Flammenwand aus dem Boden hervor, die in Windeseile um sie herumraste und sie in einen prasselnden, sengenden Feuerkreis einschloß. Liliani wollte schreien, aber sie brachte keinen Ton hervor. In ihrer Verzweiflung wollte sie sich mit gesenktem Kopf durch das Feuer stürzen und weglaufen, aber ihre Beine versagten ihr den Dienst. Sie geriet ins Stolpern und fiel mit dem Gesicht voraus mitten in die gierig lodernden Flammen.

Liliani fuhr hoch und riß die Augen auf. Da war kein Feuer. Keuchend und schweißgebadet sah sie sich im Zimmer um. Ihr kleiner Bruder und ihre beiden älteren Schwestern lagen auf den Matten neben ihr und schliefen in ihren dünnen Gewändern friedlich und fest. Jetzt, im Februar, waren die tropischen Nächte so warm, daß man keine Zudecke brauchte. In einer Ecke des Zimmers glomm eine Petroleumlampe, deren Docht so weit wie möglich heruntergedreht war. Daneben saß Tekina in seinem Lehnstuhl und schnarchte leise vor sich hin. Wieder einmal war er eingenickt, während er über den Schlaf seiner Enkelkinder wachte. In der sanften Dunkelheit draußen vor dem Haus konnte Liliani das leise Murmeln der Brandung, die klagenden Schreie der Hähne in der entfernt gelegenen Ortschaft und das zufriedene Zirpen der Grillen hören. Alles war so, wie es immer war, was Liliani ein Gefühl von Sicherheit gab. Mit einem leisen Gähnen ließ sie den Kopf auf die Matte sinken und rollte sich wieder zusammen. Kurz bevor sie in einen tiefen, friedlichen Schlaf sank, überlegte sie sich noch, was ihr seltsamer Traum wohl bedeuten mochte.

JoAnns Zimmer war dunkel bis auf den trüben Lichtschein der auf kleinste Flamme gedrehten Petroleumlampe. Er war so schwach, daß er gerade einmal die Grasmatte erleuchtete, auf der die Lampe stand, sonst nichts. Alles andere verlor sich in der Dunkelheit, in der sich das offene Fenster als ein etwas weniger schwarzes Rechteck abzeichnete. JoAnn lag auf den Kissen, die Augen weit geöffnet. Die junge australische Lehrerin war hellwach und wartete auf ein Geräusch, das jeden Moment durch das offene Fenster hereindringen mußte. Ein sanfter Windstoß bewegte das gespenstisch blasse Gewebe des Moskitonetzes über dem Bett und strich JoAnn warm über die Wange. Eine halbe Stunde lang lag sie nun schon so da und lauschte hinaus in die Nacht. Dabei hatte sie mehrmals versucht, sich zu entspannen und wieder einzuschlafen, aber immer wieder hatte sie draußen vor dem Fenster ein leises Flattern gehört und gewußt, daß sie nicht alleine war. Das verdammte Vieh hockte noch immer da draußen und wartete nur darauf, daß sie die Augen schloß und eindöste.
Um drei Uhr früh war es dann wieder soweit. Kaum hatte JoAnn die Augen geschlossen, als draußen vor dem Fenster

ein schrilles *Kikeriki* erscholl und sie mit einem Ruck auffahren ließ. Dabei berührte ihr Kopf das Moskitonetz, dessen feinmaschige Gaze sich in ihren Haaren verfing und an Stirn und Schultern klebte, so daß JoAnn in panischer Angst um sich schlug. Erst nach einer Weile wußte sie wieder, wo sie war. Sie befand sich auf einer kleinen Insel in der Südsee. In einem fremden Haus, vor dessen Fenster nun schon die zweite Nacht in Folge ein vorwitziger Hahn hockte, der nicht über das geringste Zeitgefühl zu verfügen schien.

»Hau ab!« zischte sie in Richtung Fenster und hoffte, daß sie damit nicht ihre tongaische Gastfamilie aufweckte, die nur ein paar Meter entfernt von ihr im Hauptraum des Hauses schlief.

»Hau endlich ab!« wiederholte sie, bevor ihr klar wurde, daß der dumme Vogel, falls er überhaupt auf menschliche Befehle reagierte, ganz bestimmt keine Fremdsprache verstand. Weil sie sich nun vollends lächerlich vorkam, zupfte sie das Moskitonetz zurecht und legte sich wieder hin.

Um halb vier Uhr jagte der Gockel mit seinem impertinenten Gekrähe JoAnn jedoch abermals mitten ins Moskitonetz. Am liebsten hätte sie laut aufgeschrien, aber aus Rücksicht auf ihre Gastgeber zügelte sie ihre Wut. Du verdammtes Mistvieh! dachte sie, während sie aufstand und ans Fenster trat. Am liebsten würde ich dir irgend etwas an deinen frechen Kopf werfen. Aber wer weiß, womöglich gelten Hähne auf dieser Insel als heilige Tiere?

Es gab hier so vieles, was für JoAnn noch ganz neu war. Schließlich war sie erst seit zwei Tagen auf dieser Insel. Womöglich breche ich, wenn ich dem Familiengockel etwas antue, irgendein bizarres Tabu und muß am Ende bitterlich dafür büßen, dachte JoAnn. Sie schürzte die Lippen und horchte hinaus in die Dunkelheit. Ein leises, flatterndes

Geräusch sagte ihr, daß der Hahn sein Gefieder aufplusterte und sich anders hinsetzte. Kurz darauf gellte ein weiteres, provozierend lautes Krähen hinaus in die Stille der Nacht. JoAnn ging in die Knie und tastete den Boden rings um ihr Bett nach einem Gegenstand ab, mit dem sie nach dem infernalischen Biest werfen konnte. Wo waren nur ihre Turnschuhe? Bei der Suche stieß sich JoAnn den Kopf schmerzhaft an einem Bettpfosten, was sie nur noch wütender machte. Als sie endlich einen der Schuhe gefunden hatte, erhob sie sich langsam und schlich so leise wie möglich zurück ans Fenster.

Der Hahn, der direkt vor JoAnns Fenster auf dem Ast eines Mangobaums hockte, witterte die Gefahr und blieb stumm. Er hatte ein Geräusch gehört und spähte mit seinen kleinen Knopfaugen hinaus in die Nacht. In seiner Nähe roch es stark nach Mensch, ansonsten aber tat sich nichts. Langsam ließ die Wachsamkeit des Vogels wieder nach, und nach zehn Minuten hatte er das beunruhigende Geräusch auch schon vergessen. Und dann beschloß der Hahn, seinen Territorialansprüchen ein weiteres Mal akustisch Ausdruck zu verleihen.

JoAnn schleuderte den Schuh in Richtung Gekrähe in die Nacht hinaus. Sie hörte, wie er die Blätter des Baumes streifte und schließlich gegen den Stamm prallte. Gleich darauf schlug der Hahn mit den Flügeln, gluckste indigniert und trat den Rückzug auf die andere Seite des Hauses an. Ein wenig schuldbewußt lauschte JoAnn auf ein Geräusch aus den Räumen nebenan. Schon erwartete sie empörten Protest von seiten ihrer polynesischen Gastgeber, aber die Familie schien friedlich weiterzuschlafen. Zufrieden damit, das Vieh draußen vor dem Fenster nun endlich zum Schweigen gebracht zu haben, ging JoAnn zu ihrem Bett zurück und legte sich unter das Moskitonetz. Aber obwohl der gefiederte Störenfried jetzt vertrieben war, konnte sie nicht wieder einschlafen. Sie war noch immer wach, als im großen Zimmer nebenan der alte Fischer leise gähnend aufstand.

*

Wie jeden Tag war Tekina eine Stunde vor Tagesanbruch auf den Beinen. Nachdem er sich aus seinem Schlafstuhl erhoben hatte, streckte er seine steifen alten Glieder, bevor er barfuß an den tief schlafenden Kindern vorbei aus dem Zimmer schlurfte. Draußen, vor dem Haus, war die gestampfte Erde noch ganz feucht und kühl von der Nacht. Von der dicken Wäscheleine, die sich vom Haus zur nächsten Kokospalme spannte, nahm er eine abgetragene braune Hose und ein ausgebleichtes grünes Hemd mit vier verschiedenen Knöpfen. Trotz seiner sechsundsechzig Jahre hatte Tekina noch so gute Augen, daß er im schwachen Licht des von Wolken verschleierten Mondes alles gut erkennen konnte. Ein Blick hinauf zum Himmel und eine Prüfung der warmen, feuchten Brise sagten ihm, daß ihn ein guter fischreicher Morgen und ein stürmischer Nachmittag erwarteten. In Anbetracht des Windes würde er mit seinem Ausleger-Kanu allerdings in eine andere Richtung hinauspaddeln als am Tag zuvor. Mit einem letzten, herzhaften Gähnen stieg der Fischer über die vier vor dem Haus schlafenden Hunde und machte sich auf den Weg zum Strand. Die Tiere, bemerkte Tekina, lagen nun schon seit vielen Jahren auf genau demselben Platz. Aber lange bevor diese Hunde überhaupt zur Welt gekommen waren, war Tekina schon tagtäglich hinunter ans Meer gegangen und hatte dort sein frühmorgendliches Bad genommen. Diese Gewohnheit war ihm so lieb und vertraut wie das weiche grüne Hemd, das er sich nach dem Schwimmen überziehen würde. Tekina genoß es, daß dieser Tag genau so begann wie alle anderen zuvor auch.

Auf halbem Weg zum Strand blieb der alte Mann mitten im Wald plötzlich sinnend stehen. Das ist heute doch kein Tag wie alle anderen. Wir haben jetzt eine weiße Frau im Haus. JoAnn heißt sie. Was für ein seltsamer Name. Tekina schüttelte amüsiert und verwundert den Kopf. Diese JoAnn ist nicht nur Gast in deinem Haus, sondern sie wird auch deine Enkel in der Schule unterrichten. Und deshalb mußt du jetzt täglich einen Fisch mehr fangen, Alter.

Tekina setzte seine nackten Füße wieder in Bewegung. Er wußte, daß das Meer rings um die Inseln ebenso fruchtbar war wie der fette dunkle Inselboden. Hier hatte es immer genug zu essen gegeben, da würden sie die magere weiße Frau, die fortan ihre Kinder unterrichten würde, auch noch mit durchfüttern können.

Als der leicht abwärts führende Trampelpfad den Wald verließ, knirschten die ersten Sandkörner unter Tekinas dick verhornten Fußsohlen. Vor sich sah er im schwachen Mondschein einen weiten weißen Sandstrand schimmern. Tekina legte Hose und Hemd am Ufer ab und lief, ohne die Kleider auszuziehen, die er auf dem Leib trug, direkt ins Meer hinein. Als ihm das Wasser bis an die Hüften reichte, blieb der alte Mann stehen. Dann ging er langsam in die Knie und spürte, wie das kühle Wasser nach und nach seinen Körper umfing. Kleine schwarze Wellen klatschten ihm spielerisch gegen Brust und Hals. Tekina nahm eine Handvoll Sand vom Meeresboden auf und schrubbte sich damit Gesicht, Hals und die Brust unter dem offenen Hemd ab. Danach tauchte er auch mit dem Kopf in das schwarze, vom Mondlicht überglitzerte Wasser und wusch sich die noch immer vollen weißen Haare. Seine Bewegungen waren langsam und bedächtig. Tekina hatte es nicht eilig, es gab keinen Grund, durch hek-

tisches Herumgeplansche den schlafenden Ozean zu stören.
Nach einer Weile kehrte Tekina an den Strand zurück. Seine Haare hatten auch im nassen Zustand ihre drahtige Wuscheligkeit behalten und würden in dem warmen Wind bald wieder zu einem silbrig glänzenden Schopf trocknen. Rechts und links von sich konnte Tekina die schemenhaften Gestalten anderer Fischer sehen, die wie er ihr Bad im Ozean nahmen. Am Waldrand streifte er seine nassen Kleider ab, hängte sie an einen Ast eines Frangipani-Baums und zog das mitgebrachte Hemd und die Hose an.
Danach ging Tekina zu seinem Popao, das sich in dem schwachen Licht wie zwei dunkle, im Sand liegende Baumstämme ausnahm. Wie jeden Morgen ließ der Fischer seine erfahrenen Hände über alle Knoten der dicken Schnur aus Kokosfasern gleiten, die Rumpf und Ausleger des Kanus verbanden. Danach rüttelte Tekina am Ausleger, um sich davon zu überzeugen, daß er fest, aber elastisch am Kanu hing. Schließlich warf der alte Mann noch einen Blick in den ausgehöhlten Rumpf des Einbaums, in dem er nun einen Großteil des Tages verbringen würde, und erkannte an ein paar undeutlichen Umrissen, daß seine Ausrüstung an ihrem gewohnten Platz war. Dabei bemerkte er, daß sich vorne am Bug, wo er später seine Füße hinstellen würde, etwas bewegte. Ohne zu zögern griff Tekina ins Kanu und holte eine wild zappelnde Krabbe heraus. »Du bleibst hier«, sagte der Fischer zu dem verängstigten Tier und setzte es behutsam in den Sand. Dann blickte er hinauf zum Himmel, der im Osten jetzt langsam heller wurde. Die Sterne verblaßten, die Wolken bekamen immer mehr Struktur. das erste rötliche Grau des Morgens lag wie ein transparenter, von den Wellen sanft bewegter Film über dem Meer.
»Die Fische werden warten«, sagte Tekina so laut, daß es der Ozean hörte und wußte, daß der Alte heute etwas später

hinausfahren würde. Dann setzte er sich neben seinem Kanu in den Sand, beobachtete die Krabbe und sah zu, wie der Morgen anbrach.

✷

Auf einer anderen Insel, dreizehntausend Kilometer von der Südsee entfernt, warf Dr. Thomas Walshaw einen raschen Blick auf die Eisblumen am Klinikfenster. Wie gerne wäre er jetzt draußen in der kalten Wintersonne von Nantucket gewesen und nicht hier drinnen bei diesem schwierigen Patienten, dem er gerade eine niederschmetternde Diagnose eröffnet hatte.

»Die Medizin ist nun mal keine exakte Wissenschaft, Mr. Kranz. Ich würde sagen, zwischen sechs und achtzehn Monate.« Nicht einmal jetzt brachte Walshaw es fertig, seinen Patienten beim Vornamen zu nennen. Irgendwie ließ sich das nicht mit dem an Furcht grenzenden Respekt vereinbaren, den der Mann ihm noch immer einflößte. Auch jetzt starrte ihn Kranz mit seinen stechenden grünen Augen an, hinter denen eine nur mit Mühe gezähmte Wut zu glühen schien.

Cernan Kranz, der einen perfekt sitzenden dunkelblauen Maßanzug trug, hatte Walshaw mit seinem vierschrötigen Kopf, seiner Halbglatze und seinen runden Pausbacken schon bei ihrer ersten Begegnung an Winston Churchill erinnert. In der langen, peinlichen Stille, die der Eröffnung der Diagnose folgte, schoß dem Arzt durch den Kopf, daß Mr. Kranz auf der ganzen onkologischen Station bekannt war wie ein bunter Hund, weil er sich standhaft geweigert hatte, ein Nachthemd des Krankenhauses anzuziehen. Daraufhin hatten die Schwestern im Guten und im Bösen, mit Bitten und Befehlen versucht, ihn doch noch umzustimmen. Zweimal hatten sie ihm sogar die rabiate Oberschwester auf den Hals gehetzt, die ihren Spitznamen »Betty, das Schlachtroß« nicht zu Unrecht trug, aber geholfen hatte auch das nichts. Der Mann hatte stets nur das getan, was er wollte, und das Anziehen eines Krankenhausnachthemds hatte nun einmal nicht dazugehört.

»Hört sich an, als hätten Sie mir alles gesagt, was ich wissen muß, Doktor«, sagte Kranz jetzt mit der ihm eigenen barschen Stimme, die in seltsamem Kontrast zu seinem gepflegten Neuengland-Akzent stand. »Und jetzt entschuldigen Sie mich bitte. Ich habe zu arbeiten.« Er nickte Walshaw knapp zu, nahm seinen Mantel und ging zur Tür.

»Aber Mr. Kranz ... wir haben doch noch gar nicht über ihre Chemothera –«

»Ich rufe Sie an, Herr Doktor«, schnitt ihm Kranz, der schon in der Tür stand, das Wort ab. »Dann können Sie mir alles darüber erzählen. Auf Wiedersehen.«

»Auf Wiedersehen«, murmelte der verdutzte Dr. Walshaw in Richtung auf die sich schließende Tür.

Cernan Kranz ging entschlossenen Schrittes den Krankenhausgang entlang. Das Klappern seiner metallbeschlagenen Absätze auf dem Marmorboden und der grimmige Ausdruck in seinem Gesicht sorgten dafür, daß die anderen Leuten im Korridor zur Seite wichen und ihm Platz machten. Kranz stampfte an der Empfangsloge vorbei und beantwortete den freundlichen Gruß der diensthabenen Krankenschwester lediglich mit einem kurzen Heben seiner behandschuhten Hand. Dann trat er durch die große Glastür ins Freie und blieb am Rand des Bürgersteigs stehen. Augenblicklich setzte sich ein in der Nähe geparkter Lexus mit dunklen Scheiben in Bewegung und hielt dann so an, daß die hintere Tür genau vor Kranz zum Stehen kam.

»Ins Büro!« befahl Kranz knapp, während er sich auf den ledergepolsterten Sitz sinken ließ. Der Fahrer nickte, und die große Limousine setzte sich schnurrend in Bewegung. Kranz zog die Handschuhe aus, holte ein Handy aus seiner Aktentasche und tippte eine Nummer ein, die er schon lange auswendig kannte. Als er den Hörer ans Ohr hielt, konnte er es nicht verhindern, daß seine von Altersflecken übersäte Hand leise zitterte. Der Fahrer hinter der nur halb geschlossenen Trennscheibe bemerkte dieses Zittern im Rückspiegel und wandte den Blick sofort wieder nach vorn. Er konzentrierte sich auf die Straße und bekam doch alles mit, was Kranz in das Telefon sagte.

»Peter!« bellte er in den Hörer, ohne seinen Gesprächspartner überhaupt zu begrüßen. »Wir müssen das Tonga-Projekt beschleunigen.«

»Ja, noch vor Ablauf dieses Jahres.«

»Ich habe nichts von anfangen gesagt. Da muß es *fertig* sein.«

»Ich *weiß*, daß das nur noch zehn Monate sind!«

»Dann kaufen Sie eben noch heute das zweite Schiff. Und sehen Sie zu, daß es so schnell wie möglich ausgerüstet wird.«

»Zum Teufel mit den Kosten! Kaufen Sie es, und damit basta! Und schicken Sie die zweite Mannschaft, die wir gerade angeheuert haben, sofort nach Tonga. Sie soll sich so schnell wie möglich an die Arbeit machen.«

»Ja, verdammt noch mal! Alles! Bis zum Ende dieses Jahres muß das Projekt einsatzbereit sein.«

Der Chauffeur hatte seinen Chef schon oft ins Telefon brüllen gehört, aber daß er etwas mit zusammengebissenen Zähnen in den Hörer zischte, war ihm neu. So mußte er scharf hinhören, um Kranz' abschließende Worte mitzubekommen:

»Es ist möglich. Es *muß* möglich sein.«

Der Wind hatte die von der Lawine hochgewirbelte Wolke aus Eiskristallen erfaßt und hinaus aufs offene Meer getrieben. Weit draußen über dem Wasser geriet sie in eine gegenläufige Luftströmung, die sie kurzzeitig wie eine blitzende weiße Windhose in die Höhe trug. Kurz darauf legte sich die Brise, und die Kristalle, die sich auf einmal in einer windstillen Zone befanden, sanken langsam hinab auf den Ozean. Nachdem sie wie ein überraschender Schneefall niedergegangen waren, schmolzen die Eiskristalle und reduzierten, da sie ja ausschließlich aus Süßwasser bestanden, in einem kleinen Bereich des Meeres den Salzgehalt. Dadurch wurde dort das Wasser leichter und sank nicht, wie das schwere ringsum, sofort hinab in die Tiefe, sondern blieb noch ein paar entscheidende Minuten länger an der Oberfläche.

Als es schließlich doch nach unten glitt, traf es dort auf eine andere Strömung, die es sonst nicht erreicht hätte. Durch das zusätzliche Wasser wurde diese Strömung ein paar Zentimeter aus ihrer Bahn gelenkt – eine Veränderung, für die ursprünglich die beiden winzigen Schneeflocken verantwortlich waren. Noch war sie minimal und hatte keine große Wirkung, aber im Lauf der Zeit würde die Veränderung an Stärke zunehmen und auch wichtigere Dinge erfassen, die schließlich an einem weit entfernten Teil der Erde Tod und Verderben bringen würden.

KAPITEL 1

Zehn Monate später saß Cernan Kranz in seinem mahagonigetäfelten Arbeitszimmer. Nachdem er sich vergewissert hatte, daß die Tür auch wirklich geschlossen war, schloß er eine der Schreibtischschubladen auf und holte einen handgeschriebenen Brief heraus. Er las ihn zweimal, legte ihn dann vor sich auf den Schreibtisch und dachte nach. Dann las er ihn ein drittes Mal. Bei jeder neuerlichen Lektüre verstärkte sich die kalte Wut, die er schon beim ersten Überfliegen der handgeschriebenen Zeilen verspürt hatte. Schließlich biß er die Zähne zusammen, verengte die Augen zu schmalen Schlitzen und knüllte das Blatt zu einer kleinen Papierkugel zusammen. Zitternd vor Wut stopfte er sie in eine große Kaffeetasse und stürmte aus seinem Büro, um sich Streichhölzer zu organisieren, was in seiner Firma, in der Rauchen strengstens verboten war, kein ganz einfaches Unterfangen war. Als es einer seiner Angestellten schließlich doch wagte, vor dem fanatischen Nichtraucher den Besitz eines Feuerzeuges zuzugeben, riß Kranz es ihm aus der Hand und stapfte damit zurück ins Chefbüro. Nachdem er die Tür von innen versperrt hatte, packte er das verhaßte Papierknäuel, zündete es an und legte es zurück in die Kaffeetasse. Mit finsterem Blick und fest aufeinandergepreßten Lippen sah Kranz zu, wie der Brief in Flammen aufging.

Erst als der Rauch in dünnen, grauen Spiralen hinauf zum Feuermelder direkt über dem Schreibtisch stieg, erkannte Kranz, was er in seiner Wut angerichtet hatte. Gerade noch rechtzeitig nahm er das Glas Wasser, das auf seinem Schreibtisch stand, und goß es über das halb verkohlte

Papier. Das hätte mir gerade noch gefehlt, dachte der Firmenboß grimmig, daß die Sprinkler auf der ganzen Etage losgehen und die halbe Feuerwehr von Nantucket mit Blaulicht und Sirene unten im Hof steht.
Jetzt, wo sich sein Zorn ein wenig abgekühlt hatte, fiel Kranz ein, daß es wieder an der Zeit war, seine Medikamente zu nehmen. Geräuschvoll kramte er in einer Schublade des Schreibtisches herum, bis er zwei braune Glasfläschchen gefunden hatte. Er entnahm ihnen einige Pillen, von denen er genau wußte, daß auch sie ihm nicht helfen würden, und steckte sie sich in den Mund. Weil er das Wasser, mit dem er sie eigentlich hätte einnehmen sollen, bei seiner Löschaktion verbraucht hatte, schluckte er sie trocken. Seinem Magen würde das wohl gar nicht gefallen, aber Kranz hatte Wichtigeres zu tun, als sich mit solchen Lappalien aufzuhalten. Vor ihm lag ein grauer Aktenordner mit der Aufschrift »Tonga-Projekt«, den er mit einer fast zärtlichen Bewegung seiner alten, faltigen Hände genau nach der Kante des Schreibtisches ausrichtete.
Dann schloß er die Augen, stützte den Kopf auf die Hände und versuchte, sich zu sammeln. Gleich würde die Reporterin kommen, die er nun schon eine Woche lang vertröstet hatte, um vor dem Interview Informationen über sie einzuholen. Die junge Frau, das hatten die Nachforschungen ergeben, war die Schwester eines Angestellten – und zwar ausgerechnet jenes Angestellten, dessen Brief Kranz soeben in der Kaffeetasse verbrannt hatte.

*

Judith North hatte sich den Chef der Firma Kranzco viel imposanter vorgestellt. Nach dem, was ihr Bruder über ihn erzählt hatte, hatte sie einen energiegeladenen Wüterich erwartet und nicht so einen alternden eingefallenen Mann,

der hinter dem riesigen Schreibtisch noch kleiner wirkte, als er es ohnehin schon war. Eines allerdings mußte sie ihm lassen: Dieser Mr. Kranz verstand es, Haltung zu bewahren. Er hatte bei ihren bohrenden Fragen bislang noch nicht einmal mit der Wimper gezuckt.
Doch wenn Cernan Kranz äußerlich auch ruhig und gelassen wirkte, sah es in seinem Inneren ganz anders aus. Nur mit Mühe gelang es dem Firmenchef, die Fassung zu bewahren. Die junge Frau wußte mehr, als er erwartet hatte. Wenn sie das, was sie ihm eben gesagt hatte, in ihrer Zeitung schrieb, dann geriet sein letztes und wichtigstes Projekt in höchste Gefahr.
»Miss North«, sagte Kranz und rückte mit einer automatischen Bewegung den Hörer des Telefons zurecht, »ich kann Ihnen versichern, daß wir das Projekt, von dem hier die Rede ist, keineswegs vor den Augen der Öffentlichkeit verbergen wollen. Allerdings handelt es sich zum Teil um eine völlig neue Technologie, die unsere Firma als weltweit einzige entwickelt hat. Da ist es doch wohl verständlich, wenn wir sie unseren Konkurrenten nicht auf dem Präsentierteller reichen wollen.«
»Und deshalb können Sie mir wohl auch nicht meine Frage nach der Sicherheit Ihrer Vorrichtungen beantworten«, entgegnete die Journalistin. Seit sie hier war, hatte sie Kranz beständig in die Augen geschaut.
Kranz kratzte sich nervös am Handrücken und fragte sich, wie er verhindern konnte, daß diese Frau sein Lebenswerk zunichte machte. Sollte er ihr Geld anbieten? Aber das würde womöglich ihre Neugier erst richtig wecken und sie noch penetranter herumschnüffeln lassen. Also probierte er es zunächst mit einer Lüge. »Es gibt kein Problem mit der Sicherheit unserer Technik, Miss North. Den Umstand, auf den Sie mit Ihrer Frage abzielen, haben wir längst erkannt und nicht nur von unseren eigenen Ingenieuren, sondern

auch von unabhängigen Experten untersuchen lassen. Erfreulicherweise kamen sie allesamt zu dem Ergebnis, daß nicht der geringste Anlaß zur Beunruhigung besteht.«

»Können Sie mir vielleicht die Namen dieser Experten nennen, Mr. Kranz? Und wurde deren Bericht an die Regierung von Tonga weitergeleitet?«

Kranz biß die Zähne so fest aufeinander, daß sie knirschten, und seine kleinen, sorgsam manikürten Hände ballten sich zu Fäusten. Um Zeit zu gewinnen, stellte er der Journalistin eine Frage, von der er genau wußte, wie sie sie beantworten würde. »Sie wissen erstaunlich gut über mein Unternehmen Bescheid, Miss North. Dürfte ich fragen, woher Sie Ihre Informationen haben?«

»Tut mir leid, das fällt unter die journalistische Schweigepflicht«, entgegnete die Reporterin mit einem kühlen Lächeln, um gleich darauf noch einmal auf das Thema von vorhin zurückzukommen. »Wenn es wirklich kein Problem mit Ihrem Projekt auf Tonga gibt, dann brauchen Sie mir das nur zu beweisen, und ich schreibe einen positiven Artikel darüber. Sollte davon aber tatsächlich eine Gefahr für die Bevölkerung ausgehen, dann ist es meine Pflicht, die dortigen Behörden zu warnen und ihnen zu raten, das Unternehmen zu stoppen.«

»Zu stoppen?!« schrie Kranz und verlor seine mühsam aufrechterhaltene Fassung. »Was meinen Sie mit stoppen? Unser Projekt soll Menschenleben retten, nicht vernichten!«

»Das glaube ich Ihnen ja. Aber wenn es wirklich ein Problem gibt, das –«

»Es gibt kein Problem!« brüllte Kranz und schlug mit der Faust auf den Tisch.

»Das haben Sie mir nun schon oft genug gesagt, Mr. Kranz, aber Sie können mir keine Beweise dafür liefern. Wenn ich von Ihnen keine Antwort auf meine Fragen bekomme, dann werde ich sie mir wohl anderweitig beschaffen müssen.«

Judith North warf einen Blick auf ihren Notizblock und fragte sich, wo sie mit der Suche nach diesen Informationen anfangen sollte. Die Firma Kranzco war zwar ein amerikanisches Unternehmen, aber da sie im Auftrag der tongaischen Regierung arbeitete, war es nur wenig wahrscheinlich, daß die von Kranz entwickelte neue Technologie amerikanische Prüfstellen durchlaufen hatte. Von ihrem Bruder in Tonga wiederum hatte Judith erfahren, daß sich die dortigen Behörden nicht um die dem Projekt möglicherweise innewohnenden Gefahren kümmerten. Dort war man froh, daß überhaupt eine ausländische Firma investierte. Weil Judith nicht so recht wußte, wie sie weiter vorgehen sollte, feuerte sie einen Schuß ins Blaue ab: »Ich könnte ja mit Ihrer Konkurrenz reden.«

Kranz ließ sich nicht ins Bockshorn jagen. »Nur zu, Miss North, versuchen Sie Ihr Glück«, sagte er und lehnte sich entspannt in seinen ledernen Chefsessel zurück. Um ein Haar hätte er die Journalistin angelächelt. »Aber ich sage Ihnen schon jetzt, daß Sie damit keinen Erfolg haben werden. Wir haben nämlich keine Konkurrenz. Kranzco ist weltweit die einzige Firma, die über diese Technologie verfügt.«

»Dann gehe ich eben zum Nationalen Wetterdienst und teile meine Befürchtungen den Experten dort mit.«

»Das werden Sie nicht tun, sonst ...«, schrie Kranz mit puterrotem Gesicht und brach den Satz im letzten Augenblick ab. In seine Wut auf die Journalistin mischte sich Ärger über sein eigenes Verhalten. Warum hatte er die Frau bloß merken lassen, daß sie einen wunden Punkt berührt hatte? Kranz ließ die Fäuste, die er bereits erhoben hatte, wieder sinken und drehte seinen Stuhl zum Fenster, so daß Judith North sein Gesicht nicht mehr sehen konnte.

Eine Weile war es still im Büro. Kranz starrte aus dem Fenster und versuchte, trotz seiner Wut einen klaren Gedanken zu fassen. Draußen auf dem Fenstersims hatten sich in den Ecken kleine Schneehäufchen gebildet, die Kranz wie winzige Skihänge vorkamen. Darüber schwebte als blasse Geistererscheinung sein eigenes Spiegelbild. Kranz wußte, daß viele seiner Angestellten hinter seinem Rücken schon seit Jahren abfällige Bemerkungen über sein Aussehen machten. Sie nannten ihn einen alternden Kobold. Jetzt, wo er sein Gesicht in der Fensterscheibe betrachtete, fragte sich Kranz, ob sie das wohl noch immer so sagten. Obwohl er seit Beginn der Chemotherapie laut Waage erst fünf Kilo abgenommen hatte, wirkte er, als wären es fünfzig Kilo gewesen. Sein Kopf war bis auf einen dünnen Haarkranz von Schläfe zu Schläfe vollständig kahl geworden, und auf Stirn und Wangen hatte sich eine ganze Reihe neuer Falten gebildet. Von einem energischen, kraftstrotzenden Energiebündel hatte er sich in einen kranken alten Mann verwandelt.

Jetzt reicht's, sagte sich Kranz und schaute durch sein Spiegelbild hindurch auf den wintergrauen Atlantik hinaus. Selbstmitleid war das letzte, was er sich jetzt leisten konnte. Er hatte diese Firma aus dem Nichts aufgebaut und konnte unter seinen Angestellten trotz seiner Krankheit noch immer Angst und Schrecken verbreiten. Er war ein harter Mann, und als solcher würde er auch mit dieser Journalistin verfahren. Kranz wußte, daß es nur eine wirklich sichere Möglichkeit gab, um diese Frau zum Schweigen zu bringen. Eine Möglichkeit, an die er noch vor einem Jahr nicht einmal im Traum gedacht hätte. Aber wenn man weiß, daß man nur noch kurze Zeit zu leben hat, sieht man viele Dinge anders, trifft man gewisse Entscheidungen leichter als zuvor. Kranz hatte soeben eine solche Entscheidung getroffen. Ohne den Blick vom Fenster zu wenden, sprach er Judith North direkt an. »Haben Sie Ihre absurde Theorie denn schon mit jemand anders erörtert als nur mit mir, Miss North?«

Judith haßte es, mit Leuten zu reden, deren Gesicht sie nicht sehen konnte. »Nein, aber das werde ich bald nachholen«, sagte sie und fühlte sich dabei seltsam unwohl.

»Ich schätze, das wird nicht mehr nötig sein. Ich möchte Ihnen nämlich ein Angebot machen, das Sie sicherlich interessieren wird. Zuerst aber noch eine andere Frage, Miß North. Haben Sie Ihren Paß dabei?«

Verblüfft starrte Judith auf die dunkelbraune Lehne des Chefsessels, die Kranz' schmächtigen Körper vollständig verbarg. »Ja. Warum?«

»Weil ich Ihnen die Möglichkeit geben werde, sich an Ort und Stelle über das Projekt zu informieren, für das Sie sich so brennend interessieren. Noch heute fliegt unser Firmenjet nach Tonga. Wenn Sie wollen, können Sie als mein Gast mitfliegen und dort vollkommen ungehindert Ihre Recherchen anstellen. Aber Sie müssen sich schnell entscheiden, denn das Flugzeug startet bereits in einer Stunde.« Kranz sah demonstrativ auf seine Rolex. Natürlich hatte er gelogen, denn das Flugzeug würde erst dann abheben, wenn er den Befehl dazu gab.

»Nun, ich ...«

»Müssen Sie Ihren Redakteur anrufen?« fragte Kranz, der genau wußte, daß Judith North als freie Journalistin arbeitete.

»Nein. Aber das alles kommt doch sehr überraschend. Ich habe ja nicht einmal eine Zahnbürste dabei ...«

»Kein Problem, Miss North. Ich lasse Sie auf die Spesenliste der Firma setzen. Zweihundertfünfzig Dollar pro Tag dürften wohl reichen, um ein paar Toilettenartikel und frische Unterwäsche zu kaufen.«

Judith tat so, als müsse sie sich das Angebot erst durch den Kopf gehen lassen, obwohl sie genau wußte, daß sie es annehmen würde. Die Aussicht, in Tonga ihren Bruder

Jim zu treffen, war einfach zu verlockend. Sie blickte an Kranz' Stuhl vorbei auf die dunklen Schneewolken vor dem Fenster. Genau das richtige Wetter für eine Reise in die Südsee, dachte sie. »Okay, ich nehme Ihr Angebot an.«

»Wunderbar. Sie werden sehen, daß die Firma Kranzco nichts zu verbergen hat. Während Sie in der Luft sind, werde ich mit meinen Leuten in Tonga sprechen und alles für Ihre Ankunft vorbereiten lassen. Aber jetzt müssen Sie sich beeilen, damit Sie noch rechtzeitig zum Flugplatz kommen.«

»Und wie komme ich dort hin?«

»Mein Mitarbeiter Peter Ratcliff wird Sie mitnehmen. Er fliegt ebenfalls nach Tonga. Ich lasse ihn gleich kommen, damit er Sie zu meiner Sekretärin bringt«, sagte Kranz mit langsamer, aber bestimmter Stimme und drückte einen Knopf auf seinem Schreibtisch. Kurz darauf öffnete sich die Tür des Büros, und ein schlanker Mann um die Vierzig trat ein. Er trug eine randlose Brille und einen maßgeschneiderten dunklen Anzug und hatte ein professionelles Lächeln auf dem Gesicht.

»Peter, bringen Sie Miss North bitte zu Abby und sagen Sie ihr, daß sie sie auf die Spesenliste setzen soll. Danach kommen Sie gleich wieder zu mir.«

Nachdem Peter Judith mit einer höflichen Handbewegung aus dem Büro geleitet hatte, lehnte sich Kranz in seinem Sessel zurück und wartete darauf, daß sein Assistent zurückkehrte. Er legte seine faltige linke Hand auf ein in die Armlehne eingelassenes Tastenfeld und drückte den Knopf, auf dem »Heizung« stand, und gleich darauf die Zahl Vier. Zum wiederholten Mal ärgerte er sich darüber, daß der Stuhl nicht augenblicklich warm wurde, und beschloß, einen seiner Angestellten bei Gelegenheit nach einem besseren Fabrikat suchen zu lassen.

Um auf andere Gedanken zu kommen, betrachtete Kranz die rechte Wand seines Büros. Hier hingen sorgfältig gerahmt die verschiedenen Auszeichnungen, die er im Laufe seines Geschäftslebens erhalten hatte. Zufrieden ließ Kranz den Blick über die Titel seiner Lieblingsurkunden schweifen: Nantuckets Geschäftsmann 1989, 1993 und 1995, Ehrendoktor für Meteorologie der Universität Cornell, Unternehmer des Jahres 1996 im Staat Massachusetts. Aber all diese Urkunden würden sich geradezu lächerlich ausnehmen im Vergleich mit den Ehrungen, mit denen man ihn überhäufen würde, wenn sein Projekt erst einmal erfolgreich zum Einsatz gekommen war. Vorausgesetzt natürlich, niemand hinderte ihn daran. Kranz drehte den Stuhl wieder zum Fenster und blickte hinaus auf das wolkenverhangene, kalte Wasser des Atlantiks. Typisch Dezember, dachte er.

Als Peter zurückkam und die schwere Mahagonitür mit einem leisen Klicken hinter sich schloß, wandte Kranz ihm den Rücken zu und schwieg. Der schlaksige Mann blieb stehen, rückte seine Brille zurecht und wartete mit sichtlichem Unbehagen auf ein Wort seines Chefs. Daß Kranz, der sonst so aggressiv und zupackend war, auf einmal stumm vor sich hinbrütete, war ihm irgendwie unheimlich. Obwohl niemand es sehen konnte, verzog Peter die Lippen zu einem einstudierten Lächeln und fragte: »Brauchen Sie mich noch, Mr. Kranz?«

»Und ob ich Sie brauche. Wir müssen besprechen, wie wir mit dieser Reporterin verfahren. Ich will und kann es nicht dulden, daß sie meine Pläne durchkreuzt, Peter. Dazu ist das, was wir tun, von viel zu großer Bedeutung.«

»Ja, Sir.«

Kranz unterrichtete Peter in knappen Worten über den Verlauf seines Gespräches mit Judith North.

»Natürlich darf sie nie nach Tonga kommen«, sagte er dann, »denn sonst macht sie uns dort unten die Pferde scheu. Und

das wiederum könnte bedeuten, daß sich unser Projekt auf unbestimmte Zeit verzögert.«
»Das wäre durchaus möglich, Sir.«
»Unser Projekt ist eine Pioniertat, eine einzigartige Erfindung, die Tausenden von Menschen das Leben retten wird. Natürlich kann es sein, daß beim ersten Einsatz dieser Technologie noch nicht alles vollkommen zufriedenstellend funktioniert. Die meisten neuen Erfindungen tun das nicht. Denken Sie nur an das Hubble-Weltraumteleskop.«
»Ja, Sir.«
»Wenn uns die Öffentlichkeit schon in diesem Stadium über die Schulter schaut, werden uns die Besserwisser und Unkenrufer das Leben schwermachen, und wir werden unser Projekt niemals vollständig verwirklichen können. Die einzige Möglichkeit ist, es mit einem Paukenschlag der Welt zu präsentieren. Dann werden die Leute aus dem Staunen nicht mehr herauskommen, der Nationale Wetterdienst mit eingeschlossen.«
»Da haben Sie vollkommen recht, Sir.«
»Unser System birgt keine versteckten Gefahren, Peter, das können Sie mir glauben. Schließlich habe ich es selbst entworfen und von den besten Ingenieuren meiner Firma entwickeln lassen. Und denken Sie nur an die vielen Menschenleben, die es retten kann. Vielleicht sogar noch in diesem Jahr. Deswegen können wir es einfach nicht zulassen, daß eine übereifrige Journalistin mit einem wichtigtuerischen Artikel alles zerstört.«
»Ich teile Ihre Meinung voll und ganz, Sir.«
Kranz betrachtete wieder sein Spiegelbild im Fensterglas. Es kam ihm so vor, als wäre sein Kopf in den vergangenen fünf Minuten noch kahler geworden. »Wir haben keine Zeit, Peter«, sagte er. »Wir haben einfach keine Zeit, um das Projekt auf die lange Bank zu schieben. Das Projekt muß rechtzeitig vor der Hurrikan-Saison fertig sein. Und zwar

noch dieses Jahr. Das sind wir den armen Menschen im Südpazifik schuldig.«

»Ja, Sir.«

»Noch in diesem Jahr, Peter, haben Sie verstanden?«

»Ja, aber ich weiß nicht so recht, worauf Sie ...«

»In diesem gottverdammten Jahr!« unterbrach ihn Kranz. Er hatte seine Selbstsicherheit wiedergefunden und wirbelte in seinem Stuhl herum, damit er seinem Assistenten direkt ins Gesicht sehen konnte. Unter den durchdringenden Blicken von Kranz' leuchtend grünen Augen zuckte Peter unwillkürlich zusammen.

»Wir müssen diese Frau beseitigen, Peter«, sagte Kranz mit ruhiger Stimme. »Nur so können wir verhindern, daß sie eine Menge Lügen über uns in die Welt setzt.« Er hielt inne, als warte er auf eine Antwort von Peter, von dem aber nichts weiter als sein übliches, aufgesetzt-öliges Lächeln kam.

»Wieviel Gehalt zahle ich Ihnen eigentlich, Peter?« fragte Kranz, gefolgt von einem reichlich übertriebenen Hustenanfall. Peter verstand sofort. Sein Chef wollte ihm damit durch die Blume sagen, daß er nach seinem Tod sein Nachfolger werden würde. Der Wink mit dem Zaunpfahl verfehlte seine Wirkung nicht.

»Genügend, Sir«, beeilte Peter sich zu antworten. Aber er wußte genau, welche Antwort Kranz in Wirklichkeit von ihm erwartete. Er spürte eine merkwürdige Beklemmung in der Brust. »Wie sollen wir sie denn ... äh ... beseitigen, Sir?«

»Auf dem Flug«, antwortete Kranz wie aus der Pistole geschossen. »Bei diesen tiefliegenden Wolken kann sie unmöglich sehen, wo sie hinfliegt. Nach dem Start soll Andy die Maschine nicht nach Westen steuern, sondern nach Osten, hinaus auf den Atlantik. Sobald Sie weit genug von der Küste entfernt sind, gehen Sie nach hinten und machen sie kalt. Auf welche Weise, ist mir egal, solange Sie mir kein Loch in mein Flugzeug schießen. Wenn sie tot ist,

werfen Sie sie ins Meer. Aber weit draußen bitte, sehr weit draußen.«
»Aber Sir, ich habe noch nie –«
»Und sorgen Sie dafür, daß ihre Leiche auch wirklich untergeht, sonst wird sie womöglich noch irgendwo angespült. Binden Sie ihr irgend etwas dran.«
»Und was?« fragte Peter und spürte, wie ihm der Schweiß auf die Stirn trat.
»Woher soll ich das wissen?« brauste Kranz auf. »Lassen Sie sich gefälligst etwas einfallen, dafür bezahle ich Sie ja schließlich. Ich erwarte, daß Sie diese Angelegenheit so erledigen, wie ich es von Ihnen gewohnt bin. Mit Entschlossenheit und Kompetenz!«
»Ja, Sir. Mit Entschlossenheit und Kompetenz«, antwortete Peter und wiederholte damit den Wahlspruch der Firma Kranzco. »War das alles, Sir?«
»Nein. Wir müssen uns darüber hinaus überlegen, was wir mit ihrem Bruder in Tonga machen. Der Mann hat mit seiner Geschwätzigkeit diese ganze Geschichte überhaupt erst ins Rollen gebracht. Dabei hat er ganz eindeutig gegen seinen Vertrag verstoßen, der ihn zur Wahrung von Firmengeheimnissen verpflichtet.«
»Meinen Sie James –«
»Ganz genau. James North. Um den müssen wir uns in nächster Zukunft kümmern. Und dann wäre da noch etwas, Peter. Wenn Sie diese Aufgabe erledigt haben, dann erwarte ich von Ihnen eine Erklärung für die drastisch zurückgegangenen Verkaufszahlen unserer Radarabteilung im dritten Quartal.«
»Ja, Sir.«

✷

Eine halbe Stunde später stiegen Peter und Judith North auf dem kleinen Flugplatz von Nantucket aus dem Auto. Judith' Augen tränten von dem scharfen, eiskalten Wind, der ihr direkt ins Gesicht peitschte. Sie sehnte sich nach Hause in den Süden, dachte an ihr kleines Haus und hoffte, daß der mit dem Rasenmähen beauftragte Sohn der Lamberts die jungen Ulmen stehen ließ, die sie im vergangenen Sommer gepflanzt hatte. Die Lamberts waren neu in der Gegend, so wie alle anderen Nachbarn auch. Als Judith vor ein paar Jahren wieder zurück in ihr Elternhaus gezogen war, hatte sie sich in der Straße erst einmal wieder völlig neu zurechtfinden müssen. Das Haus, das sie nach dem Tod ihres Vaters geerbt hatte, war inzwischen dreißig Jahre alt und benötigte dringend einen neuen Anstrich und eine ganze Reihe von Reparaturen. Gut, daß ihr Bruder Jim wußte, wie man so etwas machte. Immer, wenn er sie in Atlanta besuchen kam, kochte sie ihm Jambalaya, sein Leibgericht, und er kümmerte sich dafür um den verstopften Siphon an der Spüle oder das undichte Dach. Jetzt war er schon fast ein Jahr lang nicht mehr bei ihr gewesen. Die Tonga-Inseln waren einfach viel zu weit weg, um mal eben kurz in die Staaten zu fliegen. Judith fragte sich, ob sie nicht doch den Heimwerkerkurs an der Volkshochschule belegen sollte, als ihr ein besonders kalter Windstoß ins Gesicht fuhr und sie daran erinnerte, daß sie in Nantucket war und nicht zu Hause im Süden. In Georgia war es nie so kalt wie hier oben am nördlichen Rand der amerikanischen Ostküste.
Ein Mann in grünem Parka und roter Baseballmütze, der neben einem weiß glänzenden Geschäftsflugzeug stand, winkte ihr quer über das Rollfeld zu. Ob das wohl der Pilot ist? fragte sich Judith, als Peter, ohne sie um Erlaubnis zu fragen, seinen Arm um ihre Hüfte schlang und sie zu dem wartenden Flugzeug geleitete.

KAPITEL 2

»Er hat nicht gesagt, *wie* wir sie töten sollen«, sagte Peter, der stocksteif auf dem Sitz neben dem Piloten saß. Wie bringe ich ihn bloß dazu, daß er es tut? fragte er sich verzweifelt. Schließlich probierte er es mit einem Vorschlag: »Warum gehen Sie nicht nach hinten, schlagen ihr mit irgendwas auf den Kopf und werfen sie hinaus? Sie können das Flugzeug ja inzwischen vom Autopiloten weitersteuern lassen.«

Der Pilot blickte ihn unter seiner roten Baseballmütze mißtrauisch an. »Wissen Sie, was ich glaube, mein Junge? Ich glaube, daß Kranz Ihnen gesagt hat, daß *Sie* die Kleine um die Ecke bringen sollen. Also versuchen Sie jetzt nicht, die Verantwortung auf mich abzuwälzen.« Er sah Peter ins Gesicht, konnte aber keine Veränderung in dessen aalglattem Lächeln erkennen. Der Kerl ist ja schlimmer als jeder Gebrauchtwagenhändler, dachte er.

»Wie hoch ist eigentlich Ihr Gehalt, Andy?« fragte Peter und kam sich dabei vor wie Cernan Kranz persönlich.

»Das geht Sie überhaupt nichts an, mein Junge!«

»Fünfundsechzigtausend Dollar im Jahr plus Spesen. Nicht schlecht dafür, daß Sie nur zwei- bis dreimal die Woche arbeiten. Wenn Sie diesen Job behalten wollen, dann sollten Sie jetzt tun, was ich sage, und die Frau aus dem Flugzeug werfen.«

Andy biß sich nachdenklich auf die Unterlippe. Peter ließ ihm Zeit und blickte hinaus in die Wolken, die so weiß waren, daß es ihm in den Augen weh tat. Erst nach einer Weile antwortete der Pilot. »Ich will Ihnen sagen, was ich machen werde: Ich werde etwas niedriger und so langsam fliegen wie nur möglich, damit es Sie hinten nicht aus dem Flugzeug zieht, wenn Sie die Tür aufmachen. Der Rest ist Ihre Sache.«

»Ich dachte eigentlich, Sie würden das für mich erledigen ...«, sagte Peter, brach aber ab, als er sah, daß Andys ohnehin schon rotes Gesicht immer noch mehr Farbe annahm.

»Wissen Sie eigentlich, was passiert, wenn man unterm Flug die Türen aufmacht? Wenn ich nicht hierbleibe, stürzt uns die Mühle ab.«

Jetzt endlich verschwand das Grinsen aus Peters Gesicht.

»Wenn ich sie wirklich töte«, sagte er mit einem Unterton, von dem er hoffte, daß er drohend wirkte, »dann werde ich dafür sorgen, daß *Sie* den Mund halten.«

»Mich schüchtern Sie nicht ein, mein Junge«, sagte der Pilot mit ruhiger Stimme. »Ich habe keine Angst vor Ihnen.«

Peter warf dem Mann einen bösen Blick zu und wußte, daß er verloren hatte. Seine Stärke war nun einmal das Intrigieren, nicht die plumpe Drohung. Nur so hatte er es geschafft, in relativ jungen Jahren zu einer Führungsposition in der Firma aufzusteigen.

Auch der Pilot wußte, daß er die Auseinandersetzung gewonnen hatte, und schlug nun einen etwas umgänglicheren Ton an. »Von mir erfährt niemand ein Sterbenswörtchen. Wie denn auch? Indem ich dieses Flugzeug hier fliege, mache ich mich ja zum Mitschuldigen. Da werde ich mich wohl kaum um Kopf und Kragen reden.«

Peter spürte, daß Andy die Nase des Flugzeugs bereits nach unten geneigt hatte, und dachte angestrengt nach. Was würde geschehen, wenn er diese Reporterin jetzt nicht umbrächte? Über kurz oder lang würde sie erkennen, daß sie gar nicht nach Tonga flogen. Und was dann? Vermutlich würde sie die Firma Kranzco in einem Artikel gnadenlos in die Pfanne

hauen. Peter kannte die Bilanzen des Unternehmens nur zu genau. Gegen seinen ausdrücklichen Rat hatte Kranz sämtliche Ressourcen der Firma in dieses eine Projekt gesteckt. Kranz war ein todkranker Mann und würde bald sterben. Und zwar ohne Erben. Wenn Peter sich so verhielt, wie Kranz es von ihm verlangte, würde die Firma eines Tages ihm gehören, das wußte Peter genau.
Während das Flugzeug immer tiefer in die Wolken sank, überlegte Peter Ratcliff hin und her, kam aber immer wieder zum selben Schluß: Wenn er nicht seine ganze Karriere gefährden wollte, mußte er tun, was Kranz von ihm verlangte. Skrupel oder Mitleid waren jetzt fehl am Platz. Langsam stand Peter auf und zog seinen Hosengürtel aus den Schlaufen. Er wand sich das braunglänzende Lederband um die Hand und ging zur Tür, die in die Passagierkabine führte.

*

Cernan Kranz ließ sich von seiner Sekretärin eine Tasse Kaffee bringen und nahm sich noch einmal die Personalakte seines Angestellten James North vor. Er hatte sie sich im vergangenen September schon einmal angesehen, kurz nachdem er North' Brief erhalten hatte.
Langsam blätterte er sich durch die Schriftstücke, von denen er die meisten nur überflog. Darunter waren eine eidesstattliche Erklärung von North, daß er keine Drogen nehme, und der sie bestätigende Bericht des Firmenarztes ebenso wie die zwei Beurteilungen, die North während seiner zehnmonatigen Tätigkeit für Kranzco von seinen Vorgesetzten erhalten hatte. Beide Male hatte der Leiter des Tonga-Projekts North' Leistung als »hervorragend« bewertet, aber Kranz wußte, daß es sich dabei um eine leere Floskel handelte, die lediglich aussagte, daß North seine Arbeit tat.
Als nächstes las Kranz James North' Lebenslauf, der ihm

schon wesentlich interessanter vorkam. Nachdem North vor vier Jahren summa cum laude sein Studium als Ingenieur für Meerestechnik an der Florida Atlantic University abgeschlossen hatte, war er im Auftrag der Firma Shell an der Entwicklung eines Roboters zum Schweißen von Unterwasserpipelines beteiligt gewesen. Die dabei gewonnenen Erfahrungen waren der Grund dafür gewesen, daß Kranz North von Shell abgeworben hatte.

Auch über North' Privatleben gab der Lebenslauf einigen Aufschluß. Der Ingenieur war unverheiratet, seine Eltern waren beide tot, und bis auf seine Schwester Judith hatte er keine Geschwister. Und die wird er auch nicht mehr lange haben, dachte Kranz. Vielleicht gelingt es uns ja, diesen Mr. North noch eine Weile hinzuhalten, bis er seine Arbeit für das Tonga-Projekt erledigt hat. Danach werden wir uns schon etwas für ihn einfallen lassen.

Kranz klappte die Akte zu und richtete sie wieder exakt parallel zur Schreibtischkante aus. Dann lehnte er sich zurück und warf einen Blick auf das Foto auf seinem Schreibtisch. Es stand so in seinem Silberrahmen, daß sowohl Kranz als auch ein etwaiger Besucher es sehen konnten, und zeigte zwei Männer: Cernan Kranz und Ross Perot. Der Politiker, der Kranz auf dem Foto die Hand schüttelte, hatte mit schwarzem Filzstift darunter geschrieben: ALLES GUTE UND VIELEN DANK FÜR IHRE UNTERSTÜTZUNG.

Als Kranz jetzt diese Worte las, runzelte er skeptisch die Stirn. Irgendwie taten ihm die fünftausend Dollar leid, die er dem Mann für seine später abgebrochene Wahlkampagne gespendet hatte, andererseits bewunderte er Perot nach wie vor. Schließlich hatte Kranz einer Rede des Präsidentschaftskandidaten das Motto der Firma Kranzco entnommen: »Entschlossen und kompetent«. Kranz faltete die Hände und legte die Fingerspitzen an seine dünnen Lippen.

Ross Perot war ein Mann mit Visionen, genauso wie er. So hatte der Milliardär die erste Umrundung der Erde im Hubschrauber nicht nur finanziell unterstützt, sondern sich dabei auch selbst an den Steuerknüppel gesetzt. Und als die Ajatollahs im Iran die Macht übernahmen, hatte er persönlich dafür gesorgt, daß seine Angestellten dort sofort ausgeflogen wurden. Perot kümmerte sich um seine Leute, aber er erwartete von ihnen auch hundertprozentige Loyalität. Schade, daß er es nicht geschafft hatte, Präsident der Vereinigten Staaten zu werden.
Cernan Kranz trank seinen Kaffee aus und stellte die Tasse mit einem leisen Klirren zurück auf den Unterteller. Und trotzdem wird Ross es höchstens zu einer Fußnote in den Geschichtsbüchern bringen, dachte er. Eines Tages wird die Menschheit in der Lage sein, das Wetter auf der Erde zu kontrollieren. Wir werden es zum richtigen Zeitpunkt am richtigen Ort regnen lassen. Wir werden über die Winde, den Schnee und den Sonnenschein gebieten, indem wir Technologien benutzen, von denen ich die erste entwickelt habe. Und wenn unsere Kinder sicher vor Stürmen und Dürrekatastrophen sind, dann werden sie zurückschauen und erkennen, daß Cernan Simon Kranz derjenige war, der den Anstoß zu dieser Entwicklung gegeben hat. Kranz ballte seine kleinen, mageren Hände zu entschlossenen Fäusten und blickte mit funkelnden und ein wenig feuchten Augen in seinem Büro umher. Man wird mich den Erfinder der Wettertechnik nennen, dachte er und stellte sich seine Biographie vor, die irgendwann einmal, im nächsten Jahrhundert, erscheinen würde. Vor seinem geistigen Auge konnte er schon den Schutzumschlag sehen, mit seinem Bild und dem Titel »DER HERR DER WINDE – Cernan Kranz, Vater der modernen Wettertechnik«. Und das kleine, rückständige Tonga wird als das Land berühmt werden, in dem alles begann, malte Kranz sich weiter aus. Als der Ort, an dem

zum ersten Mal in der Geschichte der Menschheit ein Wirbelsturm gestoppt wurde. Und zwar von mir.

✷

»Ist etwas nicht in Ordnung?« fragte Judith, als Peter zu ihr in die Kabine kam. »Ich habe den Eindruck, als würden wir wieder tiefer gehen.«

»Kein Problem«, antwortete Peter und hoffte, daß seine Stimme wenigstens halbwegs normal klang. »Der Pilot erwartet nur ein paar Turbulenzen und korrigiert deshalb den Kurs. Es besteht kein Grund zur Beunruhigung, aber vielleicht sollten Sie doch besser den Sicherheitsgurt schließen. Ich gehe nur rasch nach hinten und schaue nach, ob das Gepäck auch gut verstaut ist.«

Als Peter an Judith' Sitz vorbeiging, hörte er das Einschnappen ihres Sicherheitsgurts und danach das Klicken der Tastatur ihres Laptops.

Gut, daß sie arbeitet, dachte Peter, da ist sie abgelenkt. Vorsichtig streifte er seine Schuhe ab und schlich auf Zehenspitzen zurück zu Judith, den Gürtel fest in beiden Händen. Als er direkt hinter ihr war, zögerte er einen Augenblick. Seine Hände zitterten so stark, daß das braune Lederband dazwischen vibrierte wie die Saite eines Kontrabasses. Dann nahm er all seinen Mut zusammen, schlang den Gürtel von hinten um Judith' Hals und zog ihn so fest zusammen, wie er nur konnte.

Er hätte nie gedacht, daß diese zierliche Frau sich so wehren würde. Kaum hatte er ihr den Gürtel um den Hals gelegt, da schleuderte sie völlig unerwartet ihren Laptop nach hinten. Der Computer traf Peter an der linken Schläfe, und vor Schmerz und Verblüffung hätte er fast den Gürtel losgelassen. Er wußte später nicht mehr, was ihm letztendlich die Kraft verlieh, sein begonnenes Werk zu vollenden: Die Wut darüber, daß sie sich gewehrt hatte, oder die Angst, es nicht zu schaffen und von ihr bloßgestellt zu werden. Die Gürtelenden fest um beide Fäuste gewickelt, schnürte er Judith' Hals so lange zu, bis ihr Aufbäumen und Um-sich-Schlagen immer schwächer wurden und ihr Körper schließlich schlaff und zusammengesunken im Sicherheitsgurt hing. Erst viel später bemerkte er, daß sie ihm bei ihren verzweifelten Versuchen, sich aus der tödlichen Einschnürung zu befreien, Hände und Unterarme blutig gekratzt hatte. Ihr Keuchen und das gurgelnde Röcheln, kurz bevor sie in sich zusammensackte, würde er sein ganzes Leben lang nicht vergessen.

Mit zitternden Händen löste Peter den Sicherheitsgurt, packte die junge Frau unter den Achseln und schleifte sie den Gang zwischen den Sitzen entlang zur Einstiegstür. Dann sah er sich in der Kabine nach etwas um, womit er die Tote beschweren konnte, und entschied sich schließlich für den großen Erste-Hilfe-Kasten, den er ihr mit dem Gürtel an den rechten Fuß band.

Sein Herz schlug ihm bis zum Hals, beißender Schweiß rann ihm in die Augen, und vor lauter Aufregung konnte er die Instruktionen zum Öffnen der Tür nicht richtig lesen. Mit zitternder Hand griff er nach dem Hebel und legte ihn nach unten. Ich muß bloß aufpassen, das es mich nicht mit ihr aus dem Flugzeug zieht, dachte Peter, der so etwas schon öfter in Filmen gesehen hatte. Er hielt sich mit der linken Hand an der Lehne eines Sitzes fest und drückte die Tür nach außen. Mit einem dumpfen Schlag klappte ein Teil der Tür nach unten, der andere schwang nach oben auf. Anstatt des erwarteten Sogs spürte er einen kräftigen Ruck, der ihn fast rücklings umgeworfen hätte. Das Flugzeug hatte auf einmal starke Schlagseite. Peter zog den Kopf ein und blinzelte durch den grimmigen Fahrtwind, der ihm ins Gesicht schlug, hinunter zu Judith. Sie war gegen einen Sitz gerutscht, und der Wind zerrte an ihrer Bluse. Und sie schlug die Augen auf!

Andy, der so langsam flog, wie er nur konnte, hätte auch ohne das penetrant tütende Warnsignal gewußt, daß die Tür der Passagierkabine offen war. Mit ihren in den Luftstrom ragenden Teilen veränderte sie die Aerodynamik des Flugzeugs gewaltig. Die Maschine geriet ins Schlingern und verlor an Höhe.

Warum ist es auf einmal so windig? fragte sich Judith und versuchte, durch den dichten Schleier vor ihren Augen wieder einigermaßen klar zu sehen. Wo war sie? Und was war mit ihr geschehen? Undeutlich sah sie einen dunklen Schatten, der sie an den Beinen gepackt hatte. Will der mich etwa vergewaltigen? Judith wollte nach dem Schatten treten, aber der Mann hielt ihr beide Beine fest. Sie spürte, wie sie mit dem Rücken über den Boden geschoben wurde. War das der Teppichboden ihres Büros? Aber warum war er so schief? Und dann wußte sie mit einem Schlag, wo sie war. Jemand schob sie mit dem Kopf voraus aus der offenen Tür eines Flugzeugs! Deshalb auch der Wind, der ihre Haare nach hinten peitschte. Heiß schoß Judith das Adrenalin durch alle Adern ihres Körpers. Sie ruderte mit den Armen herum und suchte in der um das Flugzeug fauchenden Luft nach etwas, woran sie sich festhalten konnte. An ihrem Rücken spürte sie, wie ein Wirbel nach dem anderen über die metallene Türschwelle ins Freie glitt. Judith wollte schreien, brachte aber nicht mehr als ein keuchendes Gewimmer hervor. Ihr Hals brannte wie Feuer. Jetzt befand sich ihr Oberkörper vollständig außerhalb des Flugzeugs und wurde vom Fahrtwind nach hinten gedrückt. Mit der rechten Hand spürte Judith etwas Hartes, Metallisches. Es war die runde Vorderkante der Tragfläche, an der sie sich ein wenig abstützen konnte. Genau in dem Moment, in dem der Mann im Flugzeug – es war Peter Ratcliff – ihre Füße losließ, gelang es Judith, die Beine zu spreizen und sie in der Türöffnung zu verkeilen. Mit einer Hand an der Tragfläche, mit dem anderen Arm wild in der Luft herumrudernd starrte Judith nach unten auf das mit Schaumkronen bedeckte Meer. Wieso fliegen wir überhaupt über Wasser? fragte sie sich, als wäre dieser Umstand das einzig Seltsame an ihrer Lage.

Laut vor sich hinfluchend versuchte Andy, das Schlingern des Flugzeugs in den Griff zu bekommen, als ihn ein Warnton darauf aufmerksam machte, daß die Flughöhe jetzt weniger als hundert Meter betrug. Er schob beide Gashebel nach vorne, um Fahrt aufzunehmen und Höhe zu gewinnen, aber der durch die offene Tür noch immer aus dem Gleichgewicht gebrachte Jet reagierte bockig auf den Schub.
»Nun fang dich endlich, du Mistding!« brüllte er das Flugzeug an und zog die Steuersäule nach hinten. Durch den verstärkten Schub der Triebwerke begann die Maschine zu steigen. Als Andy sah, daß sich der Zeiger des Höhenmessers wieder im Uhrzeigersinn drehte, besserte sich seine Stimmung. »Na also, mein Mädchen«, murmelte er in einem etwas versöhnlicheren Ton.

Peter konnte kaum glauben, was da geschah. Nicht genug, daß die Frau noch am Leben war, nun war es ihr auch noch gelungen, ihre Füße zusammen mit dem Erste-Hilfe-Koffer in der Tür zu verkeilen. In einer Mischung aus Frustration und Wut trat er so lange gegen ihren linken Fuß, bis dieser endlich nach draußen verschwand. Einen hätten wir, dachte Peter mit dem Teil seines Gehirns, der noch immer zu klaren Gedanken fähig war.

Judith spürte, wie ihr linkes Bein vom plötzlichen viel stärkeren Fahrtwind wie verrückt hin- und hergeworfen wurde. Sie spürte, wie der Luftstrom ihr langsam den Schuh auszog und nach hinten riß, direkt in den gähnenden Rachen des linken Triebwerks hinein.

Judith' Schuh hatte in der Sohle eine dünne Stahleinlage, und als diese auf die mit achttausend Umdrehungen in der Minute rotierenden Turbinenschaufeln traf, zerfetzte sie drei der achtundzwanzig dünnen Titanblätter. Deren Bruchstücke wiederum sorgten dafür, daß weitere Schaufeln zerbrachen, und binnen einer Sekunde hatte sich das Triebwerk in einer Art Kettenreaktion selbst zerstört.

»Scheiße!« schrie Andy, als das Flugzeug mit einemmal sämtlichen Schub auf der Backbordseite verlor. Das Cockpit gellte vom Kreischen des Warntons, der einen Triebwerksausfall signalisierte, und die Nase des Learjets wurde wie von einer Riesenfaust nach links unten gedrückt. Die Nadel des Höhenmessers drehte sich rasend schnell entgegen dem Uhrzeigersinn, und eine weitere akustische Warnung verkündete, daß das Flugzeug über die linke Fläche abschmierte. In immer enger werdenden Spiralen stürzte die Maschine auf die stahlgraue Oberfläche des Ozeans zu.

Peter wollte gerade gegen Judith' zweites Bein treten, als ihm mit einem Ruck der Boden unter den Füßen weggezogen wurde. Im nächsten Moment hing das Flugzeug so schief, daß die glatten Ledersohlen von Peters Schuhen auf dem Teppichboden keinen Halt mehr fanden. Im letzten Moment gelang es ihm, sich an der Lehne des Sessels neben der Tür festzuhalten. Der Ruck hatte Peter die Brille von der Nase gerissen, und so sah er nur noch schemenhaft, wie langsam der Erste-Hilfe-Koffer und Judiths zweiter Fuß nach draußen verschwanden. Peter schlang beide Arme um die Sessellehne, schloß die Augen und betete, daß es Andy gelingen möge, den Absturz zu verhindern.

Ich schreie ja, dachte Judith und wunderte sich, daß sie überhaupt noch einen klaren Gedanken fassen konnte. Beide Beine befanden sich jetzt außerhalb des Flugzeugs, und es kam ihr so vor, als würde sie den winzigen Bruchteil einer Sekunde lang in der Luft schweben. Dann spürte Judith, wie der Fahrtwind ihr den Arm von der Tragfläche riß und sie nach hinten katapultierte. Vor dem düsteren wolkenverhangenen Himmel sah sie das Heck des Flugzeugs vorüberhuschen, dann war auf einmal nichts als eiskalte Leere um sie herum. Im freien Fall stürzte sie nach unten, und das letzte, was sie in ihrem Leben sah, waren die weißen Schaumkronen auf einem stahlgrauen Ozean.

Andy dachte kurz daran, einen Notruf abzusetzen, aber er hatte beide Hände voll zu tun, das Flugzeug mit nur einem Triebwerk in der Luft zu halten. Irgend etwas mußte in die linke Turbine geraten sein und sie zerstört haben, aber Andy wollte lieber gar nicht dran denken, was das vielleicht gewesen sein könnte. Jetzt ging es nur darum, in den paar hundert Metern bis zur grauen Meeresfläche die Maschine zu stabilisieren. Er drückte die Steuersäule entschlossen nach vorn, nahm Fahrt auf und kam aus dem Trudeln heraus. Dafür stürzte er steil auf das Wasser zu. Als die Ruder wieder ansprachen, fuhr Andy die Landeklappen aus, um die Geschwindigkeit zu vermindern, und fing die Maschine so kräftig ab, daß sie in allen Spanten bebte. Als er den Gashebel des verbliebenen Triebwerks auf Vollast schob, konnte er schon die Büschel von Seetang sehen, die schlaff in den Wellentälern schaukelten. Die Turbine heulte auf und schob den Jet wieder nach oben, und aus dem

graugrünen Wasser stieg langsam der wolkenbedeckte Himmel über dem Horizont auf.
»Ja!« schrie Andy und streichelte zärtlich über den Steuerknüppel. »Du hast es geschafft, mein Mädchen, du hast es wirklich geschafft.«
Während das Flugzeug in einen langsamen, aber beständigen Steigflug überging, erschien ein bedrückter und sichtlich mitgenommener Peter Ratcliff vorn in der Cockpittür. Andys Freude darüber, daß er den Absturz verhindert hatte, verwandelte sich auf einmal in brodelnden Haß auf den Mann, der ihm das Ganze eingebrockt hatte, aber er biß sich auf die Lippe und hielt den Mund. Was hätte er auch sagen sollen? Während des zwanzigminütigen Fluges zum nächsten erreichbaren Flughafen waren die knappen Gespräche mit dem Kontrollturm das einzige, was im Cockpit des angeschlagenen Jets zu hören war.

*

Die Strömung antarktischen Wassers war inzwischen immer tiefer ins Meer hinabgesunken. Hätten die beiden Schneeflocken nicht die Lawine ausgelöst und wäre in deren Folge nicht die Wolke aus Eiskristallen auf die Wasseroberfläche niedergegangen, dann hätte diese kalte Strömung einen klein wenig anderen Verlauf genommen. So aber kam es, daß sie schließlich auf eine andere, sehr viel stärkere Strömung traf und sich mit dieser vermischte. Diese Strömung war der Wissenschaft als Antarktischer Zirkumpolarstrom bekannt und bewegte sich in endloser Kreisbewegung seit Urzeiten um den antarktischen Kontinent herum. Wie alles in der Natur, so konnte auch diese schwerfällige, mächtige Strömung von kleinen Dingen aus der Bahn gebracht werden.
Und genau das geschah viele Monate nachdem die beiden Schneeflocken auf den Berg gefallen waren und ihre folgen-

reiche Veränderung ausgelöst hatten. Der Antarktische Zirkumpolarstrom wurde von der schwächeren Strömung ein Stück weit abgelenkt, so daß einige ihrer Seitenstrudel sich in angrenzendes, wärmeres Wasser hinüberbewegten. Diese Strudel waren für die Bildung von Wettersystemen verantwortlich, die den von ihnen betroffenen Menschen ungewöhnlich und seltsam vorkamen. So schneite es zum Beispiel in Gebieten, in denen seit Menschengedenken kein Schnee mehr gefallen war, und während in manchen Gegenden sintflutartige Regenfälle winzige Bäche zu reißenden Flüssen anschwellen ließen, verfluchten anderswo verzweifelte Farmer die langanhaltende Dürre, die ihre Ernte zu vernichten drohte.

Die folgenschwerste Veränderung allerdings ereignete sich in einem einsamen Seegebiet südlich von Hawaii, wo eine weit abgelenkte Zunge der Zirkumpolarströmung besonders warmes Oberflächenwasser auf einer relativ kleinen Meeresfläche zusammendrängte. Durch Sonneneinstrahlung heizte sich dieses Wasser noch weiter auf, so daß Dampf in die Luft stieg und immer dichtere Wolken zu bilden begann. Es waren die Sorte von warmen, feuchten Wolken, aus der verheerende Wirbelstürme ihre Energie bezogen.

KAPITEL 3

Nicht genügend Zimt, dachte JoAnn und schüttete mit einer geübten Handbewegung noch etwas von dem rostroten Gewürz in die kalte Cola. Dann nahm sie einen zufriedenen Schluck und blickte hinaus auf das blaue Wasser des kleinen, von Palmen gesäumten Naturhafens. Ein spanischer Kapitän hatte Ende des achtzehnten Jahrhunderts den kleinen Meerbusen am Ende eines langen, fjordähnlichen Meeresarms entdeckt und ihn »Puerto del Refugio« getauft, Hafen der Zuflucht. Ein passender Name, dachte JoAnn, obwohl ihr Zufluchtsort eher die am Rande dieses natürlichen Hafenbeckens gelegene Stadt Neiafu war, wo sie einmal im Monat für ein paar Stunden in die Zivilisation zurückkehrte, einen Einkaufsbummel machte und sich den Luxus eisgekühlter Getränke gönnte. Die junge australische Lehrerin seufzte leise und trank einen weiteren Schluck von ihrer Cola, die letzte auf Wochen hinaus.

Auf einmal setzte sich auf den Stuhl neben ihr ein vielleicht siebzehnjähriger Bursche mit kupferfarbener Haut und starrte sie aus seinen dunklen, rotgeränderten Augen ungeniert an. JoAnn kannte das und wußte, daß sie ihn nicht so schnell wieder loswerden würde. Ohne den Jungen weiter zu beachten, schaute sie hinaus auf das smaragdgrüne Wasser des Hafens, in dem ein paar australische Segeljachten lagen. Eine leichte Brise kam auf. Sie strich kühlend um JoAnns sommersprossiges Gesicht und spielte mit ihren Haaren, denen man genau ansah, daß sie seit Monaten nicht mehr gefärbt worden waren. Hatte JoAnn die deutlich sichtbare Grenze zwischen Blond und Braun anfangs noch gestört, so hatte sie sich inzwischen daran gewöhnt, daß sie jetzt eben zweifarbige Haare hatte. Was hätte sie auch groß tun können? Die Haartönungen, die man in Neiafu kaufen konnte, sahen in ihren verblichenen Verpackungen aus, als wäre ihr Verfallsdatum bereits seit Jahren abgelaufen. Hinzu kam, daß es völlig egal war, ob sie sich die Haare färbte oder nicht. Für die Leute hier zählte einzig und allein, daß sie eine *Palangi* war, was auf tongaisch »Weiße« bedeutet.

JoAnn wußte, daß es keine fünf Minuten dauern würde, bis der Junge neben ihr ein Gespräch anfangen würde. Er schaffte es in drei. »Ich liebe dich«, sagte er, ohne sich mit einer Begrüßung oder anderen einleitenden Floskeln aufzuhalten.

»Nein, das tust du nicht, du Kokosnußkopf«, antwortete JoAnn. »Wie solltest du auch? Du hast dich doch eben erst zu mir gesetzt. Und zwar unaufgefordert.«

JoAnn konnte am Gesicht des Jungen ablesen, wie er langsam ihre englischen Worte in seine eigene Sprache übersetzte. Irgendwie mußte er etwas mißverstanden haben, denn er riß seine vom Alkohol glasigen Augen noch weiter auf und wiederholte überzeugt: »Ich liebe dich.«

»Das habe ich schon verstanden. Und jetzt mach, daß du wegkommst«, antwortete JoAnn und fügte auf tongaisch hinzu: *»Mahino. 'Alu.«* Hau ab.

Der Junge ignorierte JoAnns Aufforderung und rutschte näher an sie heran.

»Ich muß jetzt zum Boot«, sagte JoAnn und steckte die kleine Dose mit dem Zimt in ihre Handtasche. Dann nahm sie die beiden Plastiktüten mit ihren Einkäufen und stand auf.

»Ich komme mit«, sagte der Junge, blieb aber sitzen und grinste wie ein Honigkuchenpferd. Als sie sich nach ein paar Schritten noch einmal nach ihm umdrehte, sah sie, wie er

von einer Clique schadenfroh kichernder Jugendlicher umringt wurde, die sich mit ihm um ihre halb getrunkene Cola stritten.
In knapp fünf Minuten hatte JoAnn die Stadt mit ihren kolonialen Holzbauten durchquert und war an der wackeligen Holzpier angelangt, an der schon das Boot nach Nuku festgemacht hatte. Obwohl es erst in einer Stunde ablegen sollte, ging JoAnn bereits an Bord und beobachtete, auf einer unbequemen Holzbank sitzend, wie der Bootsführer und mehrere Passagiere ihre Fracht verstauten. Das letzte, was von der Pier auf das schaukelnde Boot gebracht wurde, war ein Käfig mit einem Schwein. Das arme Tier stieß dabei ständig mit der Schnauze gegen sein aus dünnen Ästen roh zusammengezimmertes Gefängnis und gab vor lauter Angst ein jämmerliches Quieken von sich. Der Besitzer des Schweins, ein älterer, grauhaariger Tongaer, setzte sich direkt neben JoAnn und blickte ständig zwischen dem Käfig und ihr hin und her. Vermutlich hatte er noch nie eine Palangi-Frau gesehen, die nach Nuku übersetzte.
JoAnn saß neben ihm, spielte mit ihren Haaren und versuchte, das Lied *I feel good* endlich abzuwürgen, das ihr nun schon seit einer halben Stunde durch den Kopf geisterte. Trotz der leichten Brise lief ihr der Schweiß in kleinen Tropfen über die Stirn und in ihre schmalen kaffeebraunen Augenbrauen. Kleine weiße Wattewölkchen standen am Himmel, und das Wasser des Hafens lag glatt und still in der Sonne des Nachmittags. Es würde eine ruhige Fahrt nach Nuku werden. JoAnn zog ihre billigen Badeschlappen aus und legte die Füße auf den Schweinekäfig direkt vor ihr. Das Tier beschnüffelte sie mit neugierigem Grunzen, so daß JoAnn seinen feuchtwarmen Atem durch die Holzstäbe des Käfigs spüren konnte. Sie wußte genau, daß jetzt die Augen von Passagieren und Bootsführer aufmerksam auf ihre gebräunten Beine gerichtet waren. In Tonga

wurde eine Frau, die in kurzen Hosen herumlief, noch immer schief angesehen, und normalerweise akzeptierte JoAnn das und richtete sich auch danach. An dem einen Tag im Monat aber, an dem sie ihren Ausflug nach Neiafu machte, begehrte sie gegen die Prüderie ihres Gastlandes auf. Für ein paar Stunden wollte sie sich wie die moderne, westliche Frau fühlen, die sie einmal gewesen war, bevor sie diesen Job angenommen hatte. Die Segler und Rucksacktouristen, die in dem kleinen Hafenort an Land gehen, trugen ja auch, was sie wollten. Und so ließ sich JoAnn trotz ihres leichten Schuldgefühls auf der Überfahrt die Sonne auf die Beine scheinen wie jede andere australische Touristin auch.

Der junge tongaische Bootsführer hätte gerne einen längeren Blick auf die nackten Beine der Palangi-Frau geworfen, aber leider mußte er sich auf das Starten seines altersschwachen Außenbordmotors konzentrieren. Er legte einen kleinen Hebel um und zog entschlossen am Startseil. Der Motor gab ein paar stotternde Geräusche und eine Wolke von öligem graublauem Rauch von sich, bevor er wieder verstummte. Auch beim zweiten Versuch konnte ihm der drahtige junge Mann nicht mehr als ein heiseres Husten entlocken. Der Bootsführer war stolz darauf, daß er bisher nie mehr als dreimal am Seil hatte ziehen müssen, um den in die Jahre gekommenen Motor zu starten, aber nun hatte er Angst, daß ihm das heute nicht gelingen würde. Irgendwie machte die weiße Frau vor dem Schweinekäfig ihn nervös. Er fuhr sich mit der Hand durch sein gewelltes schwarzes Haar und betrachtete noch einmal den kleinen Chokehebel am Motor, der ihm auf einmal wie eine frech herausgestreckte Zunge vorkam. Er hatte schon wieder vergessen, ob er den Hebel nun nach rechts oder nach links umlegen mußte, damit der Motor besser in Gang kam. Wie war das bloß bei seinem letzten

erfolgreichen Startversuch gewesen? Egal. Bis jetzt war er rechts gewesen, also probierte er es nun eben mit links. Entschlossen legte er den Hebel in die andere Richtung und zog noch einmal am Startseil.
Diesmal sprang der Motor mit einem arthritischen Klappern an und ließ den hölzernen Rumpf erbeben. Zwei bereitstehende Passagiere zogen rasch die beiden Festmacheleinen an Bord, und langsam löste sich das überladene Boot von der Pier. Als es vollständig abgelegt hatte, gab der Bootsführer Gas, und das Geräusch des Motors steigerte sich zu einem so lauten Knattern, daß sich das Schwein unter JoAnns Beinen vor Schreck gegen die Wände seines Käfigs warf.

Auf seinem Weg zum Ausgang des Naturhafens tuckerte das Boot an einer Reihe von anderen Schiffen vorbei, darunter auch der alten Fähre mit dem flachen Bug, die einmal in der Woche zwischen Neiafu und Nuku'alofa, der Hauptstadt des Königreichs Tonga, verkehrte. Die Stellen blanken Metalls an ihrem rotlackierten, rostigen Rumpf zeugten davon, daß das Schiff bisweilen unsanfte Bekanntschaft mit einer Kaimauer machte.
Neben der Fähre lag ein Schiff, das einen starken Kontrast zu dem mitgenommenen alten Klapperkasten bildete. Mit seinen zwanzig Metern Länge war es wesentlich kleiner als das Fährschiff, und sein blendend weißer Rumpf mit dem scharfen Bug wirkte modern und elegant. JoAnn sah mehrere Antennen auf dem Dach der langgestreckten Kabine und einen nagelneu wirkenden, rot lackierten Kran am Heck, dessen Verwendungszweck ihr nicht klar war. Als das Boot in wenigen Metern Entfernung an dem weißen Schiff vorbeifuhr, versuchte JoAnn, einen Blick in die Kabinenfenster zu werfen, die aber mit einer dunklen Sonnenschutzfolie überklebt waren. Am Heck des Schiffes, das neben der

tongaischen Flagge auch das Sternenbanner der Vereinigten Staaten führte, standen sein Name und sein Heimathafen: M. V. Cernan, Nantucket Island. An Deck war keine Menschenseele zu sehen.
»Mälö 'etau lava«, wandte sich JoAnn, die mehr über das Boot wissen wollte, an den Mann neben ihr, der sie daraufhin interessiert ansah.
»Io, mälö e lelei«, erwiderte ihr Banknachbar mit einem schiefen, aber strahlenden Lächeln ihren Gruß. Er war offenbar ebenso erstaunt wie erfreut darüber, daß JoAnn seine Sprache beherrschte.
»Wissen Sie, was es mit diesem Boot dort drüben auf sich hat?« fragte JoAnn und deutete hinüber zu dem weißen Schiff.
»Das weiß wohl nur der König selbst«, antwortete er, »aber ein Cousin hat mir erzählt, daß es zwei von diesen Booten gibt. Die Palangis, die darauf arbeiten, kommen nur selten an Land und sind sehr verschwiegen. Mein Cousin meint, daß sie nach Öl bohren.«
JoAnn nickte und warf noch einmal einen Blick zurück zu dem Schiff. Auch sie hatte ähnliche Gerüchte gehört, aber niemand hatte ihr etwas Genaueres sagen können. Dieser Umstand war an sich schon bemerkenswert hier in Tonga, wo doch jeder von jedem so gut wie alles wußte.
Öl! dachte JoAnn ärgerlich. Der König von Tonga war bekannt dafür, daß er so ziemlich alles tat, um fremdes Kapital ins Land zu bringen. Einmal hatte er sogar eine der unbewohnten Inseln seines Reichs den Industrienationen als Endlager für ihren Strahlenmüll angeboten – und dabei befand sich auf dieser Insel ein aktiver Vulkan. Jetzt war es also Öl. JoAnn hatte unwillkürlich Bilder von Bohrinseln, Tankerunglücken und im Ölschlick elend krepierenden Seevögeln vor Augen. Natürlich war ihr klar, daß sich der technische Fortschritt auch in Tonga nicht aufhalten ließ,

dennoch wünschte sie, daß das internationale Kapital seine Finger von diesen Inseln lassen möge.

*

Das blaßgrüne Licht des Monitors ließ Jim North' Gesicht noch müder aussehen, als es ohnehin war. Seit elf Stunden saß er nun schon an den Kontrollen des ferngesteuerten Unterwasserroboters, der sechs Kilometer unter der sonnenbeschienenen Oberfläche des Pazifiks seine Arbeit tat. Jetzt, als sich Jim im Inneren des auf der Dünung schaukelnden Schiffes in seinem Stuhl zurücklehnte, schwebte das Mini-U-Boot in der dunklen, kalten Tiefe des Ozeans geduldig auf der Stelle. Um Strom zu sparen, hatte das technische Wunderwerk, das sie nach einer Comicfigur Chim-Chim getauft hatten, automatisch seine starken Scheinwerfer ausgeschaltet und wartete darauf, daß Jim ihm über das kilometerlange Glasfiberkabel neue digitale Befehle herunterschickte.
Jim, der seinen vollen Vornamen James immer als viel zu steif und britisch empfunden hatte, fuhr sich mit einer seiner gebräunten Hände durch die verstruwwelten schwarzen Haare und blickte auf das Bild, das der Roboter als letztes heraufgeschickt hatte. Er sah den leeren Meeresboden, in dessen Schlamm irgendeine Tiefseekreatur ihre einsame Spur hinterlassen hatte. Lebewesen waren in dieser Tiefe etwas Seltenes, im vergangenen Monat hatte sich nur einmal ein Schleimaal in Chim-Chims Scheinwerferlicht verirrt. Warum der primitive, urzeitlich anmutende Fisch mit schlangenartigen Bewegungen auf das Klein-U-Boot zugeschwommen war, wußte Jim nicht. Das Licht konnte ihn jedenfalls nicht angezogen haben, denn Schleimaale haben, wie die meisten Tiefseetiere, keine Augen. Vielleicht war es ja das Surren der Motoren, das elektrische Feld des Fahrzeugs oder auch nur der pure Zufall gewesen. Jim hatte

Chim-Chim instinktiv einen Angriff auf den Schleimaal fahren lassen. Diese häßlichen Fische waren so eine Art Geier der Tiefe. Wenn tote Fische oder Delphine auf den Meeresboden sanken, wurden sie dort von Medusenhäuptern und Schleimaalen vertilgt. Letztere bohrten sich mit ihren glitschigen Schlangenkörpern ins Maul und die Kiemen des Kadavers und fraßen ihn dann von innen her auf. Obwohl Jim wußte, daß die Tiere als eine Art Hygienepolizei fungierten, ekelte er sich arg vor ihnen. Der Angriff des U-Boots hatte den Aasfresser übrigens nicht im geringsten gestört. Als wäre nichts gewesen, war er um ein paar Felsen herumgeschwommen, um dann wieder in die Richtung zu verschwinden, aus der er gekommen war.
Das Brummen der anspringenden Schiffsdiesel riß Jim aus seinen Gedanken. Der Kapitän korrigierte die Position der M. V. Kranz, um zu verhindern, daß das Schiff den fünfhunderttausend Dollar teuren Chim-Chim an seinem Kabel über den Meeresboden schleifte. Diese Manöver hatten relativ häufig zu geschehen, denn in dem tiefen Wasser konnte das Schiff nicht vor Anker gehen und wurde immer wieder von Wind und Strömung abgetrieben.
Außer der M. V. Kranz hatte die Firma Kranzco vor Tonga noch ein zweites, ganz ähnliches Schiff im Einsatz. Es heiß M. V. Cernan und hatte ebenfalls einen Unterwasserroboter an Bord, der von den Ingenieuren »Spritely« genannt wurde. Äußerlich waren Spritely und Chim-Chim ein verschlungenes Gewirr von schwarzen Röhren, Blechteilen und Scheinwerfern. Jim erinnerten sie immer ein wenig an Autos nach einem Frontalzusammenstoß. Konstruiert für Arbeiten in einer Tiefe, in der Menschen nicht überleben konnten, reparierten solche Roboter Tiefseekabel, hoben Wracks oder stellten am Meeresboden geologische Untersuchungen an.
Chim-Chim und Spritely allerdings konnten mehr als die

normalen Standard-Unterwasserroboter. Cernan Kranz hatte sie nach seinen eigenen Spezifikationen anfertigen und den besonderen Aufgaben anpassen lassen, die sie vor Tonga zu erledigen hatten.

Jim fuhr sich mit beiden Händen über sein müdes Gesicht, dann beugte er sich wieder vor zu Monitor und Steuerpult. Ein kurzer Ruck an einem schwarzen Joystick schickte eine Reihe von Lichtimpulsen durch das mit der Steuerungselektronik verbundene Glasfaserkabel. Sechs Kilometer weiter unten erwachte Chim-Chim aus seinem Ruhezustand, um die eisige schwarze Tiefe in das grelle Flutlicht seiner starken Scheinwerfer zu tauchen.
Mit surrenden Motoren lenkte Jim den Roboter an einen Würfel von den Ausmaßen eines Einfamilienhauses heran, der auf einer im Meeresboden verankerten Plattform lag. Das Licht der Scheinwerfer spiegelte sich schillernd in seinem glänzenden Material und blendete bisweilen das Auge der Videokamera, so daß Jim für einen Augenblick mit dem Arbeiten aufhören mußte. Dabei war die Aufgabe, die der kleine Roboter stellvertretend für ihn erledigte, auch ohne dieses zusätzliche Handicap alles andere als einfach. Wenn nämlich das Miniatur-U-Boot mit seinen Metallteilen an dem empfindlichen Plastikmaterial des Würfels hängen blieb, würde dieses irreparabel zerstört werden. Angespannt starrte Jim auf den Monitor und bewegte Chim-Chim mit vorsichtigen Bewegungen des Joysticks nach unten, bis er direkt neben dem Würfel auf dem Meeresboden aufsetzte. Auf dem Bildschirm war jetzt die Plattform aus rostfreiem Stahl zu erkennen, die die Unterseite des Würfels vor dem Kontakt mit den scharfkantigen Felsen schützte. Beim ersten Versuch hatte man noch ein Holzgestell verwendet, das aber unter dem enormen Druck in der Tiefe des Meeres schlichtweg zerbrochen war. Scharfe Splitter hatten dann

die Außenhaut des Würfels durchstoßen und ihn unbrauchbar gemacht. Fünfundvierzigtausend Dollar in den Wind geschossen, dachte Jim. Und bloß, um ein paar Dollar an Material zu sparen. Kurz nach diesem Fehlschlag war Jim zu der Firma gestoßen.

Jim drehte das ferngesteuerte Auge der Kamera so lange, bis er auf seinem Monitor ein Stahlkabel sah, das aufgerollt neben der Plattform lag. Dann nahm er die Hand vom Joystick und zog eine graue, vorne offene Plastikbox an sich heran, die etwa die Größe eines Kastenbrotes hatte. Diese Handschuhbox – so wurde das graue Behältnis von Jim und seinen Kollegen genannt – war extra für die Firma Kranzco entwickelt worden und diente dazu, den mechanischen Greifarm des Roboters zu bewegen.

Jim steckte seine Hand in den metallenen Handschuh im Inneren des Kastens und testete wie immer die Funktion des Greifarms. Wenn er die Hand tiefer in die Box steckte, bewegte sich auf dem Monitorbild Chim-Chims Arm nach vorne, wenn er das Handgelenk drehte, rotierten drei schwarze Greiffinger in einem präzisen Kugellager. Als nächstes ballte Jim die Hand zu einer Faust. Die Sensoren im Handschuh erkannten die Bewegung und schickten ihre Signale hinunter zu Chim-Chim, in dem surrende Elektromotoren Kraft auf dünne, plastikummantelte Seile ausübten. Diese über Edelstahlrollen laufenden Kabel waren die Sehnen des Roboters, die jetzt an den beiden Fingern und dem Daumen der Greifhand zogen und sie zu einer kantigen stählernen Faust formten.

Zufrieden mit seinem Funktionstest, rieb Jim sich mit seiner freien Hand die Augen. Wann kommt eigentlich Ron? fragte er sich und sah auf die Uhr. Es waren zwar nur noch zehn Minuten bis zum Ende seiner zwölfstündigen Schicht, aber Jim brauchte nicht mehr lange, um den Würfel vollständig zu installieren und seine Tagesarbeit abzuschließen. Er richtete seine Augen wieder auf den Monitor und bewegte den ferngesteuerten Arm nach vorn. Mit den mechanischen Fingern des Roboters ergriff er das Ende des aufgerollten Stahlkabels am Meeresgrund und schaltete, nachdem er sich vergewissert hatte, daß es auch wirklich festgehalten wurde, die Handschuhbox aus. Der Greifarm hielt das Ende des Kabels wie in einem Schraubstock fest und würde es erst dann wieder loslassen, wenn er von Jim den Befehl dazu bekam.

Jetzt darf ich bloß nicht an den Würfel kommen, dachte Jim, dem es schon lange nicht mehr auffiel, daß er sich mit dem Roboter unten am Meeresgrund voll identifizierte. Das Objektiv der Kamera wurde dabei zu seinen Augen, der Greifarm zu seiner Hand. Ganz vorsichtig nahm er das Stahlkabel und brachte es zu einem massiven Metallbolzen, den sein Kollege vor zwei Tagen ein paar Meter von der Plattform entfernt im Meeresboden verankert hatte. Am Ende dieses Bolzens war eine Öse aus Edelstahl aufgeschweißt, an der Jim jetzt mit Hilfe von Joystick und Handschuhbox das Ende des Kabels befestigte. Rings um den Würfel gab es noch neunzehn weitere Bolzen, an denen bereits identische Edelstahlkabel festgemacht waren.

Nummer sechsundneunzig, dachte Jim und gähnte lange und herzhaft. Jetzt müssen noch vier von diesen Dingern installiert werden, und dann geht es ab nach Hause. Erschöpft lehnte er sich zurück und wartete auf seinen Kollegen Ron, der Jims Arbeit überprüfen und mit seiner Unterschrift ihre ordnungsgemäße Ausführung bestätigen mußte. Dann würde Ron Chim-Chim nach oben bringen und mit dem Kran an Bord hieven, so daß sie am nächsten Tag zwei Meilen weiter nördlich mit der Installation eines neuen Würfels beginnen konnten.

Jim verschränkte die Hände hinter dem Kopf und warf einen Blick hinauf zu der Karte des Königreichs Tonga, die über dem Monitor an der Kabinenwand hing. Fünfundneunzig blaue Punkte im Ozean zogen sich wie die Pfähle eines Zaunes an der Ostseite der Inselkette entlang. Dann stand er auf, nahm einen blauen Filzstift und machte einen sechsundneunzigsten Punkt auf die Karte. Ob die Dinger wohl auch wirklich funktionieren? fragte er sich. Wenn ja, dann hoffe ich, daß sie dabei bloß Fische töten. Es wäre schlimm, wenn dann ausgerechnet ein Wal in der Nähe wäre. Jim liebte die großen Buckelwale, die ab und zu an der M. V. Kranz vorbeizogen. Obwohl das momentan – die Tiere waren wieder auf Wanderschaft – mehrmals in der Woche geschah, konnte Jim sich an den gigantischen Geschöpfen einfach nicht sattsehen. Das war eine der schönen Seiten dieses Jobs, neben der Tropensonne natürlich und den traumhaften Inseln, die er aber vor lauter Arbeit bisher noch immer nicht hatte erkunden können.

KAPITEL 4

Noch immer nannten die Bewohner von Nuku den kümmerlichen Steinhaufen am Südende der Insel einen Kai, obwohl der Taifun vor einigen Jahren bis auf ein paar dicke hölzerne Pfähle, die halbverrottet in der Nähe aus dem Wasser ragten, nicht mehr viel davon übrig gelassen hatte. Der hagere junge Bootsführer navigierte sein Fahrzeug vorsichtig um die Holzreste herum und brachte es so nahe wie möglich an die im Lauf der Jahre schwarz gewordenen Korallensteine. Hier würde er die Palangi-Frau mit den langen Beinen aussteigen lassen, von der er sogar den Namen kannte. Sie hieß JoAnn und war eine Lehrerin aus Australien, die sich freiwillig für einen Job in Nuku gemeldet hatte. Der Bootsführer hatte sich schon öfter gefragt, warum sie wohl ihr reiches Heimatland verlassen hatte und ausgerechnet hierher ins ärmliche Tonga gekommen war. Sie sind eben verrückt, diese Palangis, dachte er und lächelte JoAnn an, als diese ihm das Fahrgeld von einem Pa'anga in die Hand drückte.

Der Besitzer des Schweins hatte sich auf der Bank umgedreht und hielt das Boot an einem der alten Kaipfosten fest, damit die weiße Frau besser aussteigen konnte. Um den Kai zu erreichen, war ein beherzter Sprung nötig, den JoAnn aber bisher immer gut gemeistert hatte. Diesmal allerdings wollte ihr ein übereifriger, etwa fünfzehn Jahre alter Passagier unbedingt beim Aussteigen helfen und sprang so rasch von seiner Bank auf, daß das kleine Boot wild zu schaukeln begann. JoAnn schaffte den Sprung gerade noch, und als sie sich umdrehte, sah sie, wie der ältere Bruder des Jungen diesem ein paar saftige Ohrfeigen gab. Das Schwein grunzte

und quiekte, und der Bootsführer gab Vollgas und lenkte sein nicht mehr ganz so stark beladenes Fahrzeug wieder aufs Meer hinaus.
Während sich das Knattern des Außenborders langsam entfernte, machte sich JoAnn mit ihren schweren Plastiktüten auf den Weg den Strand hinauf. Es dauerte nicht lange, da war sie von vier kleinen Kindern umringt, die ihr unbedingt beim Tragen helfen wollten. Dabei riefen sie immer »*Bye-bye!*«, »*Bye-bye!*«. JoAnn mußte unwillkürlich grinsen. *Bye-bye* war das einzige englische Wort, das jeder Tongaer kannte, ob jung oder alt. Es wurde hier auf den Inseln sowohl als Willkommens- als auch als Abschiedsgruß für Weiße verwendet.
JoAnn hatte ihre liebe Mühe, die Tüten vor der Hilfsbereitschaft der Kinder zu verteidigen. Als sie im vergangenen Monat mit ihren Einkäufen zurückgekehrt war, hatte sie den Kindern eine Tüte zum Tragen überlassen, die aber viel zu schwer für sie gewesen war. Sie hatten sie ein paar Meter im Sand hinter sich hergeschleift und dann angefangen, sich darum zu balgen. Dabei war natürlich die Tüte entzwei gerissen und ihr Inhalt in den Sand gekullert. Um eine ähnliche Katastrophe zu verhindern, beschloß JoAnn, sich erst einmal hinzusetzen und zu warten, bis die Kinder sich beruhigt hatten.
Dort, wo der Strand in den dichten, grünen Inselwald überging, ließ sie sich nieder und blickte hinauf zu den Wolken, die wie weiße Wattebäusche langsam über den blauen Himmel zogen. Jetzt, Anfang Dezember, begann auf der südlichen Erdhalbkugel die heißeste Zeit des Jahres, aber JoAnn blieb trotzdem in der Sonne sitzen und genoß die Wärme. Sie legte den Kopf so weit in den Nacken, daß ihre Haare den Sand berührten, und ließ ihren Blick hinauf zu den Kokospalmen am Waldrand schweifen. Hinter ihren dunkelgrün gefiederten Blättern sah das Blau des Himmels noch

leuchtender aus als sonst, aber selbst dieses Blau wirkte geradezu blaß im Vergleich mit der Farbe des Meeres, die fast schon elektrisch glühte und JoAnn an blaue Neonröhren erinnerte. Nur dort, wo sich eine Untiefe befand, konnte man smaragdgrüne Stellen entdecken, und draußen am Riff hatte das Wasser eine Farbe wie die Schale frisch gepflückter Limonen.

Während JoAnn im warmen Sand saß, fiel ihr wieder ein, daß sie immer noch eindeutig zuviel Bein zeigte. Auch wenn ihre Gastgeber zu höflich waren, um sie darauf anzusprechen, wollte sie ihre Gefühle nicht unnötig verletzen. Vielleicht sollte sie ja ihre Beine im Sand vergraben ... nein, das war dann doch zu albern. Aber JoAnn hatte bereits geistesabwesend etwas Sand in die Hand genommen und ihn sich übers Knie rieseln lassen.

Su'a, der jüngste Sohn ihrer Gastfamilie, hatte sich inzwischen neben ihr niedergelassen. Der fünfjährige Junge mochte JoAnn ebenso gerne wie sie ihn. Als er jetzt sah, wie seine weiße Freundin sich den Sand aufs Knie rinnen ließ, hielt er das für ein neues Spiel und begann sofort, mehr Sand auf JoAnns Beine zu schaufeln. Es dauerte nicht lange, bis seine drei Spielgefährten ihm begeistert zu Hilfe kamen. Bald flog der Sand kreuz und quer durch die Luft und landete mehr in den schwarzen Haaren der Kinder oder in den Plastiktüten als auf JoAnns Beinen. Nachdem die siebenundzwanzigjährige Lehrerin dem Treiben eine Weile zugesehen hatte, beteiligte sie sich lachend nun auch an der rings um sie tobenden Sandschlacht. Erst als Su'a und seinen Freunden das Spiel langweilig wurde, stand sie auf und machte sich auf den Weg nach Hause.

Beim Gehen schlugen die Badeschlappen aus Plastik, die hier in Tonga jeder trug, mit einem leisen, klatschenden Geräusch an ihre Fußsohlen. Manchmal, wenn ein Regenguß die Wege auf der Insel in glitschig-weiche Schlammpfade verwandelte, spritzten von den Sandalen braune Dreckklümpchen in die Höhe, die sich dann wie ein Rallyestreifen an JoAnns Rücken hinauf bis in ihre Haare zogen. Heute war der Weg aber trocken, und das einzige, worauf man achtgeben mußte, waren die in ihn hineinragenden Baumwurzeln. Nach zehn Monaten auf der Insel kannte JoAnn den Trampelpfad allerdings schon so gut, daß sie solchen Hindernissen fast automatisch aus dem Weg ging.

Nachdem JoAnn den Aufstieg im Wald hinter sich gebracht hatte, kam auch schon das Heim ihrer Gastfamilie in Sicht. Eigentlich hatte die australische Agentur, die sie hierher vermittelt hatte, ihr ein eigenes Haus versprochen, aber auf Nuku gab es nun einmal keine leerstehenden Gebäude, die man hätte mieten können. JoAnn konnte von Glück sagen, daß die neunköpfige Familie ihr überhaupt eines von ihren vier Zimmern abgetreten hatte.

Die Wände des Hauses bestanden aus grau gestrichenem Sperrholz, an dem der Lack an vielen Stellen schon abblätterte. Das Dach war aus Wellblech und so konstruiert, daß sich das Regenwasser in einem freistehenden zylindrischen Wassertank aus Beton sammelte. Das Haus, das an seiner längsten Stelle nicht mehr als zehn Meter maß, stand auf kompakten Stelzen aus massiven Baumstämmen, deren Zweck JoAnn zunächst nicht ganz eingeleuchtet hatte. Hier am Hang mußte man schließlich keine Angst vor einer Überschwemmung haben. Auf ihre diesbezüglichen Fragen hatten JoAnns Gastgeber achselzuckend geantwortet, daß die Stelzen dafür da seien, daß die Schweine im Sommer Schatten hatten.

Etwas weiter unten am Hang standen zudem zwei baufällige Hütten, von denen eine als Küche, die andere als Latrine diente. Hinter der Kochhütte markierte ein großer grauer Aschenhaufen die Stelle, an der die Familie ihre Abfälle

verbrannte. Alle Gebäude waren durch quer über die Wiese laufende Trampelpfade miteinander verbunden, ähnliche Wege führten auch hinunter zum Strand und weiter zu den Häusern der Nachbarn.
JoAnn verließ den Hauptweg, stieg über einen niedrigen Holzzaun und ging auf das Haus zu, dessen einzige noch intakte Fensterscheibe das Licht der Nachmittagssonne reflektierte. Alle anderen Fenster im Haus waren zum Schutz vor Moskitos lediglich mit Tüchern verhängt. Eine Eingangstür fehlte ebenfalls, wenn auch die leeren Angeln darauf schließen ließen, daß es einmal eine gegeben hatte. Jetzt stand das Haus schon seit langem weit offen für Besucher, die Hühner und den Wind. Bevor JoAnn über die Schwelle trat, zog sie, wie es in Tonga der Brauch war, ihre Badeschlappen aus.
»JoAnn! Wie schön, daß du zurück bist!« rief Mele, JoAnns tongaische »Mutter«. Die kugelrunde, immer glücklich lächelnde Frau breitete die Arme aus und drückte JoAnn, die gerade noch ihre Plastiktüten abstellen konnte, an ihre voluminöse Brust.
»Wie geht es dir?« fragte JoAnn, nachdem Mele sie wieder aus ihrer Umarmung entlassen hatte.
»Mir geht es gut. Aber du siehst ja ganz ausgehungert aus, JoAnn. Setz dich doch zu mir und iß etwas.« Mit einer Handbewegung winkte Mele ihre Tochter Liliani herbei und befahl ihr, JoAnn eine Banane zu holen.
»Aber ich habe in der Stadt schon etwas gegessen«, protestierte JoAnn, obwohl sie wußte, daß es sinnlos war.
»Aber du bist doch so dürr, Mädchen«, meinte Mele wie immer, wenn die Sprache auf dieses Thema kam. »Wenn du nicht zunimmst, findest du nie einen Mann. Na los, setz dich schon zu mir.«
Mit einem gutmütigen Lächeln fügte sich JoAnn in ihr Schicksal und ließ sich auf der im Schachbrettmuster aus

braunen Blättern geflochtenen und an den Rändern mit rotem und gelbem Garn eingefaßten Bodenmatte nieder, die fast den ganzen Raum einnahm. JoAnn hatte Mele und den anderen Frauen der Familie, die häufig an solchen *fala* genannten Matten flochten, aus der Stadt neues Garn mitgebracht, diesmal zur Abwechslung ein grünes. Große *falas* konnte man für viel Geld an im Ausland lebende Tongaer verkaufen, die ganz wild auf solche Souvenirs aus ihrer alten Heimat waren. Es dauerte allerdings mehrere Monate, bis die Arbeit daran vollendet war.

Als sich JoAnn im Wohnzimmer umsah, mußte sie innerlich grinsen. Bei ihrer Ankunft vor zehn Monaten war ihr die tongaische Art der Inneneinrichtung noch wie ein einziges Chaos vorgekommen, inzwischen hatte sie aber längst erkannt, daß hinter diesem Wahnsinn Methode steckte. Oberstes Gebot schien zu sein: Je bunter, desto besser. Keine Farbkombination schien den Tongaern zu grell. Ein gutes Beispiel dafür war die Tapete im Wohnzimmer, ein oranges Paisley-Blumenmuster auf silbrig glänzendem Grund. Auch die Zimmerdecke war tapeziert, diesmal in grünweißen Schrägstreifen, wobei man beim Kleben der einzelnen Bahnen nicht auf die Anschlüsse geachtet hatte. JoAnn hatten die Tapeten unwillkürlich an besonders geschmackloses Geschenkpapier erinnert.

Wie in jedem Wohnzimmer des tongaischen Königreichs, hingen auch in JoAnns neuem Zuhause eine Unmenge von Familienphotos an den Wänden. Auf den meisten von ihnen waren im Ausland lebende Verwandte zu sehen, denn hier in Tonga waren Kameras eine Seltenheit und Filme sündhaft teuer. Einige dieser Bilder kamen JoAnn arg merkwürdig vor: Sie zeigten tote, bereits in ihre Begräbnismatten gewickelte Menschen, um die herum sich die fröhlich in die Kamera grinsende Verwandtschaft drängte.

Möbliert war das Wohnzimmer mit einem wilden Sammelsurium verschiedenster Einrichtungsgegenstände, das von einem aus Kokospalmenholz zusammengezimmerten Tisch bis hin zu einem viktorianischen Geschirrschrank mit Glastüren reichte, auf dem sich eine Michael-Jackson-Puppe, eine rostige Konservendose mit Plastikblumen und zwei glänzend polierte Kokosnußhälften befanden. Daneben standen drei Stühle: Ein metallener Klappstuhl, ein Gartenstuhl aus weißem Plastik und ein verschlissener Polstersessel mit hölzernen Armlehnen, der vor langer Zeit vielleicht einmal ein weit entferntes Heim geziert hatte. Die Stühle waren, wie alle anderen Möbelstücke auch, dicht an die Wand gerückt, um den Boden als den wichtigsten Teil des Raumes möglichst freizuhalten.

Das verrückteste Möbelstück im Haus war für JoAnn jedoch ohne jeden Zweifel eine blaue Truhe, auf deren Deckel ein großes Stück Blech genagelt war. Das Blech zeigte ein sich ständig wiederholendes Muster, auf dem in goldenen Lettern »Palm Corned Beef« stand, und wurde in den etwas reicheren Ländern des südlichen Pazifiks wohl zur Herstellung von Konservendosen verwendet. Wie diese großen Stücke auf die Tonga-Inseln gelangten und weshalb sie hier ausgerechnet als Truhendeckel Verwendung fanden, würde JoAnns westlich geprägtem Gehirn ein immerwährendes Rätsel bleiben.

Auch Mele dachte offenbar über Einrichtungsfragen nach. »Hast du dich in der Stadt nach den Preisen für Fernsehapparate umgesehen?« fragte sie JoAnn. Seit Jahren schon träumte Mele von einem Fernseher, der dann der einzige auf Nuku wäre. Alle Nachbarn würden kommen und auch einmal hineinsehen wollen, und Mele wäre die wichtigste Frau auf der ganzen Insel.

»Ich habe keine gesehen«, schwindelte JoAnn. »Ich glaube, die gibt es nur in Nuku'alofa, und da kosten sie über achthundert Pa'anga.«

»Naja, vielleicht bekommen wir dieses Jahr ja eine gute Vanilleernte.«
»Hoffentlich«, antwortete JoAnn ohne allzuviel Enthusiasmus; sie ersparte es sich, darauf hinzuweisen, daß es mit dem Kauf eines Empfangsapparats allein nicht getan wäre. Um fernsehen zu können, hätte Mele erst einmal einen Generator haben müssen, der ihr den dazu benötigten Strom erzeugte. Und dann brauchte sie auch noch eine Satellitenschüssel, denn Nuku lag weit außerhalb der Reichweite jeglicher terrestrischer Sender.
JoAnn zog eine aus Kokosholz gefertigte Spange aus ihren zweifarbigen Haaren, stand auf und gab Mele das grüne Garn. Dann verabschiedete sie sich, um die Einkaufstüten in ihr Zimmer zu bringen. »Ich muß noch meine Englischstunden für morgen vorbereiten.«
»Moment, warte doch. Du hast ja noch gar nichts gegessen«, sagte Mele und winkte den vier Kindern, die an der Zimmertür gewartet hatten und jetzt schüchtern kichernd auf JoAnn zurannten. Ein jedes von ihnen hatte mindestens zwei Bananen in der Hand. Su'a, der inzwischen vom Strand zurückgekommen war, brachte ihr gleich fünf der gelben Früchte.
»Malo 'aupito«, bedankte JoAnn sich bei ihnen und stopfte die Geschenke in eine ihrer ohnehin schon übervollen Tüten. Dreizehn Bananen, rechnete sie, während sie sich auf den Weg in ihr Zimmer machte. Wann soll ich die denn alle essen?

KAPITEL 5

Es war wie an jedem Sonntagmorgen, seit JoAnn hier auf Tonga lebte. Leise stöhnend warf sie im schummrigen Licht der Petroleumlampe neben ihrem Bett einen Blick auf ihre Armbanduhr. Es war halb fünf, und drüben im Wohnzimmer sang die Familie zusammen mit ein paar Nachbarn fromme Lieder. Weil JoAnn in den vergangenen Wochen während dieser Morgenandachten immer im Bett geblieben war, fühlte sie sich jetzt verpflichtet, aufzustehen und sich sehen zu lassen. Nachdem sie sich vergewissert hatte, daß keine neugierigen Kinderaugen an dem Vorhang vorbeispähten, der als eine Art Tür zu ihrem Schlafzimmer fungierte, stieg sie aus dem Bett und zog sich an.

Auf der großen Matte im Wohnzimmer saßen etwa fünfzehn Tongaer im Kreis. Bis auf Tekina und einen anderen alten Mann waren es alles Frauen, einige von ihnen hatten schlafende Babys auf dem Schoß. Eine Frau aus der Nachbarschaft hielt ihr Gesangbuch ins Licht der Petroleumlampe und intonierte mit lauter Stimme eine Hymne, deren getragene Melodie den Raum erfüllte. JoAnn ließ sich im Kreis nieder und warf einen Blick auf die Bibel der Frau neben ihr. Sie hatte das Evangelium nach Markus aufgeschlagen, der auf tongaisch *Ma'ake* hieß. Vielleicht würde man sie später bitten, eine Stelle daraus vorzulesen.

JoAnn ließ ihren Blick über die Gesichter in der Runde schweifen und wurde von den Frauen reihum mit einem Lächeln begrüßt. Die beiden Männer nickten ihr freundlich zu. Der Gebetskreis, der sich jeden Sonntag in Meles Haus traf, gehörte zur *Free Wesleyan Church of Tonga,* der größten

Glaubensgemeinschaft auf den Tonga-Inseln, deren Einwohner Ende des achtzehnten Jahrhunderts von methodistischen Missionaren zum Christentum bekehrt worden waren.

Wenn JoAnn nach ihrer Religion gefragt wurde, gab sie an, katholisch zu sein, obwohl sie seit ihrer Kindheit keinen Gottesdienst mehr besucht hatte. Den Tongaern war es nur wichtig, daß sie eine Christin war, egal ob katholisch oder protestantisch. Daß sie in Wirklichkeit überzeugte Agnostikerin war, behielt JoAnn lieber für sich.

Trotz der beiden Petroleumlampen war der Raum so dunkel, daß JoAnn von den meisten der im Kreis sitzenden Menschen lediglich Gesichter, Hände und Gesangbücher sah. Nur in unmittelbarer Nähe der flackernden Flammen konnte sie erkennen, wie die Menschen gekleidet waren. Die Frauen trugen weite Kleider, die Männer bis zum Kragen zugeknöpfte Hemden und darunter ein bis zu den Knien reichendes rockartiges Kleidungsstück, das hier *tupenu* hieß. Um die Taille hatten sie sich etwa dreißig Zentimeter breite, aus braunem Gras geflochtene Matten gebunden.

JoAnn saß schweigend in der Runde und bewunderte den kräftigen sicheren Gesang der Frau, in den nach und nach auch die anderen in der Runde einstimmten. Wie fast alle Tongaer waren sie hervorragende Sänger, und ihre einfachen, aber wunderschönen Stimmen umkreisten die Hauptmelodie des Liedes so elegant wie Schwalben, die um einen Kirchturm segeln. Dasselbe Lied würden sie noch einmal in der kleinen, nicht weit vom Haus entfernten Kirche singen, zu der JoAnn etwas später zusammen mit ihrer Familie gehen würde. Mele besuchte an den meisten Sonntagen noch zusätzlich die Nachmittags- und Abendmesse, aber das war für JoAnn eindeutig zuviel des Guten. Andererseits durfte man in Tonga an einem Sonntag per Gesetz nichts anderes tun als essen, schlafen und in die Kirche gehen.

Wenn man also nicht gerade hungrig oder müde war, blieb einem eigentlich nur die Kirche übrig.
Nachdem das Lied verklungen war, trat eine plötzliche Stille ein, in der JoAnn hören konnte, wie in der Umgebung des Hauses die Hähne krähten. Dann legte ihr auf einmal jemand eine Bibel in den Schoß, und die beiden Petroleumlampen wurden im Kreis weitergereicht und links und rechts von ihr auf die Matte gestellt. Drei verschiedene Zeigefinger deuteten auf die Stelle, die sie vortragen sollte. Zuerst fühlte JoAnn sich von dieser Forderung peinlich berührt, dann aber, als sie in die Runde blickte und die erwartungsvollen Gesichter sah, machte sich ein glückliches Lächeln auf ihrem Gesicht breit. Sie sah hinunter auf die Bibel und begann mit bewegter, melodiöser Stimme vorzulesen.

✷

Das Problem, mit dem sich Jim an diesem Vormittag beschäftigte, hatte zur Abwechslung einmal nichts mit Chim-Chim, sondern mit einer der beiden Maschinen der M. V. Kranz zu tun, die auf einmal nicht mehr genügend Öldruck aufbaute. Wenn es Jim nicht gelang, den Schaden zu beheben, konnte das Boot mit dem einen ihm verbleibenden Diesel nur halbe Fahrt machen, und das war im Augenblick besonders ärgerlich für Jim, denn soeben hatte Viliami, der tongaische Kapitän, das Wort *tofua'a* nach unten gerufen: Wale.
Ausgerechnet jetzt muß der Motor den Geist aufgeben, dachte Jim. Chim-Chim, den Ron tags zuvor aus dem Wasser geholt hatte, stand sicher oben an Deck, und das Schiff mußte nicht mehr Position über dem Unterwasserroboter halten, sondern konnte zur Abwechslung einmal hinfahren, wo es wollte – zum Beispiel einer Walherde hinterher.

Mit einer Maschine allerdings war das nur schwer zu schaffen.
Sich als Schiffsmechaniker zu betätigen fiel eigentlich nicht in Jim North' Aufgabenbereich, weil er aber über ein beträchtliches technisches Improvisationstalent verfügte, hatte der Kapitän ihn gebeten, sich den kaputten Motor einmal anzusehen. Jim beugte sich gerade über die abgeschraubte Ölleitung, als Ron von oben den Kopf in den Maschinenraum steckte. »Die Wale schwimmen nach Nordosten«, sagte er. »Sie sind jetzt etwas eine Meile vom Boot entfernt.«
»Ich tue, was ich kann«, antwortete Jim gereizt. »Aber fünf Minuten dauert es bestimmt noch.«
»Okay«, meinte Ron, und sein Kopf verschwand.

Ein paar Minuten später ließ Jim Viliami die Maschine starten, um sie auf etwaige undichte Stellen überprüfen zu können. Als er keine fand, kletterte er aus dem Maschinenraum nach oben, und der Kapitän jagte mit voller Fahrt den entschwundenen Walen hinterher. Eigentlich hatte Jim sich ein Lob von seinen beiden Kollegen erwartet, aber die nahmen sein technisches Geschick offenbar als Selbstverständlichkeit hin.

✷

Nach der Bibelstunde war JoAnn noch einmal ins Bett gegangen und hatte bis neun Uhr geschlafen. Dann war sie aufgestanden, hatte sich in der kleinen Duschkabine vor dem Haus gewaschen und zum Frühstück zwei von Su'as Bananen verspeist.
Als JoAnn das Wohnzimmer betrat, hockten die fünf Kinder an einer Ecke der großen Matte und spielten Karten. Tekina saß mit zwei älteren Tanten weiter hinten im Raum und wartete auf Mele, die kurz nach JoAnn hereinkam. Die

kugelrunde Matriarchin musterte alle Anwesenden genau. Sie wollte wohl herausfinden, ob sie auch anständig gekleidet waren, um Gott und – was mindestens ebenso wichtig war – den Nachbarn unter die Augen treten zu können. JoAnn wurde dabei der genauesten Prüfung von allen unterzogen, denn Mele war die einzige Frau auf der Insel, die eine Palangi als Gast hatte, worauf sie auch mächtig stolz war. Wohlwollend stellte Mele fest, daß sich JoAnn so hübsch zurechtgemacht hatte wie immer. Sie trug ein knöchellanges weißes Kleid mit pfirsichfarbenem Blumenmuster und darüber einen breiten strohfarbenen Gürtel aus Pandanus-Fasern, zwischen die in unregelmäßigen Abständen rote, rosafarbene und gelbe Plastikfäden eingeflochten waren. Außerdem waren zur Dekoration kleine, hübsch geformte Muscheln angenäht.

Die anderen Frauen und Mädchen trugen ähnliche Kleider wie JoAnn, und Tekina hatte ein schwarzes Hemd und einen Männerrock in derselben Farbe angelegt, über dem er sich eine braune Grasmatte viermal um den dünnen Leib gewickelt und mit einem zopfartig geflochtenen Band aus schwarzen Menschenhaaren befestigt hatte. JoAnn kam die Matte viel zu groß für den dürren Fischer vor.

Auf ein Zeichen von Mele hin setzte sich die Gruppe in Bewegung. Als sie das Haus verließen, mußten sie über Meles Ehemann steigen, der draußen vor der Tür seinen Rausch ausschlief.

Der Weg zur Kirche führte durch den Wald, was JoAnn sehr genoß. Obwohl Nuku nur eine kleine Insel war, gab es hier vier Kirchen, deren Glocken vor Beginn der Messe das ganze Eiland mit ihrem Klang erfüllten. Von Glocken im westlichen Sinn konnte allerdings nicht die Rede sein, denn die wären den armen Gemeinden viel zu teuer gekommen. Auf Nuku behalf man sich mit leeren Benzinfässern oder ausgehöhlten Baumstämmen, die jetzt die ganze Insel in eine bizarre Klangwolke aus rhythmisch wiederholten, hölzernen und blechernen Tönen hüllten. Für JoAnn, die auf dem Weg durch den Wald meistens den kleinen Su'a an der Hand führte, war dieses Geräusch das schönste am ganzen Sonntag.

✷

»Ich würde das nicht tun«, warnte Ron. Er stand an der Reling und blickte hinunter auf den riesigen grauen Schatten, der sich langsam dem Boot näherte. Jim hörte nicht auf ihn. Er streifte die Schuhe von seinen Füßen und zog sich das T-Shirt aus. Dann kletterte er auf die Reling und machte einen Hechtsprung ins Meer. Ron schüttelte den Kopf, aber eigentlich wäre er Jim am liebsten gefolgt.
Jim tauchte ein paar Meter vom Boot entfernt wieder auf, strich sich die nassen Haare aus der Stirn und sah sich um. Dann holte er tief Luft und tauchte wieder ab. Ron hielt den Atem an, als ein graubrauner Schatten durch das azurblaue Wasser direkt auf Jim zuschwamm. Er sah, wie der Schwanz des Wals nur wenige Zentimeter an seinem Kollegen vorbeiglitt. Kurz darauf erschien Jim prustend an der Oberfläche und ließ einen Schrei des Entzückens los.
»Kommen noch mehr Wale?« rief er hinauf zu der mit abgeschalteten Maschinen in der Dünung dümpelnden M. V. Kranz.
Ron warf einen Blick über die Schulter und sah, wie auf der anderen Seite des Bootes eine dunkle Schwanzflosse ins Wasser tauchte. Ein anderer Meeressäuger kam gerade an die Oberfläche und stieß eine glitzernde Wolke aus Wasserdampf in die Luft. »Scheint so, als käme die ganze Herde«, schrie Ron und formte dabei die Hände wie ein Sprachrohr. »Ich sehe mindestens drei!«
Jim nickte und winkte Rom, er solle doch auch ins Wasser

kommen. Dann formte er mit den Händen ein Oval, das er sich vor die Augen hielt. Ron verstand. Er sollte seine Taucherbrille aufsetzen. Kurz überlegte er, ob er auch ins Wasser springen sollte. Aber bis er seine Taucherbrille geholt hätte, wären die Wale längst weitergezogen, und ohne sie mußte er im Salzwasser ständig die Augen schließen und konnte die Tiere nicht richtig sehen.

»Ich bleibe an Bord!« rief er Jim zu und sah, wie sein Kollege wieder zu den riesigen Buckelwalen hinuntertauchte. Er war inzwischen schon eine ganze Strecke von dem Boot abgetrieben.

Als der letzte Wal unter der M. V. Kranz hindurchgetaucht war, startete Viliami die Maschinen und fuhr Jim langsam hinterher. Ron ging zu dem dicken freundlichen Kapitän ins Cockpit und blickte mit ihm zusammen hinaus aufs Wasser. In der von der Dünung bewegten See war es gar nicht so leicht, den Kopf eines einzelnen Schwimmers auszumachen. Außerdem mußten Ron und Viliami aufpassen, daß Jim nicht gerade untergetaucht war und sie über ihn hinwegfuhren. Als sie sich dem letzten Tier der Walherde näherten, schaltete Viliami deshalb die Motoren auf Leerlauf.

Eine Weile schaukelte das Boot antriebslos auf dem in der Sonne glitzernden, leicht bewegten Meer, dann hörten Viliami und Ron einen Schrei. Sie sahen Jim, der ihnen in etwa zehn Metern Entfernung von Steuerbord zuwinkte und sie breit und glücklich angrinste. »Es war phantastisch«, sprudelte er hervor, nachdem sie ihm an Bord geholfen hatten. »Du hättest wirklich reinkommen sollen, Ron. Und du auch, Viliami.«

Ron blickte hinüber zu dem Kapitän, sah den verlegenen Ausdruck auf dessen Gesicht und fragte sich, ob Jim denn wirklich nicht wußte, daß viele Tongaer nicht schwimmen konnten. Offenbar fiel auch Viliami in diese Kategorie.

»Einen von ihnen habe ich sogar berührt«, berichtete Jim

begeistert. »Ihr könnt euch nicht vorstellen, wie sich seine Haut angefühlt hat. Ein bißchen wie Gummi, aber lebendig und warm. Und dann habe ich mich an dem Wal festgehalten, und er hat mich ein paar Meter mit nach unten gezogen, bis es mir zu tief wurde.« Jim unterstrich seine Erzählung mit weit ausladenden Gesten. »Und stellt euch vor, gesungen haben sie auch! Das war phantastisch! Ihre Stimmen sind ganz hoch und klingen irgendwie überirdisch. Und dann war da noch …«

✷

Als der Pfarrer den Kirchenraum betrat, erhoben sich die Gläubigen von ihren Bänken. Der Mann Gottes schritt vor den mit einem weißen Tuch bedeckten Altar und nannte die Nummer eines Kirchenliedes. Daraufhin stand ein Mann in der ersten Reihe auf und stellte sich mit dem Rücken zum Altar auf die Bank. Er nahm eine Blockflöte an die Lippen und intonierte eine Note, damit die Gemeinde sich einstimmen konnte. Bald darauf war die kleine Kirche von vielstimmigem Gesang erfüllt. JoAnn, die nicht mitsang, wunderte sich wieder einmal darüber, wie viele Kirchenlieder die Tongaer auswendig kannten. Diese Menschen sind wahrscheinlich die besten Sänger auf der ganzen Welt, dachte sie bewundernd. In dem engen Kirchenraum war es so heiß und stickig, daß ihr schon wenige Minuten nach Beginn der Messe das Kleid am Körper klebte. JoAnn nahm ihren aus breiten Grashalmen geflochtenen Fächer zur Hand und wedelte sich damit etwas Kühlung zu. Viele andere Frauen taten das gleiche, was für eine ständige, flirrende Bewegung sorgte.
Nach dem ersten Lied sang die Gemeinde noch zwei weitere, bevor sie wieder Platz nahm, um der Predigt des Pfarrers zu lauschen. Obwohl er bestimmt schon über sechzig war, hatte

er noch immer pechschwarze Haare und buschige Augenbrauen in derselben Farbe. Auch sein Jackett, an dem sich nicht ein einziger Knopf mehr befand, war schwarz und brachte das knallgelbe T-Shirt, das er darunter trug, erst so richtig zum Leuchten.
Nachdem der Pfarrer sich die Nickelbrille auf seine flache Nase geschoben hatte, begann er mit seiner Predigt. JoAnn hörte selten auf das, was die eindringliche Stimme sagte, achtete dafür aber um so genauer auf ihren Ton. Im Laufe vieler Sonntage hatte sie sich einen Spaß daraus gemacht, das Verhalten des Priesters bei der Predigt vorherzusagen. Im Augenblick sprach er noch ziemlich ruhig und warf ab und zu einen Blick in die Bibel, die vor ihm auf dem Pult lag. Noch nicht, dachte JoAnn. Eine Minute später hielt der Pfarrer in seiner Predigt inne und wischte sich mit dem Taschentuch den Schweiß von der Stirn. Als er weitersprach, war seine Stimme schon etwas rauher und näherte sich immer mehr einem krächzenden Flüstern. Bald ist es so weit, bemerkte JoAnn und beobachtete, wie sich die Augen des Priesters zu schmalen Schlitzen verengten. Ab und zu schlug er jetzt auch schon mit der Faust auf die Bibel, um seinen Worten mehr Nachdruck zu verleihen. Nach und nach steigerte sich die Häufigkeit dieser Schläge, und die Stimme des Priesters wurde noch kehliger. Jetzt dauert es nicht mehr lange. Der Pfarrer packte die Bibel mit beiden Händen und hielt sie mit einem gequälten Ausdruck auf dem Gesicht seiner Gemeinde entgegen. Schweiß stand ihm auf der Stirn, und seine Oberlippe begann zu zittern. Jetzt! JoAnn hatte recht. Aus den Augen des Priesters quollen auf einmal dicke Tränen, seine Stimme überschlug sich, und seine Hände rissen die Bibel hoch in die Luft, so daß ihre Seiten flatterten wie die Schwingen eines gefangenen Vogels. JoAnn sah sich verstohlen in der Kirche um. Die Gemeinde blickte mit unbewegten Gesichtern nach vorn.

Unter einer der hinteren Bänke krochen ein paar kleine Mädchen herum, und Mele, die neben JoAnn stand, gähnte hinter vorgehaltener Hand, was auf JoAnn wie ansteckend wirkte. Von allen Gebäuden der Insel waren die Kirchen die einzigen, die über alle Fensterscheiben verfügten. Beim Haus Gottes machte man sich, im Gegensatz zur eigenen Behausung, offenbar viel eher die Mühe, das von Wirbelstürmen zerstörte Glas wieder zu ersetzen. An die armen Kirchenbesucher, die in dem von keinem Lufthauch gekühlten Raum schwitzen mußten, dachte dabei niemand.
Als JoAnn ihre Aufmerksamkeit wieder dem Pfarrer zuwandte, sah sie, daß dieser sich von einer Sekunde auf die andere wieder gefangen hatte. Er beendete mit ganz normaler Stimme seine Predigt und forderte die Gemeinde zum Gebet auf. Diese Wandlung werde ich wohl nie richtig voraussagen können, dachte JoAnn bewundernd und kniete sich zusammen mit dem Rest der Gemeinde auf das harte Holz der Kirchenbänke.

KAPITEL 6

Wachsam wie ein Raubvogel beobachtete Liston den Strom der Passagiere, den die von Trinidad kommende Fähre soeben an Land gespuckt hatte. Seine harten schwarzen Augen suchten nach weißer Haut, denn Weiße waren seine beste Beute. Weiße ließen sich mit Gefühlen ködern, denn schließlich kamen die meisten von ihnen nach Tobago, um Kontakt mit echten karibischen Einheimischen zu bekommen. Und weil man die nur durch einen glücklichen Zufall trifft, hatte Liston mit seiner Masche meist leichtes Spiel. Schon am Hafen verwickelte er die Touristen in ein harmloses, ganz beiläufiges Gespräch, bei dem er so tat, als würde er auch die blödesten und abgeschmacktesten Gedanken der Leute ganz toll finden. Schamlos log er seinen neuen Bekannten vor, daß er einen Bruder oder eine Schwester habe, die genau in der Gringostadt arbeiteten, in der auch sie zu Hause waren. Wenn das Gespräch bis dahin zufriedenstellend verlaufen war, legte Liston seinen Köder aus und erzählte den Touristen von einer »echt coolen« Bar, in der er am Abend mit seiner Steelband auftreten würde. Obwohl die meisten Weißen ganz wild auf Steelbands waren, nahmen viele von ihnen Listons Einladung auf einen Drink in der Bar dann doch nicht an – offenbar war ihnen die Sache irgendwie zu exotisch. Von denen, die zusagten, kamen auch nicht alle, aber die paar, die schließlich doch aufkreuzten, waren für Liston schon genug. Bisher war noch keiner von ihnen am Leben geblieben.

Als eine Gruppe von fünf blassen Rucksacktouristen den Kai entlangkam, sah Liston schon auf den ersten Blick, daß es

Deutsche waren. Alle hatten akkurat zusammengerollte Isomatten und ordentlich in Nylonbeutel verpackte Schlafsäcke auf ihre Rucksäcke geschnallt und schleppten dicke Reiseführer mit sich herum. Deutsche gehörten mit ihrer naiv-vertrauensseligen Art zwar zu Listons bevorzugten Opfern, aber um Gruppen machte er immer einen großen Bogen. Selbst wenn es ihm gelang, eines ihrer Mitglieder zu isolieren und in seine Falle zu locken, blieben immer viel zu viele Leute übrig, die ihn später identifizieren konnten. Die also nicht, dachte Liston, seinen durchtrainierten athletischen Körper an die Wand eines rostigen Stahlcontainers gelehnt.

Eine ganze Weile stand er so da und wartete darauf, daß aus der dunkelhäutigen Masse der Einheimischen wieder ein weißes Gesicht hervorblitzte. Da! Einer ... nein, zwei Gringos. Leider aber zu alt. Und außerdem ein Ehepaar. Faltige, gebräunte Haut, teure weiße Bootsschuhe, seltsame Hüte. Vermutlich Segler. Alte, schwache Leute umzubringen machte Liston keinen Spaß, und außerdem würden die beiden seine Einladung vermutlich sowieso ausschlagen.

Langsam kam der Menschenstrom zum Versiegen. Liston spuckte seine Zigarette aufs Pflaster und trat sie mit Absatz seines Cowboystiefels aus. Da war es. Ein weißes Gesicht. Männlich. Allein. Mit einem vollgestopften, schlampig gepackten Rucksack. Sehr gut. Groß und kräftig, aber das war kein Problem. Im Gegenteil, es machte die Sache sogar noch reizvoller. Und eindeutig ein Tourist, denn die wenigen Gringos, die hier auf Tobago lebten, strebten ebenso wie die Einheimischen schnurstracks vom Hafen in die Stadt. Nein, der hier war kein Exil-Amerikaner, der auf einer karibischen Insel sein Brot verdiente. Der war eine reife Frucht, die nur darauf wartete, daß Liston kam und sie pflückte.

Liston verbarg seine geölten schwarzen Rastalocken unter einer rot, grün und gelb gestreifen Häkelmütze. Dann strich er sein T-Shirt mit der Aufschrift *Dallas Cowboys Suck!* glatt, das ihm schon öfter dabei geholfen hatte, eine Unterhaltung einzufädeln. Während er langsam auf den großen Touristen zuschlenderte, zauberte Liston ein schräges, dümmlich-glückseliges Grinsen auf sein Gesicht, das seine kalten harten Skorpionaugen fast vergessen ließ.

»Ey, Mann«, sagte Liston und streckte dem soeben mit der Fähre angekommenen Amerikaner eine bewußt schlaffe Hand hin. Der junge Mann hatte eine Plastiktüte in der einen und einen Reiseführer in der anderen Hand. Während er den Beutel abstellte und den Reiseführer darin verstaute, betrachtete Liston sein potentielles Opfer genauer: Groß, aber immer noch ein paar Zentimeter kleiner als ich, dachte er. Sieht aus wie ein Student, der die Weihnachtsferien in der Karibik verbringt. Kurzgeschnittenes Haar, aber auch nicht so kurz, daß er ein Soldat auf Urlaub sein könnte. Ziemlich gebräunt, lebt vielleicht in Kalifornien oder Florida, aber vielleicht ist er ja auch schon eine Weile in der Karibik unterwegs. Trägt keinen Ring am Finger – da kann ich ihm vielleicht den Mund nach ein paar einheimischen Mädchen wäßrig machen. Allzuviel Gepäck hat er auch nicht, offenbar ist er reiseerfahren, was ja nicht schlecht wäre, denn dann nimmt er meine Einladung eher an. Andererseits erkennt er dann aber vielleicht, daß ich nicht wie ein Einheimischer rede. Sei's drum, für solche Gelegenheiten habe ich schon die richtige Geschichte parat.
»Hallo«, sagte der junge Mann und nahm Listons Hand. Übermäßig begeistert klang er nicht.
»Willkommen in Tobago, dem freundlicheren Teil von Trinidad und Tobago. Ich arbeite fürs Fremdenverkehrsamt und heiße Carlos. Und du?«

»Mein Name ist Chris.«

»Kann ich dir irgendwie behilflich sein, Chris? Willst du Geld wechseln? Oder suchst du ein Restaurant, ein Hotel, eine Pension? Brauchst es nur zu sagen, Mann.« Langsam kam Liston in seine Rolle hinein.

»Ich habe schon eine Empfehlung«, antwortete Chris und ließ Listons schlaffe Hand wieder los. »Das Green Light Inn. Kennst du das?«

Er sucht also was Billiges, dachte Liston und sagte laut: »Klar kenne ich das, aber das ist leider schon voll. Weihnachtsferien, verstehst du? Aber ich weiß, daß im Sea View noch Zimmer zu haben sind. Zehn Dollar die Nacht. Das ist preiswert, Mann.«

»Danke für den Tip, dann schaue ich gleich mal dort vorbei.«

Liston sah zu, wie der Amerikaner sich in Bewegung setzte. Kurz hatte er sich überlegt, ob er ihm den Rucksack oder den Beutel hätte tragen sollen, hatte sich aber dann doch dagegen entschieden. Vielleicht dachte er dann, er wolle ihm seine Sachen klauen. Statt dessen ging er in ganz kurzem Abstand hinter dem jungen Mann her.

»Ey, Mann, paß mal auf. Ich glaube, da kommt keiner mehr von dieser verdammten Fähre runter. Das heißt, daß ich für heute abend mit meiner Arbeit fertig bin. Weißt du was? Ich bringe dich schnell zu deinem Hotel, bevor ich zum Spielen gehe.«

Der Gringo biß schneller an, als Liston es erwartet hatte. »Was spielst du denn?« fragte er.

»Steeldrums, Mann. Wir haben da so eine kleine Band und spielen den geilsten Reggae, den du dir vorstellen kannst.« Liston suchte im Gesicht des Gringos nach Anzeichen von Interesse und fuhr fort: »Siehst du die Kneipe da drüben? Da treten wir heute um zehn Uhr auf.« Liston deutete auf eine Bar, die er am Abend zuvor ausbaldowert hatte. Sie war nicht viel mehr als eine windschiefe Holzhütte ohne Anstrich und hatte nicht einmal einen richtigen Namen. Das Dach der Veranda hing schon so durch, daß man sich bükken mußte, um in die Kneipe zu gelangen. Die Fenster waren mit schwerem grünen Stoff verhangen, der so gut wie kein Licht nach außen dringen ließ. In einer Nebenstraße brannte eine einsame, von Motten umschwirrte Laterne, und drei glühende Pünktchen zeigten an, daß auf der Veranda drei zigarettenrauchende Gäste standen und sich unterhielten. Als Liston und der Gringo vorbeigingen, verstummte ihr Gespräch. Chris hatte das Gefühl, daß er aus den Schatten heraus beobachtet wurde. Beim Anblick der Hütte fragte er sich, ob sie gefährlich oder bloß malerisch aussah. Nach kurzem Nachdenken entschied er sich für malerisch. Schließlich war er ja hierher gekommen, um etwas Neues zu sehen. Er sah sich um und betrachtete im letzten Licht des Tages die Palmen auf den sanften Hügeln ringsum.

»Warum schaust du nicht einfach vorbei und groovst ein bißchen mit, Mann?« fragte Liston und rückte die Rastamütze auf seinem Kopf zurecht. »Ich zahle dir deinen ersten Drink, ist das ein Angebot?«

»*Was* soll ich dort tun?«

»Grooven. Rumhängen, Mann. Einfach relaxen und es dir gutgehen lassen.«

»Ach so ...«, sagte Chris und mußte lächeln. Grooven. Die hier in der Karibik haben doch ihre ganz eigene Sprache, dachte er. »Gibt es da auch was zu essen?«

Mist, ärgerte sich Liston. Wieso habe ich das nicht überprüft? Wie konnte ich das bloß vergessen? Er bezweifelte stark, daß die schäbige Spelunke eine Küche hatte. Also war es besser, wenn er den Amerikaner erst einmal in ein Restaurant schickte und darauf hoffte, daß er danach noch in die Kneipe kommen würde. Diese Überlegungen dauerten

nicht länger als ein Bruchteil einer Sekunde, so daß Chris die Verzögerung überhaupt nicht auffiel.
»Nein, Mann. Aber warum ziehst du dir nicht irgendwo was zu essen rein und kommst später vorbei?« Innerlich schalt Liston sich schon wieder aus. Sagte man in Tobago wirklich »reinziehen«? Und das mit dem »Grooven« hatte er sich auch eben erst aus den Fingern gesogen. Manchmal widerte ihn das blöde Geschwätz an, mit dem er seine Opfer einlullte. Was für ein Leben! Seine Ausbildung bei der Armee und in der Geheimdienstschule hatte sich auf die rein körperlichen Aspekte des Tötens beschränkt, und das Töten – ganz gleich, ob mit dem Messer, einer Schußwaffe oder den bloßen Händen – war es auch, weshalb Liston sich vor diesen Gringos zum Idioten machte. Liston war süchtig nach Adrenalin, und das schüttete sein Körper nur aus, wenn er tötete. Das Töten war ihm Passion und Einkommensquelle zugleich. Dafür stählte er seinen einen Meter achtundachtzig großen Körper in Fitneßstudios, dafür joggte er fünfzig Kilometer in der Woche. Dafür trainierte er mit einfachen Waffen wie dem Tauchermesser, das er hier in Tobago dabei hatte und das keinem Zöllner oder Sicherheitsbeamten am Flughafen verdächtig vorkam, weil unzählige Touristen auf Tauchurlaub hierher kamen. Es steckte im Schaft seines linken Cowboystiefels, wo er es jederzeit griffbereit hatte. Fürs Töten reiste Liston von Land zu Land, und wenn er niemanden fand, der ihm Geld dafür zahlte, suchte er sich eben seine Opfer selbst. So wie diesen Gringo, der jetzt vertrauensselig neben ihm hertaperte und ihn fragte, ob er ihm ein billiges Restaurant empfehlen könne.
Liston tat so, als müsse er einen Augenblick nachdenken. Bei solchen Gelegenheiten empfahl er immer Lokale, die möglichst kleine Portionen servierten. Je weniger seine Opfer gegessen hatten, desto stärker würden sie dann später den Alkohol spüren. Schließlich nannte er Chris den Namen

eines Restaurants in der Nähe und deutete dann auf das Hotel, das jetzt am Ende der Straße zu sehen war.
»Okay, Mann, ich muß jetzt zu meinen Kumpels in die Bar. Wenn wir spielen, sind übrigens auch immer ein paar hübsche Mädchen dort.« Liston tat so, als mustere er den Amerikaner von Kopf bis Fuß und fügte spöttisch grinsend hinzu: »Ich könnte mir vorstellen, daß die total auf dich abfahren.«
Während Liston Chris die Hand schüttelte, lächelte er innerlich. Es war ein hartes grimmiges Lächeln, das nichts mit dem blöden Grinsen auf seinem Gesicht zu tun hatte.

*

»Na, wie war Ihr Abendessen?« fragte die Frau an der Kasse lächelnd.
»Gut wie immer, Penny«, erwiderte Cernan Kranz, wobei er ihrem Blick auswich.
»Gute Nacht, Mr. Kranz.«
Kranz lächelte knapp und schlüpfte in seinen braunen Kamelhaarmantel. »Gute Nacht, Penny.«
Er trat durch die gläserne Doppeltür des Restaurants hinaus auf die nächtlichen Straßen von Nantucket. Augenblicklich schaltete ein am Straßenrand geparkter Honda Lexus die Scheinwerfer an und setzte sich in Gang. Auf dem Kopfsteinpflaster machten die Reifen der schweren Limousine ein Geräusch wie langsam von der Rolle gezogenes Klebeband. In den Spalten zwischen den einzelnen Pflastersteinen lag feiner, pulvriger Schnee. Cernan Kranz wartete, bis die hintere Tür des Wagens auf seiner Höhe war, und stieg ein.
»Nach Hause, Sir?« fragte der Chauffeur.
»Nach Hause.«
»Wie war das Essen, Sir?«

»Nicht übel«, murmelte Kranz geistesabwesend. Nachdem das allabendliche Ritual vorüber war, sah er aus dem Fenster und ließ seinen Gedanken freien Lauf. Als der Wagen sich in Bewegung setzte, glitten die anheimelnd erleuchteten Fenster des Lokals vorbei, in dem Kranz gerade ein spätes Abendessen zu sich genommen hatte. Das Atlantic Café war eines der wenigen Restaurants, die hier auch den Winter über aufhatten. Die meisten anderen machten zu, sobald im Frühherbst die letzten Touristen den Ort verlassen hatten.

Der Fahrer bog nach links und gleich darauf wieder nach rechts ab, und Cernan Kranz blickte hinaus aufs ruhige Wasser des Jachthafens, auf das die Straßenlaternen langgezogene, zu leichten Schlangenlinien verzerrte Reflexionen zauberten. Das offene Meer, das sich hinter der Mole befand, war so dunkel, daß es Kranz wie ein riesiges schwarzes Loch vorkam.

Trotzdem starrte er hinaus in diese Dunkelheit, so wie immer. Er schaute nie auf die andere Straßenseite mit ihren einstöckigen Häusern mit den braunen holzschindelgedeckten Dächern, die so typisch für Nantucket waren. Die niedrigen Lattenzäune waren weiß gestrichen, und jedes der Häuser hatte einen aus Ziegelsteinen gemauerten Kamin. Als Kranz mit seiner Frau Ginny vor vielen Jahren hierher gezogen war, hatte er Straßen wie diese als ausgesprochen hübsch und malerisch empfunden, jetzt aber interessierten sie ihn nicht mehr. Statt auf die Häuser sah er lieber hinaus aufs Meer oder hinauf in den Himmel, selbst in der Nacht, wenn alles dunkel war.

Der Chauffeur steuerte den Wagen die Auffahrt entlang und öffnete ferngesteuert das Garagentor. »Morgen um sieben, Sir?« fragte er nach hinten.

Kranz dachte kurz nach. Er hatte den ganzen Nachmittag nichts von Peter und diesem überbezahlten Piloten gehört

und war vor lauter Sorgen kaum zum Arbeiten gekommen. Das mußte er morgen früh wieder aufholen. »Nein, kommen Sie um halb sechs.«
Wenn der Fahrer seufzte, dann so leise, daß Kranz es nicht hörte. »Sehr wohl, Sir«, sagte er. »Um fünf Uhr dreißig also. Gute Nacht, Mr. Kranz.«
»Gute Nacht.« Kranz stieg aus dem Wagen und ging ins Haus.

*

Chris warf einen unbehaglichen Blick auf das dunkle windschiefe Haus, das von den weit entfernten gelblichen Straßenlaternen nur schwach erleuchtet wurde. Besonders vertrauenswürdig sah die Bar, die Carlos ihm gezeigt hatte, ja nicht gerade aus. An dem kleinen orangen Lichtpünktchen sah Chris, daß schon wieder jemand auf der Veranda stand und rauchte.
Chris war sich unschlüssig, ob er wirklich hineingehen sollte. Vielleicht ist das keine so gute Idee. Ich höre gar keine Musik. Aber vielleicht hat die Band ja noch nicht aufgebaut. Um die Entscheidung noch ein wenig hinauszuschieben, setzte Chris sich wieder in Bewegung und ging die Straße hinunter zum Hafen, die er vor ein paar Stunden mit Carlos heraufgekommen war.
Unten an der Anlegestelle warf eine einzelne flackernde Neonröhre ihr bleiches Licht auf den Rumpf der Fähre, die fest vertäut und dunkel an der Kaimauer lag. Im leicht bewegten Wasser hob und senkte sich das große Schiff so sanft wie die Brust eines Schlafenden. Chris steckte die Hände in die Taschen seiner Jeans und dachte noch einmal über die Kneipe nach. Ganz wohl war ihm nicht bei dem Gedanken, in eine solche Kaschemme zu gehen. Schließlich war er ganz allein hier, ohne Freunde, die ihm notfalls aus

der Patsche helfen konnten. Aber solche Gedanken sind doch lächerlich, schalt er sich gleich darauf aus. Wenn du so ein Schißbruder bist, dann hättest du ja gleich daheim bei Mama bleiben können. Wahrscheinlich ist es hier unten im Hafen viel gefährlicher als in der Kneipe, wo ja immerhin Menschen sind. Wenn dich hier einer ausraubt, dann hört dich keiner um Hilfe schreien.

Mit frischem Mut stieg Chris wieder den kleinen Hügel hinauf, aber als er in die Nähe der Bar kam, zögerte er erneut. Vielleicht wäre es wirklich das beste, ins Hotel zurückzukehren und früh ins Bett zu gehen. Aber war er deshalb hierher gekommen? Vor der Bar blieb Chris stehen und spähte in die Dunkelheit. Der orange Glutfleck auf der Veranda war verschwunden. Offenbar war der einsame Raucher wieder hineingegangen.

Chris täuschte sich. Liston hatte seine Zigarette ausgetreten und sich in die Dunkelheit neben der Bar zurückgezogen. Hier stand er an die Wand gelehnt und beobachtete den Gringo, der unschlüssig auf dem Gehsteig stand. Die kleinen engen Seitenstraßen waren Listons bevorzugtes Terrain. Sollte sein weißer »Freund« sich doch zu einem Barbesuch entschließen, brauchte er nur das Gäßchen neben dem Haus entlangzugehen und durch die Hintertür hineinzuschlüpfen. Noch bevor der Amerikaner überhaupt die Tür geöffnet hatte, würde er schon längst wieder auf seinem Barhocker im hinteren Teil des Raumes sitzen. Entschied sich der Gringo aber für die Rückkehr in sein Hotel, würde Liston eine Abkürzung über die Seitenstraße nehmen und das Kaninchen kurz vor seinem rettenden Bau ganz »zufällig« auf der Straße treffen.

Überlegen grinsend harrte Liston reglos aus, bis er sich ganz sicher war, daß der Gringo tatsächlich auf den Eingang der Bar zusteuerte. Dann eilte er mit katzenartigen Bewegungen zur Hintertür des Lokals und saß, als sich die Vordertür langsam öffnete, so selbstverständlich vor seinem warm gewordenen Bier, als hätte er die Bar niemals verlassen.

*

Zu Hause in seinem Wohnzimmer nahm sich Cernan Kranz ein weiteres der sauber getippten Bewerbungsschreiben vor, die in einem Schnellhefter auf dem Couchtisch lagen. Obwohl die Firma Kranzco inzwischen über eintausendvierhundert Mitarbeiter zählte, ließ Kranz es sich nicht nehmen, jede einzelne Bewerbung persönlich zu beurteilen. Mit der Fernbedienung stellte er den Fernseher leiser und setzte sich in seinem Sessel auf. Obwohl er nie richtig hinsah, lief der Apparat bei ihm praktisch rund um die Uhr. Das leise Murmeln der Stimmen und das Flackern der Bilder gaben Kranz das Gefühl, nicht allein zu sein. Im Augenblick flimmerte irgendeine läppische Ärzteserie über den Schirm.
Von den achtzehn Bewerbern für den Posten eines stellvertretenden Verkaufsleiters für Mittelamerika hatte die Personalabteilung zwei in die engere Wahl gezogen. Deren Lebensläufe hatte Kranz sich bis zum Schluß aufgehoben. Kommt nicht in Frage, dachte Kranz und warf die erste Bewerbung mit einem verächtlichen Schnauben auf den Tisch. Der Kerl hatte es bei seinen beiden letzten Jobs ja nicht einmal ein volles Jahr ausgehalten. Für solche Typen hatte Kranz keine Verwendung. Die zweite Bewerberin war eine Frau, die in ihrem Lebenslauf »1990–1994 Studium in Stanford« geschrieben hatte. Aber »Studium« hieß noch lange nicht, daß sie da auch einen Abschluß gemacht hatte. Die hat wohl was zu verbergen, dachte Kranz. Kommt auch nicht in Frage.
Kranz strich die beiden Namen auf der Liste der Bewerber durch und schrieb eine Notiz für seinen Personalchef an den

Rand: Kandidaten alle inakzeptabel. Erwarte neue Vorschläge bis Anfang nächster Woche. C. S. Kranz.
Dann steckte er die Liste und den Schnellhefter mit den Bewerbungen in einen großen Umschlag, lehnte sich zurück und ließ den Blick durch sein Wohnzimmer schweifen. Er hatte nichts daran verändert, seit Ginny ihn vor sechs Jahren verlassen hatte. Auf dem Kaminsims stand immer noch ein Bild, das sie und ihn in glücklicheren Tagen zeigte. Kranz konnte es zwar seit der Trennung kaum mehr ansehen, aber wegnehmen wollte er es auch nicht. Er und Ginny hielten darauf ihre Abschlußzeugnisse von der Highschool in den Händen und grinsten mit ihren Baretten und Talaren ziemlich albern in die Kamera. Neben dem Bild stand ein altes, aus Messing und Glas gefertigtes Barometer, das noch aus der Zeit der Französischen Revolution stammte. An der Wand darüber hing eine Tafel aus schwarzem Glas, in das folgende Strophen aus einem Lied der Netsilk-Eskimos eingraviert waren:

Das wilde Wetter vom Norden her
war einst ein kleines Waisenkind,
zu dem die Menschen grausam waren.

Es stieg in den Himmel, um Rache zu nehmen,
und schickt uns nun zornig den Wintersturm,
der die Jagd verdirbt und den Hunger bringt.

Vor ein paar Jahren war Kranz auf die Netsilk aufmerksam geworden und bewunderte sie seitdem sehr. Ihre Lebensbedingungen hatten ihnen Entscheidungen abgenötigt, die zarter besaiteten Menschen wohl gnadenlos grausam erschienen wären. Eine dieser brutalen, aber lebensnotwendigen Entscheidungen war die, in Notzeiten alte Menschen einfach im Schnee erfrieren zu lassen. In den harten Wintern

am nördlichen Polarmeer konnte ein Stamm nur dann überleben, wenn er das wenige Essen auf seine jüngeren und kräftigeren Mitglieder verteilte. Es war eine Entscheidung um Leben und Tod, die streng nach den Gesetzen der Logik und ohne falsche Sentimentalität getroffen werden mußte. Cernan Kranz bewunderte die Netsilk dafür sehr.
Als er wieder auf den braunen Umschlag blickte, der vor ihm auf dem Tisch lag, stellte Kranz zu seinem Erstaunen fest, daß er ein Wort daraufgekritzelt hatte. Es war ein Name. North. Mit einem Stirnrunzeln strich Kranz ihn wieder aus, mußte aber immer wieder daran denken. Dann schlug die alte Standuhr aus Eichenholz elfmal. Kranz steckte den Umschlag in seine Aktentasche, die neben dem Sessel auf dem Boden stand. Er stand auf, schaltete Fernseher und Licht aus und ging in sein Schlafzimmer, um vor dem Zubettgehen die Ereignisse des Tages in seinem Tagebuch festzuhalten.

KAPITEL 7

Als Chris die Tür der Bar öffnete, schlugen ihm dichter Tabaksqualm und das Gemurmel vieler verschiedener Unterhaltungen entgegen. Zögernd trat er ein und spähte durch den blauen Dunst. Die Wände der Bar waren wohl irgendwann einmal himmelblau gewesen, jetzt aber ließ sich die Originalfarbe nur noch dort erkennen, wo verschüttetes Bier die viele Jahre alte Dreckschicht weggewaschen hatte. Auf diesen Untergrund hatte irgend jemand mit schwarzer Farbe lebensgroße Silhouetten tanzender Männer in Schlaghosen gepinselt, die alle in bester John-Travolta-Manier die Finger in die Luft reckten. Chris verdrehte angesichts dieser unbeholfenen Wandgemälde die Augen und mußte ein Lachen unterdrücken. Schon jetzt hatte die Kneipe kaum mehr etwas Bedrohliches an sich. Als er am Ende der Bar die rot-grün-goldene Häkelmütze entdeckte, ging er mit sicheren Schritten auf sie zu.

»Hallo, darf ich dich auf ein Bier einladen?« fragte er, während er auf dem Barhocker neben seinem neuen Bekannten Platz nahm. Liston hob sein noch halbvolles Glas an den Mund und trank es in einem Zug aus. Dann stellte er es schwungvoll zurück auf die Theke und lächelte den Gringo an.

»Ja, Mann, warum nicht.«

Chris wandte sich an die Frau hinter der Bar: »Zwei Red Stripes.«

Die Frau hatte ein schlaffes langgezogenes Gesicht und matte schwarze Haare. Mit Augen, die so ausdruckslos waren wie graue Pappe, sah sie den Amerikaner stumm an und

machte keinerlei Anstalten, dessen Bestellung nachzukommen.
Chris fand dieses Benehmen ziemlich seltsam, aber weil er in einem fremden Land war, mit dessen Sitten er noch nicht vertraut war, versuchte er es noch einmal: »Zwei Red Stripes, bitte.«
Die Frau war Inderin und bestimmt nicht älter als fünfundzwanzig. Auf Tobago gab es ziemlich viele Inder, deren Vorfahren die englischen Kolonialherren auf die Insel gebracht hatten. Viel von der sprichwörtlichen indischen Freundlichkeit ist hier aber nicht gerade übriggeblieben, dachte Chris. Weil ihm nichts besseres einfiel, bestellte er ein drittes Mal: »Könnte ich bitte zwei Red Stripes haben?«
Die Frau starrte ihn an, als hätte er Chinesisch gesprochen. Was war nur los mit ihr? Die Leute verstanden hier doch alle Englisch, oder?
»Na, klappt was nicht?« sagte eine nicht mehr ganz nüchterne Stimme links von Chris. Als er sich umdrehte, sah er einen weiteren Inder, unter dessen kurzem gelbem Polyesterhemd sich ein kugelrunder Bierbauch hervorwölbte.
»Sie scheint mich nicht zu verstehen«, erwiderte Chris.
»Die versteht dich schon, Kumpel. Aber du bestellst das falsche Bier.«
Chris sah sich in der Bar um und entdeckte auf allen Tischen ausnahmslos Flaschen mit Carib-Bier. »Zwei Carib, bitte!« sagte er zu der Barfrau, die sich daraufhin tatsächlich in Bewegung setzte. Mit einem leisen Gähnen schlurfte sie zu dem dreckverkrusteten Kühlschrank, holte zwei Flaschen Bier heraus und stellte sie ohne Kommentar vor Chris auf den Tresen. Er nahm die Flaschen und gab Liston eine davon.
»Carib-Bier wird in Trinidad und Tobago gebraut«, erklärte dieser, während er sein Glas vollgoß. »Manche Leute in der

Karibik sind in Sachen Bier ziemliche Chauvinisten und verkaufen nur einheimische Marken.«

»Ah ja«, knurrte Chris und las, was auf dem Etikett seiner Bierflasche stand. Das hätte ihm sein neuer Freund ja auch früher sagen können. Etwas verärgert sah er sich um, konnte aber nirgends irgendwelche Musikinstrumente entdecken.

»Wo ist denn der Rest deiner Band?« wollte er wissen.

»Die kommt jetzt jeden Moment, Mann. Ey, vielleicht könntest du uns ja dabei helfen, die Trommeln aus dem Auto zu holen.«

»Klar, das mache ich gerne.« Chris trank einen Schluck von seinem Bier. Es schmeckte wie jedes andere auch. Der Geschmack konnte also nicht das Besondere an Carib sein.

Liston betrachtete den Amerikaner von der Seite und beschloß, nicht mehr länger zu warten. Wozu auch? Er wußte schließlich, in welchem Hotel der Gringo abgestiegen war. Wenn er mit ihm fertig war, brauchte er nur den Zimmerschlüssel aus seiner Hosentasche zu nehmen, die Nummer darauf abzulesen und sich die erbärmlichen Habseligkeiten des Gringos anzueignen. Vermutlich waren sie nicht einmal die Mühe wert. Rucksackreisende wie diesen Gringo tötete Liston nicht in erster Linie wegen ihres Geldes, sondern weil es ihm Spaß machte. Seinen Lebensunterhalt bestritt er durch größere Aufträge, aber die bekam man schließlich nicht alle Tage. Weil aber auch ein professioneller Killer im Training bleiben und – wie Liston sich nur in lichten Momenten eingestand – auch seinen Spaß haben mußte, brauchte er ab und zu seine »Fingerübungen«.

Bei diesen Eskapaden war er ebenso auf sich allein gestellt wie bei seinen bezahlten Aufträgen. Liston lehnte es ab, im Team zu arbeiten und vertraute nur sich selbst, wie er es schon von klein auf gelernt hatte. In seiner Kindheit in Honduras war er als *Garifuno,* als Abkömmling entflohener afrikanischer Sklaven, schon immer viel dunkelhäutiger

und größer als seine Spielkameraden gewesen. Das hatte ihm Respekt verschafft, ihn aber gleichzeitig auch zu einem Einzelgänger werden lassen.
Im Geiste ging Liston noch einmal seinen Plan durch, der simpel und effektiv zugleich war. In ein paar Minuten würde er aufstehen und so tun, als müßte er auf die Toilette. In Wirklichkeit aber würde er kontrollieren, ob die Luft rein und die Hintertür noch offen war. Dann würde er wieder ein paar Schritte in die Bar hinein machen und Chris zurufen, daß die Band jetzt da sei und er herauskommen solle. Wenn er den Gringo erst einmal draußen in der Seitenstraße hatte, würde Liston ihm in sein blödes weißes Gesicht grinsen und ihn mit dem Messer fertigmachen. Allein der Gedanke daran sorgte schon für einen kleinen Adrenalinstoß, der Listons Herz schneller schlagen ließ.

»Hast du auch Clinton gewählt?« fragte der angetrunkene Inder mit schwerer Zunge. Chris wollte etwas antworten, aber sein redseliger Gesprächspartner gab ihm keine Gelegenheit dazu.
»Für mich ist Clinton der beste Präsident, den ihr je gehabt habt«, fuhr er mit seinem bierseligen Monolog fort. »Einen besseren findet ihr nicht. Bush und Reagan konntest du in der Pfeife rauchen, das waren doch Schießbudenfiguren, weiter nichts. Clinton, der hat Klasse. Der weiß, was er tut. Und wenn hier einer was gegen Clinton sagt, dann kriegt er von mir eins auf die Schnauze, daß es nur so pfeift. Da kenne ich kein Pardon. Du brauchst nur sie dort zu fragen« – mit diesen Worten deutete er auf die lustlos vor sich hinstarrende indische Barfrau –, »die wird dir das bestätigen. Ihre Mutter hat mich schon als kleines Kind gekannt, und da habe ich auch schon jedem eins auf die Schnauze gegeben,

der was gegen meine Freunde gesagt hat. Danach war ich in der Marine, und die Jungs von der Marine geben allen Leuten eins auf die Schnauze, die ihnen blöd kommen. Also, was ist, hast du jetzt Clinton gewählt oder nicht?«
Chris mußte sich die Hand vor Augen halten, um nicht laut loszulachen. »Nein, ich habe Oprah Winfrey gewählt«, antwortete er kichernd.
Der Inder neigte den Kopf zur Seite und starrte Chris mit seinen glasigen Augen ungläubig an. »Das hast du nicht«, sagte er schließlich mit erstaunlich klarer Stimme. »Oprah Winfrey ist eine aufgedonnerte schwarze Zicke im Fernsehen.«
Jetzt war es an Chris, überrascht zu sein. »Jetzt sag bloß, daß ihr hier Oprah Winfrey kennt.«
Der Inder, dessen Stolz sichtlich verletzt war, kreuzte die Arme vor der Brust und nickte heftig. »Aber natürlich«, betonte er, »was glaubst denn du? Wenn hier einer etwas gegen Oprah Winfrey sagt, kriegt er von mir sofort eins in die Fresse. Die wissen alle, daß ich bei der Marine war …«

Je länger Liston der Unterhaltung der beiden lauschte, desto mehr kochte er innerlich vor Wut. Dieser blöde Besoffene war dabei, ihm seinen schönen Plan zu durchkreuzen. Vielleicht sollte ich ja erst mal diesem Trottel seinen fetten Hals durchschneiden, dachte er. Zwei an einem Abend, das ist ja fast zu schön, um wahr zu sein. Andererseits muß ich vorsichtig sein, denn zwei machen immer mehr Probleme als einer. Trotz seines Ärgers verspürte Liston angesichts dieser neuen Herausforderung ein zusätzliches Kribbeln in der Magengegend. Doch. Er würde sie beide erledigen. Und zwar gleich. Er stand auf und ging hinaus. Zuerst vergewisserte er sich, daß niemand in der Gasse hinter dem Haus war, anschließend zog er sich ein paar Latexhandschuhe an, die er sich vorhin in die Hosentasche gesteckt hatte. Dann reckte er den Kopf in die Bar und rief Chris zu: »Ey, Mann, die Jungs sind da. Kommst du raus und hilfst uns ausladen?« Auf den dicken Inder deutend fügte er hinzu: »Du kannst auch helfen, wenn du willst. Oder bist du zu schwach dazu?«

Wie von der Tarantel gestochen stand der Inder auf und watschelte schwerfällig zur Hintertür. Chris folgte ihm auf den Fuß. Liston trat wieder hinaus in die Dunkelheit und ließ seinen Blick noch einmal durch die Seitenstraße wandern. Weit und breit kein Mensch. Liston zog das Messer aus dem Stiefel. Die fast dreißig Zentimeter lange Klinge war kräftig und stabil, ihre Schneide war auf der einen Seite rasiermesserscharf, auf der anderen gezackt wie eine Säge. Liston verbarg die tödliche Waffe hinter seinem Rücken und stellte sich so hin, daß das schwache Licht aus der Bar ihn gerade noch streifte.

Der Inder kam breitschultrig und mit einem herausfordernden Ausdruck im Gesicht auf ihn zu. Liston deutete mit dem Kinn nach links und sagte leise: »Die schweren Sachen sind da drüben, hinter dem Haus.« Er hatte sofort gemerkt, daß etwas nicht stimmte. Der Gringo kam dem Inder nicht hinterher. Liston schaute ins Lokal und sah, wie der Amerikaner wieder an der Bar stand und mit jemandem redete. Irgend etwas mußte ihn aufgehalten haben. Aber jetzt war keine Zeit für Spekulationen. Liston mußte handeln, und zwar schnell.

Gerade als Chris hinter dem korpulenten Inder die Bar verlassen wollte, hörte er, wie eine weibliche Stimme ihn von der Seite ansprach. Es war die Barfrau. Ist ja irre, dachte Chris amüsiert, die kann ja reden!

»Hier spielt keine Band«, sagte die Frau.

»Aber mein Freund hat mir doch erzählt, daß –«

»Dann irrt er sich«, unterbrach ihn die Frau mit ungerührter

Miene und sah Chris in die Augen. Wenn sie gelächelt hätte, wäre sie sogar hübsch gewesen. Aber sie lächelte nicht und benahm sich überhaupt ein bißchen seltsam. Sogar mehr als nur ein bißchen. Begierig, aus ihrer Nähe zu kommen, machte Chris sich wieder auf den Weg in Richtung Hintertür.

»Ich werde ihn gleich mal fragen, was es damit auf sich hat«, meinte er im Hinausgehen.

»Vielleicht hat er es ja auf dein Geld abgesehen.«

Chris verlangsamte seinen Schritt und blickte unbehaglich zurück zu der Frau. Ihr Gesicht war so ausdruckslos wie zuvor. Als Chris sich wieder in Bewegung setzte, merkte er auf einmal, daß er sich sehr unwohl fühlte. Die Frau war ihm unheimlich, und deshalb sah er zu, daß er von ihr wegkam. Er war erleichtert, als er draußen die Umrisse von Carlos' Rastamütze vor dem leicht gelblich gefärbten Nachthimmel sah. Noch erleichterter war er, als Carlos ihm sagte, daß die Trommeln gleich um die Ecke hinter dem Haus seien. Sekunden später, als ihm mit einem Ruck der Kopf nach hinten gerissen wurde und er spürte, wie die Zähne eines Sägemessers seinen Hals aufrissen, wußte Chris, daß die Barfrau recht gehabt hatte.

Zuerst durchsuchte Liston die Taschen des toten Inders, fand dort aber nur ein paar verknitterte Geldscheine von geringem Wert. Angewidert ging er hinüber zu seinem zweiten Opfer, das mit dem Gesicht nach unten in einer dunklen Blutlache lag. Er rollte den Toten auf den Rücken und nahm ihm den Hotelschlüssel sowie seine Brieftasche ab, die er einsteckte, ohne auch nur einen Blick darauf zu werfen. Dann nahm er das Messer und schlitzte dem Amerikaner das Hemd an der Brust auf. Liston sah bleiche Haut, aber keine Geldkatze, keinen Brustbeutel. Der Kerl war noch blöder, als ich geglaubt habe, dachte Liston, wischte sein Messer am Hemd des Gringos ab und ging davon.

Cernan Kranz sah von seinem Schreibtisch auf und maß Peter mit einem strengen Blick. Seit er seinen Assistenten tags zuvor mit der Reporterin zum Flughafen geschickt hatte, hatte er nichts mehr von ihm gehört. Auf Peters Gesicht machte sich das dümmlich-betretene Grinsen breit, das Kranz nur allzugut kannte. Zum letzten Mal hatte er so gegrinst, als er den Bau von vierhundert für den beabsichtigten Zweck vollkommen unbrauchbaren Satellitenantennen in Auftrag gegeben hatte. Obwohl dieser Fehler die Firma Kranzco zigtausend Dollar gekostet hatte, hatte Kranz Peter verziehen, allerdings nicht ohne ihm einen Teil des Geldes vom Gehalt abzuziehen. Sollte er auch die Geschichte mit der Reporterin vermasselt haben, wollte Kranz ihn nicht so glimpflich davonkommen lassen. »Na, was ist?« fragte Kranz. »Haben Sie die Sache in den Sand gesetzt, oder was?«

»Wie meinen Sie das, Sir?«

»Haben Sie Mist gebaut, oder ist die Frau –« Kranz vergewisserte sich mit einem raschen Blick, ob die Tür seines Büros auch wirklich geschlossen war »– oder ist sie tot?«

»Sie ist tot«, antwortete Peter.

Kranz sah seinen Assistenten eine Weile schweigend an. Wenn alles in Ordnung war, wieso hatte er dann dieses blöde Grinsen auf dem Gesicht? »Und ich kann mich darauf verlassen, daß die Leiche nicht irgendwann einmal angeschwemmt wird?«

»Ja, sicher.«

Kranz kam die Sache immer merkwürdiger vor. Obwohl offenbar alles nach Plan verlaufen war, schien Peter seltsam bedrückt.

»Wie geht es dem Piloten?« fragte er.

»Gut. Ich habe ihm eine Woche freigegeben.«

»Wieso das?«

»Ich dachte, er hätte sich eine Belohnung verdient, Sir.«
Was ist denn in den gefahren? dachte Kranz. Wie soll ich da denn nächste Woche nach Chicago kommen? Trotz des in ihm aufwallenden Zorns beschloß er, ruhig zu bleiben. Immerhin hatte der Pilot dabei mitgeholfen, einen Menschen zu töten. Das steckte man nicht so einfach weg. Vermutlich war es besser, ihn dieses Erlebnis erst einmal verarbeiten zu lassen. Ist Peter vielleicht deshalb so betreten, weil er mir für eine Woche meinen Piloten genommen hat? fragte sich Kranz, bevor Peter die Bombe platzen ließ.
»Eines der Triebwerke des Flugzeugs ist kaputtgegangen«, sagte er kleinlaut und wartete darauf, daß Kranz losbrüllte. Als sein Chef ihn aber lediglich ausdruckslos ansah, setzte er zu einer Erklärung an: »Als ich die Frau aus dem Flugzeug warf, ist einer ihrer Schuhe ins Triebwerk gekommen. Es ist ziemlich stark beschädigt, vielleicht muß es auch komplett ausgetauscht werden. Ich habe bereits alles Nötige veranlaßt, Sir. Es tut mir aufrichtig leid, daß es zu diesem Zwischenfall gekommen ist.«
Kranz hatte inzwischen kurz überschlagen, wieviel wohl ein neues Triebwerk kosten würde. Trotzdem brüllte er nicht los. Ein Triebwerk, notfalls auch ein ganzes Flugzeug, konnte man ersetzen. Im Gegensatz zu seinem Platz in der Geschichte der Menschheit waren das Kinkerlitzchen. »In Ordnung, Peter«, sagte er mit ruhiger Stimme. »Sehen Sie zu, daß das Flugzeug so rasch wie möglich repariert wird. Aber melden Sie den Schaden nicht der Versicherung. Ich habe keine Lust, irgendwelche peinlichen Fragen beantworten zu müssen.«
Kranz drehte seinen Stuhl und blickte aus dem Fenster auf den sanft fallenden Schnee. »Und dann habe ich einen neuen Auftrag für Sie, Peter. Buchen Sie sich so bald wie möglich einen Flug nach Tonga. Dort arbeitet der Bruder der Frau, und der –«

»Nein, Sir, da mache ich nicht mit«, unterbrach Peter seinen Chef. Eine Welle der Übelkeit stieg in ihm hoch, die er nur mit Mühe unter Kontrolle bringen konnte. Er spürte, wie ihm der Schweiß in dicken Tropfen auf die Stirn trat und sah, daß Kranz ihn mit einem spöttischen Lächeln anblickte. Offenbar hatte er nicht begriffen, daß es Peter mit seiner Ablehnung ernst war. Kein Job auf der Welt aber war so verlockend, als daß Peter einen weiteren Menschen umgebracht hätte.

Die Zeit verging quälend langsam. Peter spürte, wie Kranz ihm unvermittelt in die Augen sah. Als er die Blicke nicht mehr aushielt, nahm er all seinen Mut zusammen und trat nach vorne an den Schreibtisch. Er stützte beide Arme auf die Platte aus poliertem Eichenholz und sagte mit erstaunlich ruhiger Stimme: »Ich werde niemanden mehr töten, Sir.«

Vor ein paar Stunden, beim Durchspielen der Szene vor seinem Badezimmerspiegel, hatte Peter sich vorgestellt, wie Cernan Kranz vor Zorn puterrot werden und ihn hochkant aus der Firma werfen würde. Auch auf Kranz' stumme Wut, die ihn manchmal erfaßte, wenn ihm vor lauter Ärger die Worte fehlten, hatte Peter sich vorbereitet. Insgeheim hatte er sogar gehofft, daß Kranz seine Entscheidung stillschweigend akzeptieren würde. Die wirkliche Reaktion des abgemagerten Managers aber hatte er nicht vorausgesehen.

Kranz begann zu kichern. Es war ein meckerndes Geräusch wie von einem alten Ziegenbock, das Peter aus dem Mund seines Chefs noch nie gehört hatte. »Ihnen sind wohl über Nacht Haare auf der Brust gewachsen, Peter«, stellte Kranz amüsiert fest. »Aber ich verlange von Ihnen ja gar nicht, daß Sie noch jemanden umbringen. Einmal ist genug. Aber halten Sie sich bereit, in den nächsten Tagen nach Tonga zu fliegen. Sie müssen dort ein paar Dinge für mich erledigen.

Aber keine Angst«, fügte er hinzu, als er den erschreckten Ausdruck auf dem Gesicht seines Untergebenen bemerkte, »es ist nichts, was Ihnen ein schlechtes Gewissen machen wird.«

Erleichterung breitete sich auf Peters Gesicht aus. Er nahm die Hände vom Schreibtisch und stellte sich wieder gerade hin. Dennoch war er noch so aufgeregt, daß er wie von der Tarantel gestochen zurückfuhr, als Kranz sich aus seinem Stuhl erhob.

»Halten Sie die Stellung hier, Peter. Ich bin heute nachmittag unterwegs.«

Noch eine ganze Weile starrte Peter ungläubig auf die Mahagonitür, die sich mit einem leisen Klicken hinter Kranz geschlossen hatte. Das war's? fragte er sich erstaunt. Wieso hat er nicht losgebrüllt, wieso hat er nicht gedroht, mich zu entlassen? Und dann kam es ihm: Ich habe mich endlich einmal gegen ihn durchgesetzt!

Trotz des Triumphgefühls war Peter ein wenig überrascht. Er verdankte seinen raschen Aufstieg in der Firma zu einem großen Teil der Fähigkeit, die Stimmungen seiner jeweiligen Vorgesetzten zu erkennen und auf sie einzugehen. Der Wortwechsel vorhin hatte ihn jedoch vollkommen überrascht. Wie konnte es sein, daß ein Mann, der vor nicht allzu langer Zeit gebrauchte Kleinwagen als Firmenfahrzeuge angeschafft hatte, für einen ruinierten Jet nur ein Achselzucken übrig hatte?

✷

Seltsame Dinge taten sich vor der Küste der Tonga-Inseln. Der Würfel, den Jim und Ron zuletzt am Meeresgrund installiert hatten, fing an, seine Form zu verändern. Langsam, Zentimeter um Zentimeter, wölbte er sich nach außen, wurde rundlicher und größer.

Hoch über dem Würfel schaukelte ein speziell für die Firma Kranzco entwickeltes Floß auf den Wellen des Pazifiks. Ein kräftiger Benzinmotor trieb hier eine Hochleistungspumpe an, die Hunderte von Litern Luft in einen mit Kevlar-Gewebe verstärkten Spezialschlauch pumpte. Das andere Ende dieses Schlauches endete in sechs Kilometern Tiefe im Inneren des Würfels, der eigentlich nichts weiter als ein riesiger, zusammengefalteter Plastiksack war. Eine Viertelstunde dauerte es, bis die von mehreren zusätzlichen Pumpstationen entlang des Weges auf einen enormen Druck verdichtete Luft am Meeresgrund angelangt war und mit einem zischenden Geräusch den Würfel immer weiter aufblies. Es würde mehrere Wochen dauern, bis sich die durchsichtige Haut aus Polyäthylen vollständig entfaltet hatte und zu einem dreihundert Meter breiten und fünfunddreißig Meter hohen Gebilde angewachsen war. Starke Kabel aus rostfreiem Stahl hielten diese an eine Qualle erinnernde, vom enormen Wasserdruck stark deformierte Luftblase am Meeresboden fest und verhinderten, daß sie sich von selber auf den Weg nach oben machte.

In seiner Patentschrift hatte Cernan Kranz diese merkwürdigen Gebilde als *Subloons* bezeichnet und war mächtig stolz auf seine aus den englischen Begriffen »submarine« und »balloon« zusammengesetzte sprachliche Neuschöpfung gewesen. Von den einhundert gigantischen Luftsäcken, die Kranz auf einer Strecke von dreihundert Kilometern vor den Tonga-Inseln installieren ließ, waren neunzig bereits einsatzbereit. Sechs Subloons wurden gerade aufgepumpt, und die vier letzten warteten noch darauf, nördlich von der

Inselgruppe Vava'u am Meeresgrund verankert zu werden. Wenn die M. V. Kranz und ihr Schwesterschiff, die M. V. Cernan, diese Aufgabe in den nächsten vierzehn Tagen erledigt hatten, würde eine Kette von in jeweils drei Kilometern Abstand voneinander installierten Subloons über die einhundertneunundsechzig bewohnten und unbewohnten Inseln wachen, die zusammen das Königreich Tonga bildeten.

*

Als Cernan Kranz die von Nantucket kommende Fähre verließ und in einen geliehenen Toyota stieg, ging die Sonne schon über Hyannis Port unter. Eigentlich ist es ja lächerlich, wegen einer Zeitschrift diesen ganzen Aufwand zu betreiben, dachte Kranz, während er den Zündschlüssel umdrehte und losfuhr. Aber es war nötig, denn selbst wenn er das Magazin, das er suchte, auf der biederen, gesetzestreuen Insel Nantucket bekommen hätte, so hätte er nicht das Risiko eingehen können, bei seinem Kauf von jemandem erkannt zu werden.
Kranz fuhr auf den Highway nach Boston, hielt aber bereits bei der ersten größeren Tankstelle an. Pro forma tankte er den Wagen voll, auch wenn nicht mehr als fünf Liter Platz hatten. Dann ging er ins Tankstellengebäude, drückte sich am Zeitschriftenstand herum und wartete, bis ein älteres Ehepaar seine Landkarten und Schokokekse bezahlt hatte. Er spürte, wie die Kassiererin ihn mißtrauisch beäugte. Vermutlich hielt sie ihn für einen geilen alten Kerl, der sich nicht traute, in Gegenwart anderer Kunden ein Männermagazin zu kaufen.
Als Kranz dann aber eine Zeitschrift mit dem Titel »Söldner und Kriege« auf den Tisch legte, war die junge Frau einigermaßen erstaunt. Sie blickte auf und sah ihn überrascht an,

aber Kranz schob ihr mit versteinertem Gesicht einen Zwanzigdollarschein hin und verlangte von ihr, daß sie ihm das Wechselgeld in Vierteldollarmünzen gab.
Draußen stieg Kranz wieder in seinen Leihwagen und fuhr zu einem Rastplatz in der Nähe. Weil es schon dunkel war, mußte er die Innenbeleuchtung des Wagens anknipsen, um das soeben erstandene Magazin überhaupt lesen zu können. Die Artikel widmeten sich russischer Waffentechnik und den Kampftauchern der U. S. Navy, aber deswegen hatte sich Kranz die Zeitung ja nicht gekauft. Was ihn wirklich interessierte, waren die Kleinanzeigen im hinteren Teil des Magazins, und von diesen speziell eine Rubrik, die mit »Dienstangebote« überschrieben war und in der nur fünf Anzeigen standen.
Zwei von ihnen kamen schon auf Anhieb nicht in Frage, denn sie hatten Telefonnummern in den Vereinigten Staaten. Wenn man einen Killer anheuert, dann sollte der möglichst weit weg von zu Hause sein, dachte Kranz. Von den drei verbleibenden Anzeigen wies eine lediglich eine Telefonnummer auf. Diese war Kranz zu dürftig. Es blieb ihm also nur noch die Wahl zwischen dem Ex-Soldaten der honduranischen Spezialtruppen und einem Brasilianer, der über »Erfahrungen im Dienst der Regierung« verfügte.
Kranz runzelte ärgerlich die Stirn. Er haßte es, aufgrund so spärlicher Informationen eine Entscheidung treffen zu müssen, beschloß aber, es zuerst mit dem Honduraner zu probieren. Kranz machte das Licht aus, startete den Motor und fuhr zu der Telefonzelle am Ende des Rastplatzes. Einen Augenblick lang blieb er davor im Auto sitzen und betrachtete den Hörer, der wie ein Erhängter an seinem Haken baumelte. Sein Magen krampfte sich zusammen, seine Hände waren schweißnaß. Dann gab Kranz sich einen Ruck, stieg aus dem Wagen und betrat mit seinen Vierteldollars in

der Hand die Telefonzelle. Während er mit klammen Fingern die Nummer aus dem Magazin wählte, beschlug sein Atem die frostkalten Scheiben.

✷

Gelangweilt betrachtete Liston sein Spiegelbild in der Fensterscheibe des Kleinbusses, der ihn in die Innenstadt von Port of Spain brachte. Er trug jetzt keine gehäkelte Rastamütze mehr, so daß seine Dreadlocks ungehindert auf seine Schultern fielen. Seine Augen hatte er hinter einer rechteckigen dunklen Sonnenbrille verborgen, und seine Wangen bedeckte ein zwei Tage alter Stoppelbart, der langsam mit dem Ziegenbärtchen an seinem Kinn zusammenwuchs.
Liston war alles andere als zufrieden mit dem von ihm gewählten Transportmittel. Entgegen anderslautender Bestimmungen hatte der Fahrer des »Maxitaxi« seine Stereoanlage voll aufgedreht und bedröhnte das gute Dutzend Fahrgäste, das sich in seinem für acht Personen zugelassenen Gefährt zusammendrängte, mit laut hämmernder Reggaemusik. Bei diesem Lärm, dachte Liston, kann der Fahrer keinerlei Geräusche von draußen mehr wahrnehmen. Das war nicht ungefährlich, denn auch mit der Sicht stand es nicht zum besten: Die vielen Köpfe versperrten dem Fahrer den Blick durchs hintere Fenster nach draußen, zudem waren von den beiden Seitenspiegeln des Mazda-Kleinbusses nur noch kümmerliche Stummel der einstigen Halterungen übrig. Nach vorne wiederum behinderten unzählige auf die Windschutzscheibe geklebte Sticker und ein vom Rückspiegel baumelnder Weihnachtsengel die Sicht.
Vor lauter Ärger über den Fahrer überlegte Liston sich, was wohl passieren würde, wenn er dem Kerl von hinten sein Messer in die Seite stoßen würde. Vermutlich, so dachte er,

würde die Mehrzahl der Fahrgäste sogar applaudieren. Aber er hielt sich zurück, zündete sich eine Zigarette an und sah nach draußen auf die zerlumpten Penner, die vor den Hochhäusern aus Klinker, Glas und Beton am Straßenrand hockten.

Als nach ein paar Kilometern der Kleinbus im Stau kurz vor dem Stadtzentrum steckenblieb, stiegen die Passagiere aus und drängten sich vor dem Fenster des Fahrers, um ihm das Fahrgeld hineinzureichen und dann zu Fuß weiterzugehen. Manche stritten sich lautstark mit ihm herum, weil sie nicht den vollen Preis bezahlen wollten. Liston sah sich die Szene eine Weile an, dann machte er sich, ohne zu bezahlen, aus dem Staub. Niemand rief ihm nach oder versuchte, ihn aufzuhalten.

Das Gebäude der Telefongesellschaft war nur einen Block weit entfernt. Liston ging hinein und bezahlte die Gebühr für ein internationales Gespräch. Er hätte natürlich auch von dem Gästehaus aus anrufen können, in dem er übernachtete, aber es war immer besser, ein Telefon zu wählen, das später nicht mit einem in Verbindung gebracht werden konnte. Immerhin wurde Liston in sieben Ländern steckbrieflich gesucht, und auch wenn die Polizei nirgendwo mehr als ein vages Phantombild von ihm hatte, mußte er das Schicksal nicht unnötig herausfordern.

In einer alten, mit Holz verkleideten Telefonkabine wählte Liston die Nummer eines Anrufbeantworters in Honduras. Nachdem er den Fernabfragecode eingegeben hatte, spielte ihm die Maschine die eingegangenen Nachrichten vor. Drei Anrufer hatten aufgelegt, einer hatte offenbar im Vollrausch etwas Unverständliches aufs Band gelallt, und einer verlangte mit knappen herrischen Worten einen baldigen Rückruf unter einer bestimmten Nummer. »Verlangen Sie Cernan Kranz und sagen Sie, es gehe um den Wintergarten«, sagte die barsche Stimme und legte auf. Ihr Englisch hatte einen

Akzent, der auf die amerikanische Ostküste schließen ließ. *Muy bien,* dachte Liston anerkennend. Der Mann war vorsichtig, und das gefiel ihm. Ab und zu riefen doch tatsächlich Leute an, die auf dem Anrufbeantworter verkündeten, wen sie wann und für wieviel Geld getötet haben wollten. Mit solchen Dilettanten machte Liston grundsätzlich keine Geschäfte, denn auf die war meistens kein Verlaß, wenn es dann wirklich ernst wurde.

Liston notierte sich die Nummer und gab dem Mann am Schalter das Geld für ein weiteres Ferngespräch. Als er wieder in der Telefonkabine war, schaute er in einem kleinen Taschencomputer nach, wo in den Vereinigten Staaten sich die Telefonnummer des Mannes befand. Nachdem er die Zeitverschiebung ausgerechnet hatte, tippte er die Nummer unter dem Stichwort »Wintergarten« in seine Datenbank ein. Dann nahm er den Hörer ab und wählte.

*

Tauwetter hatte eingesetzt. Draußen schmolz der Schnee, und wenn Kranz aus dem Fenster seines Büros blickte, konnte er schon die ersten Flecken brauner Erde sehen. Als das Telefon klingelte, wußte er, noch bevor er abhob, daß es der Killer sein mußte. Wer sonst hätte ihn an einem Sonntag in seinem Büro anrufen sollen?

»Hier spricht Cernan Kranz.«

»Es geht um den Wintergarten. Wann wollen Sie die Sache erledigt haben?« fragte eine Stimme, deren Akzent Kranz nicht auf Anhieb bestimmen konnte. Irgend etwas Lateinamerikanisches, dachte er, Honduraner könnte schon hinkommen. »So bald wie möglich. Wenn es geht, schon in den nächsten Tagen.«

»Wo ist die Zielperson?«

»Im Königreich Tonga im Südpazifik. Sein Name ist James

North. Im Augenblick befindet er sich auf einem zwanzig Meter langen Motorschiff, aber ich kann dafür sorgen, daß er an Land kommt. Oder Sie an Bord bringen. Ganz wie Sie wollen.«

»Haben Sie bestimmte Vorstellungen, wie es gemacht werden soll?«

»Nein. Aber es muß wie ein Unfall aussehen. Und ich will nicht, daß mein Boot dabei kaputtgeht.«

»Ich verlange ... fünfundsiebzigtausend Dollar. Zwanzigtausend davon sofort, den Rest nach Ausführung des Auftrags.«

»Wie heißen Sie?«

»Liston.«

»Zwanzigtausend Dollar ist eine Menge Geld, Liston. Viel zuviel, um sie aufs Geratewohl einer Stimme am Telefon zu überlassen.«

»Wenn Ihnen das zuviel ist, dann lassen Sie es eben. Sie müssen mich ja nicht engagieren.«

Kranz fiel auf, daß der Mann, trotz seines Akzents, perfekt englisch sprach. Er klang kompetent und knallhart und schien genau zu wissen, daß er am längeren Hebel saß. Hier hatte er es nicht mit einem Amateur zu tun, das stand fest. Trotzdem entschied sich Kranz dafür, nicht sofort auf die Forderungen seines Gesprächspartners einzugehen: »Zuerst einmal möchte ich wissen, was Sie für Erfahrung in Ihrem Job mitbringen.« Als die Stimme antwortete, klang sie etwas verärgert. Sehr gut, dachte Kranz, jetzt habe ich ihn aus der Fassung gebracht.

»Ich war über zehn Jahre lang Sergeant in einer honduranischen Anti-Terror-Einheit, zuständig für geheime Sonderkommandos. Danach habe ich achtzehn Jobs auf eigene Rechnung erledigt. Und zwar sauber und ohne jegliche Komplikationen.«

»Na schön. Ich akzeptiere Ihre Bedingungen«, sagte Kranz

und erklärte der Stimme am anderen Ende der Leitung, was sie zu tun hatte.

*

Der Tonga-Graben ist eine tiefe Unterwasserschlucht, die sich auf einer Länge von eintausendsechshundert Kilometern östlich der Inseln entlangzieht, nach denen sie benannt ist. Dieser Graben, dessen tiefste Stelle sich mehr als elf Kilometer unterhalb des Meeresspiegels befindet, ist einer der tiefsten Gräben der Welt. Entstanden ist er durch eine gewaltige Kollision, deren schiere Dimension das menschliche Vorstellungsvermögen sprengt. Unter der Oberfläche des Ozeans stoßen hier nämlich zwei riesige Platten der Erdkruste aneinander, wobei sich mit einer Geschwindigkeit von etwa zehn Zentimetern pro Jahr die westliche Platte über ihre östliche Nachbarin schiebt und sie nach unten ins Innere der Erde zwingt. Die Nahtstelle dieses gewaltigen Ringens, das sich auf den nahegelegenen Inseln bisweilen als Erdbeben bemerkbar macht, ist der Tonga-Graben. Wird die östliche Platte tief genug nach unten gedrückt, schmilzt ihr Gestein zu Lava, die wiederum durch Löcher und Spalten in der westlichen Platte nach oben quillt. Das Ergebnis ist eine starke vulkanische Tätigkeit, der die direkt am Rand der westlichen Kontinentalplatte sitzenden Inseln des Königreichs Tonga ihre Entstehung verdanken.

Die Wände des Tonga-Grabens sind an manchen Stellen sehr steil, an anderen haben sich ausgedehnte Felsterrassen gebildet. Auf einer dieser breiten Terrassen hatte Cernan Kranz in sechs Kilometern Tiefe die Kette seiner Subloons installieren lassen.

Nur Subloon Nummer zwei tanzte aus der Reihe. Er war ein Testsubloon, den Jim und Ron zu Übungszwecken auf einem Felsplateau verankert hatten. Weil er lediglich Versuchen zur Haltbarkeit der Polyäthylenhülle diente, enthielt Subloon Nummer zwei nur halb so viel Luft wie die anderen, die für einen wirklichen Einsatz gedacht waren. Subloon Nummer zwei befand sich fünfzig Kilometer östlich der Insel Nuku.

KAPITEL 8

Als JoAnn erwachte, war es draußen schon hell. Höchste Zeit, aufzustehen und sich für die Schule fertig zu machen. Es war Dienstag, und am Ende der Woche würden die Weihnachtsferien beginnen. Noch ganz benommen setzte die junge Lehrerin sich auf und suchte nach ihrer Bettdecke, die sie schließlich zusammengeknüllt am Fuß ihres Bettes fand. Offensichtlich hatte sie sich in der schwülheißen Nacht freigestrampelt. Leider mußte bei dieser Aktion auch das Moskitonetz verrutscht sein, denn JoAnn spürte zwei stark juckende Stiche auf Stirn und Nase. Heute könnte ich zur Abwechslung mal etwas Make-up gebrauchen, dachte sie seufzend, obwohl sie genau wußte, daß so etwas auf Nuku nicht zu bekommen war.

Nach einer kühlen Dusche in der kleinen Kabine draußen vor dem Haus ging JoAnn in die Küche, um sich etwas zum Frühstück zu suchen. Sie fand eine reife Papaya, viertelte sie und bot davon den Kindern an, die ebenfalls gerade aufgestanden waren. Sie nahm ihr Zimtdöschen, das auf dem schiefen Regal über der Tür stand, und streute sich etwas von dem rötlich-braunen Pulver auf die gelbe Frucht. Allzu begeistert war JoAnn von ihrer neuesten Kreation allerdings nicht. Obwohl sie Zimt über alles liebte, kam sie zu dem Schluß, daß er zum Würzen von Papayas eher weniger geeignet war. Die reife Frucht hatte auch ohne ihn einen überaus intensiven Geschmack. Nachdem JoAnn ihr Stück gegessen hatte, ging sie nach draußen, um sich von ihrer Gastmutter zu verabschieden. Sie fand Mele am Waschtrog vor dem Haus. »Auf Wiedersehen, Mele, ich gehe jetzt.«

Die über hundert Kilo schwere Frau blickte von ihrem Waschbrett auf und lächelte die Australierin an. »Bist du froh, daß bald Ferien sind?« wollte sie wissen.
»Nein, ich werde die Kinder vermissen. Außerdem bekomme ich nächstes Jahr vielleicht eine andere Klasse, und das ist schade, denn an diese habe ich mich jetzt schon so gewöhnt.«
Weil Mele dem nichts hinzuzufügen hatte, sagte sie das, was sie jeden Morgen sagte: »Hast du denn schon richtig gefrühstückt? Geh in die Küche und iß etwas.«
»Das habe ich schon«, antwortete JoAnn lächelnd und winkte Mele zum Abschied zu. Dann stieg sie über den kniehohen Zaun und machte sich auf den Weg zur Schule.

*

Als Liston durch die Zollkontrolle in die Halle des Flughafens trat, wurde er sofort von drei Taxifahrern belagert, die ihn in die Stadt bringen wollten. Er schob die diensteifrigen Chauffeure zur Seite, ohne sie auch nur eines Blickes zu würdigen, und sah sich nach dem Mann um, den er hier treffen sollte. Es war ein dünner Bursche mit Goldrandbrille und sorgfältig frisierten schwarzen Haaren, der einen teuren Maßanzug und auf Hochglanz polierte Schuhe trug. In der Hand hielt der Mann ein Blatt Papier, auf dem in großen Lettern ein einziges Wort stand: Wintergarten.
Obwohl der ehemalige Soldat der honduranischen Streitkräfte hier in Tonga keinen Ärger erwartete, ging er zunächst einmal an dem Mann vorbei zu den Geschenkläden und tat so, als betrachte er die Postkarten in einem Drehständer. In Wirklichkeit beobachtete er den bleichen Mann genauer, der alle paar Sekunden auf die Uhr sah und sich mit einem Stofftaschentuch den Schweiß von der Stirn tupfte. Liston war der Typ von Anfang an unsympathisch, aber das war

nicht der Grund dafür, daß er ihn noch gute zehn Minuten schmoren ließ. Er mußte sicher sein, daß der Mann, wie vereinbart, auch wirklich allein gekommen war. Erst als sich die Halle weitgehend geleert hatte und die Taxifahrer wieder hinaus zu ihren Fahrzeugen gegangen waren, schlenderte Liston auf den Abgesandten seines Auftraggebers zu. »Ich bin Liston. Für wen arbeiten Sie?«

»Für Cernan Kranz. Mein Name ist Peter Ratcliff.« Peter wischte die rechte Hand an seinem Hosenbein ab und streckte sie Liston hin.

Der Honduraner ignorierte die Geste und deutete statt dessen auf das Blatt Papier. »Haben Sie das mit dem Computer geschrieben?« fragte er.

»Ja, warum?«

»Löschen Sie die Datei. Haben Sie ein Foto von James North dabei?«

Peter deutete auf die lederne Aktentasche, die er in der Hand hielt. »Hier drinnen. Sie können sich seine Personalakte ansehen, während wir auf den nächsten Flug warten«, sagte er und warf einen Blick auf seine goldene Rolex. »Das Flugzeug zur Inselgruppe Vava'u geht in zwei Stunden. Ich habe uns im Paradise Hotel in Neiafu zwei Zimmer gebucht. Vielleicht könnten wir ja, während wir warten, schon mal die Details durchgehen und –«

Liston unterbrach ihn rüde. »Wie komme ich auf North' Boot?«

»Ich lasse den Kapitän und Norths Kollegen auf unser zweites Boot bringen. Sie kommen als neuer Kapitän an Bord. Das Boot ist nicht schwer zu steuern, und Sie –«

»Kranz hat mir gesagt, daß das Boot eine Hatteras dreiundfünfzig ist. Die kann ich fahren. Aber wie komme ich da hin?«

Peter rückte sich die Krawatte zurecht und musterte den Killer mit einem abfälligen Blick. Der Hüne mit seinen

ekligen Rasta-Locken löste in ihm ein starkes Gefühl des Widerwillens aus. Allerdings strahlte er eine fast mit den Händen greifbare Selbstsicherheit aus, das mußte man ihm lassen. Je länger Peter mit dem ungehobelten Kerl jedoch zu tun hatte, desto mehr machte sich in ihm das vollkommen irrationale Bedürfnis breit, ihm mit der Faust mitten ins Gesicht zu schlagen. Daß er diesen Wunsch niemals in die Tat umsetzen würde, war ihm klar, denn dieser Liston machte den Eindruck, als könne er einen Menschen mit seinen bloßen Händen erwürgen, ohne sich dabei nennenswert anzustrengen. Außerdem hatte Kranz ihn angewiesen, den Killer zu unterstützen, so weit es im Bereich des Machbaren lag. Also zuckte Peter innerlich mit den Achseln. Solange er North nicht persönlich ins Jenseits verfrachten mußte, war ihm alles recht.
»Ein kleines Boot wird Sie von Neiafu aus an Bord bringen und die anderen mit zurücknehmen«, beantwortete er Listons Frage. »Wenn Sie Ihren Job so erledigen, daß die Hatteras vor sieben Uhr morgen früh wieder im Hafen ist, dann können Sie noch am selben Tag zurückfliegen.«
Liston ließ Peter reden und grinste vor sich hin. Er hatte sich selbst bereits zwei Flüge und eine Fährpassage auf die Hauptinsel reserviert, alle unter verschiedenen Namen. Dieses Königreich Tonga war für seinen Geschmack ein wenig zu klein. Der einzige internationale Flughafen auf der Hauptinsel Tongatapu ließ sich binnen Minuten abriegeln, und mit seinem spanisch-afrikanischen Aussehen fiel Liston unter der polynesischen Bevölkerung auf wie ein bunter Hund. Perfekt organisierte Fluchtwege waren in solchen Ländern das A und O, und dabei verließ sich Liston lieber ausschließlich auf sich selbst. Darüber hinaus hatte er noch einen kleinen Spezialplan parat, in den er Peter allerdings nicht einweihte.

✷

Raschen Schrittes näherte sich JoAnn der Schule. Sie war schon wieder spät dran und wußte genau, daß ihre Schüler, wenn sie nicht beaufsichtigt wurden, einen schrecklichen Radau machten. Das letzte Mal, als sie sich verspätet hatte, war der Direktor im Klassenzimmer gewesen und hatte versucht, die Kinder mit dem Rohrstock zur Vernunft zu bringen. JoAnn wollte eine ähnliche Situation unter allen Umständen verhindern.

Die Schule von Nuku bestand aus drei ebenerdigen, in U-Form angeordneten Gebäuden, die direkt aufs Meer hinausblickten. Manchmal konnte JoAnn von hier aus Tekina oder einen der anderen Fischer sehen, wie sie in ihren *popao*-Kanus draußen auf dem Riff ihrer täglichen Arbeit nachgingen. Heute allerdings hatte JoAnn dazu keine Zeit.

Auf den letzten paar Metern zum Schulhaus sah JoAnn aus dem Augenwinkel, wie der stellvertretende Direktor mit einem rostigen Stück Rohr auf den länglichen Metallzylinder schlug, der auf Nuku als Schulglocke fungierte. Gerade noch geschafft, dachte JoAnn.

Als sie in das Klassenzimmer kam, stellte sie auf den ersten Blick fest, daß drei oder vier von ihren fünfzehn Schülern fehlten. Vom Rest standen gerade einmal fünf auf, so wie sie sollten, wenn eine Lehrkraft den Raum betrat. Lina und Paea waren in ein Gespräch vertieft und ließen sich auch durch JoAnns ungeduldige Blicke nicht aus der Ruhe bringen. Tavi malte gerade Simis Nase mit weißer Farbe an, und Seini kommentierte den Fortschritt der Schminkaktion mit lautstarken Begeisterungsrufen. Ngu stand auf seiner Bank und spähte, während er JoAnn den Rücken zudrehte, über die hintere Trennwand ins nächste Klassenzimmer. JoAnn beschloß, die Kinder auf die sanfte Tour unter Kontrolle zu bringen, und wendete dazu eine Taktik an, die sie noch aus ihrer eigenen Schulzeit kannte. »Drei«, sagte sie mit lauter

Stimme, woraufhin sich Ngu umdrehte und von seiner Bank herunterkletterte.
»Zwei.« Tavi, Simi und Seini standen auf. Simi versuchte hastig, sich die Farbe von der Nase zu wischen, verschmierte sich dabei aber nur das ganze Gesicht.
»Eins.« Lina und Paea bekamen von ihren Klassenkameraden einen Stoß in die Rippen und erhoben sich als letzte. JoAnn musterte einen Augenblick lang ihre Klasse. Die etwa zehnjährigen Kinder machten in ihren Schuluniformen, die bei den Mädchen aus einem roten Kleid, bei den Jungen aus hellbraunen Shorts und einem weißen Hemd bestanden, einen adretten Eindruck. Was man von dem Klassenzimmer nicht gerade behaupten konnte: Viele der aus Kokosholz roh zusammengezimmerten Schulbänke waren schon so klapprig, daß sie jeden Augenblick auseinanderzufallen drohten. Tavi und Simi hatten überhaupt keine Bank und mußten dem Unterricht auf dem Boden sitzend folgen. Die Fenster des Raumes waren fast alle ohne Glas, nur hier und da hatten in den vielfach unterteilten Holzrahmen einzelne Scheiben überlebt. An der Tafel blätterte der schwarze Lack an so vielen Stellen ab, daß sie JoAnn an ein abstraktes Gemälde erinnerte.
»Guten Morgen, Kinder«, sagte JoAnn auf englisch.
»Guten Morgen, Miss JoAnn!« riefen die Schüler fast im Chor.
»Bitte setzt euch.« Das war JoAnns letzter englischer Satz, von nun an sprach sie nur noch Tongaisch. »Heute werden wir lernen, wie man die Uhr liest«, sagte sie. Sie malte ein großes Zifferblatt an die Tafel und zeichnete dann zwei Zeiger ein, die auf neun Uhr standen.
»Was seht ihr da?« fragte JoAnn in die Klasse hinein. »Wieviel Uhr ist es?« Liliani formte die Hand zur Faust und klopfte damit auf ihre Schulbank. Weil Liliani meist die Antwort vor allen anderen wußte, wollte JoAnn erst einmal

den weniger begabten Kindern eine Chance geben. Schließlich klopfte auch Ngu, der vor lauter Konzentration die Lippen zu einer Schnute geformt hatte, auf die Bank.
»Ngu?«
Die dicken Lippen verzogen sich noch mehr, dem kleinen, rundlichen Gesicht war die Anstrengung des Nachdenkens deutlich anzusehen. Ngu war einer der wenigen Schüler, die schon einmal Verwandte in der Hauptstadt besucht hatten. Wie gebannt blickte er auf das Ding an der Tafel. Wie hieß es gleich noch mal? Auf einmal fiel es ihm wieder ein, und er klopfte noch einmal auf die Bank, obwohl JoAnn ja ohnehin schon auf seine Antwort wartete.
»Ngu?«
»... Uhr!« platzte Ngu schließlich heraus und bemerkte nicht, daß Liliani sofort wieder zu klopfen anfing. Er hatte nur Augen für Miss JoAnns freundliches Lächeln.
»Ja, das ist eine Uhr, Ngu. Danke. Weiß denn jemand von euch, welche *Stunde* die Uhr anzeigt?«
Liliani klopfte jetzt so laut, daß JoAnn nicht mehr umhin kam, die »kleine Schwester« aus ihrer Gastfamilie aufzurufen. »Liliani?«
»Zeiger!« sagte Liliani.
JoAnn nickte zustimmend und hielt inne. Wenn nicht einmal Liliani die richtige Antwort wußte, dann hatte sie die Klasse offenbar überfordert. Wie sollten auch die Kinder auf einer Insel wie Nuku ein Gefühl für die Uhrzeit entwickeln? In einer Kultur, in der man die Zeit nach Vormittag, Nachmittag und Nacht maß, waren Stunden und Minuten relativ unwichtig. Die leeren Bänke in JoAnns Klassenzimmer legten beredtes Zeugnis vom tongaischen Zeitgefühl ab. Die Eltern schickten ihre Kinder dann zur Schule, wenn sie meinten, daß es an der Zeit war, was dazu führte, daß sich die Klassen erst im Lauf der ersten Stunde füllten. JoAnn seufzte und überlegte sich, wie sie die Zahlen auf der

Uhr mit den verschiedenen Tageszeiten verknüpfen sollte. Schließlich ging sie zur Tafel und zeichnete darauf ein Bild, das Sonne und Wolken zeigte. Mehrere Schüler nutzten den Umstand, daß JoAnn ihnen den Rücken zukehrte, um sich flüsternd zu unterhalten. Eine Wespe brummte durchs Klassenzimmer und verschwand durch eines der kaputten Fenster ins Freie. Ngu stellte sich wieder auf seine Bank und schaute über die Trennwand, was die Klasse im Raum nebenan machte. Dünne Sonnenstrahlen fielen durch die Rostlöcher im Wellblechdach und zeichneten kleine helle Kreise auf den sauber gefegten Betonfußboden. Von den Kochfeuern der nahen Ortschaft wehte ein schwacher Geruch von brennendem Holz herein, und irgendwo in der Nähe begrüßte ein verspäteter Hahn den neuen Tag, der bereits vor drei Stunden angebrochen war.

*

Jim North, der nichts weiter trug als seine Jeans, streckte seinen durchtrainierten Körper auf der Koje aus. Nach dem morgendlichen Schwimmen tat ihm die linke Schulter weh. Das ist auch so ein Nachteil von diesem Job, dachte er schläfrig, man kann sich hier nirgendwo richtig fithalten. Kein Sportplatz, keine Turnhalle, nichts. Jim überlegte sich, ob er nicht mit ein paar Gummiseilen, die er an Bord gefunden hatte, eine Art Rudermaschine zusammenbasteln sollte, aber nach kurzer Zeit schlief er ein und fing an zu träumen.

Er war ein kleiner Junge und zeichnete in seinem Kinderzimmer gerade auf einer Wachstafel herum, als seine Schwester weinend hereinstürzte. Im Gegensatz zu ihm war Judith in dem Traum eine Erwachsene. Ihre Haare waren wirr und verstruwwelt, und sie war furchtbar wütend. Jemand namens Petey habe eine Radkappe ihres Autos kaputtgemacht, erklärte sie ihm und verlangte, daß Jim diesen Petey verprügle. Jim stand auf und folgte seiner Schwester hinaus zu ihrem Wagen. Die Radkappe hatte eine starke Beule und wirkte, als hätte jemand absichtlich dagegengetreten. Jimmy sah sich um, konnte aber niemanden entdecken. Auch seine Schwester war plötzlich verschwunden. Das beunruhigte ihn zwar, aber er beschloß, zuerst die Radkappe zu reparieren und erst dann nach ihr zu suchen. Jim nahm also die Radkappe ab und beulte sie mit einem Hammer aus, der direkt vor ihm lag. Dann ging er zurück in sein Zimmer, nahm die Wachstafel wieder auf und schrieb seiner Schwester einen Brief. Jimmy nahm seinen Griffel und kritzelte in das weiche graue Wachs. Als er mit dem Brief fertig war und ihn noch einmal lesen wollte, waren die Worte verschwunden, so, als habe jemand den Schieber heruntergezogen und dadurch alles gelöscht. Zum Glück erinnerte Jim sich jedoch noch genau, was er geschrieben hatte:

Liebe Judith,
was ist mit der schlechten Luft?
Dein Jimmy

Er nahm also noch einmal den Griffel zur Hand und wollte gerade aufs neue zu schreiben anfangen, als die Wachstafel in seiner Hand zu vibrieren begann. Gleichzeitig hörte er ein tiefes, brummendes Geräusch …

Jim erwachte davon, daß die Maschinen der M. V. Kranz angelassen wurden. Noch ganz benommen von seinem Traum starrte er an die Decke seiner Koje. Er hatte seiner Schwester vor drei Wochen einen Brief geschrieben und darin seine Befürchtung zum Ausdruck gebracht, daß möglicherweise mit den Subloons etwas nicht in Ordnung sein könnte. Er wußte, daß das Projekt von der Regierung der

Vereinigten Staaten angeblich als geheimhaltungspflichtig eingestuft wurde, aber in letzter Zeit waren ihm immer mehr Zweifel an dieser von der Geschäftsleitung verbreiteten Behauptung gekommen.
Keines von den Dokumenten, die bisher durch seine Hände gegangen waren, hatte einen Hinweis auf eine Überwachung von Seiten amtlicher Stellen beinhaltet, und niemand hatte ihn je einer Sicherheitsprüfung unterzogen. Warum sollte auch ein Anti-Zyklon-System im Südpazifik ein Staatsgeheimnis der USA sein? fragte sich Jim.
Hier auf dem Boot hatte Jim in seinen Ruhestunden viel Zeit zum Nachdenken. Über Gott und die Welt hatte er sich schon den Kopf zerbrochen, über Politik und Kultur, über Wissenschaft und seinen Job – und vor allem über die Subloons. Er glaubte, einem gefährlichen Konstruktionsfehler auf die Schliche gekommen zu sein, aber sein Brief, in dem er der Firmenleitung seine Befürchtungen mitgeteilt hatte, war bislang ohne Resonanz geblieben.
Jim fand das seltsam, denn Cernan Kranz, der Chef der Firma, hatte ein gesteigertes Interesse an diesem Projekt. Fast täglich, so hatte ihm Martin Simms, der in der Hauptstadt von Tonga stationierte Projektleiter, erzählt, rief er an und erkundigte sich nach dem Fortgang der Installationen, und wenn eines der beiden Teams ein Ersatzteil für den Unterwasserroboter brauchte, sorgte er persönlich dafür, daß es schon am nächsten Tag eingeflogen wurde. Möglicherweise, so dachte Jim, war gerade dieses Interesse an den Subloons aber auch der Grund dafür, daß Kranz seine Bedenken nicht ernst nahm. Vielleicht betrachtete er seinen Brief als eine Gefährdung des Projekts, das er offenbar auf Biegen und Brechen durchziehen wollte. Irgendwie hatte Jim ein schlechtes Gewissen, weil er seinen Befürchtungen innerhalb der Firma nicht nachdrücklicher Gehör verschafft hatte. Statt dessen hatte er sie in einem Brief seiner Schwe-

ster mitgeteilt, die Journalistin und somit auf gute Storys angewiesen war. Vielleicht, so hatte er gedacht, konnte sie ja die Antworten bekommen, die ihm verweigert wurden. Jim gähnte herzhaft, drehte sich in seiner Koje um und fragte sich, ob die für ihre Langsamkeit berüchtigte tongaische Post seinen Brief überhaupt schon in die Vereinigten Staaten befördert hatte.

*

Nicht nur die Tafel war voller Kreide, auch JoAnns langes rotes Kleid hatte an vielen Stellen weiße Flecken. Selbst die Hände der Lehrerin wirkten vom Kreidestaub wie ausgebleicht, denn irgendwer hatte wieder einmal den Schwamm verlegt, so daß ihr nichts anderes übrig blieb, als die Tafel mit den Fingern zu wischen.
Die inzwischen auf fünfzehn Schüler angewachsene Klasse bemerkte jede Einzelheit von JoAnns Kampf mit der Kreide, aber keines der Kinder lachte. Sie hatten noch nie eine Palangi-Lehrerin gehabt, und Palangis waren nun einmal seltsame Wesen. Vermutlich waren alle Palangi-Lehrer voller Kreide wie Miss JoAnn. Irgendwie erinnerte sie die weiße Frau an die Soldaten, die manchmal auf Nuku stationiert waren, um neue Straßen zu bauen oder nach dem großen Sturm die Häuser wieder herzurichten. Auch die Soldaten hatten weiße Streifen an den Ärmeln ihrer Uniformen gehabt. Wahrscheinlich gehörte die Kreide zu den Palangi-Lehrern, so wie die weißen Streifen zu den Soldaten.
»Jetzt seht mal alle hierher zu mir, Kinder«, sagte JoAnn. »Ich werde jetzt so tun, als wäre ich eine Uhr, und ihr müßt mir sagen, welche Zeit meine Arme gerade zeigen … mach, daß du rauskommst!«
Das weiße Huhn, das gerade seelenruhig ins Zimmer spa-

ziert war, schien nicht recht zu verstehen, warum die Frau es auf einmal so anbrüllte. Ohne groß auf das Geschrei zu reagieren, fuhr es fort, auf dem enttäuschend blanken Fußboden nach etwas zu fressen zu suchen.

»Ngu!« rief die halbe Klasse wie aus einem Mund. Irgendwie hatte es sich eingebürgert, daß der Junge die Hühner aus Miss JoAnns Klassenzimmer scheuchen mußte. Ursprünglich hatte JoAnn mit Kreide nach den Tieren geworfen, hatte das aber rasch wieder sein lassen, da die Hühner geglaubt hatten, sie wolle ihnen etwas Eßbares zuwerfen. Den Kindern war es nie so ganz klar geworden, weshalb Miss JoAnn etwas gegen Hühner im Klassenzimmer hatte. Schließlich taten sie niemandem etwas zuleide, und vielleicht wollten sie ja auch ein bißchen zuhören und etwas lernen. Aber so waren die Palangis nun einmal. Viele ihrer Handlungen waren nur sehr schwer zu verstehen. Und so sahen die Kinder interessiert, aber kopfschüttelnd zu, wie Ngu den wild flatternden und gackernd protestierenden Vogel nach draußen scheuchte.

»Der große Zeiger der Uhr wandert einmal pro Stunde um das Zifferblatt«, erklärte JoAnn und bewegte ihren voll ausgestreckten linken Arm entlang des an die Tafel gezeichneten Kreises. Als ihre Hand bei der Nummer zwölf angelangt war, hielt sie inne und zog den Ellenbogen ihres rechten Armes so an, daß er auf die Zehn zeigte. Dazu hatte sie sich auf einen Hocker gestellt, damit sich ihr Körper auch in der Mitte der Kreideuhr befand.

Simi, der noch immer weiße Farbe an den Wangen hatte, sah Miss JoAnn ebenso interessiert zu wie die anderen Schülerinnen und Schüler. Was machte die Palangi-Lehrerin denn jetzt bloß? Es mußte eine Art Tanz sein. Der Uhrtanz! In der Pause würde er ihn allen seinen Freunden aus den anderen Klassen vorführen. Jetzt aber hieß es still sein, denn wenn die Klasse sich ordentlich benahm, würde Miss JoAnn viel-

leicht noch mehr von diesem Tanz vorführen. Warum machten die tongaischen Lehrer nie so lustige Sachen?
JoAnn wollte wissen, ob ihre Schüler auch wirklich etwas gelernt hatten. »Welche Uhrzeit zeige ich gerade, Liliani?«
»Zehn … Uhr.«
»Stimmt.« Zumindest Liliani hatte kapiert, was sie der Klasse hatte beibringen wollen. JoAnn bewegte ihre Arme in eine andere Stellung und fragte auch andere Schüler nach der Zeit, die sie ihr ohne Fehler nannten. Die Stunden hatten die Kinder also offenbar intus. Jetzt hieß es, sie mit den Minuten vertraut zu machen. Also bewegte JoAnn ihren linken Arm ruckweise aus seiner Zwölf-Uhr-Position nach rechts. Dabei ahmte sie das Ticken einer Uhr nach, indem sie rhythmisch mit der Zunge schnalzte. Dieses Geräusch war zuviel für die Kinder. Sie fingen laut an zu lachen und imitierten das Geräusch der Lehrerin. Manche standen sogar auf und schnalzten ihren Klassenkameraden direkt ins Ohr, andere begannen, mit wild durch die Luft wirbelnden Armen JoAnns »Tanz« nachzuahmen.
Die Lehrerin stand noch immer auf ihrem Stuhl und betrachtete von oben das Chaos, das sich unter ihren Schülern ausgebreitet hatte. Das Kichern und Zungenschnalzen war im Klassenzimmer nebenan natürlich nicht unbemerkt geblieben. In rascher Folge erschienen drei Kindergesichter über der Trennwand. Ausgerechnet in diesem Augenblick blickte der stellvertretende Direktor, der gerade seinen Rundgang um die Schule machte, durch eines der zerbrochenen Fenster herein. Als sein und JoAnns Blick sich trafen, lächelte er so wie immer, wenn sie etwas machte, das in seinen Augen vollkommen verrückt war. Es war ein ausdrucksloses Lächeln, das nicht verriet, was er von der weißen Frau mit ihren zweifarbigen Haaren und ihrem kreidebestäubten Kleid wirklich dachte, die da auf

ihrem Hocker balancierte und mit weit ausgestreckten Armen zusah, wie es in ihrer Klasse drunter und drüber ging.
Nachdem der stellvertretende Direktor weitergegangen war, fand JoAnn es an der Zeit, wieder für Ruhe und Ordnung zu sorgen. Sie stieg von dem Hocker und nahm den Rohrstock zur Hand. Im Gegensatz zu ihren tongaischen Kollegen hatte JoAnn noch nie ein Kind geschlagen. Ein lauter Hieb mit dem Stock aufs Lehrerpult genügte vollauf, um die Kinder augenblicklich verstummen zu lassen. Nur Ngu, der wieder auf seine Bank geklettert war, fragte mit einem breiten Grinsen auf dem Gesicht: »Und wann tanzen Sie das nächste Mal mit uns, Miss JoAnn?«

»Das ist wirklich seltsam, Ron«, sagte Jim North und fuhr sich durch seine kurzen pechschwarzen Haare. »Wozu schicken die denn dich und Viliami hinüber auf die Cernan?«
Ron blickte hinaus aufs Meer und zuckte mit den Achseln. »Simms hat in seinem Funkspruch nur gesagt, daß wir Finau und Skip ablösen sollen, die in Nuku'alofa an einem neuen Spezialgerät eingewiesen werden. Da die M. V. Cernan aber gerade einen Subloon installiert, brauchen die drüben eine volle Mannschaft, die Erfahrung mit der Arbeit hat. Unser Roboter ist gerade an Deck, und deshalb kommt ein Aushilfskapitän an Bord, der die Kranz zu ihrem nächsten Einsatzort bringt. Du darfst die Stellung halten, bis wir wieder zurück sind, und dich gründlich ausruhen.«
»Aber wieso weisen die dann nicht Viliami und mich ein, wenn die anderen gerade mitten in der Arbeit stecken?« wunderte sich Jim.
»Weil diese neue Technik nur auf der Cernan eingebaut

werden kann«, antwortete Ron, während er seine Brille mit dem T-Shirt putzte.
Jim schnaubte verächtlich und sah über die Reling hinaus aufs Meer. Die Brise hatte aufgefrischt, fast alle Wolken zeigten Schaumkronen.
Ron runzelte die Stirn, als der Wind ihm abermals Gischt an die Brille blies. »Laß uns hineingehen«, schlug er vor. Jim nickte.
Ron trat durch die Glasschiebetür in die Kabine der M. V. Kranz. Jim folgte ihm und schloß schnell die Tür hinter sich. »Und wie lange soll diese Geschichte dauern? Kann ich mir vielleicht endlich mal Urlaub nehmen und diese Inseln anschauen?«
Ron blieb in der Kombüse stehen und drehte sich kopfschüttelnd um. »Das hast du dir wohl so gedacht. Aber daraus wird leider nichts, denn übermorgen sind wir wieder da.«
Ron gab Jim einen freundschaftlichen Klaps auf die Schulter und erhielt von seinem Kollegen als Antwort ein müdes Lächeln. »Ich muß jetzt ein paar Sachen zusammenpacken«, sagte er und ging in seine Kabine davon.

Siale, der Bootsführer, legte den kleinen Hebel an seinem Außenbordmotor um und zog die Startleine. Spuckend und stotternd sprang der Motor an. Er hatte eine Weile zu kämpfen, bis er rund lief und von keinem Auspufftopf gedämpft losröhrte. Siale freute sich über sein Geschick mit dem zwanzig Jahre alten Außenborder und legte vom Kai in Neiafu ab. Diesmal hatte er nur einen einzigen Passagier, einen schweigsamen, dunkelhäutigen Mann mit einer rechteckigen Sonnenbrille. Siale mußte sich zuerst konzentrieren, um das Boot heil durch die Jachten im Hafen zu manövrieren, aber als er schließlich in dem natürlichen Kanal war, der hinaus zu den kleinen Inseln führte, konnte er den Fremden eingehender studieren. Seine Haut war sehr dunkel, und seine zu fingerdicken Strähnen zusammengedrehten Haare erinnerten Siale irgendwie an die Putzwolle, die in der Motorenwerkstatt in Neiafu benutzt wurde. Der Fremde trug unten ausgefranste Schlaghosen, ein schwarz-weiß gebatiktes Hemd und eine graue Jeansweste. Als das Boot auf einen Wellenkamm schwankte, klaffte die Weste kurz auf, und Siale konnte auf der Brust des Mannes eine goldene Halskette mit den eingravierten Worten *Rasta forever* erkennen. An Gepäck hatte der Mann nur eine blaue Tauchertasche dabei. Siale fragte sich, was dieser Mensch wohl auf dem großen weißen Boot verloren hatte, zu dem er ihn bringen sollte. Von einem Verwandten hatte Siale gehört, daß diese Schiffe im Auftrag des Königs nach Öl suchten. Manchmal, wenn die Luft klar und die See ruhig war, waren sie weit draußen im tiefen Wasser zu sehen. Sie blieben immer ein paar Tage an derselben Stelle und bewegten sich dann weiter. König Taufa'ahau Tupou höchstpersönlich hatte sich angeblich über den Fortschritt der Arbeiten informiert. Wenn das stimmte, dachte Siale, mußte der dunkelhäutige Mann, der kerzengerade und unbeweglich auf der Bank vor ihm saß und weder nach links noch rechts blickte, ziemlich wichtig sein. Siale nahm das Gas ein wenig zurück und verlangsamte die Fahrt. Wenn der Mann wirklich so wichtig war, dann würde es ihm niemand übelnehmen, wenn er ein wenig zu spät kam, und er, Siale, konnte etwas Sprit sparen.

Das Boot verließ den natürlichen Kanal, der an beiden Seiten mit Kokospalmen und Toabäumen bewachsen war, und glitt zwischen zwei Inseln hindurch, die sich wie grüne Edelsteine aus dem blau und türkis leuchtenden Wasser erhoben. Schließlich kam eine dritte Insel in Sicht.

»Das ist Nuku«, sagte Siale, um das Schweigen zwischen

ihm und seinem mürrischen Passagier zu brechen, aber der reagierte nicht. Fünfzehn Minuten lang tuckerte das kleine Boot an Inseln mit schimmernden Sandstränden und sich sanft im Wind wiegenden Kokospalmen vorbei, bis es das offene Wasser erreichte, wo in zwei Seemeilen Entfernung das weiße Palangi-Schiff auf den Wellen dümpelte. Normalerweise hielt es sich sehr viel weiter draußen im tiefen Wasser auf, dachte Siale. Ganz offensichtlich war es näher an Land gekommen, um diesen wichtigen Passagier aufzunehmen.
Und das war auch gut so, denn auf dem offenen Meer schwappte bei diesem Seegang schon ab und zu einmal etwas Wasser über die Bordwände. Manchmal wurde auch das Heck des Bootes von einer Welle so weit angehoben, daß die Schraube des altertümlichen Außenborders sich ein paar Augenblicke in der Luft drehte. Vom Auf und Ab der starken Dünung verspürte Siale ein unangenehmes Gefühl im Magen und warf einen besorgten Blick auf seinen schweigsamen Passagier. Es wäre Siale schrecklich peinlich gewesen, wenn es dem wichtigen Fahrgast übel geworden wäre. Am liebsten hätte sich Siale bei dem Mann auf der Bank für den Seegang entschuldigt, aber er wagte es nicht, ihn ein zweites Mal anzusprechen. Mit einem so ernsten und bedeutenden Mann sprach man wohl nur, wenn er das Wort an einen richtete. Dummerweise drehte ihm sein Passagier den Rücken zu, so daß er in seinem Gesicht nicht nach den ersten Anzeichen von Seekrankheit suchen konnte. Wenn der Mann wenigstens einmal zur Seite oder nach hinten geschaut hätte ... aber nein, er hielt seinen Blick immer stur nach vorne gerichtet, wo das weiße Palangi-Schiff jetzt immer größer wurde.

Je mehr Liston von der Hatteras erkennen konnte, desto besser gefiel sie ihm. Sie war noch neuer und besser in

Schuß, als er erwartet hatte. Boote verloren rasch an Wert, aber für dieses würde er noch einen hohen Preis erzielen, wenn er es in Fidschi verkaufte. Dumm war nur, daß es sich anhand seiner ungewöhnlichen Umbauten rasch identifizieren ließ. Aber vielleicht konnte er ja den Kran am Heck irgendwie abschrauben und über Bord werfen, ebenso wie das Mini-U-Boot, das mittschiffs festgemacht war und aussah wie die Kleinroboter, die die U. S.-Marine vor Honduras bisweilen für knifflige Unterwasseroperationen benutzt. Die Löcher, die der Kran an Deck hinterlassen würde, könnte er mit einer entfernten Badeplattform erklären. Die Leute auf den Fidschi-Inseln stellten nicht allzu viele Fragen, wenn sie ein Schnäppchen machen konnten. In dieser Hinsicht glichen sie den Mexikanern. Mit etwas Glück würde er für das Boot dreimal soviel bekommen, wie Kranz ihm für seine Dienste zahlen wollte. Plus die zwanzigtausend Dollar Vorschuß natürlich, die Ratcliff ihm auf dem Flughafen in einem großen braunen Umschlag übergeben hatte.

✷

Jim, Ron und Viliami standen an der Reling der M. V. Kranz und beobachteten, wie das kleine Boot immer näher kam. Das Längsseitsgehen und Festmachen an der sehr viel größeren Hatteras würde bei diesem Seegang sicher kein leichtes Manöver werden. Es mußte möglichst rasch über die Bühne gehen. Weil die drei das wußten, verabschiedeten sie sich schon jetzt voneinander.

»Okay, Viliami«, sagte Jim, »sieh zu, daß du nicht wieder zuviel Kava trinkst und dann das neue Boot auf Grund setzt.«

Der dicke tongaische Kapitän lachte so herzhaft, daß sein kugelrunder Bauch auf und ab hüpfte. An Jims ersten Abend an Bord hatte er ihn und Ron ausgiebig mit dem rituellen

Getränk der Tonga-Inseln bekannt gemacht. Das aus den Wurzeln des Pfefferbaumes gewonnene Gebräu hatte auf die beiden Palangis eine ziemlich verheerende Wirkung gehabt, aber auch Viliami war nicht mehr ganz nüchtern gewesen und hatte versehentlich eine Kokosnußschale voller Kava auf dem Steuerpult des Radarsystems verschüttet. Jim hatte drei Wochen lang damit zu tun gehabt, den entstandenen Schaden mit Hilfe einiger per Versandhandel aus den USA bestellter Elektronikbauteile wieder zu beheben. Glücklicherweise hatten weder Simms noch Kranz von dem Mißgeschick Wind bekommen, denn sonst wäre der tongaische Kapitän auf der Stelle gefeuert worden.

Als das Boot an der großen Hatteras längsseits ging, erkannte Liston unter den drei Männern an Deck sein Opfer auf Anhieb. Jim North sah genauso aus wie auf dem Foto, das Ratcliff ihm auf dem Flughafen gezeigt hatte. Die Männer warfen dem Bootsführer Taue zu, mit denen er seine auf den Wellen tanzende Nußschale an der von Fendern geschützten Bordwand des größeren Fahrzeugs festmachte. Eine Aluminiumleiter wurde herabgelassen, und Liston stieg an Bord der Hatteras.
»Hallo, Leute!« sagte er und streckte Jim North als erstem seine große dunkle Hand hin. Der Ingenieur erwiderte Listons Händedruck mit wenig Begeisterung.
»Willkommen an Bord«, begrüßte ihn Viliami und trat auf seinen Nachfolger zu. Er übergab ihm die Schlüssel zur Hatteras und wies ihn auf ein paar Besonderheiten des Bootes hin. Dann umarmte er Jim und stieg die Leiter in das kleine Boot hinab. Jim wandte sich an Ron und fühlte sich fast schuldig, daß ihn der Abschied von seinem Kollegen nicht im geringsten schmerzte. Obwohl sie fast ein Jahr gemeinsam auf einem zwanzig Meter langen Boot verbracht hatten, waren sich die beiden Männer kaum nähergekommen.

»Mach's gut, Jim«, sagte Ron. »Und halt die Ohren steif, bis ich wiederkomme.«
»Mache ich«, versprach Jim. »Und wenn wir nächsten Monat mit der Arbeit fertig sind, dann machen wir ordentlich einen drauf.«
»Und ob wir das tun. Ich spendiere die erste Runde«, sagte Ron und ging zur Leiter.
Während Ron hinunter ins Boot kletterte, warf Jim einen seitlichen Blick auf den neuen Kapitän. Der hat sich mit seinen Dreadlocks wohl im Ozean geirrt, schmunzelte Jim amüsiert und ahnte nicht, wie bald ihm das Lachen vergehen sollte.

*

Mit kräftigen Paddelzügen steuerte Tekina sein kleines Auslegerkanu auf das vor ihm liegende Riff zu und sah, wie dahinter die gelbe Nachmittagssonne langsam im Meer versank.
Draußen schaukelte das große weiße Schiff auf den Wellen. Ein kleines Boot – Tekina vermutete, daß es das von Siale war – hatte vor kurzem an dem Palangi-Schiff festgemacht und legte jetzt wieder ab. Hoffentlich verschwinden diese Palangis jetzt wieder, dachte Tekina. Er mochte die Weißen nicht. Ihre Schiffe waren so laut und stark, daß sie alle Fische verjagten. Aber was haben die Palangis schon mit Fischen zu tun? fragte er sich. Sie wollen mit ihren Booten doch nur auf dem Wasser herumjagen wie mit ihren Autos an Land. Die meisten von ihnen sind so reich, daß für sie eine fette Makrele ebensoviel wert ist wie ein Sandkorn für dich, Alter.
Tekina hörte, wie die Maschinen des großen Schiffes ansprangen, und sah, wie es mit hoch aufschäumender Bugwelle Kurs hinaus aufs Meer nahm. Als das Motorenge-

räusch verklungen war, verspürte Tekina ein Gefühl tiefer Erleichterung.

Sein Kanu trieb jetzt über der Stelle des Riffes, an der es besonders viele Fische gab. Blaugelbe Engelsfische mit schwarzen Masken über den Augen glitten majestätisch zwischen den Korallen hindurch, aus denen schwarze und weiße Guppies sowie rote Kardinalsfische äugten. Winzige durchsichtige Krabben hockten auf den Ästen der Korallen, und Clownfische mit ihren grellorangen Streifen und weißen Gesichtern versteckten sich hinter den dichten Büscheln von Seeanemonen vor einem böse dreinblickenden Barrakuda, der vor dem Riff auf Raubzug ging.

Direkt vor Tekinas Füßen lag ein alter Jutesack, in dem ab und zu einer der Fische zuckte, die er bereits gefangen hatte. Vielleicht kannst du ja noch ein paar Fische mit deiner Musik anlocken, Alter, dachte Tekina und blickte auf die Angelschnüre, die hinter seinem Kanu durch das kristallklare Wasser glitten. Er nahm ein hölzernes Instrument zur Hand, das hinter ihm am Boden des Kanus lag. Es war eine tongaische Nasenflöte, die er sich vor vielen Jahren einmal selbst gebastelt hatte. Er hatte sie aus einem Stück Bambus geschnitzt, das etwa so lang war wie sein Unterarm und so dick, daß er es gerade noch mit einer Hand umfassen konnte. Wann genau das gewesen war, daran konnte Tekina sich beim besten Willen nicht mehr erinnern. Aber er wußte noch, daß er die Inseln der Umgebung stundenlang nach geeignetem Bambus abgesucht hatte. Das Instrument war an beiden Enden geschlossen und hatte fünf Löcher in seiner Oberfläche. Eines dieser Löcher befand sich ganz nahe an einem Ende der Flöte, so daß Tekina es sich beim Musizieren unter sein rechtes Nasenloch halten konnte. Er holte tief Luft und fing an zu spielen.

Tekina war einer der wenigen auf der Insel, die noch die alten Melodien kannten. Melodien aus einer Zeit, als es auf

Tonga noch keine christlichen Missionare gegeben hatte und die alten Mythen noch lebendig gewesen waren. Tekina hatte sie von seinem Großvater gelernt und im Laufe der Jahre immer wieder abgewandelt. Es waren Lieder, die von Krieg und Frieden, von Liebe und Haß handelten. Tekina spielte sie heute für den Gott der Christen, so wie seine Vorfahren sie für ihre alten Götter gespielt hatten.
Langsam zog ein rötlicher Schimmer über den Abendhimmel, und Tekinas Kanu warf einen langen Schatten hinab in die Unterwasserwelt des Riffs. Aber der alte Mann hörte nicht auf zu spielen. Die Klänge seiner Flöte entführten ihn in eine alte Zeit, eine Zeit, in der noch keine Palangis mit ihren großen Schiffen und ihren verrückten Ideen in die ruhige Welt seiner Heimatinsel eingedrungen waren.

KAPITEL 9

Mele brachte ein Tablett, auf dem große Gläser voll Kokosmilch standen, und stellte es neben der Grasmatte ab. Ihre Schwester, die ebenso dick war wie sie, folgte mit dem Essen. Heute gab es Taroknollen und gebratene Hühnerschenkel. Tekina war noch immer nicht vom Fischen zurück, und Mele hatte eines der Kinder hinauf auf den Hügel geschickt, damit es nach ihm Ausschau hielt. Als es zurückkam und berichtete, daß sein Großvater mit seinem Kanu noch immer draußen auf dem Riff sei, fingen sie ohne ihn mit dem Essen an.

JoAnn legte sich ein Stück Taroknolle auf ihren Teller und betrachtete es interessiert. Das sonst helle Gemüse war heute mit einer dunklen Staubschicht bedeckt, die JoAnn ausgesprochen seltsam vorkam. Als sie von ihrem Teller aufblickte, bemerkte JoAnn, daß mehrere Augenpaare auf sie gerichtet waren. Was war nur los? Wollte man sich einen Scherz mit ihr machen? Wieso war auf einmal dieses merkwürdige Zeug auf dem Essen? Die Tongaer sind doch sonst so reinliche Menschen, dachte JoAnn.

Weil sie nicht so recht wußte, wie sie sich verhalten sollte, griff JoAnn erst einmal zu ihrem Glas mit der Kokosmilch. Kurz bevor sie es an die Lippen setzte, fiel ihr eine unappetitliche dunkle Schicht an der Oberfläche des weißlichen Getränks auf. »Pfui Teufel! Was ist denn das?« fragte sie erstaunt, und als ihr bewußt wurde, daß sie automatisch Englisch gesprochen hatte, wiederholte sie ihre Frage noch einmal auf tongaisch.

»Das ist dein Glas«, antwortete Mele mit ungerührter Miene.

Zuerst dachte JoAnn, daß ihre Gastgeberin sich über sie lustig machen wollte, aber weil sie so etwas in Tonga noch nie erlebt hatte, vermutete sie, daß sie sich wohl irgendwie mißverständlich ausgedrückt hatte. »Was ist *in* meinem Glas?«

»Dein Zimt.«

»Wie bitte?« JoAnn blickte reihum in die vom Lampenlicht nur spärlich erhellten Gesichter, die nun alle heftig nickten.

»Dein Zimt«, wiederholte Mele. »Die Kinder haben mir erzählt, daß du ihn heute früh auf deine Papaya gestreut hast. Außerdem tust du ihn in deine Coca-Cola, wenn du in Neiafu bist, und auf die Pfannkuchen, die du dir ab und zu machst.«

»Das stimmt«, erklärte JoAnn. »Es ist ganz normal, daß man Zimt auf Pfannkuchen streut. Mit der Cola ist das etwas anderes, das ist so eine Marotte von mir. Aber Zimt auf Hühnerfleisch und Taro zu streuen ist völlig verrückt!«

Ohne ein weiteres Wort stand Mele auf, nahm die Teller und rannte damit ins Kochhaus. Selbst in dem schlechten Licht konnte JoAnn sehen, wie ihr die Tränen in den Augen standen. Da bin ich wohl mal wieder in ein Fettnäpfchen getreten, dachte sie, während sie Mele hinterhereilte.

*

Liston stand im Cockpit der Hatteras und sah dem kleinen Boot dabei zu, wie es langsam auf die Inseln zusteuerte. Der dicke Eingeborenenkapitän hatte ihm die GPS-Koordinaten der nächsten anzulaufenden Position mitgeteilt und erklärt, daß er sich nur um die Führung des Bootes kümmern müsse. Die Bedienung des Krans und der elektronischen Ausrüstung unter Deck sei ausschließlich Jim North' Sache.

Als Liston den Zündschlüssel herumdrehte, sprangen die

beiden starken Maschinen sofort an und grummelten im Leerlauf kräftig vor sich hin. Als er den verchromten Gashebel nach vorn legte, spürte er, wie ein mächtiger Schub den Bug des Bootes aus dem Wasser hob. Mit einem zufriedenen Blick auf das elegante Instrumentenbrett steuerte Liston die M. V. Kranz hinaus aufs offene Meer.

Nachdem Ron und Viliami das Schiff verlassen hatten, war Jim North hinunter in seine kleine Kabine gegangen, hatte sich bis auf die Unterwäsche ausgezogen und sich in seine schmale Koje gelegt. Nach einem ganzen Monat Nachtschicht war er ziemlich erschöpft. Wenigstens kann ich jetzt endlich mal bei Dunkelheit schlafen, dachte er.
Durch das kleine Bullauge drang nur noch schwaches Abendlicht herein. Überall in der mit Teakholz getäfelten Kabine lagen Jims teils schmutzige, teils saubere Kleider herum. In einem kleinen Regal an der Wand standen ein paar Bücher und ein Foto, das Jim und seine Schwester Judith vor der Tower Bridge in London zeigte. Auf einem Brett darüber hatte Jim einen kleinen schwarzen Werkzeugkasten, seine Taschenlampe und ein paar Tonbandkassetten untergebracht.
Während er mit schläfrigen Augen ein paar vergilbte Calvin-und-Hobbes-Cartoons betrachtete, die irgend jemand einmal an die Wand gepinnt hatte, spürte Jim, wie die Maschinen angelassen wurden und das Boot rasch Fahrt aufnahm. Dieser neue Kapitän ist schon ein seltsamer Bursche, dachte Jim. Fast einen Kopf größer als ich und gebaut wie ein Mittelgewichtsboxer. Irgendwie war ihm der Mann auf Anhieb unsympathisch gewesen. Aber warum? Verwandelst du dich jetzt, wo du über dreißig bist, schön langsam in einen Rassisten? Nein, es war nicht die Hautfarbe des Mannes gewesen, die Jim nicht gefallen hatte. Schon eher die Art, wie er seine Augen hinter der dunklen Sonnenbrille

verborgen hatte. Aber hier hat doch fast jeder eine Sonnenbrille auf, widersprach Jim sich selbst. Noch während er weiter nachdachte, sank er langsam in einen tiefen Schlaf, aus dem ihn selbst das Stampfen des mit hoher Geschwindigkeit durch die Wellen jagenden Schiffes nicht aufwecken konnte.

Kaum war das kleine Boot zwischen den Inseln in der Ferne verschwunden, schaltete Liston die Maschinen der M. V. Kranz wieder ab und ging in seine Kabine. Dort öffnete er den Reißverschluß seiner blauen Tasche und nahm Flossen und Taucherbrille heraus, die er zur Tarnung ganz oben hineingepackt hatte. Der Rest des Inhalts war es, auf den es Liston bei diesem Einsatz ankam.
Als erstes gab es da ein kleines Nachtsichtgerät, das wie eine etwas zu dick geratene Zigarre aussah. Man konnte es sich mit einem dünnen Lederriemen so an den Kopf schnallen, daß der kleine Monitor an seinem einen Ende direkt vor einem Auge lag. Die hochkomplizierte Vorrichtung, eine Spezialanfertigung für die Kommandotruppen der honduranischen Streitkräfte, verstärkte einerseits das vorhandene Restlicht und sprach andererseits auf Infrarotstrahlen an. Beides zusammen sorgte dafür, daß sein Träger auch bei fast vollkommener Dunkelheit noch etwas sehen konnte. Jetzt, in der Dämmerung, brauchte Liston das Nachtsichtgerät aber noch nicht und verstaute es deshalb wieder in seiner Tasche.
Statt dessen holte er eine kleine, schmale Taschenlampe heraus, öffnete sie und entnahm ihr die Batterien. Als nächstes nahm er einen Walkman zur Hand, in dem gerade eine Kassette von Jimmy Buffet eingelegt war. Hätte ein Zoll- oder Sicherheitsbeamter am Flughafen den kleinen Kassettenspieler überprüft und sich den Kopfhörer aufgesetzt, hätte er nach dem Drücken des *Play*-Knopfes tatsächlich ein

paar Takte von *Margaritaville* vernommen. Allerdings wäre die Musik nicht von der Kassette, sondern von einem winzigen Mikrochip im Inneren des Walkman gekommen. Das Gerät enthielt nämlich überhaupt keine Mechanik, um ein Tonband abzuspielen, sondern diente einem ganz anderen Zweck. Als Liston einen verborgenen Knopf an der Seite drückte, zerfiel es in zwei Teile: Eines war das Oberteil mit dem nutzlosen Tonband, das andere der aus Titan gefertigte Handgriff einer Pistole. Diesen befestigte Liston an der vermeintlichen Taschenlampe, die in Wirklichkeit der Lauf einer zerlegbaren Waffe war.

Als nächstes holte Liston eine zweite, beträchtlich größere Taschenlampe aus der Tasche, schraubte sie auf und entnahm ihr die Batterien. Auch diese waren Spezialanfertigungen, die neben einem kleinen Akku, der Strom für das Birnchen der Lampe lieferte, je drei Patronen vom Kaliber 0,25 Zoll enthielten. Liston drückte einen verborgenen Knopf, nahm die Batterien auseinander und lud die Patronen in seine nun vollständig zusammengebaute Pistole. Nachdem er sie gesichert hatte, steckte er sie in eine Tasche seiner Jeansweste.

Liston holte aus der Tasche auch noch sein Tauchermesser heraus, dann packte er Brille und Flossen wieder ein und zog den Reißverschluß zu. Langsam nahm er das Messer aus seiner Scheide und legte es an seinen Unterarm. Er preßte das kühle Metall fest an seine nackte Haut und spürte, wie seine Nebennieren einen ersten, wohlig prickelnden Adrenalinstoß durch seine Adern schickten. Die ganze Vorbereitung hatte weniger als eine halbe Minute gedauert. Liston war bereit zu töten. Jetzt mußte er nur noch sein Opfer suchen.

Jim erwachte davon, daß das Boot an Fahrt verlor. Er lag immer noch auf der Koje, und sein Zeitgefühl sagte ihm, daß nicht viel mehr als ein, zwei Minuten vergangen sein konnten, seitdem er eingeschlafen war. Er hatte einen seltsamen Kloß im Magen und fragte sich, ob er nicht besser aufstehen, sein Schweizer Messer nehmen und diesem merkwürdigen neuen Kapitän auf den Zahn fühlen sollte. Dann fiel ihm ein, wie er vor einigen Jahren einmal mitten in der Nacht aufgewacht und davon überzeugt gewesen war, daß ein Einbrecher im Haus sei. Er war heute noch froh, daß er damals allein gewesen war, denn es mußte verdammt lächerlich ausgesehen haben, wie er in der Unterwäsche durchs ganze Haus getigert war und mit einem Krummsäbel aus seiner Waffensammlung unter Betten und in Schränken herumgestochert hatte.

Jim krabbelte aus der Koje und zog sich ein sauberes gelbes Hemd und seine abgeschnittenen Jeans an. Bevor er sich wieder hinlegte, steckte er sich doch noch das Schweizer Offiziersmesser in die Brusttasche des Hemdes. Wer weiß, dachte er, vielleicht brauche ich es ja doch.

✷

Weit entfernt von den Tonga-Inseln lag Cernan Kranz in seinem Schlafzimmer und sah auf die rötlich schimmernden Leuchtziffern seines Weckers. Es war drei Uhr fünfzehn. Was um alles in der Welt hatte ihn bloß so früh am Morgen aufgeweckt? Dann spürte Kranz etwas Schweres auf seinen Beinen und wußte, wem er die Unterbrechung seines Schlafs zu verdanken hatte. »Dieses verdammte Vieh!« knurrte er und trat nach der großen Katze, die zu ihm ins Bett gesprungen war. Kranz knipste die Nachttischlampe an und richtete sich auf. Das Tier sah ihn an, als wäre er nicht ganz richtig im Kopf, machte aber keinerlei Anstalten, das Bett zu verlassen. Ein schlimmer Hustenanfall ließ Kranz am ganzen Körper erbeben, und erst als er sich wieder erholt

hatte, gelang es ihm, das eigenwillige Tier zu packen und auf den Boden zu befördern.
Obwohl Kranz die Katze, die jetzt mit indigniert erhobenem Schwanz aus dem Schlafzimmer schritt, aus tiefster Seele haßte, brachte er es nicht übers Herz, sich von ihr zu trennen. Das dicke Vieh hatte Ginny gehört, aber als sie ausgezogen war, hatte es sich gerade irgendwo draußen am Wasser herumgetrieben. Ginny hatte damals den betreten dreinblickenden Möbelpackern eine Liste von Dingen geschrieben, die sie aus der Wohnung schaffen sollten, und sich auf die Suche nach der Katze gemacht. Als sie nach über einer Stunde unverrichteter Dinge zurückgekommen war, hatte Kranz eine klammheimliche Freude empfunden. Er hatte ja nicht ahnen können, daß das verdammte Vieh sich am nächsten Tag in dem nun von ihm allein bewohnten Haus breitmachen würde, als wäre nichts geschehen. Ginny hatte damals Rotz und Wasser geheult, so daß Kranz trotz der Wut, die er wegen ihrer Entscheidung empfunden hatte, nicht umhin gekommen war, sie noch einmal in den Arm zu nehmen und zu trösten. Dann war die fünfundfünfzig Jahre alte, ergraute und dick gewordene Frau zu den Packern in den Möbelwagen gestiegen.
Irgendwann einmal hatte Kranz dann einen Brief von Ginnys Anwalt bekommen mit der Forderung, die Katze umgehend zu seiner Frau zu schicken. Kranz hatte darauf nicht reagiert. Er habe keine Zeit für solche Kinkerlitzchen, hatte er sich damals gesagt, aber in Wirklichkeit hatte er tief in seinem Herzen doch noch gehofft, daß Ginny irgendwann einmal zurückkommen und nach dem Tier sehen würde. Inzwischen waren Jahre vergangen, in denen Kranz kein einziges Wort von seiner früheren Frau gehört hatte, nur die fette, unverschämte Katze war ihm geblieben.

*

Es war das leise Knacken einer der Fiberglasstufen, das Jim aus seinem Dösen riß. Er blickte zur offenen Tür seiner Kabine und sah einen Cowboystiefel aus glänzendem Kunstleder und eine Hand, die ein großes Tauchermesser mit Sägezähnen hielt. Der neue Kapitän – er mußte es sein, denn sonst war ja niemand an Bord – hatte das Geräusch offenbar ebenfalls gehört und hielt einen Augenblick lang inne.
Angst raste durch Jims Adern wie elektrischer Strom. Er wußte, daß er etwas tun mußte, aber er wußte nicht, was. Fliehen konnte er nicht, denn der Kapitän versperrte den einzigen Weg hinauf an Deck. Er könnte die Tür schließen und verriegeln, das wäre immerhin schon etwas. Aber was dann? Jim hatte keine Ahnung, aber der bloße Gedanke, eine Barriere zwischen sich und das Messer zu bringen, war verlockend genug, um ihn aufspringen und auf die Tür zustürzen zu lassen. Seine plötzliche Bewegung ließ den Kapitän, der gerade die letzten paar Stufen herunterkam, einen Augenblick verharren.
Jim stürzte aus dem Bett, warf sich gegen die Tür und zog den bleistiftdünnen Riegel vor. Gleich darauf beulte sie sich nach innen, und Jim wurde mit einem Mal klar, daß die dünne Tür dem Ansturm des kräftigen Mannes nicht lange standhalten würde. Der Ingenieur stemmte sich mit dem Rücken dagegen und sah sich in der Kabine nach einer Waffe um, mit der er sich gegen den wildgewordenen Rastafari verteidigen konnte. Da drang nur Zentimeter von Jims Kopf entfernt das Tauchermesser durch das splitternde Fiberglas der Tür. Mit einem Satz sprang Jim an die gegenüberliegende Wand der Kabine. *Denk nach!* schrie eine innere Stimme. Er warf einen Blick auf das Bullauge, aber das war viel zu klein, um hindurchkriechen zu können. Seine Augen wanderten hinauf zu dem Werkzeugkasten im Regal, in dem aber nur etwas Draht und ein paar Ersatzglühbirnen waren. Aber vielleicht konnte Jim ja in die obere Koje klettern und dem

Angreifer den schweren Metallkasten über den Schädel schlagen.
Erst als er oben lag, fielen ihm die Glühbirnen wieder ein. Mit zitternden Händen nahm er sie aus ihren Pappschachteln und wickelte sie in eine alte Decke. Mit verzweifelten Faustschlägen zerbrach er die Birnen und stieß so lange auf die Glasscherben ein, bis er sie zu kleinen Splittern zermahlen hatte. Dann schlug er die Decke wieder auf, entfernte die drei Metallfassungen und nahm die Splitter in seine linke Hand. Mit der rechten wuchtete er sich den schweren Werkzeugkasten auf die Schulter, beugte sich nach vorne und machte sich fertig. Er mußte nicht lange warten.
Zwei kräftige Fußtritte zerschmetterten die Tür, und kurz darauf schlich eine geduckte Gestalt mit einem blitzenden Messer in der Hand in die enge Kabine. Als der Schatten direkt unter ihm war, schwang Jim die mit den Scherben gefüllte Hand nach vorn und drückte sie dem Angreifer mit voller Wucht ins Gesicht. Fast gleichzeitig schleuderte er den Werkzeugkasten auf den Kopf der Gestalt.
Jim sah, wie der Kapitän sich zur Seite warf, und sprang aus dem Bett. Er hatte seinen Gegner zwar nicht voll getroffen, aber er war offenbar noch ein wenig benommen, denn als Jim zur Tür stürzte, kam er ihm nicht sofort hinterher. Aus dem Augenwinkel sah Jim, wie der Kapitän einen glänzenden Gegenstand aus seiner Jeansweste zog. Eine Pistole! Die Angst verlieh Jim ungeahnte Kräfte. Er krallte sich mit den Händen am oberen Rand des Niedergangs fest und riß sich wie bei einem Klimmzug nach oben. Er spürte einen brennenden Schmerz an seinem rechten Bein und etwas Warmes, das ihm den Oberschenkel entlanglief. Dann war er auch schon oben auf dem Deck und rannte trotz seiner Schmerzen nach hinten zum Heck des Bootes.

Liston hatte auf Norths Rücken gezielt, aber nicht damit gerechnet, daß der Gringo sich ruckartig nach oben ziehen würde. Als er sich aufrappelte, spürte er, wie ihm Blut übers Gesicht rann. Tränen quollen aus seinem linken Auge, in dem er einen stechenden Schmerz verspürte, und an der rechten Schläfe hatte er eine Platzwunde. Sein Opfer war ihm durch die Lappen gegangen und kannte sich darüber hinaus auf dem Boot sehr viel besser aus als er. Trotzdem glaubte Liston, daß er North gegenüber immer noch im Vorteil war: Er hatte die Waffen, das Training und die Kampferfahrung. Trotzdem wollte er seinem Gegner nicht zuviel Vorsprung geben und stürzte, das Messer in der einen, die Pistole in der anderen Hand, hinter ihm her den Niedergang hinauf.

KAPITEL 10

Als Jim über das Deck rannte, fragte er sich, wie schlimm die Schußwunde an seinem Oberschenkel wirklich war. Den Knochen hatte die Kugel offenbar nicht verletzt, denn sonst hätte er wohl nicht mehr laufen können. Er widerstand dem Impuls, ins Meer zu springen und wegzuschwimmen, denn im Wasser hätte er ein leichtes Ziel abgegeben. Warum will der Mensch mich umbringen? fragte sich Jim, während er hinter dem Mini-U-Boot in Deckung ging. Die einzige plausible Antwort schien, daß der Rastafari sich des Bootes bemächtigen wollte. Jim hatte schon öfters von solchen neuzeitlichen Piraten gelesen, die sich unter irgendwelchen Vorwänden auf teure Jachten schlichen, die Menschen an Bord töteten und das Boot dann im nächsten Hafen verkauften. Er spähte hinter Chim-Chims stählernem Leib hervor und sah, wie der Kapitän am Bug stand und mit einer Taschenlampe in den Stauraum für die Ankerkette leuchtete.

Gut. Vorsichtig schlich Jim auf die andere Seite des Unterwasserroboters, wo sich das graue, bereits aufgeblasene Schlauchboot befand. Viliami hatte immer darauf bestanden, daß seine Leine mit einem leicht lösbaren Knoten festgemacht war. Jetzt war Jim froh über diese Vorsichtsmaßnahme. Er rannte zur Reling, hob das Boot hoch über seinen Kopf und sprang damit ins Wasser.

Liston hörte das laute Platschen und kam nach hinten gerannt. Als er mit der Taschenlampe das Meer ableuchtete, sah er das Gummiboot umgedreht im Wasser treiben. Zunächst dachte er an ein Ablenkungsmanöver, aber dann sah

er, wie North neben dem Schlauchboot auftauchte und wild mit den Armen rudernd wieder unterging.
Dieser Gringo ist doch zu blöd, dachte Liston. Jetzt versteckt er sich doch – tatsächlich! – unter diesem umgedrehten Schlauchboot und glaubt, ich merke das nicht. Er hob die Pistole und zielte sorgfältig auf den Gummiwulst des Bootes, was nicht einfach war, denn nun tränte auch sein rechtes Auge. Trotzdem traf Liston erstaunlich gut, und nach drei rasch aufeinanderfolgenden Schüssen sackte das kleine Boot schließlich in sich zusammen, bis es als leere Gummihaut auf dem Wasser trieb. Als Liston das Gebilde mit der Taschenlampe ableuchtete, konnte er keine menschliche Form darunter entdecken. Den habe ich erledigt, dachte er zufrieden und ging in die Kabine, um nach seinem lädierten Auge zu sehen.

Jim war sofort, nachdem er zur Schau im Wasser gezappelt hatte, zur M. V. Kranz zurückgetaucht. Unterhalb des Hecks holte er so leise wie möglich Luft, dann zog er sich unter Wasser sein Hemd aus. Er drehte es zu einem triefenden Knäuel zusammen und stopfte es in ein etwa armdickes Loch, das sich dreißig Zentimeter oberhalb des Wasserspiegels am Heck der Hatteras befand.
Als nächstes zog Jim sein Taschenmesser aus der Hosentasche und klappte die große Klinge aus. Dann schöpfte er noch einmal tief Atem und tastete sich mit dem Messer zwischen den Zähnen am muschelbewachsenen Kiel der M. V. Kranz entlang in Richtung Bug. Er suchte nach dem Seeventil, einem runden Plastikstopfen, der in den Fiberglasrumpf eingeschraubt war. Als er ihn ertastet hatte, schnitt er mit dem Messer einen Schlitz in das Plastik, ließ die Klinge stecken und verwendete den Griff des Messers als Hebel. Mit einer ruckartigen Bewegung löste er das Gewinde und schraubte den Stopfen ganz heraus. Sofort

begann Wasser in den Rumpf der Hatteras zu strömen, Wasser, das auch die Lenzpumpe nicht mehr aus dem Schiff befördern konnte, weil Jim deren Auslaßöffnung mit seinem Hemd verstopft hatte.

Als Liston sich über den großen Tisch in der Kabine beugte, vernahm er ein leises Surren aus dem hinteren Teil des Schiffes und erkannte sofort, daß die elektrische Lenzpumpe angesprungen war. Der Honduraner wußte mit Booten viel zu gut Bescheid, als daß er sich deswegen groß Sorgen gemacht hätte. Irgendwie gelangte immer etwas Wasser in den Rumpf, und wenn unten in der Bilge ein gewisser Pegel erreicht war, beförderte die Lenzpumpe es über Bord. Hätte er die Hatteras so gut gekannt wie Viliami oder Jim, dann wäre ihm allerdings aufgefallen, daß das Geräusch der Pumpe viel angestrengter und gedämpfter klang als normal. Ihm aber schien es völlig in Ordnung, und so wandte er seine Aufmerksamkeit wieder dem kleinen Rasierspiegel zu, den er sich aus der Naßzelle neben North' Kabine geholt und auf den Tisch gelegt hatte.
Viel hatte nicht gefehlt, und der verdammte Gringo hätte ihm das Augenlicht zerstört. Wenn Liston bei dem Angriff nicht instinktiv die Augen zusammengekniffen hätte, dann wäre einer der fünf rasiermesserscharfen Glassplitter, die er jetzt vorsichtig mit einer ebenfalls in North' Kulturbeutel gefundenen Pinzette aus dem Ober- und Unterlid puhlte, in seinen linken Augapfel eingedrungen. Hoffentlich war der Gringo nicht sofort tot, dachte Liston grimmig. Ich wünsche ihm, daß er elendig abgesoffen ist.

✷

Jim stieß sich vom Heck der Hatteras ab und tauchte in den schwarzen Ozean. Unter Wasser zu schwimmen ist im Meer besonders anstrengend, weil der Körper im Salzwasser sehr viel mehr Auftrieb hat als in Flüssen oder Seen. Trotzdem schaffte es Jim, sich eine gute Strecke von der M. V. Kranz fortzubewegen, bevor er wieder an die Oberfläche kam. Eigentlich hatte er erwartet, den suchenden Strahl einer Taschenlampe übers dunkle Wasser huschen zu sehen, aber bis auf die Positionsleuchten und einen hellen Schein aus den Fenstern der Kajüte war die Hatteras ein einziger schwarzer Schatten, der sich nur undeutlich vom Nachthimmel abhob. Offenbar hielt der Pirat ihn für tot und durchsuchte gerade das Innere des Schiffes nach Wertsachen.

Mit sicheren Schwimmzügen entfernte Jim sich immer weiter von dem Boot, das fast ein Jahr lang seine Heimat gewesen war. Je mehr seine Angst sich legte, desto stärker wurde ihm nun aber der Schmerz in seinem rechten Bein bewußt. Schließlich tat es so weh, daß er es völlig ruhighalten mußte, und so kam er nur sehr langsam in Richtung auf den schwachen gelblich-orangen Schein am Horizont voran, von dem er wußte, daß es die Lichter von Neiafu waren. Irgendwo zwischen ihm und der Hafenstadt lagen ein paar kleine Inseln. Eine von ihnen mußte Jim erreichen, wollte er am Leben bleiben.

✷

Mit zwei großen Heftpflastern ober- und unterhalb des linken Auges betrat Liston das Cockpit der Hatteras. Irgend jemand hatte neben dem Instrumentenbrett seine rote Baseballmütze liegengelassen. Liston nahm sie und warf sie angewidert ins Meer. Mochten sie doch dieselben Fische fressen, die jetzt hoffentlich den Gringo verspeisten.

Wenn Liston das Boot in Fidschi verkaufen wollte, bevor Ratcliff es als gestohlen meldete, dann mußte er sich jetzt auf den Weg machen. Er schaltete das satellitengestützte Navigationssystem ein, bestimmte die Position des Bootes und steckte auf der Seekarte einen Kurs ab. Wenn er erst einmal die Inseln der Vava'u-Gruppe hinter sich gelassen hatte, wollte er im Schutz der Dunkelheit den Kran am Heck der Hatteras abschrauben und ins Meer werfen, bevor er sie in Nuku'alofa noch einmal volltankte, um dann direkten Kurs auf Fidschi zu nehmen.

*

»Mele«, fragte JoAnn, als ihre Gastgeberin aus der Kochhütte wieder ins Haus kam, »wie feiert ihr hier in Tonga eigentlich Weihnachten? Kennt ihr den heiligen Nikolaus, schenkt ihr euch etwas, habt ihr einen Christbaum?«

»Natürlich haben wir einen Christbaum«, antwortete die dicke Frau. »Weißt du was? Wir werden ihn noch heute abend schmücken!« Anstatt JoAnns andere Fragen zu beantworten, gab Mele ihren Kindern rasch ein paar Anweisungen. Liliani und zwei ihrer Schwestern holten daraufhin eine Schachtel mit Luftballons aus der Truhe mit dem Konservenblechdeckel, und Su'a lief ins Zimmer seiner Urgroßmutter und kam mit einer Machete zurück, die fast so lang wie er selbst war. Damit ging er zu seinem Vater, der in einer Ecke auf dem Boden lag und schlief. Er stieß ihn an, aber der Vater rührte sich nicht.

»Du bist alt genug, das kannst du auch alleine, Su'a«, sagte Mele aufmunternd. »Geh hinaus und schneide die Zweige selber ab.« Die dunklen Augen des Jungen funkelten freudig, als er nach draußen verschwand. JoAnn wurde angst und bange bei dem Gedanken, daß er in der Dunkelheit mit der messerscharfen Machete herumfuchtelte, sagte aber nichts.

Es wäre auch niemand dagewesen, der zugehört hätte, denn Mele war ins Zimmer von Lata, der Großmutter ihres Mannes, gegangen.
»JoAnn, könntest du mir bitte mal helfen?« rief sie ein paar Augenblicke später. Gemeinsam trugen die beiden jüngeren Frauen Großmutter Lata zusammen mit ihrem Stuhl hinüber ins Wohnzimmer. Die magere alte Frau war so leicht, daß JoAnn ihr Gewicht kaum spürte. Als sie den Stuhl absetzten, stürmte auch schon Su'a mit zehn abgehackten Zweigen herein und steckte sie in den weißen Plastikeimer, den Liliani und ihre Schestern inzwischen auf einem wackeligen Hocker postiert hatten. Dann machten sich die Kinder ans Schmücken des »Baumes«. Mele und ihre Schwester sahen ihnen gemeinsam mit Großmutter Lata dabei zu. JoAnn verspürte ein leises Schuldgefühl, weil sie mit ihrer Frage diese ganze Aktion ausgelöst hatte. Immerhin war Tekina, der sicher auch gerne beim Schmücken des Baumes dabei gewesen wäre, noch immer nicht vom Fischen zurück.
»Schöne Zweige hast du abgeschnitten, Su'a«, lobte Mele ihren Sohn. JoAnn sah das ein wenig anders. Die dünnen Wedel waren zwischen einem und eineinhalb Meter lang und hatten nur wenige Blätter. Sie ragten in alle Richtungen aus dem Eimer heraus und ähnelten eher einem schlampig gebundenen Blumenstrauß als einem Christbaum. Die Kinder hatten inzwischen eine ganze Reihe grellbunter Luftballons aufgeblasen, die sie an die kahlen Zweige banden. JoAnn fand die Ballons zwar reichlich bizarr, aber die waren noch gar nichts gegen die metallic-orange und rot schimmernden Packungen »Bongos Kartoffelchips mit Käsegeschmack«, die Su'a nun an dem »Baum« anbrachte. Nach einer Weile suchte Mele JoAnns Blick und lächelte sie so glücklich und erwartungsvoll an, daß die junge Lehrerin nicht umhin kam, einen Kommentar zu diesem ungewöhnlichen Christbaum abzugeben.

»Das macht ihr wirklich wunderschön«, lobte sie die Kinder, woraufhin Su'a auf sie zugerannt kam und ihr drei gelbe, noch nicht aufgeblasene Luftballons in die Hand drückte. Liliani und eine ihrer Schwestern fädelten laut schwatzend rote Blumen zu einer Girlande auf, die wohl auch noch um den Baum gewunden werden sollte.

Als JoAnn den ersten ihrer Ballons aufblies, bemerkte sie, daß Großmutter Lata sie dabei beobachtete. Sie ging hinüber zu der alten Frau und gab ihr auch einen Ballon, den die alte Frau zu JoAnns Erstaunen ohne ersichtliche Mühe aufblies und mit zittrigen Fingern unten verknotete.

Als die drei Ballons ihren Platz an dem improvisierten Baum gefunden hatten, trat die ganze Familie ein paar Schritte zurück, um ihr Werk zu begutachten. Selbst im Licht der schwachen Funzeln funkelte der bizarre Christbaumschmuck so farbenfroh, daß ein Regenbogen dagegen wie eine graue Maus gewirkt hätte. Von draußen drang das Zirpen der Grillen herein, die tongaischen Frauen lachten glücklich und zufrieden, und die Petroleumlampen verströmten ihren erdig-warmen, leicht öligen Geruch.

✷

Später konnte Jim nicht mehr genau rekonstruieren, wie er an den Strand der Insel gelangt war. Nur undeutlich erinnerte er sich an seinen Kampf mit dem nächtlichen Meer, an die Gischt, die ihm der Wind ins Gesicht gefegt hatte, an die schwarzen Wellenberge, die wie dunkle Monstren aus den Tiefen des Ozeans über ihn hinweggerauscht waren. Er erinnerte sich an das Brennen des Salzwassers in der Nase, an die pochenden Schmerzen in seinem Bein und die bleierne Müdigkeit in den Armen. Und er erinnerte sich an den Mond, dessen bleiche, fast volle Scheibe in den Nachthimmel gestiegen war, als er sich, auf dem Rücken treibend, einen Augenblick lang ausgeruht hatte. Der Rest war Dunkelheit.

✷

Tekina war vor zwanzig Minuten vom Fischen zurückgekommen und nahm gerade im Schein einer Petroleumlampe seine letzte Makrele aus, als ein kleiner schwarzer Schatten über seinen Kopf hinweghuschte. Es war ein Fliegender Hund, eine Fledermausart, die auf tongaisch *peka* genannt wurde. Obwohl die Tiere harmlos waren, empfanden manche Leute sie als unheimlich. Sie wurden in anderen Teilen des Pazifiks gegessen, gehörten in Tonga aber, wie fast alle anderen Wildtiere auch, dem König. Nur er und seine Familie durften Jagd auf die *peka* machen, und weil das heutzutage kein Mitglied des Königshauses mehr tat, hatten sich die Fliegenden Hunde in den letzten Jahrzehnten stark vermehrt.

Als Tekina wieder einen der geflügelten Schatten über sich hinweghuschen spürte, blickte er auf. Ein fast voller Mond stand hoch oben am Himmel und tauchte den Strand in ein silbriges Licht. Da fiel dem Fischer auf, daß etwas Großes, Dunkles knapp oberhalb der Wasserlinie im Sand lag. Vielleicht ein toter Delphin, dachte Tekina, den die Flut angespült hat. Es könnte aber auch ... Tekina brach das Rätselraten abrupt ab. Am besten, du gehst hinunter und siehst nach, Alter. Aber erst nimmst du den Fisch aus, denn dann mußt du ohnehin hinunter ans Wasser, um das Messer und deine Hände zu waschen.

Als er mit seiner Arbeit fertig war, ging Tekina an den Strand, warf die Innereien der Fische ins Wasser und spülte Messer und Hände in der salzigen Flut. Dann ging er hinüber zu dem angeschwemmten Etwas. Er sah auf den ersten Blick, daß es kein Delphin, sondern ein Mensch war. Und zwar ein

Palangi. Seine weiße Haut schimmerte im Mondschein, und sein Kopf bewegte sich von einer Seite auf die andere. Der Palangi war also noch am Leben. Tekina betrachtete ihn einen Augenblick und machte dann einen Schritt auf ihn zu, um ihn zu begrüßen. *Bye-bye*, sagte der alte Mann.
Jim öffnete die Augen und tastete in seinen klitschnassen Hosentaschen nach dem Schweizer Messer, aber er war viel zu erschöpft, um es herauszuholen. Außerdem war das gar nicht die Stimme des Kapitäns, die sich von ihm verabschiedete, bevor eine Kugel ihn ins Jenseits beförderte. Es war die Stimme eines alten Mannes, der sich nun zu ihm herunterbeugte.
»Wo bin ich?« fragte Jim, aber der Mann gab keine Antwort, sondern starrte ihn nur stumm an.
»Sprechen Sie englisch?« probierte es Jim noch einmal.
»Ika ke u mahino 'a e lea fakapalangi«, erwiderte der Alte.
Jim verstand nur Bahnhof. Er wollte aufstehen, gab den Versuch aber gleich wieder auf, weil sein verletztes Bein zu sehr schmerzte. Erst als er es vorsichtig ausstreckte und sich mit dem gesunden Bein dann langsam in die Höhe drückte, gelang es ihm, sich mit Hilfe des alten Mannes aufzurichten.
«Danke«, sagte Jim.
»Io«, antwortete der Alte, dessen Gesicht Jim einen Augenblick im Mondlicht betrachtete. Sein weißes Haar war drahtig wie Stahlwolle, die Stirn über den buschigen Augenbrauen von vielen tiefen Falten durchfurcht. Der kleine, aber kräftige Mann bedeutete Jim, er solle ihm den rechten Arm über die Schulter legen und sich auf ihn stützen.
Zusammen schleppten sie sich den Strand hinauf und durch einen dichten Wald, bis sie zu einer Mauer kamen, die nicht viel länger als drei Meter war. Jim erschien diese Mauer, die ohne erkennbaren Zweck einfach im Nirgendwo stand, ziemlich seltsam. Dann sah er, wie hinter der Mauer das Gesicht eines Kindes auftauchte, und kurz darauf rannte

ein kleiner Junge die vom bläulichen Mondlicht beschienene Straße entlang. Dabei rief er aufgeregt etwas in seiner Sprache, die Jim nicht verstand.
Als Jim versuchte, mit seinem verletzten Bein aufzutreten, durchfuhr ihn ein so stechender Schmerz, daß er fast ohnmächtig geworden wäre. Er rang mit verzerrtem Gesicht nach Luft, und der alte Mann hatte Mühe, ihn aufrecht zu halten.
Auf einmal waren die beiden von Kindern umzingelt, die von überallher aus dem Nichts aufgetaucht waren. Während sie um Jim einen respektvollen Bogen machten, krallten sich einige von ihnen laut kreischend an die Hosenbeine des alten Mannes, der ihnen ein paar scharfe Worte zurief und sie offenbar dorthin zurückschickte, wo sie hergekommen waren. Oben am Hügel konnte Jim jetzt die anheimelnd leuchtenden Fenster eines Hauses erkennen. Der Ingenieur, der von Tonga bisher nur die Hauptstadt Nuku'alofa sowie Neiafu kannte, hatte noch nie ein typisch tongaisches Haus von innen gesehen. Was würde wohl die Familie sagen, wenn er so halbnackt und durchnäßt dort ankam?

JoAnn hörte, wie Kinderstimmen draußen etwas von einem Palangi schrien. Bin ich für sie jetzt plötzlich ein Mann oder was? fragte sie sich, als plötzlich ein halbes Dutzend Nachbarskinder zur Tür hereingestürzt kam. Die Kinder zeigten nicht das geringste Interesse an JoAnn, sondern deuteten auf die Tür, durch die ein paar Sekunden später auch schon Tekina kam, mit einem durchnäßten und vollkommen erschöpft aussehenden Mann im Arm. Und dieser Mann war weiß. Jetzt wußte JoAnn, was die Kinder vorhin gemeint hatten. Sie war nun nicht mehr die einzige Palangi auf Nuku.

Weil der Alte und er nebeneinander nicht durch den Türrahmen paßten, mußte Jim seinen Helfer loslassen und auf seinem unverletzten Bein die paar Schritte ins Haus humpeln. Drinnen stand ein gutes Dutzend Kinder, die ihn anglotzten, als wäre er das achte Weltwunder. Auf dem Boden hockten ein paar polynesische Frauen, die ihn ebenfalls mit offenem Mund anstarrten. Niemand in dem Raum sagte etwas. Als Jim die weiße Frau entdeckte, die direkt neben einer trübe blakenden Petroleumleuchte stand, fiel ihm ein Stein vom Herzen. Im Geiste hatte er sich schon darauf eingerichtet, einem Haufen Menschen, die kein Wort Englisch verstanden, seine mißliche Lage erklären zu müssen. Und hübsch ist sie auch noch, durchzuckte es ihn.
Nicht weit von der Frau entfernt fiel Jim ein seltsames Büschel Zweige auf, das mit Ballons und glitzerndem Papier dekoriert war. Der alte Mann machte mit der flachen Hand wiederholt eine nach unten gerichtete Geste. Vermutlich wollte er, daß er sich setzte. Jim versuchte, der Aufforderung nachzukommen, weil er aber sein verletztes Bein nicht richtig abwinkeln konnte, fiel er bei dem Versuch, sich auf der Matte niederzulassen, wie ein geschlachtetes Schwein auf die Seite.
Als die Frauen sahen, daß er verletzt war, sprangen sie sofort auf, riefen sich gegenseitig etwas zu und stoben in alle Richtungen davon. Jim schloß die Augen.

Eine Weile später erwachte er davon, daß die Frauen ihm die Wunde verbanden. Anstatt eines weißen Verbandes sah er grüne Blätter, die sie ihm mit einer braunen Schnur aus Pflanzenfasern um den Oberschenkel wickelten. Kurz überlegte er, ob er sich nicht dagegen verwahren und sauberes Verbandszeug fordern sollte, aber dann bemerkte er, daß die hübsche weiße Frau ihm direkt in die Augen sah.
»Die wissen schon, was sie tun«, sagte sie so leise, daß Jim

es fast von ihren Lippen ablesen mußte. Da ließ er den Kopf auf die Matte sinken und schlief wieder ein.
Am nächsten Tag wachte er in einem Bett auf und wußte nicht, wie er dorthin gekommen war.

✷

»Wo kommt er her?« fragte Mele, die offenbar davon ausging, daß JoAnn über die Herkunft eines jeden x-beliebigen Palangi Bescheid wissen mußte. Mele selbst kannte jeden Menschen auf Nuku und den fünf, sechs benachbarten Inseln und war wohl der Meinung, daß es bei den Palangis nicht anders war.
»Keine Ahnung, Mele, ich weiß nicht einmal, aus welchem Land er ist.«
Gemeinsam zogen die beiden Frauen das Moskitonetz über den schlafenden Mann in JoAnns Bett, das sie für den Fremden geräumt hatte. Im ganzen Haus gab es nämlich nur zwei Betten westlicher Bauart: Ihres und das von Großmutter Lata. Jetzt mußte JoAnn also zusammen mit der Familie auf dem Boden im großen Zimmer schlafen. Die Aussicht, von den Moskitos halb aufgefressen zu werden, schien ihr zwar wenig verlockend, dennoch faßte sie es als eine Art Ehre auf, daß sie ihren Gastgebern so nahe sein durfte.
Sie warf noch einmal einen Blick auf den schlafenden Fremden unter dem Moskitonetz. Das schwache Licht der Petroleumlampe flackerte auf seinem friedlichen Gesicht, und der Mondschein, der durch das offene Fenster hereindrang, verlieh seinen schwarzen Haaren einen bläulichen Schimmer. JoAnn beschloß, sich in der Nacht die Bettdecke über den Kopf zu ziehen, um zu verhindern, daß ihr Gesicht am nächsten Morgen wie ein Streuselkuchen aussah.

✷

Mit dreißig Knoten rauschte die Hatteras in südwestlicher Richtung über den Ozean. Liston hatte die Positionslichter des Bootes gelöscht und steuerte einen Kurs von zweihundertzwanzig Grad.
Er blickte hinaus aufs Meer, wo soeben die unbewohnte Insel Mahinita vorbeizog und sich wie ein schwarzer Scherenschnitt vom mondhellen Himmel abhob. Laut Karte mußte sie die letzte Insel der Vava'u-Gruppe gewesen sein, danach kam auf einer Strecke von sechzig Seemeilen nichts als offenes Meer.
In der Stereoanlage des Cockpits hatte Liston eine Kassette von Queen gefunden und spielte mit voller Lautstärke *We Are The Champions*, während er sich mit einem Blick auf den rötlich schimmernden Radarschirm vergewisserte, daß keine anderen Schiffe in der Nähe waren. Läuft doch alles wie geschmiert, dachte Liston mit einem zufriedenen Lächeln, als urplötzlich eine der beiden Maschinen ausfiel. Sofort wurde die M. V. Kranz merklich langsamer und schob sich mit dem einen noch funktionstüchtigen Motor schwerfällig durchs Wasser. Liston schaute auf die Treibstoffanzeige. Beide Tanks waren noch fast voll. »Verdammt«, fluchte er. Mit nur einer Maschine würde er nicht schnell genug nach Fidschi kommen, um das Boot zu verkaufen, bevor es zur Fahndung ausgeschrieben war.
Was sollte er also tun? Er konnte nach Neiafu zurückfahren, wie er es mit seinem Auftraggeber vereinbart hatte. Aber bevor er von Kranz den Rest seines Honorars bekam, mußte er Ratcliff den Beweis liefern, daß North wirklich tot war. Und das konnte er nur dann, wenn der tote Gringo inzwischen irgendwo an Land gespült worden war. Aber wer wußte schon, ob das überhaupt jemals der Fall sein würde? Der Ozean war groß, und Haie und Barrakudas waren in diesen Gewässern keine Seltenheit.
Nachdem Liston ein paarmal vergeblich versucht hatte, den

zweiten Motor wieder zu starten, stieß er eine Reihe spanischer Flüche aus und ließ seine Faust so fest auf das Instrumentenbrett donnern, daß das Glas der Tankuhr zerbrach. Das würde beim Verkauf des Bootes natürlich den Preis mindern, und dieser Umstand machte Liston noch wütender, als er ohnehin schon war. Wie ein Besessener drosch er auf das Instrumentenbrett ein, bis es vollkommen zerstört war. Wenn es dieses Drecksboot nicht bis nach Fidschi schaffte, dann wollte er es kurz und klein schlagen. Gerade als er nach einem Gegenstand suchte, mit dem er den Radarschirm zertrümmern konnte, gewann Listons Verstand gerade noch rechtzeitig wieder die Oberhand. Am ganzen Leib zitternd stand er mit geballten Fäusten und zusammengebissenen Zähnen da und betrachtete die Verwüstung, die er im Cockpit angerichtet hatte. Dann schaltete er die noch intakte Maschine auf Leerlauf und ging nach hinten, um im Maschinenraum nach dem Rechten zu sehen.
Als er das Luk öffnete, hörte er das Glucksen von Wasser, das gedämpfte Surren der Lenzpumpe und sonst gar nichts. Mit einem Schlag wurde ihm klar, daß auch der zweite Motor abgestorben war. Voller düsterer Ahnungen klappte er das Luk vollends auf und leuchtete mit der Taschenlampe in den dunklen Maschinenraum. Was er sah, hätte beinahe einen weiteren Wutanfall bei ihm ausgelöst: In dem engen Raum stand einen halben Meter hoch das Wasser, es reichte bereits an die Luftfilter der beiden Motoren heran. Liston bückte sich, steckte eine Hand in das Wasser und leckte daran. Salzwasser. Wenn das in einen Motor gelangte, konnte es ihn binnen kürzester Zeit ruinieren. Obwohl Liston klar war, daß er Fidschi nun unter keinen Umständen mehr erreichen konnte, gelang es ihm doch, ruhig zu bleiben. Einen neuen Gefühlsausbruch hätte er sich jetzt nicht leisten können, denn jetzt mußte gehandelt werden. Und zwar schnell.

Liston kauerte sich an den Rand des Luks und richtete den Strahl der Taschenlampe durch das ölige Wasser auf den Boden des Maschinenraums. Nirgendwo konnte er einen Riß oder ein Loch im Rumpf entdecken, aber dann sah er, daß irgendein weißer Plastikgegenstand in einem Wasserstrudel herumwirbelte. Das Wasser mußte vom Heck her in den Maschinenraum strömen. Mit einem Mal wurde Liston klar, was los war: Das Seeventil des Bootes war offen. Aber das war doch unmöglich! Solche Ventile gingen schließlich nicht von selber auf, sondern nur, wenn jemand sie absichtlich herausdrehte.
Jetzt verstand Liston alles. Seine Wut ließ sich nicht mehr bezähmen. Während ihm unzusammenhängende spanische Silben über die Lippen sprudelten, schlug er wie rasend mit der Taschenlampe auf die Zylinderköpfe der beiden Motoren ein, bis das Plastikgehäuse der Lampe zerbrach und die Batterien ins Wasser purzelten. Liston warf die zerschmetterte Lampe gleich hinterher. Dann riß er sich zusammen und fing an zu überlegen. Er hatte in dieser Nacht noch eine Menge zu erledigen. Das Boot würde er zwar nicht mehr nach Fidschi bringen, aber irgendwo da draußen wartete ein Gringo darauf, daß Liston ihn endgültig fertigmachte.

*

Auf der anderen Seite der Welt, von Tonga durch achtzehn Stunden Zeitunterschied und die internationale Datumsgrenze getrennt, saß Cernan Kranz vor seinem Computer und dachte an Liston und seinen Auftrag. Für einen Bericht von Peter würde er sich noch einige Stunden gedulden müssen, denn während es hier in Nantucket auf zehn Uhr vormittags zuging, war es in Tonga vier Uhr früh am nächsten Tag.
Um sich abzulenken, stellte Kranz mit ein paar Mausklicks

eine Verbindung zum Internet her, wo er auf die Homepage des Nationalen Wetterdienstes ging und dort das neueste Satellitenfoto vom Pazifischen Ozean anforderte. Während er auf die Übertragung der Daten wartete, öffnete er die mittlere Schreibtischschublade und nahm seine Medikamente ein.

Inzwischen hatte sich das Wetterbild aufgebaut. Kranz wandte seine Aufmerksamkeit wieder dem Monitor zu. Und da sah er es: Ein Wolkenfeld nordwestlich der Osterinsel. Rasch lud sich Kranz zum Vergleich das Bild des Vortages auf den Bildschirm. Auf diesem war das Wolkenfeld noch bedeutend kleiner und viel weiter östlich gewesen. Wenn er ganz genau hinsah, meinte Kranz sogar, eine winzige, im Uhrzeigersinn verlaufende Spirale in den Wolken erkennen zu können – das erste Anzeichen für einen Wirbelsturm. Der Wetterdienst hatte das Wolkenfeld und das schwache, damit verbundene Tief zwar registriert, es aber noch nicht einmal eines eigenen Namens für wert befunden.

Der einundsechzigjährige Firmenchef lehnte sich in seinem Sessel zurück und legte nachdenklich die Fingerspitzen aneinander. Selbst wenn sich dieser kleine Sturm zu einem ausgewachsenen Zyklon entwickeln sollte, war es immer noch höchst unwahrscheinlich, daß die Passatwinde ihn ausgerechnet auf die Tonga-Inseln zutreiben würden. Die Chance, daß sich die Wolken zuvor auflösen oder einen weiten Bogen um das Königreich im Südpazifik machen würden, war extrem hoch, und dann würde es womöglich Monate, wenn nicht Jahre dauern, bis sich seine Subloons bewähren konnten. Aber bis dahin würde er nicht mehr am Leben sein.

Kranz warf einen Blick auf seine Tablettendöschen und beschloß, dieses Tiefdruckgebiet trotz allem im Auge zu behalten. Wer weiß, vielleicht entwickelte sich ja doch noch etwas daraus. Immerhin befand es sich zur richtigen Zeit am richtigen Ort. Wenn er Glück hatte, konnte er, Cernan Simon Kranz, sich noch zu seinen Lebzeiten als der erste Mensch feiern lassen, der einen Zyklon gestoppt hatte.

*

Zum Glück hatte Liston in North' Kajüte eine zweite Taschenlampe gefunden, mit der er jetzt das Heck der Hatteras ableuchtete. Nach kurzer Suche entdeckte er den Auslaß der Lenzpumpe und merkte, daß kein Wasser aus dem Loch kam, obwohl die Pumpe hörbar arbeitete. Liston steckte einen Finger in das Loch und stellte fest, daß jemand es mit einem Lappen oder etwas Ähnlichem verstopft hatte. Kaum hatte Liston das Ding herausgezogen, da schoß auch schon ein kräftiger Wasserstrahl aus der Öffnung.

Liston erkannte, daß der vermeintliche Lappen das gelbe Hemd des Gringos war. Er stand auf, zog sich splitternackt aus und sprang mit dem Hemd in der Hand ins Meer. Dann tauchte er unter den Kiel der Hatteras und stopfte das Hemd in das offene Loch des Seeventils, dessen Stöpsel der Gringo ganz offenbar entfernt hatte.

Nach getaner Arbeit kletterte Liston über das Heck der Hatteras wieder an Bord. Er wischte sich an den hölzernen Decksplanken die Hände trocken, angelte Feuerzeug und Zigaretten aus seiner Hosentasche und zündete sich eine davon an. Dann trocknete er sich mit seinem Hemd die Beine ab und schlüpfte in seine Jeans. Mit nassen Haaren und nacktem Oberkörper wartete er darauf, daß die Lenzpumpe den Maschinenraum wieder trockenlegte.

Der Mond verschwand hinter einer einzelnen Wolke, und so war eine Weile das schwache Glühen von Listons Zigarette das einzige Licht weit und breit. Schließlich gab die Pumpe ein schlürfendes Geräusch von sich, um sich dann automatisch abzuschalten.

Liston kannte sich zwar nicht sonderlich gut mit Bootsmotoren aus, aber er hatte als junger Mann jahrelang in der schmuddeligen kleinen Autowerkstatt seines Onkels gejobbt und dort unter anderem auch Dieselmotoren repariert. Er wußte, daß er mindestens einen ganzen Tag brauchen würde, um die beiden Maschinen auseinanderzunehmen und ordentlich trockenzulegen. Aber es gab eine einfachere, wenn auch nicht ganz saubere Lösung für das Problem.

Der Mann aus Honduras ging hinunter in die Kombüse und schaltete den elektrischen Kühlschrank aus, damit dieser die Batterien des Bootes nicht zusätzlich belastete. Dann begab er sich ins Cockpit und drückte den Startknopf der Maschine, die als zweite ihren Geist aufgegeben hatte. Vielleicht gelang es ja, das in den Motor eingedrungene Wasser durch die Auslaßventile wieder hinauszubefördern. Liston orgelte und orgelte, doch der Motor wollte nicht anspringen. Nach einer Weile drehte der Anlasser immer langsamer durch, weil die Batterie sich leerte. Liston ließ sie sich ein paar Minuten lang erholen, und schließlich sprang die Maschine doch noch hustend an, um sich allerdings gleich darauf wieder zu verschlucken und ganz abzusterben. Liston probierte es noch einmal, und nach dem vierten Versuch lief der Motor schließlich rund und gleichmäßig. Während die erste Maschine die Batterien auflud, versuchte Liston sein Glück mit der zweiten. Wenn es ihm gelang, auch diese wieder in Gang zu setzen, könnte aus seinem Trip zu den Fidschi-Inseln vielleicht doch noch etwas werden. Nach einer halben Stunde mußte Liston jedoch aufgeben. Der zweite Motor wollte einfach nicht anspringen.

Auch gut, dachte Liston, schaltete Radar und Positionslichter ein und wartete, bis ihm das satellitengestützte Navigationssystem den neuen Standort des Bootes errechnet hatte. Er war nur etwa eine Seemeile abgetrieben worden, viel weniger, als er gedacht hatte. Liston fuhr einen weiten Kreis und wendete das Boot. Mit nur einer Maschine kam die schwere M. V. Kranz zwar nicht mehr rechtzeitig nach Fidschi, aber um zu dem Gringo zurückzufahren, reichte ihre Leistung allemal.

✷

Acht Männer hockten in einem Oval auf dem Boden, an dessen einem Ende auf drei dicken Beinen die große hölzerne Kavaschale stand. Dahinter kauerte im Schneidersitz ein dicker Mann mittleren Alters, dem mehrere Schneidezähne im Ober- und Unterkiefer fehlten. Mit langsamen Bewegungen zog er ein haarfeines Netz durch die braune Brühe in der Schale, wodurch er ständig winzige Stückchen der zerstoßenen Wurzel des Kava-Baumes aus der Flüssigkeit filterte. Ab und zu verdünnte er das Gebräu mit etwas Regenwasser aus einem neben der Schale stehenden Eimer.

Gerade als er mit seiner Arbeit fertig war, trat ein Mann in die von drei Kerzen schwach erleuchtete Hütte. Es war Tekina.

»Komm und setz dich«, sagte der Mann an der Schale. »Erzähl uns von dem Palangi-Fisch, den du heute abend gefangen hast.« Die anderen Männer lachten und machten Platz in ihrer Runde. Tekina zog seine Plastiksandalen aus und lehnte seine Machete neben die Eingangstür an die Wand.

»Wir haben gehört, daß es ein ziemlich großer weißer Fisch sein soll«, sagte einer der Männer.

»Hättest du uns denn nicht einen weiblichen Fisch fangen können?« meinte ein junger Bauer, der bis jetzt noch keine Frau gefunden hatte. Tekina schmunzelte und schüttelte amüsiert den Kopf.

»Was für einen Köder hast du denn verwendet?«

»Wirfst du ihn wieder zurück ins Meer?«

»Sag mal, ist er vielleicht im heiratsfähigen Alter? Meine kleine Schwester ...«
»Wenn es ein Mann ist, weshalb hast du ihn dann nicht mitgebracht, damit er mit uns Kava trinkt?«
»Nun erzähl schon, Tekina. Wir haben heute über nichts anderes gesprochen als über diesen Palangi. Wo kommt er her, und wie hast du ihn gefunden?«
Tekina lächelte vor sich hin und sagte gar nichts. Er würde ihnen seine Geschichte schon noch erzählen, aber erst, wenn er etwas Kava getrunken hatte. Bis dahin würde er die anderen noch ein wenig auf die Folter spannen. Er beugte sich nach vorn und formte mit den Händen eine Schale. Der Kava-Brauer verstand die Geste und sog die Luft mit einem pfeifenden Geräusch durch seine Zahnlücken. Dann nahm er eine halbe Kokosnußschale und schöpfte damit etwas von der Flüssigkeit in eine weitere Kokoshälfte, die als Trinkbecher diente. Diese wurde von den Männern im Kreis herumgereicht, bis sie bei Tekina angelangt war. Er trank das nach Holz schmeckende Gebräu in einem Zug aus und warf dann mit einer gekonnten Handbewegung die Kokosschale wieder dem Mann am Kavatopf zu.
»Ich war am Strand und habe meine Fische ausgenommen«, begann Tekina seine Erzählung. »Ich weiß nicht, wann der Palangi angespült wurde, aber die Fliegenden Hunde haben ihn gesehen und mich auf ihn aufmerksam gemacht.«
Einige alte Männer nickten zustimmend, und der Kava-Macher unterbrach einen Moment sein Herumgerühre in der Schale.
»Ich sah einen dunklen Schatten direkt am Wasser liegen, aber weil ich ein dummer alter Mann bin, habe ich zunächst meine Fische ausgenommen und bin erst dann hingegangen, um nachzuschauen. Es war ein Palangi mit einem verletzten Bein, und als er mich gesehen hat ...«

Tekina und seine Freunde redeten noch bis spät in die Nacht. Irgendwann einmal wurden ihnen vom vielen Kava-Trinken die Lippen taub und die Köpfe schwer. Da traten sie einer nach dem anderen den Heimweg an. Tekina ging zusammen mit einem Nachbarn ein wenig schwankend den mondbeschienenen Pfad entlang. In stillem Einverständnis halfen sich die beiden alten Männer über Wurzeln, Steine und andere Hindernisse hinweg, und es dauerte ziemlich lange, bis sie ihre Häuser erreicht hatten.

KAPITEL 11

Früh am Morgen betrachteten Su'a, Liliani und eine ihrer älteren Schwestern den schlafenden Palangi durch den offenen Türrahmen. Durch einen Sprung an der Außenwand des Schlafzimmers spähte ein weiteres Augenpaar herein. Es gehörte einem Nachbarsbuben, dessen drei Brüder in den Mangobaum vor dem Fenster geklettert waren, um einen noch besseren Blick auf den weißen Mann unter dem Moskitonetz zu haben.

Jim erwachte von den Schmerzen in seinem Oberschenkel. Der merkwürdige Verband aus großen, grünen Blättern sollte vermutlich eine heilende, entzündungshemmende Wirkung haben, dachte er, so wie man es bisweilen in Geschichten über Medizinmänner las.

Die dicke tongaische Frau, die ihm in der Nacht den Verband angelegt hatte, betrat mit einem Holztablett in den Händen den Raum. Darauf standen eine Tasse mit heißem Wasser, eine Schale mit braunem Zucker und eine Blechdose mit der Aufschrift »Milo«.

»Guten Morgen«, sagte Mele freundlich lächelnd. Sie sprach noch am besten Englisch von der ganzen Familie, weil sie einige Zeit auf eine Schule in der Hauptstadt gegangen war. »Hier ist etwas zu trinken.«

»Guten Morgen«, antwortete Jim und versuchte vergeblich, einen Spalt in dem Moskitonetz zu finden. Schließlich gelang es ihm, darunter hervorzukriechen. Mele stellte das Tablett neben ihm aufs Bett. In der Blechdose befand sich eine Art Schokopulver für Kinderkakao. Jim fragte sich, wie viele Löffel davon er wohl für die Tasse Wasser nehmen sollte; er entschied sich dann für zwei und einen Löffel Zucker. Nachdem er umgerührt hatte, probierte er das Gebräu, das überraschend gut schmeckte. Dann sah er hinüber zu der dicken Frau, die noch immer lächelnd vor seinem Bett stand.

»Wo bin ich?« fragte er, um das Schweigen zu brechen.

»Auf Insel. Insel Nuku.«

»Ich muß so schnell wie möglich nach Neiafu.«

»Ja.«

»Gibt es ein Boot dorthin?«

»Ja.«

»Wann fährt es?«

»*Tokonaki*«, sagte Mele und legte die Stirn in Falten. »Wie heißt der Tag nach Freitag?«

»Samstag.«

»Ja, es kommt am Samstag.« Mele lächelte zufrieden.

Jim ließ sich, was er soeben gehört hatte, durch den Kopf gehen. Es war jetzt gerade einmal Dienstag. Er mußte so rasch wie möglich den Diebstahl des Bootes melden.

»Gibt es hier ein Telefon?«

»Was?« fragte Mele und neigte den Kopf zur Seite.

»Haben Sie ein Telefon?«

»Ja … nein … wie heißt Wort?«

»Ein Telefon?« ließ sich auf einmal eine andere Stimme vernehmen. »Wo glauben Sie eigentlich, daß Sie sind? Im Hilton? Typisch Amerikaner!« JoAnn kam mit ernstem Gesicht, aber lustig funkelnden Augen herein. »Gibt es sonst noch etwas, was Sie brauchen? Fließendes warmes Wasser, Golfplatz, Hotdog-Stand?«

»Ein McDonald's wäre nicht schlecht«, flachste Jim zurück.

»Tut mir leid. Gibt's nicht. Und auch keinen Burger King. Sieht so aus, als ob Sie verhungern müßten.«

»Großer Gott!« hauchte Jim mit gespieltem Entsetzen, und beide brachen in Gelächter aus.

»Ich heiße übrigens JoAnn Bodsworth. Ich arbeite hier auf Nuku als Lehrerin.«
»Angenehm. Ich bin Jim North. Und das mit dem Telefon war übrigens ernst gemeint«, fügte er hinzu. »Ich muß unbedingt meine ... meine Schwester anrufen.«
»Früher gab es hier einmal ein Funktelefon im Krankenhaus unten im Dorf, aber das wurde beim letzten schweren Zyklon vor ein paar Jahren zerstört. Vielleicht bringt Sie ja einer der Fischer mit seinem Kanu nach Neiafu, und wenn nicht, dann kommt am Samstag das nächste Boot. Vielleicht.«
»Wie meinen Sie das?« fragte Jim und nahm noch einen Schluck von seinem Kakao.
»Na ja, wenn der Bootsführer seinen Rausch ausschlafen muß, dann kommt er manchmal auch erst am Sonntag.«
»Verstehe.« Jim war nicht allzu glücklich über das, was er da erfuhr.
»Es ist für Sie aber ohnehin besser, wenn Sie bis Samstag bleiben, denn dann kann Ihr Bein besser heilen. Und wegen des Essens brauchen Sie sich keine Gedanken zu machen, wir werden Sie auch ohne Hamburger durchfüttern. Außerdem sind Sie hier auf der Insel sicher. Hier schießt Ihnen so schnell keiner ins Bein.«
»Wahrscheinlich nicht, aber vielleicht kommt der Mann, der das getan hat, ja hierher.« Eigentlich hielt Jim es für wenig wahrscheinlich, daß der Pirat jetzt, da er das Boot hatte, nach ihm suchen würde. Aber möglich war alles. »Wenn Sie ein Typ mit Rasta-Locken nach mir fragt, sagen Sie ihm bitte, daß ich nicht da bin.«
»Rasta-Locken. Aha. Mal sehen, wie ich das den Leuten hier begreiflich mache. Aber Sie brauchen sich wirklich keine Sorgen zu machen. Die lassen niemand an Sie ran.«

Der Zyklon, der sich über dem Pazifik zusammenbraute, hatte inzwischen mehr elektrische Energie in sich gespeichert, als sämtliche Kraftwerke auf der ganzen Welt gemeinsam hätten erzeugen können. In seinem Zentrum, wo die Aktivität am höchsten war, stiegen riesige Cumulonimbus-Wolken bis zu sieben Kilometer hoch in den Himmel. Hier gab es warme Aufwinde, die in hohem Tempo hinauf in die Atmosphäre preschten und Wasser und elektrisch geladene Teilchen mit sich rissen, und kalte Abwinde, die Blitze und Regen hinab auf den aufgewühlten Ozean schleuderten.

Das Sturmzentrum befand sich südwestlich von Tahiti und wanderte rasch weiter nach Westen. Dabei bewegte es sich in Gebiete mit warmem Wasser und feuchter Luft, wodurch es immer mehr an Kraft gewann. Ein fataler Kreislauf hatte seinen Anfang genommen. Wasser kondensierte aus den schwülen Dampfwolken, regnete sich ab und produzierte dadurch noch mehr Wärme. Diese wiederum erwärmte die Luft im Zentrum des Sturms. Die nach oben steigende warme Luft ließ den Luftdruck im Inneren des Sturms dann weiter absinken, was wiederum zur Folge hatte, daß noch mehr feuchtwarme Luft in sein Zentrum strömte. Die Coriolis-Kraft, ein Trägheitsmoment, das Meeres- und Luftströmungen in gekrümmte Bahnen zwingt, begann auf die Luftmassen zu wirken und lenkte die Winde im Inneren des sich zusammenbrauenden Sturmes in eine sich im Uhrzeigersinn drehende Kreisbewegung ab.

✷

»Nicht schlecht für einen Mann mit einem mysteriösen Loch im Bein«, sagte JoAnn und blickte von der Grasmatte auf, als Jim ins Wohnzimmer humpelte.
»Es tut nur weh, wenn ich richtig auftrete«, sagte Jim und ignorierte ihre unausgesprochene Frage nach der Ursache seiner Verletzung.
»Es ist also tatsächlich eine Schußwunde?« fragte JoAnn, diesmal etwas direkter.
»Ja.«
»Und wie kommt es, daß ein Amerikaner mit einer Schußwunde am Strand unserer harmlosen kleinen Insel angespült wird?«
»Nun, das ist eine lange Geschichte ...«
»Das macht nichts. Ich habe Zeit«, meinte JoAnn, während Jim sich umständlich neben ihr niederließ.
»Nun, ich habe auf einem Boot gearbeitet und ...«
»Auf einem großen weißen Boot?« unterbrach ihn JoAnn mißtrauisch.
»Ja, und da ist ...«
»Einen Augenblick bitte. Sie haben da draußen nach Öl gesucht, nicht wahr?«
»Nein. Wir haben ... eine Art System für Ihren König installiert.«
»Nicht für *meinen* König, aber das ist ja egal. Was für ein System denn?«
Jim hielt inne. Eigentlich durfte er mit niemandem außerhalb der Firma darüber sprechen.
»Was für ein System, Jim?« bohrte JoAnn nach.
Nach einigem Zögern kam Jim zu dem Schluß, daß er den Menschen auf dieser Insel mehr schuldete als seiner Firma. Immerhin hatte sie einen Mann angeheuert, der ihn beinahe umgebracht hätte. »Wir installieren ein System, das diese Insel und ganz Tonga vor Wirbelstürmen schützen soll.«

Die australische Lehrerin suchte in Jims Gesicht nach Anzeichen, daß er sie auf den Arm nahm. Nichts.
»Haben Sie wirklich ein System, das Zyklone aufhalten kann?«
»Ja, zumindest glauben wir das. Bisher wurde es allerdings noch nicht in der Praxis erprobt«, antwortete Jim, dem JoAnns ungläubiges Staunen nicht verborgen blieb.
»Ein Hurrikan oder Zyklon ist im Grunde nicht viel mehr als ein ausgedehntes Tiefdruckgebiet«, erklärte er. »Die Luft hat immer die Tendenz, aus einem Gebiet mit hohem Druck in eines mit tiefem Druck zu fließen. So ist es auch bei einem Wirbelsturm. Die Luft von außen strömt nach innen, in die Mitte des Sturms, wo der Luftdruck am niedrigsten ist. Aber nun gibt es ein Phänomen, das wir die Coriolis-Kraft nennen. Es bewirkt, daß die ins Innere eines Zyklons fließende Luft seitwärts abgelenkt wird. Dadurch kann sie nicht direkt ins Auge des Sturmes fließen, sondern rast in einer kreisförmigen Bewegung drum herum.« Jim unterstrich seine Worte, indem er mit den Fingern spiralförmige Kreise in die Luft zeichnete. Als JoAnn nickte, fuhr er fort.
»Wenn man nun das Auge eines Wirbelsturms in ein Gebiet mit hohem Luftdruck verwandeln könnte, würde die Luft, die ständig versucht, in sein Inneres zu gelangen, auf einmal nach außen strömen. Man bräuchte also nur große Luftmassen ins Innere eines Zyklons zu pumpen und dadurch dort den Luftdruck zu erhöhen, und schon würde der Sturm in sich zusammenfallen.«
»In sich zusammenfallen?« wiederholte JoAnn interessiert. »Heißt das, daß der Zyklon einfach aufhören würde?«
»Genau«, bestätigte Jim. »Das haben zumindest unsere Computersimulationen ergeben. Das Problem ist nur, wie man die Luft ins Auge des Sturms bekommt.«
»Vielleicht dadurch, daß der König niest?«
»Ein bißchen mehr braucht es wohl schon, fürchte ich.«

»Da kennen Sie den König hier nicht. Er ist ein gewaltiger Mann.«

»Das kann schon sein, aber wir haben trotzdem eine andere Methode. Kennen Sie die Druckluftflaschen, wie Taucher sie verwenden?«

»Ja.«

»Schön, dann stellen Sie sich mal eine solche Flasche vor, die so hoch wie ein dreißigstöckiges Gebäude ist. Darin könnte man eine große Menge Luft unterbringen, und zwar mehr, als man auf den ersten Blick annimmt, weil –«

»Weil die Luft unter Druck steht«, unterbrach JoAnn. »Ich habe selbst mal einen Tauchkurs gemacht.«

Su'a kam ins Zimmer gestürzt und fing an, in rasend schnellem Tongaisch auf JoAnn einzureden. Als der Junge den neuen Palangi erkannte, hielt er mitten im Satz inne und drängte sich schutzsuchend an JoAnn heran. Erst nachdem sie beruhigend auf ihn eingeredet hatte, hockte er sich neben sie auf die Matte und starrte Jim schweigend an.

»Also«, fuhr dieser fort. »Stellen Sie sich einen riesigen Tank voller Luft vor, die Sie im richtigen Augenblick genau ins Auge des Zyklons entweichen lassen.«

»Aber bisher habe ich in ganz Tonga noch keinen Tank von den Dimensionen eines dreißigstöckigen Hochhauses gesehen«, bemerkte JoAnn trocken.

»Es gibt auch keinen. Wäre ja auch viel zu teuer, so was zu bauen. Außerdem kann man einen Zyklon nicht einfach bitten, doch gefälligst so freundlich zu sein und sich mit seinem Auge über den Tank zu bewegen. Wirbelstürme sind nun mal nicht gerade für ihre Vernunft berühmt.«

»Nein, wahrlich nicht, aber vielleicht werden sie ja auch bloß falsch verstanden ...« Die beiden lächelten sich an, während JoAnn Su'a über seine kurzen lockigen Haare strich.

»Wir haben eine andere Methode entwickelt. Unsere Tanks

sind tief unten im Meer installiert, denn dort braucht man nur etwas Plastikfolie dazu. Sie müssen sie sich wie riesige Luftballons aus Polyäthylen vorstellen, einem Material, aus dem bei uns zu Hause stinknormale Müllsäcke hergestellt werden.«

»Und diese Ballons sind so groß wie dreißigstöckige Hochhäuser.«

»In etwa.«

»Aber ein Müllsack kann doch unmöglich den Druck aushalten, wie er in einer Preßluftflasche herrscht.«

»Doch, das kann er schon. Und zwar, wenn der Druck des Wassers drum herum in etwa genauso hoch ist. Das ist ja das Geniale an dieser Methode: Weil die Luft in diesen Subloons – so heißen die Dinger – unter enormem Druck steht, paßt auch jede Menge in sie hinein.«

Der Ingenieur wußte nicht so recht, wie er JoAnn das Konzept erklären sollte, das ihm selbst so vertraut war. Schließlich hatte er eine Idee. »Stellen Sie sich einen ganz normalen Luftballon vor«, sagte er und tat so, als hielte er einen zwischen Daumen und Zeigefinger. »Wissen Sie, was damit passiert, wenn ich ihn unter Wasser bringe?«

JoAnn erinnerte sich an ihren Tauchkurs, in dem man ihr beigebracht hatte, daß eine mit Luft gefüllte Lunge in einer bestimmten Tiefe kollabiert, weil der Luftdruck darin, im Gegensatz zu dem des Wassers, immer geringer wird. Vermutlich würde dasselbe mit dem Luftballon passieren. Sie teilte Jim ihre Überlegungen mit.

»Richtig«, bestätigte dieser. »Die Größe des Ballons würde sich verringern, weil die Luft durch den Druck unter Wasser immer mehr zusammengepreßt würde. Je tiefer man mit dem Ballon also hinuntertaucht, desto kleiner wird er. Wenn nun aber die Haut des Ballons nicht mehr vollkommen gespannt ist, bedeutet das, daß man wieder mehr Luft in ihn hineinpumpen kann. Ein Ballon unter Wasser kann

also bei gleicher Größe sehr viel mehr Luft aufnehmen als an Land.«
»Verstanden«, sagte JoAnn. »Sie haben also einen dreißig Stockwerke hohen Ballon irgendwo am Meeresgrund verankert. Weil dort unten ein enormer Wasserdruck herrscht, paßt sehr viel Luft in diesen Ballon, und weil der Druck innerhalb und außerhalb des Ballons gleich ist, wird seine Haut auch nicht übermäßig beansprucht. Und wenn Sie die ganze Luft aus diesem Ballon auf einmal freilassen, dann steigt sie als riesige Luftblase nach oben und –«
»Ganz genau«, unterbrach sie Jim, beeindruckt von JoAnns rascher Auffassungsgabe. »Und wenn diese Luftblase ins Auge eines Zyklons gelangt, dann steigt dort der Luftdruck enorm an. Außerdem ist die Luft aus der Tiefe des Meeres eiskalt, und Wirbelstürme brauchen Wärme, um zu existieren.«
»Aber dazu bräuchten Sie nach wie vor einen kooperativ gestimmten Wirbelsturm.«
»Wie meinen Sie das?«
»Nun, er müßte nach wie vor so nett sein und sich mit seinem Auge direkt über Ihren Subloon begeben.«
»Nein, das muß er nicht, denn wir haben nicht einen, sondern eine ganze Kette von Subloons installiert. Und zwar in Abständen von drei Kilometern. Da kommt kein Zyklon durch. Immerhin ist das Auge eines Zyklons zwischen zehn und fünfzig Kilometer breit.«
JoAnn versuchte sich vorzustellen, wie es wohl aussah, wenn eine von den riesigen Luftblasen an die Meeresoberfläche kam.
»Noch eine Frage«, sagte sie.
»Schießen Sie los.«
»Sie haben doch vorhin gesagt, daß die Luft kalt sein muß. Wie kriegen Sie das denn hin?«
»Ganz einfach. Das Wasser unten im Tonga-Graben hat eine

Temperatur knapp oberhalb des Gefrierpunkts. Die Luft ist genauso kalt, und wenn sie aufsteigt und sich ausdehnt, wird sie sogar noch kälter.«

JoAnn dachte nach. Ein wirklich funktionierender Schutz vor Wirbelstürmen wäre ein Segen für Tonga, das oft mehrmals im Jahr von Zyklonen heimgesucht wurde. Wie oft hatte sie schon hinaus auf den Pazifik geblickt und sich überlegt, was ein solcher Hurrikan wohl mit der kleinen, ungeschützten Insel Nuku anstellen würde. Bestimmt würde er die meisten der klapprigen Häuser einfach hinwegfegen, viele Menschen obdachlos machen und vielleicht sogar einige von ihnen töten. So war es in Tonga seit Urzeiten gewesen, und selbst Tekina würde zugeben müssen, daß dieses Übel nicht von den Palangi-Missionaren eingeschleppt worden war.

Schweigend betrachtete JoAnn eine Weile den sonnengebräunten Neuankömmling. Er brachte also keine Ölpest und keine korrupt machenden Petrodollars nach Tonga, sondern Schutz vor Zyklonen. JoAnn erinnerte sich an die Geschichten, die sie von den großen todbringenden Stürmen der Vergangenheit gehört hatte. Wenn das System von North' Firma funktionierte, würde Su'a, der auf ihrem Schoß lag und den Amerikaner mit schläfrigen Augen ansah, später einmal vor solchen Katastrophen verschont bleiben. JoAnn strich dem Jungen noch einmal über sein weiches lockiges Haar. Sie würde ihn vermissen, wenn Ende nächsten Jahres ihre Zeit auf Nuku um war.

»Und woher wissen diese Subloons, wann sie ihre Luft nach oben schicken müssen?« fragte sie Jim.

»Sie werden ferngesteuert ausgelöst, und zwar dergestalt, daß wir alle ihre Verankerungen auf einmal mit kleinen Sprengladungen kappen. Die Subloons treiben dann nach oben, aber weil sich die Luft in ihnen immer rascher ausdehnt, zerreißt nach kurzer Zeit die Hülle. Wenn die Luftblase schließlich an die Oberfläche gelangt, dürfte sie einen Durchmesser von eineinhalb Kilometern haben.«

»Was passiert eigentlich, wenn sich dort gerade ein Schiff befindet?«

»Welches Schiff hält sich schon im Auge eines Zyklons auf? Und zufällig können die Subloons nicht ausgelöst werden, denn wir haben uns bei der Konstruktion des Auslösemechanismus große Mühe gegeben. Die Luft wird wirklich nur dann freigesetzt, wenn wir den Befehl dazu geben.«

*

Ein paar Stunden später stand Jim zusammen mit JoAnn auf dem Weg vor dem Haus und stützte sich auf einen Stock, den ihm ein freundlicher Nachbar aus einem Ast gefertigt hatte. Aus dem Augenwinkel sah Jim, wie ein kleiner Junge auf ihn zugerannt kam. Es war Su'a, der ihm eine rot-gelbe, reife Mango hinhielt. Zwei oder drei weitere Buben und ein kleines Mädchen, die sich hinter Baumstämmen und den Rädern eines Karrens versteckt hatten, sahen ihm dabei interessiert zu.

Mit einem Lächeln nahm Jim die Frucht entgegen und wandte sich an JoAnn. »Was heißt ›Vielen Dank‹ auf tongaisch?« wollte er wissen.

»Mālō 'aupito«, antwortete sie.

»Malo a … e … pito«, radebrechte Jim.

Die Augen des Jungen weiteten sich, dann rannte er mit freudig erregtem Gesicht zurück zu seinen Spielgefährten und rief *»Malo a e pito, malo a e pito!«*

»Nicht schlecht«, kommentierte JoAnn. »Sie haben ihm gerade für einen Nabel gedankt.«

»Für wessen Nabel? Seinen?«

»Das haben Sie nicht deutlich gemacht.«

»Verstehe. In Zukunft ist es wohl besser, wenn ich Ihnen

das Reden überlasse«, meinte Jim und schaute hinüber zu den spielenden Kindern.
»Müßten die eigentlich nicht in der Schule sein?« fragte er.
»Nein, heute ist schulfrei.«
»Wieso denn das?«
»Ihretwegen. Wenn ein neuer Palangi auf die Insel kommt – so nennt man uns Weiße hier –, ist das ein Ereignis, das gefeiert werden muß. Heute abend steigt ein großes Fest zu Ihren Ehren.«
Der Amerikaner blickte in die dunklen Gesichter der Kinder, die ihn mit unverhohlenem Interesse anstarrten, und fuhr sich mit den Fingern durchs Haar. »Und ich dachte immer, so etwas gibt es nur in Tarzan-Filmen«, sagte er kopfschüttelnd.
JoAnn zuckte mit den Achseln. »Hier gehen die Uhren noch ganz anders als bei uns in den westlichen Industrieländern. Zwar werden die Einflüsse der modernen Welt auch hier immer spürbarer, aber bisher hat sich auf diesen kleinen Inseln seit Jahrhunderten nicht allzuviel verändert.« Sie ging langsam den Weg entlang und wartete darauf, daß Jim ihr hinterhergehumpelt kam. »Sie müssen sich bewegen, hat Mele gesagt«, ermunterte sie ihn. »Dann heilt Ihre Wunde sehr viel schneller.«
Nach ein paar Schritten erreichten sie einen dichten Wald aus Palmen und anderen Bäumen, durch deren Stämme Jim ab und zu den blauen Ozean aufblitzen sah. Plötzlich stand mitten auf dem Weg ein großes Schwein auf dürren Beinen vor ihnen, das JoAnn mit lauten Schreien und wildem Armwedeln vertrieb. Nach einer Weile ließen sie den Wald hinter sich und gingen einen mit gelb und weiß blühenden Frangipani-Bäumen bestandenen Hügel hinunter, an dessen Fuße die Bewohner von Nuku Landwirtschaft betrieben. Jim sah Kokospalmen, in deren Schatten Papayabäume und Chilibüsche gediehen, und mannshohe Ta-

piokasträucher mit fingerdicken Stämmen und üppigem, dunkelgrünem Laub. An vielen Bäumen wanden sich Vanilleranken empor, deren lange Schoten noch grün und unreif waren. Aus der braunschwarzen, krümeligen Erde zwischen den Bäumen sproß überall Taro, dessen riesige herzförmige Blätter Jim an zum Gebet gefaltete Hände erinnerten. Die Tongaer gaben sich offenbar viel Mühe mit ihrer Landwirtschaft, denn nur selten konnte Jim zwischen den kunterbunt gemischten Kulturen Unkraut entdecken. Hier und da sah er glimmende Scheiterhaufen, auf denen die Bauern verwelkte Blätter, trockene Kokosschalen und Unkraut verbrannten.

Als Jim und JoAnn vorbeigingen, unterbrachen die Männer, die mit kleinen Hacken und Spaten die Erde bearbeiteten, ihre Tätigkeit und winkten der Lehrerin und dem neuen Palangi freundlich zu. Sie trugen lange Hosen und kurzärmelige Hemden, manche von ihnen rauchten. Einige riefen sich knappe Kommentare in ihrer Sprache zu, aber keiner nahm die Augen von dem seltsamen Paar.

JoAnn führte Jim bis an eine Stelle, von der aus er ihre Schule sehen konnte. Ohne die sonst überall herumtobenden Kinder wirkten die Gebäude einsam und verlassen. Nur der stellvertretende Direktor drehte gerade seine gewohnte Runde und winkte ebenfalls zu JoAnn und Jim herüber.

»Was ist denn das für ein komischer Traktor?« fragte Jim und deutete auf einen leicht angerosteten Bulldog, der oberhalb der Schule auf einem Hügel thronte. JoAnn erklärte ihm, daß die Regierung den Schlepper vor Jahren mit japanischem Entwicklungshilfegeld gekauft habe. Man versprach sich damals eine Effektivitätssteigerung in der Landwirtschaft, hatte aber nicht damit gerechnet, daß es für die Menschen von Nuku viel zu teuer und umständlich war, den Diesel für das Fahrzeug auf die Insel zu bringen. Außerdem war ein Traktor ohnehin nicht das Richtige für die

kleinen Felder, die sich viel besser von Hand bestellen ließen.
Anfangs hatte man die blitzende Maschine noch wie ein Ding von einem anderen Stern bewundert, aber mit der Zeit hatte sie ihre Faszination verloren. Nun diente der Traktor als eine Art Spielgerät für die Schulkinder, die während der Pausen auf seinen riesigen Reifen herumturnten. Auch wenn die Lehrer sie immer fortscheuchten, kamen sie am nächsten Tag wieder zu dem seltsamen Palangi-Gefährt und nahmen es erneut in Besitz.
Da Jims Bein ihm vom vielen Laufen wehtat, beschlossen er und JoAnn, hinunter zum Strand zu gehen und sich dort ein wenig auszuruhen. Unterwegs kamen sie an einem kleinen Bauernhaus vorbei, vor dem ein Schwein zwischen Abfallhaufen und rostigen Konservendosen im Boden herumwühlte. An der Tür zum Haus stand eine dicke Frau mit einem Baby im Arm und winkte JoAnn freundlich zu. Drei weitere Kinder lehnten an dem aus Ästen und Wellblech zusammengezimmerten Zaun und konnten sich an dem neuen Palangi kaum sattsehen. Das älteste, ein siebenjähriges Mädchen, das seine jüngeren Geschwister an der Hand hielt, sagte mit leiser Stimme: »*Bye-bye.*«
»*Bye-bye*«, antwortete JoAnn fröhlich. Jim sagte nichts, bis sie außer Hörweite der Kinder waren.
»Haben Sie ihnen das beigebracht?« fragte er dann.
»Was denn?«
»Dieses ›*Bye-bye*‹.«
»Nein«, entgegnete JoAnn lachend. »Das konnte in Tonga schon vor meiner Ankunft jedes Kind.«
»Es war auch das erste, was Tekina unten am Strand zu mir gesagt hat«, bemerkte Jim.
»So werden Palangis hier nun einmal begrüßt.«
»Aber warum sagt man nicht ›*Hi*‹ oder ›*Hallo*‹ oder so was? Warum ausgerechnet ›*Bye-bye*‹?«

»Weil wir für sie etwas Vorübergehendes sind. Sie glauben, daß wir ohnehin bald wieder fortgehen werden und sagen deshalb schon mal prophylaktisch ›*Bye-bye*‹. Das ist zumindest die Erklärung, die ich gehört habe.«
Als sie den Strand erreichten, fiel ihnen fast gleichzeitig ein halb im Sand versunkener Wohnzimmersessel auf. Der Kunstlederbezug war an vielen Stellen aufgeplatzt und gab den Blick auf einen hölzernen Rahmen und ein paar verrostete Spiralfedern frei.
»Wie ist denn der hierhergekommen?« fragte Jim erstaunt und zupfte an dem kaputten Bezug herum.
»Angeschwemmt, wie so vieles andere auch«, erwiderte JoAnn mit bedeutungsschwerem Unterton. »Ich habe hier schon alles mögliche entdeckt: Spielsachen, Kämme, halbvolle Rumflaschen. Einmal habe ich eine besonders schöne Muschel gefunden, aber als ich sie aufhob, habe ich gesehen, daß sie aus Plastik war. ›*Made in Mexico*‹ stand drauf.«
Jim lächelte amüsiert und zerrte unbeholfen ein wenig an dem Stuhl herum, bis es ihm schließlich gelang, ihn aus dem Sand herauszuziehen und so zu drehen, daß er hinaus aufs Meer schaute. Dann bot er ihn JoAnn mit einer großartigen Geste als Sitzplatz an.
»Nein, danke«, entgegnete sie, »es ist besser, wenn Sie sich setzen, mit Ihrem kranken Bein.«
»*Ladies first.*«
»Nein, Sie sind der Ehrengast auf dieser Insel. Der Sitzplatz gebührt Ihnen.«
Noch bevor Jim etwas sagen konnte, hatte JoAnn ihn auch schon an den Schultern gepackt und in den Sessel gedrückt. Die Bewegung fiel wohl ein bißchen zu heftig aus, denn das ramponierte Möbel kippte zusammen mit Jim nach hinten um. Als sein Kopf im weichen Sand aufschlug, hatte Jim eine Idee. Er schloß die Augen, unterdrückte ein in ihm aufsteigendes Kichern und blieb bewegungslos liegen. Als

JoAnn besorgt einen Schritt herantrat, zog er ihr mit einer raschen Bewegung die Beine weg, so daß auch sie neben dem Sessel in den Sand sackte. Jim grinste sie zufrieden an, und sie lächelte zurück.

Jim rollte sich aus dem Sessel, und eine Weile lagen die beiden nebeneinander im warmen Sand. JoAnn war sich des romantischen Aspekts der Situation durchaus bewußt, aber sie wußte auch, daß sie jetzt von mindestens einem Dutzend Kinderaugen aus dem Wald beobachtet wurden. Es war also besser, wenn sie dem Fremden gegenüber auf Distanz blieb.

»Sie haben mir immer noch nicht gesagt, wie Sie angeschossen wurden«, sagte sie, um dem Gespräch eine andere Wende zu geben.

»Das weiß ich selber nicht so genau«, entgegnete Jim. »Ich weiß nur, daß die Firma einen neuen Kapitän auf mein Boot geschickt hat, der sich dann aber als eine Art Pirat entpuppte. Er wollte vermutlich das Boot stehlen, und dabei war ich ihm im Weg.« Jim starrte hinaus aufs Meer, wo sich am Riff die Wellen brachen.

»Sieht ganz so aus, als würde Ihre Firma neue Angestellte nicht allzu gründlich überprüfen.«

»Das ist ja gerade das Merkwürdige an der Sache«, sagte Jim. »Normalerweise wird jeder neue Angestellte bis zum Gehtnichtmehr durchgecheckt. Angeblich sieht sich der Oberboß höchstpersönlich jede einzelne Bewerbung an. Ich frage mich, wie dieser Bursche trotzdem den Job gekriegt hat ...« Jim nahm etwas Sand und ließ ihn durch seine Finger rinnen. »Vielleicht liegt es ja daran, daß auf einmal alles so furchtbar schnell gehen muß.«

»Kann sein«, meinte JoAnn, die eine andere Frage viel mehr interessierte. »Und wie sind Sie diesem Piraten entkommen?«

»Ich bin weggeschwommen. Aber zuvor habe ich noch das

Seeventil des Bootes geöffnet. Wenn der Kerl das nicht bemerkt hat, liegt es inzwischen vielleicht schon auf Grund.«

»Und wenn er es bemerkt hat?«

»Dann hat er das Loch wieder zugemacht und das Wasser aus dem Boot gepumpt. In diesem Fall ist er vermutlich auf dem Weg zu einem Hafen, in dem er das Boot verkaufen will. Vielleicht ist ihm aber auch Wasser in die Motoren gekommen, und er treibt irgendwo da draußen hilflos herum.«

JoAnn warf einen Blick hinauf zur Sonne. »Wie dem auch sei, wir sollten jetzt langsam zum Mittagessen gehen«, sagte sie und stand auf. Sie wartete auf Jim, aber der bewegte sich nicht und starrte immer noch hinaus auf den Ozean. Als sie seinen Blicken folgte, sah sie ganz weit draußen ein weißes Boot, das langsam Kurs auf die Insel nahm.

*

Liston warf einen Blick auf die Seekarte. Er war jetzt fast wieder an der Position angelangt, an der der Gringo ihm am Abend zuvor entkommen war. Liston sah, daß es in der Nähe vier Inseln gab. Die westlichste und größte hieß Nuku, die anderen drei waren kleine Eilande, die laut Karte unbewohnt und durch ein Riff verbunden waren, auf dem man bei Ebbe vielleicht sogar trockenen Fußes herumgehen konnte. Alle vier Inseln waren etwa gleich weit von der Stelle entfernt, an der der Gringo ins Wasser gesprungen war. Wenn North noch am Leben war, dann hätte er eine jede von ihnen schwimmend erreichen können. Liston überlegte, wo er mit der Suche nach ihm beginnen sollte, und entschied sich für die drei kleinen Inseln. So lange es hell war, würde er allerdings abwarten, denn von Nuku aus konnte man sein Boot gut sehen. Er würde nach Einbruch der Dunkelheit wiederkommen und in der Zwischenzeit an einem geschützten Fleck irgendwo im Kanal nach Neiafu vor Anker gehen. Von dort aus konnte er auch beobachten, ob vielleicht irgendein Fischer den Gringo in die Stadt brachte. Liston schob den Gashebel nach vorn und ließ die Hatteras langsam an den Inseln vorbeituckern.

✷

»Er fährt anscheinend in den Hafen«, sagte JoAnn und sah dem großen weißen Motorboot nach. »Sind Sie sicher, daß er das Boot wirklich stehlen wollte?«
»Ich hatte jedenfalls den Eindruck. Weshalb er jetzt zurückkommt, verstehe ich auch nicht«, murmelte Jim. »Das Boot fährt ziemlich langsam, was bedeuten könnte, daß etwas mit den Maschinen nicht in Ordnung ist. Vielleicht bringt er es ja zurück und verlangt Finderlohn dafür.« Trotz dieses Scherzes war Jim nicht ganz wohl in seiner Haut. Wenn das Boot defekt war und sich deshalb nicht mehr verkaufen ließ, weshalb fuhr der Pirat dann damit nach Neiafu? Es könnte doch inzwischen als gestohlen gemeldet sein. Das ergab alles keinen Sinn, und so etwas ging Jim, der logisches Denken gewohnt war, gewaltig gegen den Strich.

KAPITEL 12

In einer kleinen, halb versteckten Bucht hatte Liston einen Platz gefunden, wo er die Hatteras ankern konnte und gute Sicht auf alle Boote hatte, die den Hafen von Neiafu anliefen. Er holte sich einen Stuhl aus der Kabine, stellte ihn an Deck und setzte sich so, daß er den Kanal gut überblicken konnte. Die Kokospalmen, die seine Ufer säumten, erinnerten ihn an Trinidad und Tobago, aber auch an Honduras, das Land seiner Kindheit, in dem er noch heute mehrere Wochen im Jahr lebte. Es waren dieselben leicht gebogenen grauen Stämme, dieselben Wipfel mit ihren gefiederten Blättern und den in dichten Bündeln wachsenden Nüssen. Vieles hier schien wie in der Karibik: die Vegetation, der goldfarbene Sand, der blaue Himmel. Nur die Menschen waren anders. Viel kleiner, einfacher, weniger zivilisiert. Vermutlich kann man hier nicht einmal eine anständige Waffe kaufen, dachte Liston und seufzte leise vor sich hin. Das Warten in der sengenden Sonne machte ihn so müde, daß er fast eingenickt wäre. Entschlossen sprang er deshalb auf und lief ein paar Schritte auf dem Deck hin und her. Er durfte nicht einschlafen, denn sonst gelang es dem Gringo am Ende noch, unbemerkt an ihm vorbeizuschlüpfen.

*

JoAnn saß mit Liliani und zwei ihrer Freundinnen im Wohnraum eines der Nachbarhäuser am Boden. Lina und Paea, die hier zu Hause waren, hatten rote und gelbe Blumen gepflückt und nach Farben sortiert auf zwei Haufen gelegt.

Lina ließ sich von den beiden Mädchen die Blumen in der Farbe reichen, die sie gerade benötigte. Sie stach mit der Nadel durch den Stengel und fädelte sie zu einem immer länger werdenden Blütenkranz auf.
»Miss JoAnn«, fragte ihre Schwester Paea, »spricht der neue Palangi eigentlich unsere Sprache?«
»Nein, ich glaube nicht«, antwortete die Lehrerin auf tongaisch.
»Ist er schwer verletzt?« wollte Lina wissen.
»Nein. Es geht ihm schon sehr viel besser.«
»Kann er denn ein Flugzeug fliegen?«
»Keine Ahnung, Liliani, ich werde ihn danach fragen.«
»Kann er das Lied singen, das du uns neulich beigebracht hast? ›*Row, row, row your boat*‹?«
»Bestimmt.«
»Könnten Sie ihn vielleicht morgen mit in die Schule bringen und ihn uns zeigen?« fragte Lina.
»Ja! Das wäre toll«, stimmten die anderen beiden Mädchen sofort begeistert ein.
»Das ist eine gute Idee«, sagte JoAnn lächelnd, ohne von den Blumen aufzublicken. »Ich werde sehen, was sich machen läßt.«
Die vier arbeiteten weiter an der Blumenkette, als plötzlich Su'a hereingestürmt kam und auf JoAnn zusteuerte. »Mele will, daß du nach Hause kommst. Du mußt dich für das Fest herrichten.«
JoAnn wandte sich an die drei Mädchen. »Könnt ihr die Kette alleine fertigmachen?« fragte sie. »Du kannst sie ja dann rüberbringen, Liliani, und sie Jim geben.« Die Mädchen nickten der Lehrerin zu, die hinter Su'a das Haus verließ.

✷

Liston war stocksauer, als er hinauf zum Cockpit ging und das Mikrophon vom Funkgerät nahm. In den vergangenen zehn Minuten hatte dieser Trottel von Ratcliff immer wieder versucht, Kontakt mit der M. V. Kranz aufzunehmen und schließlich über den allgemeinen Kanal, den praktisch jeder empfangen konnte, ganz offen seinen und Listons Namen genannt.

»Hier ist die M. V. Kranz. Schalten Sie um auf Kanal zweiundsiebzig.«

»Liston, sind Sie das?«

»Schalten Sie um auf Kanal zweiundsiebzig«, sagte der Honduraner mit mühsam beherrschter Stimme und ballte seine Hand zur Faust.

»Okay. Verstanden, *Roger*. Ich schalte um.«

Liston drehte am Frequenzknopf des Funkgeräts, bis er Ratcliff auf dem anderen Kanal hörte.

»Also, wie ist es gelaufen?« wollte der Manager wissen.

»Die Fracht ist über Bord gegangen. *Over.*« Liston mußte eine ganze Weile warten, bis Ratcliff die Bedeutung seiner Worte erfaßt hatte.

»Ist er ... ich meine, ist die Fracht noch nicht zerstört worden?«

»Kann sein. *Over.*« Diesmal mußte Liston noch länger warten.

»Und was haben Sie jetzt vor?«

»Ich werde die Fracht auf den Inseln suchen. Kann sein, daß sie untergegangen ist, kann sein, daß sie irgendwo angespült wurde. Dann werde ich sie finden. *Over.*«

»Auf welcher Insel, Liston? Da gibt es doch Dutzende in der Gegend.«

Liston nahm das Mikro vom Mund und fluchte auf spanisch vor sich hin. Dann drückte er wieder auf den Sprechknopf und sagte: »Es kommen nur ein paar in Frage, und die suche ich in ein paar Stunden gründlich ab. *Over.*«

»Meinem Chef wird es gar nicht gefallen, daß Sie seinen Auftrag vergeigt haben, das kann ich Ihnen flüstern. Von nun an erwarte ich stündlich einen Bericht von Ihnen.«
Liston gab ihm keine Antwort. Bevor er das Mikrophon wieder zurück auf seinen Haken hängte, spuckte er in hohem Bogen verächtlich aus.

*

»*Talavou!*« rief Mele begeistert aus und betrachtete mit vor der Brust gekreuzten Armen ihr Werk. Die Nachbarn, die durch Tür und Fenster ins Wohnzimmer schauten, gaben ihr mit beifälligem Murmeln recht. Jim blickte hilfesuchend hinüber zu JoAnn, die eben zur Tür hereingekommen war.
»Das bedeutet ›hübsch‹«, erklärte sie. »Aber bilden Sie sich bloß nichts darauf ein, es bezieht sich ausschließlich auf Ihre Kleidung.«
»Danke für das Kompliment«, entgegnete Jim und blickte an sich hinab. »Sagen Sie mal, JoAnn, muß ich wirklich diesen lächerlichen Rock tragen?«
»Er ist auch nicht viel anders als ein schottischer Kilt.«
»Und was ist mit dieser Grasmatte?«
»Die tragen alle Männer hier bei festlichen Anlässen.«
»Aber wieso ist meine mit Blumen und mit Federn geschmückt?« wollte Jim wissen, während er die Arme hob, damit Mele an seiner Matte herumzupfen konnte.
»Weil Sie der Ehrengast des Festes sind.«
»Und vermutlich ist das auch die Erklärung, warum ich dieses rosa Hemd tragen muß. Mele hat mir nicht erlaubt, eine andere Farbe zu wählen.«
»Damit hat sie auch völlig recht. Nur dem Gast gebührt die rosa Farbe«, log JoAnn und mußte ein Grinsen unterdrücken. In diesem Augenblick kam Liliani mit dem Blumenkranz herein. JoAnn nickte ihr aufmunternd zu. Mit

zaghaften Schritten trat das Mädchen auf den großen Palangi zu und hielt ihm die Kette aus roten und gelben Blüten hin.
»Liliani und ihre Freundinnen haben über eine Stunde daran gearbeitet, Jim«, erklärte JoAnn.
»Vielen Dank«, sagte Jim zu Liliani und legte sich den duftenden Kranz um den Hals. Mele schwenkte vor lauter Begeisterung ihre dicken Arme und rief abermals: *»Talavou!«*
»Danke«, antwortete Jim mit einem unsicheren Lächeln und blickte sich in der Runde der zufrieden nickenden braunen Gesichter um. »Sagen Sie mal, JoAnn ...«
»Ja?«
»Es ist wegen des Festes heute abend ...«
»Was soll damit sein?«
»Da gibt es doch sicher eine Menge, was ich beachten muß, wenn ich mich nicht daneben benehmen möchte, stimmt's?«
»Stimmt genau«, antwortete die Lehrerin mit einem frechen Glitzern in den Augen. »Aber jetzt ist es höchste Zeit, daß ich mich selber umziehe. Bis später.«
Noch bevor Jim etwas erwidern konnte, war JoAnn schon verschwunden. Von draußen kam eine weitere rundliche Frau aus der Nachbarschaft herein und reihte sich in den Ring der Gaffer um den fürs Fest ausstaffierten Palangi ein. *»Talavou!«* sagte auch sie und klatschte vor Entzücken in die Hände.

*

Liston hatte den Nachmittag gut genutzt. Während seiner Wache an Deck hatte er nicht nur einen Reiseführer über die Tonga-Inseln gelesen, sondern auch eine Reihe von Dokumenten, die er in dem mit Monitoren und merkwürdigen Steuergeräten ausgestatteten Kontrollraum des Schiffes ge-

funden hatte. Rasch hatte er die Grundzüge des Kranz-Anti-Zyklon-Systems – in den Dokumenten abgekürzt als KAZS – begriffen und wußte jetzt, wozu der Kran und der kleine Unterwasserroboter auf dem Schiff gut waren.
Nur einmal war Liston kurz unter Deck verschwunden und hatte sich seinen mehrere Tage alten Bart bis auf einen dünnen Streifen am Kinn abrasiert. Diesen ließ er absichtlich stehen, damit er eventuellen Zeugen ins Auge stach und ihre Aufmerksamkeit von anderen Einzelheiten seines Gesichts ablenkte. Falls nötig, war dieses kleine Bärtchen in Minutenschnelle wegrasiert. Zum Schluß hatte er auch noch seine Dreadlocks unter eine schwarze Ballonmütze gestopft, die er in seiner Tauchertasche mit dabei hatte.
Als er fertig war, ging gerade die Sonne unter. Den ganzen Tag über war nur ein einziges Wasserfahrzeug den Kanal nach Neiafu entlang gekommen, und Liston hatte auf dem kleinen offenen Boot nur Tongaer gesehen. Wenn der Gringo noch am Leben war, dann mußte er sich also auf einer der Inseln versteckt halten. Langsam wurde es Zeit, daß er sich um ihn kümmerte.
Liston ging nach vorne und lichtete den Anker. Dann ließ er die Maschine an und steuerte die Hatteras aus der kleinen Bucht. Mit langsamer Fahrt verließ er den Kanal und näherte sich den vier kleinen Inseln.

✷

In fünfunddreißigtausend Kilometern Höhe zog der GOES-9-Wettersatellit mit einer Geschwindigkeit von drei Kilometern pro Sekunde seine Bahn. Weil er sich genauso schnell wie die Erddrehung bewegte, blieb er dabei immer genau über demselben Punkt westlich von Südamerika in Position, von dem aus er den größten Teil der westlichen Hemispähre kontrollieren konnte. Seine hochpräzisen Kameras waren

auf das Überwachen von Wolken und Wasserdampf spezialisiert sowie auf das Aufspüren von Stürmen. Alle halbe Stunde lieferten sie dem National Weather Service in den USA. ein neues Wetterbild.
An diesem Tag zeigten die Aufnahmen eine gewaltige Gewitterfront in Oklahoma, ungewöhnlich klaren Himmel über Mexico City und frisch gefallenen Schnee in Vancouver. Und dann sahen die Kameras auch noch einen runden Wolkenwirbel östlich von Tonga, der zunächst blendend weiß erschien. Als aber dreißig Minuten später das nächste Bild zur Erde gefunkt wurde, hatte sich mitten in dem weißen Wirbel ein kleiner dunkler Fleck gebildet. Es war das Auge eines neu entstandenen Wirbelsturms, der sich langsam, aber unaufhaltsam nach Westen bewegte.

*

»Das ist ja unglaublich«, flüsterte Jim, als er das angerichtete Bankett sah.
»Ja, die Tongaer wissen, wie man Feste feiert«, antwortete JoAnn.
Mit großen Augen betrachtete der Amerikaner die Köstlichkeiten, die auf den Matten am Boden der dreißig Meter langen Banketthalle aufgereiht standen. Jim zählte allein sieben Schweine, die man den ganzen Nachmittag über in einem Erdofen gegart hatte. Daneben lagen unzählige Bananenbüschel, in Scheiben geschnittene Brotfrüchte, orangefarbene Papayas und leuchtend rote Wassermelonen. Dann gab es da Haufen von kartoffelähnlichen Knollen, manche weiß, andere rot. Speisen, die warm gehalten werden mußten, waren in große Bananenblätter eingeschlagen und verströmten einen köstlichen Duft. Aus einigen spitzten gebratene Hühnerschenkel oder gedünstete Fische hervor. Saft mit weißen, gelben und rosa Fruchtstücken leuchtete in

großen Glaskrügen und bildete einen seltsamen Kontrast zu den Ketchupflaschen aus mattem Plastik, die jedoch, wie JoAnn erzählte, mit einer Mischung aus Wasser, Kokoswürfeln und ganzen Chilischoten gefüllt waren. Jim beschloß, mit diesem Gewürz besonders sparsam umzugehen.
Er hatte sich noch nicht einmal die Hälfte der Tafel genauer angesehen, als ein dicker Tongaer mit langsamen, würdevollen Schritten auf Jim und JoAnn zukam. Der grauhaarige Mann lächelte JoAnn freundlich an, bevor er dem neuen Palangi die Hand hinstreckte. »*Hallo*«, sagte er auf englisch.
»*Hi*«, erwiderte Jim und schüttelte die Hand.
»Wir heißen Sie herzlich willkommen auf Nuku und haben uns erlaubt, Ihre Ankunft mit diesem bescheidenen Fest zu feiern.«
Nachdem er Jim lange die Hand gedrückt hatte, wandte er sich an JoAnn. »*Hallo,* JoAnn.«
»*Hallo,* Mähina«, erwiderte JoAnn und fuhr an Jim gewandt fort: »Das ist Mähina, der Bürgermeister von Nuku. Er wurde von den Leuten hier gewählt, um die Interessen der Insel gegenüber der tongaischen Regierung zu vertreten. Außerdem fungiert er als eine Art Friedensrichter.«
»Freut mich, Sie kennenzulernen«, sagte Jim und lächelte Mähina an.
»Die Freude ist ganz meinerseits«, antwortete der Bürgermeister und machte eine Geste mit der Hand. »Bitte kommen Sie mit mir.«
Während Jim hinter dem Tongaer herhumpelte, sah er, daß sich viele der Gäste schon neben der langen Reihe köstlich duftender Speisen auf dem Boden niedergelassen hatten. Ein paar Frauen und ganze Scharen von Kindern brachten noch die letzten Teller mit dampfenden Köstlichkeiten herein und hatten Mühe, an der üppigen Tafel überhaupt einen freien Platz dafür zu finden. Andere Frauen, die schon Platz

genommen hatten, wedelten mit großen Blättern die Fliegen vom Essen fort. Eine Gruppe von Männern stand noch vor der Eingangstür und rauchte eine Zigarette zu Ende. Jim bemerkte, daß alle Gäste eines gemeinsam hatten: Sie alle beobachteten ihn.

JoAnn hatte die Wahrheit gesagt: Alle Männer und Jungen trugen bis an die Schienbeine reichende Röcke, über die sie geflochtene Matten gebunden hatten. Jims Matte war allerdings als einzige mit gefärbten Federn und eingewobenen Plastikblumen geschmückt. Die Frauen hatten dem festlichen Anlaß entsprechend knöchellange Gewänder an. Manche waren in schlichtem Schwarz, andere leuchtend bunt.

Die Bankethalle bestand aus einem einzigen, langestreckten Raum mit einer klapprigen Wellblechdecke, durch deren faustgroße Rostlöcher man den sich langsam dunkler färbenden Himmel sehen konnte. Die Außenwände bildeten grau gestrichene Bretter, die in jeweils zwei Zentimetern Abstand auf einen Rahmen aus simplen Holzpfeilern genagelt waren. Durch die Zwischenräume lugten viele kleine Augenpaare herein und verfolgten Jim, wie er hinter dem Bürgermeister die Festtafel entlanghinkte. An das Gefühl, von überall her angestarrt zu werden, mußte Jim sich erst einmal gewöhnen.

»Bitte, setzen Sie sich«, sagte der Bürgermeister, als sie am Ende der Tafel angekommen waren, und wies Jim seinen Platz zu. Unter den Augen aller Anwesenden ließ der Amerikaner sich umständlich nieder, wobei er darauf achtete, daß er mit seinem steif verbundenen Bein keine der Schüsseln umwarf, die vor ihm auf dem Boden standen. Jim saß allein am Kopfende der Tafel, JoAnn nahm rechts von ihm Platz. Neben ihr saß Mele, die Jim strahlend anlächelte und sichtlich stolz darauf war, wie schön sie den Ehrengast ausstaffiert hatte. Da tauchte Su'a von hinten auf und quetschte sich zwischen seine Mutter und JoAnn. Alle warteten, bis der Bürgermeister die Tafel wieder hinabgeschritten war und seinen Platz gegenüber von Jim eingenommen hatte. Daraufhin erhob sich ein anderer alter Mann, der ganz in Schwarz gekleidet war. Das muß der Pfarrer sein, dachte Jim, als alle Gäste zum Gebet die Köpfe senkten. Jim tat es ihnen nach und lauschte auf den merkwürdigen Rhythmus einer Sprache, von der er kein Wort verstand.

✷

Langsam tuckerte die weiße Hatteras auf die unbewohnte Insel Kenutu zu. Nachdem er an der wettergeschützten Westseite Anker geworfen hatte, holte Liston seine Waffe und das Nachtsichtgerät aus der Kabine. Dann ließ er sich langsam an der Bordwand herunter und watete durch das hüfthohe Wasser an den Strand.
Wenn schon sein Plan mit der Hatteras geplatzt war, wollte Liston zumindest den Gringo aufspüren, um wenigstens das Geld von Kranz zu bekommen. Vielleicht würde er ja seine angespülte Leiche auf einer der drei Inseln finden, vielleicht mußte er aber auch Jagd auf ihn machen. Eines wußte Liston allerdings genau: Sollte North noch am Leben sein und ihm in die Hände fallen, dann würde der Gringo es von ganzem Herzen bedauern, daß er nicht im nächtlichen Ozean ertrunken war.

✷

Als das Gebet vorüber war, griffen Dutzende von Händen fast gleichzeitig nach dem Essen, und die Banketthalle füllte sich mit dem Geplapper fröhlich schwatzender Stimmen und dem Klappern von Geschirr. Bevor sich auch Jim etwas von der Tafel nahm, unterzog er die Gerichte, die unmittelbar vor ihm aufgebaut waren, einer genauen Prüfung. Als erstes blickte er dabei in die verschrumpelten Augen eines gebratenen Schweines, das offenbar ganz allein für ihn reserviert war. Jim ignorierte den vorwurfsvollen Blick des Tieres ebenso wie die Schüssel mit dem dampfenden Corned Beef rechts von ihm und nahm sich statt dessen ein gebratenes Hühnerbein und ein paar Scheiben Ananas. Nur keine Experimente, dachte er.

»Hier, probieren Sie das mal«, sagte JoAnn und hielt ihm eine Schüssel hin. »Das ist eine echte Delikatesse. Ach ja, und das hier müssen Sie *unbedingt* kosten.« Ohne Jim zu fragen, häufte sie ihm seltsame Gerichte auf den Teller, die dieser mit skeptischer Miene musterte. Eines davon sah aus wie zwei Scheiben Weißbrot, zwischen denen etwas lag, was sich wie Dosenspaghetti ausnahm. Als Jim vorsichtig die obere Brotscheibe abhob, erkannte er, daß er sich mit seiner Einschätzung nicht geirrt hatte. Das nächste war ein weißlicher Klumpen, der an extrem konzentrierten Kartoffelbrei erinnerte. Das mußte Taro sein, von dem Jim schon öfter gehört hatte. Die erste Speise, die JoAnn ihm auf den Teller geladen hatte, machte Jim jedoch die meisten Sorgen: In einer weißen, nach Kokosmilch riechenden Soße schwamm ein Büschel von rosa Fangarmen mit kleinen Saugnäpfen herum. Und das soll ich wirklich essen? fragte er sich und hatte Mühe, dabei nicht angewidert das Gesicht zu verziehen.

»Ist das etwa Oktopus?« wollte er von JoAnn wissen.

»Ja. Eine echte Delikatesse. Wer die nicht probiert, hat umsonst gelebt.«

»Ach ja. Und warum essen *Sie* dann nichts davon?« Jim hatte einen kurzen Blick auf JoAnns Teller geworfen und gesehen, daß auch sie nur einen Hühnerschenkel und eine Scheibe Ananas genommen hatte.

»Weil ich heute mal ausnahmsweise nicht im Mittelpunkt

des Interesses stehe«, antwortete JoAnn. Als Jim seinen Blick über die Reihen der Gäste schweifen ließ, spürte er deren Aufmerksamkeit. Doch damit nicht genug. An allen vier Türen der Bankethalle drängten sich strahlende braune Gesichter, die alle in seine Richtung schauten. Nur ein Mensch in der Halle schien sich nicht im geringsten für Jim zu interessieren. Es war ein alter Mann, der in einer Ecke stand, mit einem Bleistift auf die am Boden sitzenden Leute deutete und dabei vor sich hinmurmelte, als würde er sie zählen. Die restlichen Gäste schienen auf etwas zu warten, wovon Jim nicht so recht wußte, was es war. Er beschloß, ein Experiment zu wagen, aber dazu brauchte er noch eine Information. »JoAnn, was heißt eigentlich ›köstlich‹ auf tongaisch?«

»Ifo.«

»Ifo«, sprach Jim leise nach. »Danke.«

»Warum?«

»Nur so.« Jim wartete, bis JoAnn sich wieder ihrem Hühnerbein widmete, dann wandte er sich an eine Gruppe von sechs Tongaern, die rechts von ihm an der Wand saß und ihn noch keine Sekunde des Festmahls aus den Augen gelassen hatte. Er nickte den Männern und Frauen zu, griff nach dem Spaghetti-Sandwich und hob es ganz langsam an seinen Mund. Alle sahen ihn gespannt an. Jim nahm einen Bissen und fing an zu kauen. Dann schluckte er den Bissen hinunter und tat so, als suche er nach dem richtigen Wort, um den Geschmack zu beschreiben. Die Tongaer sahen ihn fragend an, und einen Moment lang war es ganz still im Raum. Jim verzog seinen Mund zu einem breiten Lächeln und sagte laut und deutlich: *»Ifo!«*

Der Kommentar löste unter seinen Gastgebern einen Sturm der Freude aus. Überall in der Bankethalle hob ein glückliches Geplapper an, aus dem Jim immer wieder das Wort »Spaghetti« heraushörte. Nach einer Weile bekam er mit, daß sich die munteren Zurufe hauptsächlich an eine Frau richteten, die fast am anderen Ende der Tafel saß und nun den Kopf nach vorne reckte. Jim hielt das Spaghetti-Sandwich, das offensichtlich diese Frau gemacht hatte, hoch und sagte noch einmal: *»Ifo.«* Ein seliges Grinsen machte sich im Gesicht der Frau breit und ließ sie vor Freude in die Hände klatschen. Jim lächelte ihr noch einmal zu und freute sich, daß sein Experiment so gut geklappt hatte. Dann nahm er einen weiteren Bissen von dem kalten Sandwich. Schmeckt seltsam, aber wirklich nicht schlecht, dachte er. Dann fiel sein Blick auf die Oktopus-Tentakel, und seine gute Laune verfinsterte sich ein wenig. Irgendwo in der Banketthalle wartete jetzt bestimmt jemand begierig darauf, daß er auch diese Spezialität probierte und einen wohlwollenden Kommentar dazu abgab.

Das Fest war etwa eine Stunde im Gang, als es in der Halle auf einmal ganz still wurde. Jim sah, daß ein Mann sich erhoben hatte und zu einer Rede ansetzte. Er war noch ziemlich jung, höchstens ein paar Jahre älter als Jim selbst, und er sprach mit gesenktem Kopf und hinter dem Rücken verschränkten Armen. Ein paar Gäste blickten kurz von ihren Tellern auf, widmeten sich dann aber gleich wieder ihrem Essen. Zuerst dachte Jim, daß der Mann wohl nicht besonders beliebt war, verwarf den Gedanken aber wieder, als er bemerkte, daß zwar niemand den Redner direkt ansah, aber dennoch alle aufmerksam zuhörten.

»Können Sie mir übersetzen, was er sagt?« flüsterte Jim JoAnn zu.

»Er dankt den Frauen für die Zubereitung des Festmahls ...«, übersetzte JoAnn, nachdem sie eine Weile zugehört hatte. »Er dankt Gott für die Fruchtbarkeit des Bodens und den Fischreichtum des Meeres ... Und er hofft, daß Gott Nuku auch weiterhin mit seiner großen Güte segnen werde. Außerdem hofft er, daß Sie mit diesem bescheidenen Fest zufrieden sind.«

»Bescheiden?« unterbrach Jim.

»Psst. Er bittet Gott darum, daß er Sie beschützen möge, falls Sie sich entschließen sollten, die Insel wieder zu verlassen ... Falls Sie aber bleiben wollen, sind Sie auf Nuku stets willkommen ... Er fühlt sich geehrt, daß Sie sich tongaische Kleidung angezogen haben ... Und er dankt Ihnen, daß Sie das Essen gelobt haben ... Nun bedankt er sich beim Bürgermeister dafür, daß er dieses schöne Fest organisiert hat ... Und jetzt lädt er die Fischer der Insel für heute nacht zu einem Kava-Palaver in sein Haus ein, um den Kauf neuer Netze zu besprechen ... Und so weiter, und so fort. Sie werden heute noch mehrere Reden hören, die alle mehr oder weniger dasselbe sagen. Das ist hier so Tradition.«

Jim aß seinen Teller leer und nahm sich noch eine Ananasscheibe, etwas Taro und ein paar Löffel von einem Fischgericht mit Kokossoße. Das Essen war wirklich hervorragend, sogar der Oktopus schmeckte recht passabel, solange ihn Jim sich nicht näher anschaute.

Mit einem Mal drängten immer mehr Leute zu den Türen herein, die den Gästen lachend etwas zuriefen. Jim hörte ein lautes Prasseln auf dem Wellblechdach, das sich rasch zu einem Trommeln verstärkte und jede Unterhaltung unmöglich machte. Die Leute, die immer noch von draußen hereinströmten, waren ganz naß vom Regen. Binnen weniger Minuten hatte sich die Anzahl der Menschen in der Banketthalle fast verdoppelt. Mehrere Frauen sprangen auf und warfen dem Palangi-Gast entschuldigende Blicke zu, bevor sie lauthals nach ihren Kindern riefen und sie hinaus in den Wolkenbruch schickten.

Jim sah dem Treiben eine Weile zu, bis er plötzlich spürte, wie ihm ein schwerer Regentropfen auf die Schulter fiel. Dem ersten folgten bald ein zweiter und ein dritter, und mit einem Blick hinauf zum Wellblechdach stellte Jim fest, daß eines der zahlreichen Rostlöcher sich direkt über seinem Kopf befand. Und da klatschte ihm auch schon ein besonders dicker Tropfen mitten auf die Stirn. JoAnn und Su'a, der immer noch neben ihr saß, kringelten sich vor Lachen, als sie Jims betretenes Gesicht sahen, und auch die anderen Tongaer neben ihm hatten große Mühe, ernst zu bleiben. Dann kam Mele angerannt und hielt zusammen mit zwei anderen dicken Frauen eine Grasmatte über Jims Kopf. Schließlich erschien in einer der Türen ein kleiner Junge mit einem bunten Regenschirm, den er dem Bürgermeister brachte. Der schüttelte den Kopf und deutete auf Jim, woraufhin sich der Junge seinen Weg durch den Tumult bahnte. Erst als er den Schirm über Jims Kopf gespannt hatte, rollten die Frauen ihre Matte wieder ein. Nach und nach kamen auch andere Kinder durchnäßt und mit schlammbespritzten Füßen herbei und brachten weitere Schirme. Selbst JoAnn und der Bürgermeister bekamen einen, obwohl sie gar nicht unter einem Loch in der Decke saßen.

Langsam legte sich die Aufregung, und auch der Regen ließ nach. Der Wolkenbruch verwandelte sich in ein leichtes Tröpfeln. Die Gäste setzten sich und nahmen ihre Unterhaltung von vorhin wieder auf. JoAnn, die sich über den Zwischenfall königlich amüsiert hatte, angelte sich eine weitere Ananasscheibe. Jim spießte mit seiner Gabel ein Stück Taro auf und bemerkte, daß in einer Ecke des Raumes noch immer der alte Mann stand, der mit seinem Bleistift auf die Leute deutete.

»Was macht eigentlich der Bursche da drüben?« fragte er JoAnn.

»Wer? Der alte Mann in der Ecke?«

»Ja.«
»Der zählt«, antwortete JoAnn leichthin. »Das ist *Tomasi fakasesele,* was in unserer Sprache soviel wie ›verrückter Thomas‹ bedeutet. Er kommt zu allen Festen und zählt die Leute, um sicherzustellen, daß auch genügend Platz für jeden da ist. Warum er das tut, weiß keiner.«
»Aber wir sind doch schon stundenlang da. Da muß er doch längst alle durchgezählt haben«, entgegnete Jim und nahm einen herzhaften Bissen von der mehligen, ein wenig fade schmeckenden Wurzel.
»Das ist ihm egal. Wenn er mit dem Zählen fertig ist, fängt er eben wieder von vorne an. Es ist zwanghaft.«
»Sollte er da nicht besser in psychiatrische –«
»Nein. Das braucht er nicht, und abgesehen davon gibt es hierzulande keine psychiatrischen Kliniken. Tomasi geht es nicht schlecht. Seine Familie und die Leute aus dem Dorf kümmern sich rührend um ihn, und ab und zu darf er auch auf den Feldern mithelfen. Er hat sein ganzes Leben hier verbracht, Jim. Nuku ist der einzige Ort auf der Welt, den er kennt. Ihn fortzuschicken wäre eine Katastrophe.«
Jim betrachtete den alten Mann und mußte JoAnn recht geben. Er hatte zwar einen abwesenden Blick in den Augen, war aber ordentlich gekleidet und machte einen gesunden und sogar irgendwie glücklichen Eindruck.
»JoAnn?« fragte Jim unter seinem Regenschirm heraus.
»Ja?«
»Diese Insel gefällt mir.«
Jim sah, wie JoAnn ihn mit ihren braunen Augen wohlwollend betrachtete.
»Mir auch«, flüsterte sie.

Von dem vielen guten Essen mehr als gesättigt, stützte Jim sich nach hinten auf seine Hände und sah sich in der Bankethalle um. Jetzt interessierten sich nur noch wenige

Leute für ihn, die meisten waren in angeregte Unterhaltungen mit ihren Nachbarn vertieft. Links von sich sah er einige Kinder, die seltsame Bewegungen vollführten. »Was machen denn die Kinder da drüben?« wollte er von JoAnn wissen.
»Die tanzen den Uhrentanz, wenn ich mich nicht irre.«
»Was ist denn das, der Uhrentanz? Ist das etwas, was die Tongaer von irgendwelchen Seefahrern gelernt haben?«
»Ganz genau. Und zwar von ... Kapitän Cook«, flunkerte JoAnn. »Er wollte einem der Häuptlinge erklären, wie eine Uhr funktioniert, und weil ein paar Tongaer im Hintergrund gerade Musik machten, glaubte der Häuptling, Kapitän Cook würde einen Tanz aufführen. Seit dieser Zeit gehört der Uhrentanz einfach dazu, wenn ein Palangi auf den Inseln begrüßt wird.«
»Unfug«, flüsterte Jim JoAnn zu.
»Nein ...«
»Doch ...«
»Okay, Schlauberger. Sie haben gewonnen. Den Tanz haben die Kinder von mir gelernt. Eigentlich wollte ich ihnen ja nur beibringen, wie man die Uhr liest ... Hey, ich glaube, jetzt beginnt der unterhaltsame Teil des Abends.«
Drei etwa vierzehnjährige Mädchen traten in die Mitte des Saales, den zwei dicke Frauen vorher freigeräumt hatten. Die Mädchen trugen die traditionellen Tanzkostüme aus dickem Tapa-Tuch, das von den Knien hinauf bis knapp unter die Achseln reichte. Sie hatten ein Alter, in dem sich unter ihren Kostümen schon deutlich weibliche Formen abzeichneten, und ihre Schultern, Arme und Füße waren nackt bis auf ein paar kleine Blattkränze um Hand- und Fußknöchel. In die langen schwarzen Haare hatten sich die Mädchen Federn gesteckt. Die Tänzerin in der Mitte trug zwei weiße Federn, die rechts und links von ihr jeweils eine rote. Als sich die Mädchen vor ihrem Publikum in Positur

brachten, sah Jim, daß sie sich am ganzen Körper mit glänzendem Kokosöl eingerieben hatten.

Die Mädchen nickten ihm scheu zu und steckten dann kichernd die Köpfe zusammen, um sich letzte Anweisungen zu geben. Hinter ihnen hatte sich inzwischen eine Gruppe von Musikern niedergelassen. Einer der Männer stimmte eine abgegriffene Gitarre mit einer gerissenen Saite, die anderen hielten kurze Holzstöcke in den Händen. Unvermittelt fingen sie an zu spielen, wobei die Bodenplanken der Halle als eine Art Trommel dienten. Nach einem kurzen Vorspiel begannen die Männer zu singen und die Mädchen zu tanzen.

Die Tänzerinnen blieben dabei mit leicht gebeugten Knien an einer Stelle stehen und bewegten Arme und Hände sowie Köpfe und Oberkörper. Alles lief absolut synchron ab – jedes Schwingen der Arme, jede Geste der Hände, jedes Heben und Senken der Schultern.

Das Publikum klatschte im Takt der Trommeln, einige johlten begeistert oder feuerten die Mädchen an. Schließlich standen ein paar ältere Frauen auf und fingen an, ihre im Vergleich mit den schlanken Tänzerinnen geradezu gewaltigen Körper im Takt der Musik zu wiegen. Angestachelt vom Publikum tanzten sie nach ihrer eigenen, nur wenig auf die Bewegungen der Tänzerinnen abgestimmten Choreographie. Auch Männer verschiedener Altersstufen mischten sich jetzt unter die Tanzenden und fügten dem Schauspiel mit ihren ruckartigen Hüft- und Schulterbewegungen eine neue, ganz eigene Note hinzu. Auch sie erhielten begeisterten Applaus aus den Reihen der Zuschauer.

Das Lied, das eine Begebenheit aus der tongaischen Geschichte beschrieb, dauerte etwa zehn Minuten. Als es zu Ende war, trippelten die Mädchen, die wegen ihrer enganliegenden Kostüme kaum richtig gehen konnten, mit winzigen Schritten von der improvisierten Bühne. Jim, der zusammen mit den anderen applaudierte, beugte sich hinüber zu JoAnn, um sie nach der Bedeutung des Tanzes zu fragen, aber die Lehrerin war plötzlich nicht mehr da. Er suchte mit seinen Blicken die ganze Halle nach ihr ab, konnte sie aber nirgends entdecken.

Als die Musiker wieder zu spielen begannen, wurde es unter den Gästen ganz still. Da niemand tanzte, konnte Jim sich völlig auf die Musik konzentrieren. Das Lied hatte einen sehr viel schnelleren Rhythmus als das vorherige, und die Stöcke der Trommler wirbelten wie wild.

Als das Stück vorbei war, hörte Jim, wie einige der Anwesenden sich etwas zuriefen. Jim, der inzwischen an Überraschungen gewöhnt war, wurde nun doch etwas unruhig, als er bemerkte, daß aller Augen sich plötzlich wieder auf ihn richteten. Er setzte sich gerade hin und fuhr sich nervös mit der Hand durch die Haare. So harrte er der Dinge, die da kommen mochten.

Schließlich betraten fünf weitere tongaische Tänzerinnen die Halle, alle älter als die Mädchen vorhin. Jim schätzte sie auf Anfang bis Mitte zwanzig. Ob das wohl die heiratsfähigen Töchter von Nuku sind? schoß es ihm durch den Kopf. Hoffentlich erwartet man jetzt nicht von mir, daß ich mir eine von ihnen aussuche. Jim drehte sich nach JoAnn um, aber die war immer noch nicht an ihren Platz zurückgekehrt. Und dann entdeckte er sie. Eine zweite Gruppe von Tänzerinnen hatte den Raum betreten, und die weiße Australierin zählte dazu. Die vier Frauen nahmen Aufstellung vor den fünf anderen und warteten mit ihnen auf den Einsatz der Musik.

Da Jim sich der vielen auf ihn gerichteten Augen voll bewußt war, bemühte er sich, allen neun Tänzerinnen in etwa dieselbe Aufmerksamkeit zu schenken; doch seine Blicke wurden immer wieder von JoAnn angezogen, die ein ähnlich enges Tapa-Kleid wie die anderen Tänzerinnen trug.

Das Licht der Petroleumlampen glänzte auf ihren eingeölten Schultern und Armen und ließ das Rot ihrer Lippen warm und verführerisch leuchten. Über dem rechten Ohr hatte sie sich mehrere leuchtend gelbe Federn ins Haar geflochten, und die exotischen Blütenkränze um ihre Fußknöchel und Unterarme paßten im Farbton genau dazu. Aus ihren zweifarbigen Haaren ragte eine lange rote Feder in die Höhe.

Die Frauen schauten alle starr ins Leere, aber einmal glaubte Jim, einen raschen Blick von JoAnn wahrzunehmen, mit dem sie sich wohl vergewissern wollte, ob er sie auch wirklich ansah. Dann fing der Gitarrist an zu spielen, und die neun Tänzerinnen hoben alle gleichzeitig den linken Arm, hielten kurz inne und führten dieselbe Bewegung mit dem rechten Arm aus, so daß sich ihre Hände hoch über ihren Köpfen trafen. Nach einem Augenblick des Verharrens schlug die Musik einen rascheren Rhythmus an, und die Frauen begannen einen lebhaften Tanz, der sofort vom begeisterten Klatschen des Publikums begleitet wurde. Alle im Saal, Jim eingeschlossen, wiegten ihre Köpfe und Oberkörper im Takt, nur der alte Mann in seiner Ecke, der immer noch mit seinem Bleistiftstummel auf die Köpfe der Anwesenden deutete, schüttelte traurig den Kopf.

Der neue Tanz war nicht so statisch wie der erste und gab den Frauen Gelegenheit, ihren ganzen Körper zu bewegen. Während sie mit raschen Schritten einer ausgefeilten Choreographie folgten, saßen mehrere Mädchen im Halbkreis um sie herum und schienen sich jede einzelne Tanzfigur aufs genaueste einzuprägen. Nach und nach standen immer mehr ältere Frauen auf und tanzten, wie beim ersten Mal, auf ihre ganz persönliche Art und Weise mit. Unter ihnen war auch Mele, die während des Tanzens an einem Stück Wassermelone kaute. Eine andere Frau hatte sich von einem Mann eine Hüftmatte ausgeliehen und sie sich wie eine weit

ausladende Haube über den Kopf gestülpt. Auch junge Männer betraten nun die Tanzfläche, um sich mit gockelhaften Bewegungen und gelegentlichen lauten Jubelschreien um die Tänzerin ihrer Wahl zu bewegen. Jim fragte sich, ob man von ihm wohl erwartete, daß auch er jetzt aufstand und vor einer der Frauen – vielleicht vor JoAnn – herumtanzte. Er beschloß, sich auf sein verletztes Bein zu berufen und sich mit der Rolle eines interessierten Beobachters zu begnügen.
Und dann geschah etwas sehr Merkwürdiges und für Jim völlig Unerwartetes: Der Bürgermeister erhob sich und schritt durch die ausgelassenen Festgäste auf die Tänzerinnen zu. In der Hand hielt er zwei grüne tongaische Banknoten, die er jeweils einer Tänzerin auf die Schulter drückte. Das Kokosöl, mit dem sich die Frauen eingerieben hatten, hinderte die Scheine am Herunterfallen. Andere Gäste taten es dem Bürgermeister nach, und bald waren die neun Frauen über und über mit Geldscheinen bedeckt.
Jemand tippte Jim auf die Schulter. »Hier, nehmen Sie das«, sagte eine Stimme, und als er sich umdrehte, sah Jim den Bürgermeister, der ihm einen grünen Schein hinhielt. »Gehen Sie und geben Sie den Schein dem Mädchen, das Ihnen am besten gefällt.« Der Amerikaner riß vor Staunen die Augen auf und bedachte den Bürgermeister mit einem skeptischen Blick.
»Na los, beeilen Sie sich, der Tanz ist gleich vorbei«, sagte der Bürgermeister und half Jim beim Aufstehen. Jim zögerte noch, aber da schoben ihn die Tongaer schon mit sanfter Gewalt auf die Tanzfläche. Jim spürte, wie er rot wurde. Was würden seine Gastgeber sagen, wenn er JoAnn das Geld an den Körper heftete? Und was, wenn er eine der tongaischen Frauen erwählte? Würde er sich dann zu irgend etwas verpflichten? Langsam mußte er zu einer Entscheidung kommen. Um möglichst rasch wieder aus dem Mittelpunkt des

Interesses zu rücken, ging er auf ein tongaisches Mädchen zu, das gleich am Anfang der Truppe tanzte, und klebte ihr vorsichtig den Schein auf den linken Oberarm. In diesem Moment machten die Tänzerinnen eine Drehung, und Jim blickte JoAnn direkt ins Gesicht. Ihr Lächeln kam ihm künstlich, ihr Gesicht wütend und verletzt vor. Jetzt ist sie sauer, dachte er. Was bist du nur für ein unsensibler Holzklotz.

Und dann tat Jim etwas, das ihn selbst erstaunte. Er bahnte sich einen Weg durch die tanzenden Mädchen und näherte sich JoAnn. Kurz bevor er bei ihr war, nahm er einer der anderen Tänzerinnen eine Banknote vom Rücken und klebte sie auf JoAnns Schulter, als diese sich wieder in seine Richtung drehte. Die ganze Halle brach in lautes Gelächter aus. JoAnn ließ sich zwar nicht aus dem Rhythmus bringen, aber Jim hatte den Eindruck, daß ihre Miene jetzt zufriedener wirkte. Mit knallrotem Kopf humpelte er, so schnell er konnte, zurück auf seinen Platz, während die Tongaer, die seine ungewöhnliche Aktion aus nächster Nähe miterlebt hatten, den anderen lautstark davon berichteten.

Schließlich war der Tanz zu Ende. Die Mädchen pickten die Geldscheine von ihren Körpern und gaben sie einem kleinen Mädchen, das sie an den Pfarrer weiterreichte. Dann verließen JoAnn und die anderen Frauen die Bankettthalle, und die Musiker stimmten ein neues Lied an. Auch die Gäste, die vorhin mitgetanzt hatten, kehrten auf ihre Plätze zurück. Sogar der Alte hörte mit dem Zählen auf und setzte sich neben einen kleinen Jungen. Als Jim das bemerkte, fragte er sich, ob das wohl ein Zeichen dafür war, daß das Fest sich langsam dem Ende zu neigte. Aber es dauerte noch etliche Lieder und Tanzvorführungen, bis der Priester schließlich das Schlußgebet sprach. Bis dahin hatte sich JoAnn umgezogen und sich in ihrem weißen Kleid wieder unter die Feiernden gemischt. Nach dem Gebet nahmen die Leute ihre

Petroleumlampen und traten den Heimweg an. Der Bürgermeister verabschiedete sich noch persönlich von den beiden Palangis. Dann fragte JoAnn: »Gehen wir?«

Draußen vor der Halle zogen sie ihre Plastikschlappen an und traten hinaus in die Nacht. Es dauerte eine Weile, bis sich ihre Augen an die Dunkelheit gewöhnt hatten, so daß Jim die drei Kinder, die sich ihnen näherten, mehr am Klatschen ihrer Sandalen hörte, als daß er sie sah. Erst als sie in den schwachen Lichtschein traten, der aus der Tür fiel, konnte er ihre Gesichter erkennen.

»Das sind unsere Anstandswauwaus«, sagte JoAnn und gab Liliani die Petroleumlaterne. »Willst du vorausgehen?«

Liliani nickte. Erst nach einer Weile fiel Jim auf, daß sie mit dem Mädchen Englisch gesprochen hatte. »Versteht sie denn unsere Sprache?« fragte er.

»Ja. Liliani lernt ziemlich schnell. Eines Tages bekommt sie bestimmt einen guten Job in einer Bank in der Hauptstadt, oder sie geht sogar nach Übersee, um dort zu studieren.«

»Dann wird sie also nicht auf Nuku bleiben?«

»Vermutlich nicht. Viele Tongaer verlassen ihr Heimatland, um in den westlichen Industriestaaten ihr Glück zu machen. Die meisten von ihnen landen in Australien, Kalifornien oder Neuseeland.«

Jim blickte nach vorne auf die Silhouette der Zehnjährigen, die ihnen auf dem vom Regen noch immer leicht schlammigen Pfad voranleuchtete. »Und was wird dort aus Liliani?«

»Die kommt schon zurecht. Die meisten Tongaer verdienen in der Fremde eine Menge Geld – für hiesige Verhältnisse natürlich. Einen Teil davon schicken sie nach Tonga, wo die Unterstützung aus dem Ausland inzwischen ein wichtiger Wirtschaftsfaktor geworden ist. Außerdem löst die Auswanderung das Problem der Übervölkerung auf den kleinen Inseln hier.«

Eine Weile gingen sie schweigend nebeneinander her durch die Dunkelheit. Zwischen ihnen und Liliani liefen Su'a und ein anderer Junge, die herumalberten und ständig versuchten, sich gegenseitig in die Pfützen zu stoßen, die der Regen auf dem Pfad hinterlassen hatte. Jims Augen hatten sich inzwischen an die Dunkelheit gewöhnt, und so sah er im schwachen Licht des eben aus den Wolken hervorgetretenen Mondes, wie auf den verschiedenen Wegen, die von der Banketthalle zu den umliegenden Häusern führten, die Festgäste in kleinen Gruppen nach Hause gingen. Ihre Petroleumlampen schwankten wie gelbliche Glühwürmchen durch die Nacht.

»Was hatte es eigentlich mit dem rosa Hemd auf sich?« wollte Jim von JoAnn wissen. »Es stimmt doch nicht, daß Ehrengäste diese Farbe tragen müssen, oder? Jetzt, wo das Fest vorbei ist, können Sie es ruhig zugeben.«

»Sie haben recht. Das ist nicht Pflicht.«

»Dann vielen Dank, daß Sie mich vor der versammelten Dorfgemeinschaft zum Idioten gemacht haben.«

»Nein, das habe ich nicht. Die Leute hier haben ein ganz anderes Farbempfinden als wir. Pink finden sie ganz toll. Außerdem war es Mele, die das Hemd ausgesucht hat, nicht ich«, verteidigte sich JoAnn mit ernster Stimme. »Daß Sie wie ein Idiot ausgesehen haben, fand nur ich, sonst niemand.«

»Mhmmm«, brummte Jim und tat so, als wäre er eingeschnappt. Schweigend gingen sie den leicht ansteigenden Pfad entlang.

Als sie oben auf dem Hügel angekommen waren, kreiste eine Motte um Lilianis Lampe und erregte die Aufmerksamkeit der Kinder, die sich nun alle um das Licht scharten. JoAnn nützte die Gelegenheit und trat an Jim heran. Halb als

Entschuldigung für ihre frechen Kommentare, aber auch aus einem plötzlichen Bedürfnis heraus legte sie ihm den Arm um die Hüfte und drückte sich fest an ihn. Es war eine innige und warme Berührung, die Jim noch zu spüren glaubte, als er schon längst im Haus war.

*

Bis auf die Knochen durchnäßt watete Liston auf die Hatteras zu. Wer konnte auch ahnen, daß von einer Minute auf die andere so ein gottverdammter Wolkenbruch auf diese Inseln niedergehen würde? Selbst unter dem Blätterdach des Waldes hatte Liston noch große Mühe gehabt, sein Nachtsichtgerät und die Pistole vor dem herunterprasselnden Platzregen zu schützen. Zum Glück hatte es bald wieder aufgehört, und Liston hatte im tropfnassen Wald seine Suche fortsetzen können.
Wenigstens wußte er jetzt, daß sich der Gringo auf keiner der drei Inseln versteckt hielt. Listons Nachtsichtgerät hätte sonst auf die Wärme eines menschlichen Körpers reagiert. Und seine Leiche war auch nicht angespült worden, denn er hatte sämtliche Strände abgesucht.
Pech gehabt, dachte Liston, als er sich an der Bordwand emporzog. An der Reling stehend blickte er hinauf zum Himmel. Im Osten wurde es langsam hell, bald würde ein neuer Tag anbrechen. Liston hatte noch eine Insel zu überprüfen, eine bewohnte Insel, die laut Karte Nuku hieß. Wenn er über das schwarze Wasser blickte, konnte er ihre Umrisse vor dem heller werdenden Himmel erahnen. Ich hätte mir dieses Eiland gleich als erstes vornehmen sollen, dachte er. Jetzt, wo es gleich hell wird, ist es zu riskant, dort herumzuschnüffeln. Liston beschloß, noch einen Tag lang abzuwarten und Nuku erst in der folgenden Nacht nach dem Gringo abzusuchen, wenn sein Nachtsichtgerät ihm einen Vorteil

gegenüber seinem Opfer und den Eingeborenen verschaffte. Außerdem hatte er seit zwei Tagen kaum geschlafen und mußte sich dringend ausruhen.
Liston ging ins Cockpit und warf die Maschine an. Er würde wieder im Kanal vor Anker gehen und tagsüber aufpassen, ob der Gringo auf einem Boot vorbeifuhr. Und wenn sein Opfer bis zum Abend nicht zu ihm gekommen war, dann würde er es nach Einbruch der Dunkelheit auf Nuku aufspüren und zur Strecke bringen.

KAPITEL 13

Von außen betrachtet sah Subloon Nummer zwei noch immer so aus wie vor einigen Monaten, als Jim und Ron ihn in achthundert Metern Tiefe installiert hatten. Im Inneren des vom Wasserdruck pilzförmig zusammengepreßten Plastiksackes aber hatte eine fatale Veränderung stattgefunden.
Als die Ingenieure in der Entwicklungsabteilung der Firma Kranzco das Anti-Zyklon-System entwarfen, taten sie das anhand von Skizzen und Aufzeichnungen, die Cernan Kranz persönlich angefertigt hatte. Er hatte sich die Form der Subloons ebenso ausgedacht wie die Methode, alle Verankerungen durch über tieffrequente Schallsignale ausgelöste Sprengladungen zum selben Zeitpunkt zu kappen.
Diese Ideen hatten die Entwickler der Firma zwar verfeinert, aber nicht grundsätzlich geändert. Auch den Vorschlag, die Ballons unten offenzulassen, hatten sie nicht in Frage gestellt. Schließlich hatte dieser Einfall des Firmenchefs auf elegante Weise das Problem gelöst, daß Gas bei unterschiedlichen Temperaturen ein unterschiedliches Volumen aufweist. Wenn die Luft in einem Subloon sich abkühlte und zusammenzog, konnte das Wasser in seinem unteren Teil ein wenig ansteigen; wenn sie sich erwärmte und zuviel für die Plastikhülle wurde, entwich die überschüssige Luft problemlos durch den offenen Boden. Dadurch war gewährleistet, daß ein Subloon auch bei extremer Ausdehnung der in ihm befindlichen Luft nicht platzen konnte, was ein wichtiges Sicherheitsmerkmal darstellte. Die Lösung war simpel und effektiv zugleich, aber sie war auch die Lösung eines Ingenieurs, der Kranz ursprünglich einmal gewesen war.

Biologen oder Chemiker hatte Kranz bei der Entwicklung der Subloons nicht zu Rate gezogen. Gerade diese aber hätten ihn auf einen grundlegenden Fehler in seinen Überlegungen aufmerksam machen können. Nur ein Angestellter der Firma, ein Ingenieur namens Jim North, hatte sich über dieses Problem Gedanken gemacht und seine Bedenken Kranz in einem Brief mitgeteilt, den der Firmenboß dann in seiner Kaffeetasse verbrannt hatte.

Chemiker und Biologen hätten Kranz gesagt, daß dem Wasser der Tiefsee Wichtiges fehlt. Wärme und Licht zum Beispiel, aber auch und vor allem Sauerstoff. Die Tatsache, daß dort nur ganz wenige Fische überleben können, ist hauptsächlich darauf zurückzuführen, daß das Wasser in den tieferen Regionen des Ozeans nur achtzehn Prozent der Sauerstoffmenge aufweist, die es in den von der Sonne beschienenen oberen Schichten hat. Das Tiefseewasser wartet somit nur darauf, diesen Sauerstoffmangel auszugleichen. Begierig reißt es jedes Sauerstoffatom an sich, dessen es habhaft werden kann. Die Luft in Subloon Nummer zwei lieferte ihm dieser Sauerstoff.

Monatelang hatte sich dieser chemische Prozeß an der Nahtstelle von Luft und Wasser am Fuß des Subloons wiederholt, bis sich in der noch immer zu über zwei Dritteln gefüllten Plastikhülle nur noch vier Prozent Sauerstoff anstatt der einundzwanzig befanden, die Mensch und Tier zum Atmen benötigen.

So kam es, daß wenige Seemeilen von der Insel Nuku entfernt am Grund des Ozeans eine riesige Blase aus nicht atembarem Gas lauerte, die, sollte sie je freigesetzt werden, eine tödliche Bedrohung für die Bewohner der kleinen Insel darstellte.

Längst war es zu Lin Bos zweiter Natur geworden, seinen Blick ruhelos über den Horizont schweifen zu lassen. Das tat der Kapitän des taiwanesischen Krabbentrawlers auch jetzt, obwohl er hier im Südpazifik eigentlich nicht allzuviel Angst vor Entdeckung haben mußte. Die kleinen Inselstaaten in dieser Region hatten meist gar keinen Fischereischutz, und wenn sie einen hatten, dann fehlte ihnen das Geld, um ihn mit teuren Patrouillenbooten oder gar Flugzeugen auszurüsten. Trotzdem fand Lin Bo es besser, beim illegalen Krabbenfischen auf der Hut zu sein. Wenn er nämlich doch erwischt wurde, dann zog das eine Menge Unannehmlichkeiten nach sich, die von einer geringen Geldstrafe bis hin zur Beschlagnahmung des Trawlers zusammen mit Fang und Ausrüstung reichten.
Lin Bo schaute von der Brücke aufs Achterdeck und sah, wie zwei seiner Matrosen gerade eine Zigarette rauchten und sich angeregt miteinander unterhielten.
»Paßt gefälligst auf, ob nicht ein Flugzeug kommt, ihr Backpflaumen!« rief er ihnen zu. Die beiden Männer drehten sich langsam in Richtung Reling und taten so, als würden sie hinaus aufs Meer schauen. Die vierköpfige Mannschaft des Trawlers hatte längst gelernt, Lin Bos übliches Herumgeschreie von seinem wirklich wütenden Brüllen zu unterscheiden, das normalerweise eine Oktave höher klang. Die Matrosen waren sich inzwischen alle einig, daß dies ihre erste und zugleich letzte Reise mit diesem Leuteschinder sein würde. Lin Bo war das egal, denn neue Matrosen bekam er in jedem Hafen, den Fang jedoch, der durch die Unaufmerksamkeit dieser Holzköpfe vielleicht verlorenging, ersetzte ihm keiner.

Der Trawler, der keinen Namen trug, war ein großes Schiff, was auch nötig war, denn seine Reisen dauerten in der Regel mehrere Monate. Um die dabei auf allen Weltmeeren zusammengefangenen Shrimps bis zum Verkauf frischzuhalten, mußten sie in großen Lagerräumen tiefgekühlt werden. Lin Bos hauptsächliches Fangwerkzeug war ein riesiges, engmaschiges Schleppnetz, das eine bestimmte Zeit lang hinter dem Trawler hergezogen und dann mit allem, was sich so in seinen Maschen verfangen hatte, an Bord gehievt wurde. Derartige Netze waren streng verboten, denn sie plünderten die ohnehin schon hoffnungslos überfischten Ozeane besonders rücksichtslos aus.

Um die Öffnung des Netzes gut gespannt zu halten, befanden sich am Heck des Trawlers zwei große Arme aus Gitterrohr, die sich weit aufs Wasser hinausklappen ließen. An diesen Armen waren Rollen befestigt, durch die die Schleppseile des Netzes liefen. Diese Seile brauchten etwaige Kontrolleure nur zu verfolgen, dann stießen sie unweigerlich auf das Netz mit seinem illegalen Fang. Aber Lin Bo war schon viel zu lange im Geschäft, als daß er auf diese Möglichkeit nicht vorbereitet gewesen wäre.

✷

»Hey, Captain ...«

»Was gibt's, Charlie?« fragte der Pilot des neuseeländischen Militärflugzeugs seinen Beobachter. Die PC 3 »Orion« war im Rahmen eines internationalen Hilfsprogramms über den Gewässern von Tonga unterwegs, um illegale Raubfischer aufzuspüren.

»Sieht so aus, als hätten wir was auf dem Radarschirm. Hat genau die richtige Größe und das richtige Echo.«

»Toll. Wo denn?«

»Vierzig Meilen von hier entfernt auf Kurs drei-eins-null.«

»Verstanden«, antwortete der Pilot und legte das Flugzeug in eine Kurve. »Bei den Wolken heute können wir uns an den Burschen vielleicht sogar unbemerkt heranpirschen.«

*

»Käpt'n! Da! Ein Flugzeug!« rief einer der Matrosen. Lin Bo folgte seiner Geste und entdeckte einen kleinen dunklen Punkt knapp oberhalb der Horizontlinie. Die harten schwarzen Augen des Chinesen beobachteten das Flugzeug, bis es in einer niedrigen Wolkenbank verschwand. Es sah so aus, als ob es Kurs auf den Trawler genommen hätte.
»Steh nicht so blöd rum hier«, brüllte Lin Bo den Matrosen neben ihm an. »Mach sofort die Fangleine klar!«
»Und du stoppst die Winde!« befahl er dem Matrosen, der das Flugzeug entdeckt hatte. Während der Mann zum Kontrollpult hetzte, eilte Lin Bo nach achtern und ließ sich von dem ersten Matrosen das Ende einer dicken, fast durchsichtigen Perlonschnur geben. Diese »Fangleine« war auf einer verborgenen Spule unter Deck aufgewickelt und lief durch eine kleine Öffnung knapp oberhalb der Wasserlinie aus dem Rumpf des Trawlers. Mit seinen schwieligen, schmutzigen Händen knotete Lin Bo die Perlonschnur an eines der viel dickeren Taue des Schleppnetzes und befahl mit einem prüfenden Blick zum Himmel einem der Matrosen, sofort die beiden Schleppleinen zu kappen. Der Mann nahm eine Axt und zertrennte mit zwei gekonnten Hieben die beiden Taue.
Mit einem zufriedenen Grinsen vernahm Lin Bo das leise Surren, mit dem unten im Rumpf das Perlonseil von seiner Spule lief. Wenn die Luft wieder rein war, würde der Krabbenfischer damit seinen Fang wieder an Bord holen.

*

»Inzwischen dürfte er uns schon bemerkt haben«, sagte Charlie zum Piloten.
»Kann schon sein. Die Trawlerarme sind zwar ausgeklappt, aber ich kann keine Leinen entdecken. Was meinst du, sollen wir uns den Knaben mal aus der Nähe ansehen?« Es war eine rein rhetorische Frage, denn die Orion befand sich bereits im Sinkflug und hielt direkt auf den Trawler zu.

*

Lin Bo fuhr einen geraden Kurs, der den Anschein erwecken sollte, als steuere er den nächsten Hafen an. Für den unwahrscheinlichen Fall, daß die Leute in dem Flugzeug des Chinesischen mächtig waren, hatte er sich bereits eine Ausrede überlegt. Er würde sagen, daß seine Trawlerarme sich nicht mehr einklappen ließen und er deshalb eine Werft anlaufen müsse. Als das neuseeländische Flugzeug über seine Brücke donnerte, strich sich Lin Bo über seinen dünnen Schnurrbart und unterdrückte den Impuls, den Kopf einzuziehen und sich hinter das Steuerrad zu ducken.

*

»Sieht so aus, als wolle er nach Neiafu«, bemerkte der Beobachter.
»Stimmt. Aber ich möchte wetten, daß er den Kurs sofort ändert, wenn wir wieder weg sind.«
»Könnten wir denn nicht so tun, als ob wir wegflögen, und dann in ein paar Minuten wiederkommen?« fragte der Beobachter.
»Geht nicht, wir haben fast keinen Treibstoff mehr. Aber immerhin schleppt der Bursche kein Netz hinter sich her.«
»Vielleicht hat er ja die Leine durchgeschnitten.«
»Vielleicht«, stimmte der Pilot bei, zog das Flugzeug hoch

und brachte es wieder auf seinen ursprünglichen Kurs. »Wenn ja, dann haben wir ihm wenigstens eine teure Lektion erteilt.«

✷

Lin Bo hielt seinen Trawler auf Kurs, obwohl er dadurch immer weiter in tongaisches Hoheitsgebiet eindrang. Am Horizont konnte er bereits die Bergspitzen der Vava'u-Inselgruppe ausmachen. Erst als er sicher war, daß das Überwachungsflugzeug endgültig verschwunden war, drehte er den Bug des Schiffes in die aus Südosten wehende Brise und stellte die Maschine auf langsame Fahrt voraus. Er übergab einem Matrosen das Ruder und ging nach hinten, um sein Schleppnetz wieder einzuholen. Dazu ließ er die große Winde unter Deck so lange laufen, bis die Perlonleine straff gespannt war. Nachdem er sich vergewissert hatte, daß auch Zug darauf war, holte er sie langsam ein. Zentimeter um Zentimeter verschwand die durchsichtige Leine im Inneren des Trawlers und brachte den Fang eines ganzen Tages langsam heran.

✷

Gut achthundert Meter unter der Wasseroberfläche und viele Kilometer hinter dem taiwanesischen Trawler schleifte das Schleppnetz in einer geraden Linie über den Meeresboden und zog riesige Wolken aufgewirbelten Schlammes hinter sich her. Als das Schiff seinen Kurs änderte, beschrieb das lange Perlonseil eine weite Rechtskurve. Dann zog die Winde es straff, und das Seil glitt wenige Meter über dem Meeresboden dahin, bis es plötzlich auf einen Widerstand traf. Es war eines der Stahlseile, mit denen Subloon Nummer zwei am Meeresgrund verankert war.

Je weiter die Winde oben im Schiff das Seil einholte, desto steiler wurde der Winkel, den es in bezug auf die Wasseroberfläche bildete, und desto weiter wanderte es auch an der Bodenverankerung des Subloons nach oben. Schließlich kam es an die Stelle, wo die Hauptverankerung in mehrere dünne Seile aus rostfreiem Stahl überging, an denen die Plastikhaut des Subloons befestigt war. Nachdem es sich dort einen Augenblick lang verfangen hatte, übersprang das Perlonseil die Verteileröse und rutschte weiter nach oben, bis es die weiche, flexible Kunststoffhülle des Unterwasserballons erreicht hatte. Es dauerte nur den Bruchteil einer Sekunde, bis sich das straff gespannte Seil tief in das dünne Plastikmaterial hineingeschnitten hatte. Der Subloon verwand sich und knickte in der Mitte ein, bis er schließlich an der Seite aufriß und von der Perlonleine praktisch in zwei Hälften geteilt wurde.

KAPITEL 14

Eine sanfte Brise strich über den Ozean und sorgte nur für kleine Wellen ohne Schaumkronen. Für die Fliegenden Fische, die gerade vor einem Thunfisch Reißaus nahmen, war dieses Wetter gerade richtig. Ihre schlanken, silbrig glänzenden Körper schnellten aus dem Wasser und glitten auf ihren wie Tragflächen verbreiterten Seitenflossen eine Weile durch die Luft, wobei die hektisch schlagenden Schwänze für den nötigen Schub nach vorne sorgten. Nach kurzem Flug verschwanden sie wieder im Wasser, um ein paar Meter weiter erneut aufzutauchen. Es herrschte ein reges Auf und Ab.

Hoch oben in der Luft zog ein einsamer Fregattvogel seine Kreise und beobachtete interessiert, was sich tief unter ihm auf der Oberfläche des Meeres tat. Der Thunfisch war zu groß für seine Klauen, aber die Fliegenden Fische kamen als Mahlzeit durchaus in Frage. Vorsichtig segelte der Raubvogel auf seinen schwarzen Schwingen nach unten, bereit zuzupacken.

*

Mit einem Mal aus seinem Gefängnis befreit, machte sich das Gas von Subloon Nummer zwei auf den Weg nach oben. Es waren zwei Blasen, eine jede von der Dimension eines Hochhauses, die zusammen mit unzähligen kleineren Bläschen der Sonne zustrebten. Je weiter sie nach oben stiegen, desto mehr dehnten sich die Gasblasen aus. Bald hatte jede von ihnen einen Durchmesser von über zweihundertfünfzig

Metern, aber das war erst der Anfang. Am Ende ihres Weges durch das eiskalte Tiefseewasser würden sie ein Vielfaches dieser Größe aufweisen.

✷

Tekina hockte in seinem Kanu und ruhte sich aus. Heute war er bis zum südlichen Riff gepaddelt, wo es viele Papageienfische gab. Roh in Kokosmilch eingelegt schmeckten diese bunten Fische mit ihren auffälligen schnabelartigen Mäulern besonders gut. Während er seine Angelschnüre auslegte, dachte Tekina an den neuen Palangi und fragte sich zum wiederholten Mal, wie der Mann wohl auf die Insel gekommen war. Und er fragte sich auch, ob JoAnn an ihm Gefallen fand. Immerhin hatte sie sich bisher noch in keinen der Männer von Nuku verliebt.

Vielleicht, so überlegte Tekina, war der fremde Weiße ja ein Tourist, der von einem Boot gefallen war. Manchmal, wenn er beim Fischen war, kamen solche Boote an ihm vorbei, und die Palangis darauf winkten ihm zu und hoben ihre Kameras an die Gesichter. Der Gestrandete hatte keinen Fotoapparat bei sich gehabt, als Tekina ihn am Strand entdeckt hatte. Und man hatte ihn angeschossen, ein Streifschuß. Mele hatte die Wunde mit den Blättern der Nounou-Pflanze verbunden, die für ihre gute Heilkraft bekannt war. Aber was war das nur für ein Palangi, den andere Palangis anschossen und ins Meer warfen?

Auf diese Frage wußte Tekina überhaupt keine Antwort. Aber er spürte eine leise Beunruhigung, wenn er an den Fremden dachte. Ob er wohl ein böser Mensch war? Oder ob er von bösen Menschen verfolgt wurde? Wie auch immer, der Palangi war Tekina irgendwie unheimlich. Seine Anwesenheit auf Nuku bedeutete nichts Gutes.

Das Gas aus Subloon Nummer zwei hatte knappe drei Minuten gebraucht, um von der Tiefe des Ozeans die Wasseroberfläche zu erreichen. Auf dem Weg nach oben hatte es sich weiterhin enorm ausgedehnt und war in Hunderte mächtiger Blasen zerfallen, jede von ihnen so groß wie ein Fußballstadion. Auf dem achthundert Meter langen Aufstieg zur Oberfläche hatten die Blasen enorme Wassermassen zur Seite drängen und dabei Energie in Form von Wärme abgeben müssen. Jetzt, kurz vor dem Auftauchen, herrschte in ihnen eine Temperatur von minus siebzig Grad Celsius, die das im Gas enthaltene Kohlendioxid zu weißen, schneeartigen Kristallen hatte gefrieren lassen.
Wäre ein menschlicher Beobachter in der Nähe gewesen, als die Blasen schließlich die Wasseroberfläche des Ozeans durchbrachen, wäre er Zeuge eines spektakulären Schauspiels geworden. Das empordrängende Gas hob das Wasser wie eine gigantische Kuppel in die Höhe, die an ihrem höchsten Punkt gut zwanzig Meter über dem normalen Meeresspiegel lag. Die Fliegenden Fische und der sie verfolgende Thunfisch wurden wie in einem Fahrstuhl mit dem über dem Scheitel der Blase immer dünner werdenden Wasser nach oben getragen, und der Fregattvogel mußte sich mit ein paar hektischen Flügelschlägen vor dem plötzlich auf ihn zurasenden Meer in Sicherheit bringen.
Weil die Tiere nicht wußten, wie ihnen geschah, folgten sie trotz dieser ungewöhnlichen Vorkommnisse weiter ihren Instinkten: Die Fliegenden Fische flohen, der Thunfisch jagte ihnen hinterher, und der Fregattvogel beobachtete das Schauspiel aus der Luft.
Dann riß auf einmal der Wasserfilm, und das eiskalte Gas platzte in einem Chaos aus Schaum und in die Luft geschleudertem Seegras hinaus ans Sonnenlicht. Die Fliegenden Fische und der Thunfisch gerieten in den Taumel der Gewalten, wurden in die Luft katapultiert und klatschten

mit geborstenen Schwimmblasen zurück in die brodelnde See. Der Fregattvogel, der seine eleganten Schwingen gerade weit ausgebreitet hatte, wurde von dem eiskalten Wind weit hinauf in den Himmel geschleudert. Aus Angst, seine Beute zu verlieren, legte er die Flügel an und tauchte hinunter in die Luft, die keine mehr war. Sein auf Hochleistung getrimmter Körper hatte einen enormen Bedarf an Sauerstoff, den er in der aus den Tiefen des Meeres emporgestiegenen Gasblase jedoch nicht fand. Binnen Sekundenbruchteilen verlor der Vogel das Bewußtsein und klatschte als ein totes, steifgefrorenes Federbündel auf die sich langsam wieder beruhigende Oberfläche des Ozeans.
Weil das kalte, tödliche Gas aus Subloon Nummer zwei sehr viel schwerer als die warme Luft ringsum war, lag es wie eine Kuppel aus Milchglas über dem Wasser. An den Rändern dieser eineinhalb Kilometer breiten und über einhundertfünfzig Meter hohen Wölbung kondensierte die warmfeuchte Tropenluft zu dichtem Nebel, der dem todbringenden Gebilde das Aussehen einer gigantischen Wolkenwand verlieh.

✷

»Was ist denn das für eine komische Wolke?« fragte einer von Lin Bos Matrosen seinen Kumpel, der gerade gemeinsam mit ihm hinaus aufs Meer starrte.
»Was habt ihr da zu quatschen?« fauchte Lin Bo, während er hinter den beiden vorbei auf die Brücke eilte. »An die Arbeit, aber flott, oder meint ihr etwa, ich bezahle euch dafür, daß ihr eine dämliche Nebelbank anglotzt?« Die beiden Matrosen rissen sich von dem ungewöhnlichen Anblick los und gingen leise vor sich hin murrend nach hinten, um das Netz mit dem Fang an Bord zu hieven.
Faules Pack, dachte Lin Bo und würdigte die seltsame weiße

Wolke keines Blickes, die so plötzlich über dem Meer aufgetaucht war und sich nun langsam von dem namenlosen taiwanesischen Krabbentrawler wegbewegte.

*

Die eiskalte Gasglocke über dem Meer verharrte jedoch nicht auf der Stelle. Sie wurde von dem beständig wehendem Passatwind erfaßt, der sie langsam, aber beständig auf vier kleine Inseln zutrieb, die in vierzig Kilometern Entfernung nichtsahnend im hellen Sonnenschein lagen.

*

Durch den warmen, hellen Vormittag hallte das rhythmische Schlagen der schweren hölzernen Schlegel, mit denen drei Frauen im Schatten eines Brotfruchtbaums auf einen niedrigen Block eindroschen. Mele hockte zwischen ihrer Nachbarin Latu und einer weiteren Frau aus dem Dorf und gab den Takt an.

Mit ihren Schlegeln klopften die Frauen auf etwas herum, das aussah wie ein längliches Stück braune Pappe. In Wirklichkeit handelte es sich um einen Streifen der inneren Rinde des Maulbeerbaums, dessen Fasern so zu einem hauchdünnen, glatten Material verdichtet wurden. Später wollten Mele und ihre Freundinnen mehrere dieser Rindenbastmatten mit Tapiokastärke zu einem größeren Stück zusammenkleben und mit gelb-braunen, meist aus dem Saft von Mangrovenbäumen hergestellten Naturfarben bemalen und bedrucken. Jede Ortschaft hatte ihre eigenen Muster, meistens eine Kombination aus geometrischen Figuren wie Quadraten oder Dreiecken.

Auf manchen Inseln wurde dieser »Tapa« genannte Stoff zu drei Meter breiten und viele Dutzend Meter langen Bahnen verarbeitet; derartige Prachtstücke wurden jedoch nur als Geschenke für Adelige oder die königliche Familie hergestellt. Für den Hausgebrauch fertigte man kleinere Matten an, die als Wandbehang, Schlafmatten oder traditionelle Bekleidungsstücke dienten.

Tapa-Matten waren für die Tongaer nicht nur Dekoration und ein beliebtes Geschenk bei Hochzeiten, Geburten oder Beerdigungen, sondern auch ein Gradmesser für Wohlstand. Viele Leute bewahrten gefaltete Tapa-Stücke unter ihrer Schlafmatte auf, bis sie als Mitgift zur Hochzeit einer Tochter oder als Geschenk Verwendung fanden. Es gab Frauen, die so viel Tapa gehortet hatten, daß sie nur noch mit Mühe auf ihren Schlafplatz klettern konnten. Irgendwann einmal aber wechselten auch diese Matten ihren Besitzer, denn die tongaische Gesellschaft war sehr freigebig – was man besaß oder erworben hatte, gab man auch gerne wieder her.

Während die drei Frauen schwitzend auf das Rindenstück eindroschen, breiteten sie mit lauten Stimmen den neuesten Dorfklatsch aus. Der Methodistenpfarrer hatte ein wenig zu lange mit einer verheirateten Frau geschwatzt, der Sohn eines Nachbarn, der als Polizist in der Hauptstadt arbeitete, hatte sein erstes Mordopfer gesehen, und Sione hatte wieder zu rauchen angefangen, würde es aber bestimmt wieder aufgeben, sobald die Tabakversorgung der Insel das nächste Mal zusammenbrach. Saanes Kuchen letzte Woche hatte phantastisch geschmeckt, und der kleine Vili war zwar nicht gerade eine Leuchte in der Schule, dafür aber ein hervorragender Rugby-Spieler.

Für die Frauen von Nuku hatte das Tapa-Schlagen in etwa dieselbe Funktion wie die Kava-Runden für die Männer. Hier wurden Informationen und Klatsch ausgetauscht, hier wurden große und kleine Sorgen besprochen, und hier wurde viel gelacht, so wie bei Mele und ihren beiden Freundinnen, deren helle Stimmen sich mit dem beständigen Klopfen ihrer Schlegel mischten.

*

Tekina saß in seinem *popao* weit südlich von Nuku und schwitzte unter der prallen Mittagssonne. Er legte sein Paddel beiseite und holte aus dem schmalen Rumpf des Kanus eine Kokosnuß. Mit einem angespitzten Holzstock stach er ein Loch in die faserige Schale und trank die süße, erfrischende Milch. Als er die Nuß wieder absetzte, bemerkte er draußen auf dem Meer eine seltsam langgestreckte Wolke, die aussah wie eine dichte weiße Wand. Die Ränder dieser Wolke fransten oben und an den Seiten aus, und während Tekina das merkwürdige Wetterphänomen genauer beobachtete, fiel ihm auf, daß es sich ganz langsam bewegte. Tekina mußte nicht erst lange überlegen, wohin die Wolke driftete. Er kannte den Wind und das Meer gut genug, um zu wissen, daß sie direkt auf ihn zutrieb.
Bis er seine Kokosnuß ausgeschlürft hatte, ließ Tekina die weiße Wand nicht aus den Augen. Dabei hatte er ein eigenartiges Gefühl in den Ohren, so, als wäre er tief hinunter ins Meer getaucht. Tekina wußte nicht, was Luftdruck war, aber Nebelbänke kannte er, denn die hüllten im Winter ab und zu die Insel ein. Vielleicht war das ja eine Art Sommernebel.
Aber sieht das wirklich wie Nebel aus, Alter? fragte er sich plötzlich und kam zu dem Schluß: Nein, eigentlich nicht. Vielleicht ist es ja eine Wolke, die vom Himmel gefallen ist. Letztes Jahr hast du doch mit den Wolken geredet, Alter, und hast sie gefragt, ob sie es nie müde werden, ständig dort oben herumzuschweben. Und jetzt ist eben eine heruntergekommen und ruht sich auf dem Wasser aus. Vielleicht ist das ja die Antwort auf deine Frage.

Als die Wolke näherkam, konnte Tekina ihre Form besser erkennen. Sie war oben leicht gewölbt und an den Rändern sanft gerundet. Wenn sie sich so weiterbewegte wie bisher, würde sie ihn mit ihrem äußersten Zipfel streifen. Der Hauptteil der Wolke aber trieb auf Nuku zu.
Tekina fragte sich, ob er etwas tun sollte, um die Wolke zu begrüßen, wußte aber nicht, was. Inzwischen hatten ihn die ersten Nebelfetzen erreicht. Langsam hüllten sie ihn und sein *popao* ein.
Je weiter sich die seltsam milchige Wolke um Tekina schloß, desto kälter wurde es. Der magere alte Mann fing an zu frieren und suchte in seinem *popao* vergeblich nach etwas, das er sich um den Körper wickeln konnte. Tekina griff zum Paddel und drehte sein Auslegerkanu in Richtung Nuku. In der Nebelwand konnte er nur noch wenige Meter weit sehen, und so mußte er sich weitgehend auf sein Gefühl verlassen. Rasch wurde die Wolke so dicht, daß er zwar noch sein Paddel, aber nicht mehr den vorderen Teil des *popao* erkennen konnte. Die Schwaden von Wasserdampf, die aus dem warmen Meer in die eisige Luft stiegen, erschwerten die Sicht zusätzlich.
Nach ein paar Paddelzügen war Tekina vollkommen außer Atem. Du keuchst ja, als hättest du stundenlang mit einem Sturm gekämpft, dachte er. Jetzt wirst du wirklich alt. In Wirklichkeit aber wußte Tekina genau, daß diese Atemlosigkeit nicht an ihm selber lag. Das ist diese Wolke! Sie ist voll schlechter Luft. Vielleicht hat sie ja der Teufel geschickt. Wenn das so ist, dann darfst du nicht an ihn denken, denn sonst holt er sich deine Seele.
Mit tränenden Augen und einem merkwürdig leeren Gefühl in der Brust versuchte Tekina, das *popao* zu wenden und aus der bösen Wolke herauszupaddeln. Er schaffte es gerade noch, den Bug herumzudrehen, dann fiel ihm das Paddel aus der Hand. Als er danach greifen wollte, bemerkte er, daß

sich sein Gesichtsfeld auf einen schmalen Tunnel verengt hatte. Unzusammenhängende Gedanken schossen ihm durch den Kopf. Er sah seine schon seit vielen Jahren verstorbene Frau und dann sich selbst, wie er, halb Mensch, halb Fisch, am Boden seines *popaos* lag, verzweifelt nach Luft schnappte und im zuckenden Todeskampf wild hin und her zappelte. Dabei kam ihm der Gedanke, daß das Meer ihn jetzt genauso behandelte, wie er viele Jahre lang unzählige Geschöpfe des Meeres behandelt hatte. Der alte Mann hatte noch ein paar mehr von diesen unzusammenhängenden und wirren Gedanken, bevor er ohnmächtig in seinem Kanu zusammenbrach. Sein Oberkörper hing schlaff über die Bordwand, einer seiner Arme war ins Wasser gefallen und hinterließ eine dünne sprudelnde Spur, als das *popao* langsam auf dem dampfenden Wasser dahintrieb.

✷

Jim hielt sich die Nase zu und schluckte, bis sich mit einem leisen Knacken seine inneren Ohren öffneten und den leichten Druck entweichen ließen, der sich in seinem Kopf aufgebaut hatte. Der Ingenieur warf einen Blick zurück auf den kleinen Hügel, den er und JoAnn gerade hinuntergegangen waren. Er war nicht besonders hoch, höchstens zwanzig Meter, aber offenbar hatte dieser Höhenunterschied ausgereicht, um eine Veränderung des Luftdrucks zu bewirken.

Jim fand, daß er fast so lächerlich aussah wie auf dem Fest am Abend zuvor, aber als JoAnn ihn danach fragte, wollte er das lieber nicht zugeben. Auf ihr Verlangen hin hatte er wieder den schwarzen Rock, der hier *tupenu* genannt wurde, angezogen und darüber die traditionelle Matte aus geflochtenem Gras gebunden. Wenigstens war sein Hemd heute nicht rosa, sondern babyblau mit an der Knopfleiste entlanglaufenden Rüschen. Jim wußte genau, wie absurd er wirkte, aber er hatte in der kurzen Zeit auf der Insel gesehen, daß die anderen Männer hier genauso angezogen waren. Sein Outfit entsprach hier in etwa dem, was ein Geschäftsanzug in den Vereinigten Staaten darstellte.

Als Jim in seinen knallgelben Plastikschlappen neben JoAnn den Hügel hinunterhumpelte, bedauerte er es fast, daß er sich von ihr zu einem Besuch in ihrer Schule hatte breitschlagen lassen. Schon nach wenigen Schritten in der Mittagshitze klebte ihm das Polyesterhemd schweißnaß auf der Haut, und die Aussicht auf eine Stunde englischer Konversation mit tongaischen Kindern, die dieser Sprache wenig oder überhaupt nicht mächtig waren, kam ihm nicht besonders verlockend vor.

Jim blickte hinaus auf den Ozean und sah dort eine merkwürdig tiefliegende Wolke über dem Wasser. Kurz fragte er sich, ob das wohl eine Nebelbank war, aber da riß JoAnn ihn aus seinen Überlegungen. »Sie sollten so was öfter tragen«, sagte sie und deutete auf seinen Tupenu. »Da kommen Ihre hübschen Beine voll zur Geltung.«

»Auf den Arm nehmen kann ich mich selbst.«

»Aber ist das nicht viel angenehmer als enge Jeans? Spüren Sie denn nicht einen kühlen Luftzug an Ihrem ... na ja, Sie wissen schon, wo.«

»Ach, lassen Sie mich in Ruhe.«

»Wenn Sie wieder zu Hause sind, sollten Sie sich allen Ernstes überlegen, ob Sie nicht Transvestit werden wollen.«

»Ich weiß noch immer nicht, weshalb ich mich von Ihnen schon wieder in diesen blöden Rock habe stecken lassen.«

»Aber ich. Wenn Sie nicht anständig angezogen sind, lasse ich Sie nämlich nicht vor meine Klasse.«

»Das mit der Englischstunde war auch eine von Ihren Schnapsideen.«

»Wieso Schnapsidee? Die Kinder bekommen dadurch Gelegenheit, ihr Englisch auszuprobieren. Aber reden Sie am Anfang bitte ganz langsam mit ihnen, denn sie sind zuerst immer ein wenig schüchtern.«
Sie waren inzwischen vor der Schule angekommen, und JoAnn führte Jim durch die offene Tür in ihr Klassenzimmer.
»Guten Tag, Kinder«, sagte JoAnn auf englisch.
»Guten Tag, Miss JoAnn!«
»Setzt euch.« JoAnn fiel auf, daß die Kinder heute ungewöhnlich still waren, und führte das auf Jims Anwesenheit zurück. Jim ging zu einem Stuhl an der Wand und nahm ebenfalls Platz.
»Ko 'aho ni, 'oku tau 'i ai ha tokotaha tangata makehe«, sagte JoAnn. »Heute haben wir einen besonderen Gast«, wiederholte sie auf englisch und lächelte Jim an. Dann ging sie mit energischen Schritten vor die Tafel und wirbelte herum, um ihre Schüler anzusehen. Jim erinnerte sie dabei an Miss Wolfe, eine seiner Lehrerinnen auf der Grundschule, mit der er ein Jahr lang ziemlichen Ärger gehabt hatte.
»Mo'oni, mou 'i ai ha fehu'i kia Jim«, wandte sich JoAnn wieder an die Klasse. »Ihr habt doch sicher Fragen an Jim.« Die Kinder schwiegen immer noch, und JoAnn versuchte, sich in ihre Lage zu versetzen. Der weiße Mann flößte ihnen so viel Respekt ein, daß sie es nicht wagten, in seiner Gegenwart etwas zu sagen, geschweige denn, ihm eine direkte Frage zu stellen, noch dazu in einer fremden Sprache. Das war einfach zuviel verlangt. JoAnn konnte verstehen, daß keiner den Anfang machen wollte. Aber etwas mußte schließlich geschehen, und so rief JoAnn ihre beste Schülerin auf. »Liliani, willst du Jim nicht fragen, wo er herkommt?« Sie wußte genau, daß Lilianis Englisch gut genug war, um die Frage stellen zu können und auch die Antwort zu verstehen. Die Zehnjährige warf dem Palangi einen

furchtsamen Blick zu und schüttelte dann den Kopf so heftig, daß ihr sorgfältig geflochtener Zopf von einer Schulter auf die andere fegte.

»Nun mach schon, Liliani, trau dich doch. Frage Jim einfach, von wo er kommt.« Liliani sah JoAnn mit ihren intelligenten, schwarzen Augen an. Sie verstand genau, daß die Aufforderung der Lehrerin eigentlich ein Befehl war. Ihr blieb also gar nichts anderes übrig.

»Wo kommen Sie her, Jim?« fragte sie zögerlich. Jim lächelte sie an und wollte gerade antworten, als er bemerkte, daß ein Junge im hinteren Teil des Klassenzimmers aufgestanden und ans Fenster gegangen war.

»Setz dich hin, Ngu! Setz dich sofort hin! *Tangutu taimini*!« befahl JoAnn, die sich über die Unterbrechung ärgerte. Sie fand es frech, daß Ngu sich eine Weile Zeit ließ, bis er der Aufforderung nachkam. Anscheinend hatte er draußen vor dem Fenster etwas Interessantes gesehen, von dem er sich nur schwer losreißen konnte. Unwillkürlich warf auch JoAnn einen Blick nach draußen. Wo normalerweise das blaue Meer war, sah sie eine weiße Wand.

Su'a, der mit seinen fünf Jahren noch zu jung für die Schule war, saß am Strand und spielte mit einem Einsiedlerkrebs. Immer wenn er mit dem Finger auf das oben spitz zulaufende Schneckenhaus klopfte, das dem Krebs als vorübergehende Behausung diente, unterbrach der seinen Spaziergang über den feuchten Sand und verkroch sich in seinen geliehenen Panzer. Nach einer Weile hatte das Tier dann die Störung vergessen und begann wieder mit seiner Wanderschaft. Dabei zeichnete es feine, fast parallel verlaufende Linien in den Sand. Su'a krabbelte dem Einsiedlerkrebs auf Händen und Knien hinterher. Feuchter Sand klebte ihm an

Armen und Beinen und trocknete auf seinem schwarzen T-Shirt zu kleinen, hellen Flecken.
Nach ein paar Metern stieß der Krebs auf ein weiteres Schneckenhaus. Sofort verließ das Tier seine erste Behausung, um in die neue hineinzukriechen, die ihm aber entweder zu klein oder aus irgendeinem anderen Grund als nicht geeignet erschien, denn es kam sofort wieder heraus. Als es sich wieder in sein erstes Schneckenhaus zurückflüchten wollte, war dieses nicht mehr da. Su'a hatte es aufgehoben, um zu sehen, was der Krebs dann tun würde. Das arme Tier war völlig verwirrt und rannte ziellos suchend hin und her. Schließlich tat es Su'a so leid, daß er mit einem breiten, zahnlückigen Grinsen das Schneckenhaus direkt vor den herumirrenden Krebs stellte. Ohne zu zögern krabbelte das Tier in seine alte Behausung und machte sich wieder auf den Weg den Strand entlang.
Kurz darauf verlor Su'a, der nicht wußte, daß er nur noch ein paar Minuten zu leben hatte, das Interesse an dem Einsiedlerkrebs und betrachtete seine eigenen Zehen. Es waren fünf an jedem Fuß, das hatte JoAnn ihm beigebracht. Nachdem er sie mehrmals gezählt hatte, blickte Su'a kurz auf und stellte fest, daß alles um ihn herum ganz weiß war. Diesen Umstand fand Su'a zwar seltsam, aber auch irgendwie langweilig. Da waren seine Zehen schon interessanter, denn die bewegten sich wenigstens. Er konnte sie in den feuchten Sand stecken und dann einen nach dem anderen daraus hervorspitzen lassen. Plötzlich wurde der weiße Nebel um ihn herum so dicht, daß er nicht einmal mehr die Palmen am Waldrand erkennen konnte. Außerdem wurde es kalt, so kalt, wie Su'a es noch nie erlebt hatte. Er begann zu frieren und hatte auf einmal das starke Bedürfnis, nach Hause zu rennen und sich etwas Wärmeres anzuziehen.
Im Nebel konnte Su'a keinen der Pfade sehen, die vom Strand in den Wald führten. Der Junge, der sein ganzes

Leben auf der kleinen Insel zugebracht hatte, die er in zwanzig Minuten der Länge nach durchqueren konnte, wußte nicht, was es bedeutete, sich zu verirren. Er bekam es mit der Angst zu tun und lief los, landete aber nach wenigen Schritten im Wasser. Das war der falsche Weg! Su'a fing an zu keuchen und bekam kaum noch Luft. Irgend etwas stimmt nicht mit ihm. Vielleicht war er ja krank, und wenn man krank war, dann mußte man sich hinlegen. Das hatte seine Mutter ihm schon oft gesagt. Su'a folgte ihrem Rat und ließ sich knapp oberhalb der Wasserlinie in den feuchten Sand fallen.

Bald begann er leise vor sich hin zu weinen. Er rief nach seiner Mutter, aber die kam nicht. Dann rief er nach JoAnn, aber die hörte ihn ebenfalls nicht. Er rief sogar nach seinem Vater, obwohl er wußte, daß der im Haus lag und schlief. Zwischen den Rufen hustete er und rang verzweifelt nach Luft. Als er schließlich nach seinem Großvater rief, versagte ihm die Stimme, aber Tekina hätte ihn ja ohnehin nicht gehört, denn er war draußen auf dem Meer beim Fischen. Su'as Lungen brannten wie Feuer, und die Zunge hing ihm aus dem Mund. Er atmete so schwer, daß sich die Brust unter dem schwarzen T-Shirt wie ein Blasebalg hob und senkte. In seiner Verzweiflung und Panik begann der Junge wild um sich zu schlagen, aber mit der Zeit wurden seine Bewegungen langsamer. Su'a krümmte sich zusammen, zog die Knie bis fast an sein tränenüberströmtes Gesicht heran und starb.

✷

Jim blickte durch das glaslose Fenster hinaus auf die herannahende Nebelwand und wußte sofort, was sie zu bedeuten hatte. Genau so mußte es aussehen, wenn das Gas aus einem Subloon an die Oberfläche trat. Was er nicht beurteilen konnte, war, ob man es atmen konnte oder nicht. Jetzt, wo

der Nebel die Schule, wenn nicht gar die ganze Insel einhüllte, hoffte Jim inständig, daß er sich mit seiner Vermutung, die er damals Kranz in seinem Brief mitgeteilt hatte, geirrt hatte.
JoAnn war neben ihn getreten. »Was ist denn das, um Himmels willen?« fragte sie mit einer Stimme, die so leise war, daß ihre Schüler sie nicht hören konnten.
»Das kann ich Ihnen auf die Schnelle nicht erklären«, wich Jim aus.
JoAnn sah ihn von der Seite an und bemerkte den beunruhigten Ausdruck im Gesicht des Ingenieurs, der seine Blicke nicht von der Nebelwand wenden konnte. Mit einem Schlag wußte sie, was der Nebel bedeutete.
»Sagen Sie es mir trotzdem«, beharrte JoAnn.
»Wenn ich mich nicht täusche, dann haben wir es hier mit keiner natürlichen Kaltfront zu tun. Offenbar ist einer unserer Subloons aus Versehen ausgelöst worden.«
»Dann ist der Nebel die Luft aus einem Ihrer Zyklonkiller?«
»Ja. Es könnte zumindest sein. Haben Sie bemerkt, wie kalt es auf einmal ist?«
»Kann die Luft meinen Schülern etwas anhaben?« fragte JoAnn beunruhigt.
»Schwer zu sagen«, antwortete Jim. »Hoffentlich nicht.«
In dünnen Schwaden, die wie weiße Finger nach allem Lebendigem griffen, strömte jetzt der Nebel zum Fenster herein. Die Kinder sprangen aufgeregt schwatzend von ihren Bänken auf und versuchten, die milchige Luft mit den Händen zu greifen. Ihnen machte das ungewöhnliche Phänomen offenbar einen Riesenspaß. Wenige Sekunden später war das ganze Klassenzimmer von dichtem Dunst erfüllt, durch den JoAnn ihre Schüler nur noch schemenhaft erkennen konnte. »Seid still und setzt euch!« befahl JoAnn mit lauter, entschlossener Stimme und versuchte, der in ihr aufkeimenden Furcht Herr zu werden. Dann wandte sie sich

wieder dem Amerikaner zu und fragte ihn flüsternd: »Was soll das heißen: ›Hoffentlich nicht‹?«
Jim ließ seinen Blick durch den Raum schweifen und suchte nach einer Stelle, wo sie und die Kinder im Notfall frische Luft bekommen konnten. Normalerweise gab es in einem Haus immer abgeschlossene Räume, in denen sich atembare Luft hielt, aber hier auf Nuku hatte er bisher nur Häuser ohne Fensterscheiben und Türen gesehen. Wie sollte man hier sonst Luft herkriegen? Und war das überhaupt nötig? Bisher hatte er noch keine Probleme mit dem Atmen. Beruhige dich, sagte er zu sich selbst. JoAnn wartet auf eine Antwort.
»Na ja, die Luft aus dem Subloon könnte möglicherweise nicht genügend Sauerstoff enthalten. Aber vielleicht täusche ich mich ja. Bisher scheint sie ganz okay zu sein.«
JoAnn atmete tief ein und war sich dessen nicht so sicher. Die Luft war so kalt, daß ihr beim Atmen die Lungen weh taten, aber noch etwas anderes schien nicht zu stimmen. Irgendwie kam JoAnn die Luft merkwürdig dünn vor. Zuerst glaubte sie, daß sie sich nur etwas einbildete, aber nach ein paar weiteren Atemzügen war sie sich sicher, daß etwas mit der Luft nicht in Ordnung war. Jim erging es nicht anders, denn er packte sie plötzlich am Arm und zerrte sie in Richtung Tür.
»Gehen wir«, sagte er.
JoAnn schüttelte seine Hand ab und blieb stehen. »Wohin?«
Das war eine gute Frage, dachte Jim. Er wußte es auch nicht, aber eines stand fest: daß sie in diesem Raum nicht lange überleben würden. »Nach draußen. Wir müssen unbedingt atembare Luft finden.«
JoAnn wollte etwas erwidern, bemerkte aber mit Entsetzen, daß sie kaum mehr richtig sprechen konnte. Das Atmen fiel ihr zunehmend schwerer, und sie hatte das Gefühl, nicht genügend Luft in ihre Lungen zu bekommen. JoAnn zwang sich, ruhig zu bleiben. »Wohin?« wiederholte sie.

Jim dachte angestrengt nach. Luft. Wo bekommt man Luft her? Aus Preßluftflaschen. Gibt es hier nicht. Aus Tanks? Aber wo waren hier welche? Kann man Sauerstoff künstlich erzeugen? Wie war das noch? Chemie-Grundkurs ...
»JoAnn«, fragte er, »hat die Schule ein ...« Jim keuchte so schwer, daß er nur mit Pausen sprechen konnte, »... ein Chemielabor?«
JoAnn schüttelte den Kopf.
Wie kann ich sonst noch Sauerstoff herstellen? Jim verschwendete kostbare fünfzehn Sekunden an den Gedanken, bevor er ihn vollständig verwarf. Okay, wo ist Sauerstoff? Wo hält er sich? In einem Brunnen? Hat JoAnn nicht gesagt, daß man hier auf der Insel Regenwasser sammelt? In Wassertanks! Jedes Haus hat hier einen Wassertank! Jim erinnerte sich, daß er auch neben der Schule einen dieser Tanks gesehen hatte. Er packte JoAnn abermals am Arm und zerrte sie aus dem Klassenzimmer.
JoAnn war zu schwach, um sich dagegen zu wehren, und stolperte keuchend hinter ihm her. Als Jim schließlich draußen ihren Arm losließ, drehte sie sich um und torkelte wie eine Betrunkene wieder zurück in Richtung Klassenzimmer. Sie durfte ihre Schüler nicht in Stich lassen! JoAnn schaffte keine zwei Meter, dann geriet sie ins Straucheln und brach zusammen.
Jim blieb vor dem Regenwassertank stehen. Er hatte einen Durchmesser von gut drei Metern und würde zwei Erwachsenen leicht Platz bieten, falls sie es schafften, in das Ding hineinzukommen. Aber war er überhaupt leer? Jim taumelte um das Behältnis herum und fand nirgendwo eine Möglichkeit, an seinen glatten Betonwänden hinaufzuklettern. Den Tank konnte er auch vergessen.
Wo ist eigentlich JoAnn? schoß es ihm plötzlich durch den Kopf, und er sah sich nach der Lehrerin um. Das Schulhaus war nur noch ein undeutlicher Schatten im immer dichteren

Nebel. Als Jim darauf zuging, stolperte er über etwas Weiches und schlug langgestreckt hin. Neben ihm lag JoAnn schwer atmend am Boden. Verdammt noch mal, wo könnte noch Luft sein? zermarterte sich Jim sein Gehirn. In den Luftballons am Weihnachtsbaum? Doch die sind viel zu weit weg. Bis zum Haus schaffen wir es nicht mehr. Aber war da nicht etwas Ähnliches ganz in der Nähe?
Und dann kam Jim die Erleuchtung. Unter Aufbietung all seiner Kräfte rappelte er sich auf und zerrte JoAnn ebenfalls hoch. Weil sie weder stehen noch gehen konnte, packte er sie unter den Armen und schleifte sie hinter sich her, während er sich rückwärts, Schritt für Schritt, den Hügel hinaufquälte. Sein verletztes Bein tat höllisch weh, seine Lungen brannten wie Feuer. Bei jedem Schritt glaubte er, daß es sein letzter sein würde, und vom Sauerstoffmangel wurde ihm langsam schwarz vor Augen.
Wo war bloß der verfluchte Traktor?
War er schon zu weit gegangen? Hatte er den Bulldog im Nebel übersehen? Schließlich wußte er nicht genau, wo er stand. Auf einmal wurden Jims Knie weich, und er brach über der bewußtlosen JoAnn zusammen. Mit schmerzverzerrtem Gesicht lag er auf der festgetrampelten Erde des Pfades und wußte, daß er und JoAnn sterben würden, wenn er nicht sofort den Traktor fand. Es kam Jim so vor, als verginge die Zeit unendlich langsam. Wie in Zeitlupe sah er sich um, während von der Peripherie seines Gesichtsfeldes schwarze Schatten nach innen drängten. Direkt neben sich konnte er noch den Stamm eines Baumes erkennen, an dem er sich nun nach Luft japsend hochzog. Mit tränenden Augen starrte er in den eiskalten Nebel. Da. Vielleicht drei Meter von ihm entfernt. Etwas Dunkles, Großes. Der Traktor. Mit letzter Kraft schleppte Jim JoAnn zu einem der riesigen Hinterreifen. Fast blind tastete er den glatten schwarzen Gummi nach dem Ventil ab, das sich glücklicherweise im

unteren Teil des Reifens befand. Ohne auf die Schmerzen in seinem Bein zu achten, ließ Jim sich neben dem Reifen zu Boden fallen. Mit zitternden Fingern schraubte er die Plastikkappe ab und drückte den kleinen Metallstift in der Mitte des Ventils nach unten. Zischend entwich warme, nach Gummi riechende Luft aus dem Reifen, die Jim begierig in seine Lungen sog. Sofort spürte er, wie der Sauerstoff ihm ins Gehirn stieg. Nach ein paar Atemzügen war er wieder voll bei Bewußtsein. Er beugte sich hinunter zu JoAnn, die sich nicht mehr bewegte. Jim holte tief Luft am Reifen, preßte seine Lippen auf die ihren und blies ihr den lebensrettenden Sauerstoff in die Lungen.

*

Liliani sah die Panik in den Gesichtern ihrer Klassenkameraden und spürte, wie auch ihr selbst die Furcht die Kehle zuschnürte. Sie hatte den Ausdruck im Gesicht des Palangi gesehen und wußte, daß auch ihm diese seltsam trübe Luft Angst gemacht hatte. Sie war schlecht und gefährlich, das wußte Liliani genau. Viele ihrer Freunde und Freundinnen hatten schon angefangen zu keuchen und rangen mit weit aufgerissenen Mündern nach Atem. Mit großen Augen sahen sie sich an und wußten nicht, wie ihnen geschah. Manche rannten nach draußen, manche verkrochen sich unter den Bänken und vergruben den Kopf in ihren Händen.
Auch Liliani wollte sich verstecken, aber sie wußte nicht, wo. Das ganze Klassenzimmer war jetzt mit der üblen Luft angefüllt. Da fiel ihr etwas ein. Keuchend rannte sie zur Tür am hinteren Ende des Raumes. Sie führte in den Gang des Schulhauses, wo Liliani in Richtung Bibliothek lief. Auf dem engen Korridor begegnete sie einem der Lehrer, aber anstatt sie dafür zu rügen, daß sie ihr Klassenzimmer verlas-

sen hatte, schob er sie einfach nur zur Seite und torkelte wortlos an ihr vorüber. Nach ein paar Schritten hatte Liliani die Tür zur Besenkammer erreicht und riß sie auf.
Drinnen war die Luft warm und muffig, aber sie füllte Lilianis Lungen viel besser als der kalte Nebel im Klassenzimmer. Rasch schloß sie die Tür und schob den Riegel vor. In der Wand der Besenkammer befand sich ein kreisrundes Astloch, durch das Liliani ins Freie blicken konnte. Der Nebel draußen war so dicht, daß sie nicht einmal die Bäume gleich in der Nähe sah. Mit einem angsterfüllten Wimmern legte Liliani die rechte Hand über das Loch und drückte auch noch mit der linken darauf, damit nur ja nichts von den weißen Schwaden in ihr Refugium dringen konnte.

✷

Dicke Schweißtropfen standen Mele auf der Stirn und zitterten im Rhythmus des Tapa-Schlegels. Ab und zu löste sich einer von ihnen und lief Mele über ihre braunen Wangen in den Kragen ihres schwarzen Kleides.
Die Unterhaltung hatte sich vom allgemeinen Dorfklatsch auf das Problem Nummer eins verlagert: welches der Mädchen von Nuku wohl am besten zu dem neuen Palangi passen würde, der nun schon seit zwei Tagen auf der Insel war. Eigentlich wäre ja JoAnn die richtige Partnerin für ihn gewesen, aber die hatte in der Vergangenheit immer wieder ihren Freund in Australien vorgeschoben. Mele hatte das eigentlich nie so richtig eingeleuchtet. Wieso, fragte sie sich, sollte sie denn einem Mann die Treue halten, der es über all die Monate nicht einmal für nötig befunden hatte, JoAnn einen Brief zu schreiben, geschweige denn, sie auf Nuku zu besuchen? Manchmal hegte Mele sogar den Verdacht, daß es diesen Freund in Wirklichkeit gar nicht gab. Aber dann fragte sie sich wieder, weshalb JoAnn ihn dann erfinden

sollte. Schließlich kam fast jede Nacht einer der jungen Burschen Nukus vor JoAnns Fenster und fragte sie, vom Kava beseelt, ob sie nicht zu ihm herauskommen wolle. Hübsche junge Männer waren dabei, und wohlhabende auch. Warum sollte JoAnn sich also alle Chancen bei ihnen verbauen, indem sie diesen Freund vorschützte, der in Wirklichkeit gar nicht existierte. Da werde einer mal schlau aus diesen Palangis, dachte Mele.

Die Frauen hörten mit ihrer Arbeit auf und genossen den kühlen Luftzug, der plötzlich vom Meer herüberwehte. Dann bemerkten sie, daß das Licht um sie herum auf einmal merkwürdig diffus war. Die Luft war milchig-weiß, die Sonne hatte sich mit einem Mal verschleiert. Die Kälte, so angenehm sie im ersten Augenblick gewesen war, jagte Mele eine Gänsehaut über den ganzen Körper.

Als die drei Frauen hinauf zum Wald blickten, sahen sie, daß der Nebel schon die Stämme der Kokospalmen erreicht hatte. Durch die weißlichen Schwaden kamen jetzt laut rufende Gestalten auf sie zugelaufen. Sie bewegten sich, als hätten sie zuviel Kava getrunken. Eine davon, ein Kind, fiel hin und stand nicht wieder auf.

Zuerst dachte Mele, daß irgendwo ein Feuer ausgebrochen wäre, aber die Schwaden, die stets dichter wurden, rochen nicht nach Rauch. Daß Mele trotzdem husten mußte, lag daran, daß sie nicht mehr richtig Luft bekam. Sie sah ihre beiden Freundinnen an, die ebenfalls die Münder aufrissen und tief durchatmeten. Latu warf Mele einen furchterfüllten Blick zu und rannte, laut nach ihren Kindern rufend, los in Richtung auf ihr Haus. Nach ein paar Metern wurde sie merklich langsamer, geriet ins Straucheln und stürzte. Als Mele aufstehen und ihr helfen wollte, merkte sie, wie ihre Muskeln ihr nicht mehr gehorchten. Anstatt sich zu erheben, kippte sie seitlich um und fiel wie ein nasser Sack zu Boden. Dabei kam sie mit dem Brustkorb auf einer harten,

knorrigen Wurzel zu liegen, hatte aber nicht einmal mehr die Kraft, sich auf die andere Seite zu drehen.
Mele wußte nicht, wie ihr geschah. Tränen der Hilflosigkeit stiegen ihr in die Augen, durch deren Schleier sie das halbfertige Stück Tapa von dem Block herunterhängen sah. Ob wir es wohl noch rechtzeitig für Sianis Hochzeit fertigbekommen? fragte sie sich. Dann schloß sie die Augen und wunderte sich, warum ihre Brust wie Feuer brannte, wo doch alles andere ringsum so unglaublich kalt war.

KAPITEL 15

Langsam gewannen Sonne und Wärme die Oberhand über den kalten Nebel, der nur noch in vereinzelten, vom Wind verblasenen Fetzen übers Wasser zog. Als die letzten Schwaden sich auflösten, gaben sie den Blick auf ein schmales Auslegerkanu frei, in dem ein bewußtloser alter Mann lag. Sein linker Arm hing schlaff in das türkis schimmernde Wasser über dem Riff. Regelmäßig hob und senkte sich seine magere Brust, um frische sauerstoffreiche Luft in seine Lungen zu pumpen.

Erst eine halbe Stunde, nachdem sich die tödliche Wolke verzogen hatte, erwachte Tekina wie aus einem tiefen Schlaf. Ein stechender Schmerz in seiner linken Hand hatte ihn geweckt. Als er den Kopf hob und sich umsah, bemerkte er, daß Wind und Strömung sein *popao* auf eine Korallenbank getrieben hatten, wo es mit dem Ausleger an einem der Felsen hängengeblieben war.
Tekina wußte nicht, wo er sich befand. Er nahm seine Hand aus dem Wasser und betrachtete sie aufmerksam. Aus dem stark geröteten Handrücken ragten fünf kurze schwarze Stacheln. Offenbar war er an einen Seeigel geraten, dessen Gift jetzt seine Hand schmerzhaft anschwellen ließ. Tekina zog die Stacheln heraus und warf sie ins Meer.
Während er die Wunden im Wasser wusch und kühlte, erinnerte sich Tekina allmählich an das, was geschehen war: Eine Wolke des Teufels hatte ihn eingehüllt und ins Reich der Träume geschickt.
Die Schmerzen in seiner Hand nahmen zu, aber Tekina biß

die Zähne zusammen. Er mußte so schnell wie möglich von diesem Riff freikommen, bevor eine größere Welle sein Kanu auf den scharfkantigen Korallen zerschmetterte.
Tekina hielt Ausschau nach dem verlorenen Paddel, konnte es aber nirgendwo entdecken. Ein Glück, daß er wie immer eines zur Reserve dabei hatte. Das holte er jetzt aus dem Rumpf des Kanus, um sich damit von der Korallenbank abzustoßen. Mit einem knirschenden Geräusch kam der Ausleger los, und nach vier, fünf Paddelstößen schwamm das *popao* wieder im freien Wasser.
Als Tekina den Horizont nach der weißen Wolke absuchte, die so überraschend über ihn gekommen war, konnte er sie nirgends entdecken. Dafür bemerkte er in einiger Entfernung die grünen Palmenwipfel von Nuku. Obwohl die Insel aussah wie immer, überkam den alten Fischer ein ungutes Gefühl, als er den Bug des *popao* in Richtung auf das Eiland drehte und das Paddel mit kräftigen Bewegungen durch das blau schimmernde Wasser zog.

✷

Jim lehnte mit dem Rücken an den nun fast platten Hinterreifen des Traktors und hatte JoAnn eine Hand auf die Brust gelegt, um zu fühlen, ob sie noch atmete. Der Nebel löste sich nun langsam auf, doch der Anblick, der sich Jim bot, ließ ihm Tränen in die Augen steigen.
Rings um die Schule verstreut lagen die Leichen von Kindern, die im Freien Zuflucht vor der erstickenden Wolke gesucht hatten. In ihren Schuluniformen lagen sie im Gras, unter Bäumen oder auf dem braunen Band des Weges. Einige von ihnen wirkten so friedlich, als wären sie eben erst eingeschlafen, andere wiederum hatten sich sterbend mit schmerzverzerrten Gesichtern zusammengekrümmt. Manchen von ihnen sah man noch immer das ungläubige

Erstaunen über einen Tod an, der sie so plötzlich aus ihrem jungen Leben gerissen hatte.
»Nehmen Sie Ihre verdammte Hand weg!« hörte er JoAnn neben sich sagen, und er spürte, wie sie ihn vehement von sich stieß. Ohne etwas zu erwidern, schloß Jim die Augen und verschränkte die Arme vor der Brust.

Wie kommt dieser Mann dazu, mir die Hand auf den Busen zu legen, dachte JoAnn empört. Eine ganze Weile lang wußte sie nicht, wo sie war, aber dann fiel ihr mit einemmal alles wieder ein: das Ringen nach Atem, die Angst um die Kinder. Jim, der sie am Arm packte und ins Freie zog. Aber warum lag sie auf einmal hier oben neben dem alten Traktor?
»Was ist geschehen?« fragte sie. »Wie bin ich hier heraufgekommen?«
»Ich habe Sie hierher geschleppt«, antwortete Jim. Seine Stimme klang müde und erschöpft.
»Und wo sind die Kinder?« fragte JoAnn, den Blick auf Jim geheftet. Da bemerkte sie, daß er die Augen geschlossen hatte und daß ihm die Tränen über die Wangen liefen. Da erst drehte sie sich um und sah hinunter zur Schule.
»O mein Gott!« rief sie aus. »O mein Gott!«

Insgesamt waren es neunzig Leichen, die JoAnn und Jim rings um die Schule und im Gebäude selbst fanden. Achtundachtzig trugen rote Kleidchen beziehungsweise braune Hosen und weiße Hemden, die anderen beiden waren Lehrer. Manche Kinder waren auf der Flucht aus dem Schulhaus noch bis zu einem nahegelegenen Kokospalmenhain gekommen, wo ein paar Buben in der Hoffnung, weiter oben atembare Luft zu finden, offenbar versucht hatten, die Stämme hinaufzuklettern. Jetzt lagen ihre Leichen mit grotesk verdrehten Gliedmaßen am Fuß der mächtigen Bäume.
Andere Kinder hatten Schutz im Schulhaus gesucht und

kauerten noch immer unter Tischen und Bänken, wo der eisige Erstickungstod sie überrascht hatte.
Während JoAnn mit angehaltenem Atem das Grauen betrachtete, beschlich sie das vollkommen irrationale Gefühl, daß das alles um sie herum nicht wahr sein könne. Das waren doch nicht ihre Schüler, die vor der Tafel, auf der noch immer das Zifferblatt ihrer Kreideuhr prangte, zusammengekrümmt dalagen; und die Lehrer – sie hatte einen im Gang zur Bibliothek und den anderen zwischen seinen Schülern im Klassenzimmer neben dem ihren gefunden – das konnten doch nicht ihre Kollegen sein. Was machten all die Menschen hier? Warum lagen sie tot in ihrer Schule? Und waren sie überhaupt tot?
Von plötzlicher Hoffnung beflügelt, stürzte JoAnn in ihr Klassenzimmer. Vielleicht waren die Kinder ja nur bewußtlos, vielleicht konnte man sie noch retten. Oder spielten sie ihr am Ende gar einen Streich? Würden sie alle mit einem Satz aufspringen, ihr ins Gesicht lachen und zu toben anfangen?
An der Tür blieb JoAnn stehen. Die Kinder lagen immer noch genauso da wie vorhin. Aber jetzt erkannte sie auf einmal ihre Gesichter. Der Junge, der zusammengekauert wie ein Embryo unter seiner Bank lag, war Ngu. JoAnn bückte sich und wollte ihn an der Schulter packen und schütteln, aber im letzten Augenblick hielt sie inne. Lange starrte sie in das reglose, erstaunt dreinblickende Gesicht des Kindes. Schließlich streckte sie ihren Zeigefinger aus und berührte Ngu damit ganz vorsichtig am Hals. Seine Haut fühlte sich an wie eiskaltes Wachs. JoAnn schossen die Tränen so heftig in die Augen, daß Ngus Gesicht verschwamm und sie nichts mehr sehen konnte.
Ngu war tot. Alle waren sie tot. Ihre zehn Jahren alten Münder waren für immer verstummt, und ihre glasigen, ins Leere blickende Augen würden nie wieder die Sonne aus

dem Meer vor Nuku steigen sehen. JoAnn wollte aufstehen und ins Freie laufen, aber ihre Muskeln versagten ihr den Dienst. Neben Ngu sank sie auf den noch leicht kühlen Beton und hörte ein langgezogenes klagendes Schluchzen. Sie war fast erstaunt, als sie bemerkte, daß es aus ihrem eigenen Mund kam.

✷

Jim stand in der Tür zum Schulhaus und sah JoAnn zu, wie sie verstört zwischen den Kindern herumging, die er auf dem Gewissen hatte. Obwohl ihm noch immer die Tränen über die Wangen liefen, hatte er den Eindruck, als könne er seiner Trauer nicht gebührend Ausdruck verleihen.

Manche der Kinder im Klassenzimmer sahen aus, als würden sie schlafen. Aber sie schlafen nicht, dachte Jim. Sie sind tot, und ich habe sie umgebracht.

Wieso du? meldete sich ein anderer, eher analytischer Teil seines Gehirns zu Wort. Du hast den Subloon schließlich nicht ausgelöst, vielleicht hast du ihn nicht einmal installiert. Und daß die Luft in den Subloons schlecht geworden ist, war bisher nichts als eine unbewiesene Theorie. Trotzdem hast du Kranz auf diese Möglichkeit aufmerksam gemacht, selbst wenn du nicht so sehr dahinter her warst, wie du es vielleicht hättest sollen.

Jim sah, wie JoAnn neben der Leiche eines kleinen Jungen kauerte und auf einmal laut schluchzend zusammenbrach. Langsam humpelte er an den toten Kindern vorbei auf sie zu, wußte aber nicht, was er tun sollte. Am liebsten hätte er sie in die Arme genommen, aber vielleicht war ihr das ja nicht recht. Vielleicht wollte sie in Ruhe gelassen werden.

Und so blieb er stehen und zwang sich, die Gesichter der Kinder zu betrachten. Einige von ihnen hatte er am Abend zuvor bei dem Fest gesehen, die meisten aber kannte er nicht. Trotzdem kamen ihm beim Anblick dieser toten Jungen und Mädchen, die teilweise noch auf ihren Bänken saßen, als wären sie mitten in der Stunde eingeschlafen, abermals die Tränen. Wenn *mir* das schon so nahe geht, dachte Jim, wie schlimm muß das est für JoAnn sein, die diese Klasse fast ein Jahr lang unterrichtet hat. Langsam ließ er sich neben der jetzt hemmungslos schluchzenden Lehrerin nieder und drückte ihren Kopf sanft an seine Brust.

JoAnn ließ ihn gewähren, löste sich aber nach einer Weile aus seinen Armen und blickte ihn mit verheulten Augen ins Gesicht. »Ich gehe Su'a und Mele suchen«, sagte sie mit entschlossener Stimme. Jim nickte, stand auf und streckte JoAnn seine Hand hin, um ihr aufzuhelfen. Sie wischte sie brüsk zur Seite. »Sie bleiben hier«, murmelte sie mit belegter Stimme.

Jim blickte sich in dem Klassenzimmer mit all den toten Kindern um und schüttelte den Kopf. Hier würde er auf keinen Fall bleiben. Andererseits verstand er, daß JoAnn sich allein auf die Suche nach ihrer Gastfamilie machen wollte.

Er sah ihr nach, wie sie mit gesenktem Kopf durch die Tür trat und an ihren toten Schülern vorbei langsam den Hügel hinaufstieg. Nachdem sie im Wald verschwunden war, humpelte Jim durch hüfthohes, sich im Wind wiegendes Gras hinunter zum Strand. Dort fand er mehrere tote Seevögel, deren im Todeskampf um sich schlagende Flügel seltsame Spuren im Sand hinterlassen hatten.

Während er am Strand entlangging, hatte Jim den Eindruck, als würden aus dem Sand weiße Knochenfinger auf ihn zeigen, die sich dann aber als abgebrochene Korallenstücke entpuppten. Immer wieder fragte er sich, was wohl den Subloon ausgelöst haben könnte, kam aber zu keinem befriedigenden Ergebnis. Das Auslösesystem für die riesigen

Luftsäcke war doppelt abgesichert und immer wieder getestet und überprüft worden, so daß ein zufälliges Freisetzen des tödlichen Gases praktisch ausgeschlossen werden konnte. Aber irgend etwas mußte da unten am Meeresboden passiert sein, und Jim hätte viel dafür gegeben, wenn er gewußt hätte, was.
Nach ein paar hundert Metern traf er auf eine tote Frau, die direkt am Wasser zusammengebrochen war. Kleine Wellen schwappten an ihre dicken Beine und versetzten ihr durchnäßtes, knöchellanges Kleid in unheimliche Bewegung. Jim packte die Leiche, die mit dem Gesicht nach unten im Sand lag, unter den Achseln und schleifte sie, trotz der Schmerzen in seinem Bein, ein paar Meter den Strand hinauf, so daß auch die Flut sie nicht ins Meer spülen konnte.

Wie ein Sarg trennte die Besenkammer die Lebenden von den Toten, nur daß es hier umgekehrt war: Die Lebende war drinnen, und die Toten waren draußen. Fast eine Stunde lang steckte Liliani nun schon in dem engen Raum und hielt noch immer ihre Hände über das Loch in der Wand.
Rings um Liliani war es schon lange still. Irgendwann einmal hatte sie zwar leise Stimmen gehört, die etwas in der Sprache der Palangis gesagt hatten, aber in ihrer Angst hatte sie nicht gewußt, ob diese Stimmen Wirklichkeit oder nur Einbildung waren.
Als Lilianis Arme schließlich müde wurden, nahm sie die Hände von dem Loch in der Wand und spähte vorsichtig hinaus. Die Sonne schien durch die Wedel der Kokospalmen, als hätte es die schlechte weiße Luft niemals gegeben. Alles war ruhig und friedlich.
Vielleicht, dachte Liliani, war das vorhin ja doch Miss JoAnns Stimme gewesen, die ihre Klassenkameraden heimgeschickt hatte. Weshalb sollte es sonst im ganzen Schul-

haus so still sein? Vorsichtig öffnete sie die Tür der Besenkammer. Auch sie wollte nach Hause, bestimmt machte sich ihre Mutter schon Sorgen zum sie.
Als Liliani hinaus in den Gang trat, sah sie etwas Großes, Dunkles am Boden liegen. Es war der Lehrer, dem sie auf ihrem Weg zur Besenkammer begegnet war. Er wirkte wie Lilianis Vater, wenn er zuviel Kava getrunken hatte und seinen Rausch ausschlafen mußte. Um ihn nicht zu stören, schlich Liliani sich auf Zehenspitzen an ihm vorbei und schlüpfte durch die offene Tür ins Klassenzimmer. Den Anblick, der sie dort erwartete, würde sie ihr ganzes Leben lang nicht vergessen.
Für Liliani, die schon viele Begräbnisse auf Nuku miterlebt hatte, war der Anblick von Leichen nichts Ungewöhnliches. Aber die meisten Toten, die sie bisher gesehen hatte, waren ältere Menschen gewesen, nicht Jungen und Mädchen in ihrem Alter. Und schon gar nicht Klassenkameraden, mit denen sie eine Stunde zuvor noch gesprochen und gespielt hatte. Eine Weile blieb Liliani wie versteinert vor den kleinen Leichen in ihren Schuluniformen stehen, unfähig, ihnen ins Gesicht zu schauen. Dann fing sie mit einem Mal an, laut zu weinen, und hastete, ohne nach links oder rechts zu sehen, hinaus ins Freie.

✷

Wie jeden Tag, wenn er vom Fischen kam, zog Tekina sein *popao* so weit den Strand hinauf, daß es sicher vor der Flut war. Im Vorbeipaddeln hatte er schon von weitem die roten Schulkleider und die weißen Hemden von den Kindern gesehen, die vor der Schule lagen und sich nicht rührten.
Tekina hatte sofort gewußt, daß auf Nuku etwas Schreckliches geschehen sein mußte. Und er ahnte, daß dafür

die Wolke des Teufels verantwortlich war, die ihn selbst draußen auf dem Riff um ein Haar das Leben gekostet hätte.

*

Mehr als einmal hatte JoAnn auf ihrem Weg zurück ins Dorf das Gefühl, in einem Alptraum gefangen zu sein, aus dem es kein Erwachen gab. Sie lief an Häusern vorbei, deren Besitzer tot im Garten lagen, sie sah auf ihren Feldern zusammengesackte Bauern, und einmal versperrte ihr ein mitten auf dem Pfad verendetes Schwein den Weg. Als sie mit angehaltenem Atem um den Kadaver herumging, hatte sie das Gefühl, als blicke er ihr mit seinem matte Auge hinterher.

Schließlich erreichte sie das Haus, in dem sie fast ein Jahr lang gewohnt hatte. Auch hier war es so still wie überall sonst auf der Insel. Keine Hühner gackerten, keine Schweine grunzten, kein Hund bellte sie freudig an, und der vorwitzige Hahn, der ihr so oft den Schlaf geraubt hatte, lag als zusammengefallenes Federbündel unter dem Mangobaum vor ihrem Fenster. Keine Kinder lachten, keine Tapa-Schlegel ließen ihr dumpfes rhythmisches Klopfen durch den Wald schallen. Nur die Blätter der Kokospalmen rieben sich in der Brise aneinander und erzeugten ein Geräusch wie ein Regenschauer, der weit entfernt niedergeht.

Drinnen im Haus lag Meles Ehemann auf derselben Matte, auf der er immer geschlafen hatte. Auf seinem friedlichen Gesicht krabbelten drei Fliegen herum, die offenbar erst nach dem Massensterben auf der Insel ausgeschlüpft waren. JoAnn ging an dem Toten vorbei in den Raum von Großmutter Lata, die in ihrem Bett gestorben war.

JoAnn spürte, wie ihr abermals die Tränen über die Wangen strömten. Laut schluchzend hastete sie in ihr Zimmer und nahm die beiden Fotos, die ihre tongaische Gastfamilie zeigten, aus ihren Rahmen und steckte sie in eine Tasche ihres blauen Kleides.

✷

JoAnn fand Mele auf einer schattigen Waldlichtung, wo sich die Frauen immer zum Tapa-Schlagen getroffen hatten. Die Frau, die für sie eine Art tongaische Mutter geworden war, hielt noch immer den Holzschlegel in der Hand. Direkt neben dem Block mit der halb geklopften Tapa war sie auf eine große Wurzel gefallen, über der ihr Körper nun merkwürdig verrenkt dalag. Ihr Gesicht trug einen eher erstaunten als schmerzverzerrten Ausdruck, und ihr Mund stand halb offen, als wollte sie gerade eines der vielen Lieder anstimmen, die JoAnn immer so gut gefallen hatten.

Es war eine Illusion. Als Meles Mund würde nie wieder eine Melodie, über ihre Lippen nie wieder ein Wort kommen. JoAnn kniete neben der Toten nieder, legte den Kopf auf Meles Bauch und schlang ihre Arme um sie. Und dann weinte sie, bis Meles schwarzes Kleid ganz naß von ihren Tränen war.

✷

Tekina und Liliani begegneten sich im Wohnzimmer ihres Hauses, das sie noch nie so still erlebt hatten. Obwohl Liliani direkt neben ihrem toten Vater auf dem Boden saß, weinte sie nicht, sondern sah Tekina mit ihren klaren dunklen Augen an. Auch Tekina sagte kein Wort, als Liliani aufstand, zu ihm rannte und sich in seine Arme warf. Nachdem sich die beiden lange fest aneinandergedrückt hatten, erzählten sie einander, wie es ihnen ergangen war.

»JoAnn ist mit dem Palangi-Mann aus dem Klassenzimmer

gerannt«, schluchzte Liliani auf. »Seitdem habe ich sie nicht mehr gesehen.«
Bei der Erwähnung des Palangi kochte in Tekina eine nur mit Mühe bezähmbare Wut hoch. War dieser Mann es am Ende gewesen, der die Teufelswolke nach Nuku gelockt hatte? Wenn das der Fall war, dann mochte Gott dem Palangi gnädig sein, wenn Tekina ihn in die Finger bekam. »Komm, gehen wir«, sagte er zu Liliani und nahm sie bei der Hand. »Laß uns nach den anderen suchen.«

*

JoAnn verließ gerade den Wald, als sie Jim unten am Strand auf einen kleinen, im Sand zusammenkauerten Körper zuhumpeln sah. Es war Su'a! Jim durfte nicht vor ihr bei ihm sein! Rasch nahm JoAnn einen herumliegenden Ast und rannte, so schnell sie konnte, auf Jim und dem kleinen Toten zu.
»Rühr ihn nicht an, du Mistkerl«, schrie sie dabei mit so schriller Stimme, daß sie selbst erschrak. »Laß ihn ja in Ruhe, verdammt noch mal.«
JoAnn holte mit dem Ast nach Jim aus, der sich aber rechtzeitig duckte, so daß ihr Schlag ins Leere ging. Sie holte abermals aus und versuchte, Jims verwundetes Bein zu treffen. Jim mußte nach hinten ausweichen und fiel rücklings in den Sand. Instinktiv rollte er sich zur Seite, so daß der nächste Hieb, der eigentlich auf seinen Kopf gezielt war, ihn nur an der Schulter traf.
»Du ... du und deine dreckigen Freunde«, schrie JoAnn außer sich vor Wut. »Ihr habt ihn umgebracht. Ihr habt sie alle umgebracht, ihr Schweine! Ihr dreckigen Schweine!«
Jim hielt die Hände über den Kopf, um sich vor weiteren Schlägen zu schützen, aber JoAnn ließ den Ast fallen und fiel neben Su'a auf die Knie.

Der fünf Jahre alte Junge lag mit schmerzverzerrtem Gesicht im Sand. Sandkörner, die in der Sonne weiß und golden glitzerten, klebten auf seinem T-Shirt und in seinen schwarzen, lockigen Haaren. Su'a war barfuß. Im Sand konnte JoAnn noch die Spuren sehen, die seine nackten Füße hinterlassen hatten. Hoch über ihr kreischte eine einsame Möwe, ein Geräusch, bei dem JoAnn unwillkürlich zusammenzuckte. Seit die tödliche Wolke über Nuku hinweggezogen war, hatte sie keine Tierstimme mehr gehört.
JoAnn kauerte sich neben Su'a in den Sand und streichelte ihm über seine braunen Arme. In der warmen Sonne fühlte sich die Haut nicht so an, als ob der Junge tot wäre. Die Hände hatte Su'a zu kleinen Fäusten geballt, und auf einmal erinnerte sich JoAnn daran, wie sie ihm das Knobeln beigebracht hatte. Wie hatte sich Su'a doch immer gefreut, wenn er sie bei diesem Spiel geschlagen hatte! Jetzt spreizte JoAnn Zeige- und Mittelfinger ihrer rechten Hand und hielt sie an die kleine braune Faust, die vor ihr im Sand lag. »Schere«, flüsterte sie. »Du hast gewonnen, Su'a.«
An dem salzigen Geschmack in ihrem Mund spürte JoAnn, daß sie wieder weinte. Nie wieder würde sie Su'as helles Lachen hören, nie wieder sein glückliches, zahnlückiges Grinsen sehen. Sie konnte den Anblick seines zur dunklen Maske des Todes erstarrten Gesichtes nicht mehr ertragen und schaute hinaus auf den Ozean, während sie Su'a mit der Hand ein letztes Mal durch die lockigen Haare fuhr. Von dort draußen war das Verderben gekommen, das Nuku innerhalb von wenigen Minuten in ein Massengrab verwandelt hatte.
Zwanzig Minuten saß JoAnn neben der kleinen Leiche und spürte, wie die tropische Sonne ihr den Nacken versengte. Erst als sie ein leises Scharren im Sand hinter sich hörte, wurde ihr klar, daß Jim noch immer in der Nähe war.

»Hauen Sie bloß ab«, fauchte sie, aber es klang eher traurig als wütend. »Verschwinden Sie von meiner Insel.«

»Das würde ich ja gerne«, antwortete Jim. »Aber ich weiß nicht, wie. Irgend jemand muß schließlich den Behörden berichten, was hier geschehen ist. Außerdem braucht ihr Hilfe, um all die Leute zu beerdigen.« Jim hielt inne, als er merkte, wie schrecklich nüchtern sich das anhörte.

»Dann nehmen Sie sich doch so ein gottverdammtes Kanu und paddeln Sie los«, fauchte JoAnn und wandte ihre rotgeweinten Augen nicht vom Horizont. Noch immer streichelte sie Su'a den Kopf.

Jim stand auf und wollte schon gehen, als er sah, daß vom Wald her Liliani und Tekina zum Strand herunter kamen.

»JoAnn, da sind ...«

»Halten Sie den Mund, Sie Dreckskerl.«

»Jetzt halten Sie mal selbst den Mund«, zischte Jim und wunderte sich, weshalb er auf einmal so heftig reagierte. In versöhnlicherem Ton fuhr er fort: »Da kommt jemand.«

JoAnn drehte sich um und sah Liliani und Tekina kommen. Eine Weile starrte sie die beiden mit offenem Mund an, dann sprang sie auf und rannte auf sie zu. Tränenüberströmt ging sie vor Liliani in die Knie, schloß das Mädchen in ihre Arme und bedeckte ihr Gesicht mit Küssen der Dankbarkeit. Nur mit Mühe brachte sie die Frage heraus, die ihr auf der Seele brannte.

»Wie ... wie bist du am Leben geblieben, Liliani?«

»Ich habe mich vor der Wolke versteckt. In der Besenkammer neben der Bibliothek«, sagte Liliani unter lautem Schluchzen.

»Kluges Kind, kluges Kind«, flüsterte JoAnn auf englisch. Dann sprang sie auf, umarmte Tekina und gab ihm einen Kuß auf die Wange. Zwar hatte der alte Mann instinktiv einen Schritt zurück gemacht, ließ dann aber JoAnns Umarmung über sich ergehen. Diese Palangis waren nun einmal seltsame Menschen.

✷

Jim stand noch am Wasser, als JoAnn, Liliani und Tekina auf ihn zugingen. Der alte Mann blickte ihn mit müden, aber seltsam herausfordernden Augen an.
»Sai pë?« fragte er.
»Er will wissen, ob es Ihnen gutgeht«, übersetzte JoAnn mit feindseliger Stimme.
»Ja, es geht mir gut«, antwortete Jim mit einem Achselzucken. »Hat außer uns sonst noch jemand überlebt?«
JoAnn übersetzte Jims Frage für Tekina, der daraufhin den Kopf schüttelte und den Palangi voller Mißtrauen abschätzig musterte. Mit leiser, gefährlich klingender Stimme raunte er: *»Na'e omani 'a e 'ea Tevolo 'a e tangata ein?«*
Jim sah, wie JoAnn Tekina mit versteinertem Gesicht zunickte und schloß daraus, daß auch sie an einer Antwort auf die Frage interessiert war.
»Er will wissen, ob Sie die Teufelsluft hierher gebracht haben.«
»Die Teufelsluft? Ach so ...« Jim wich den unverhohlen feindseligen Blicken des alten Mannes aus. Wie soll ich ihm bloß die Geschichte mit den Subloons am besten erklären? dachte er.
»Wir haben Säcke im Meer versenkt. Sehr große Säcke mit sehr viel Luft, und zwar guter Luft«, sagte er schließlich und wartete, bis JoAnn seine Worte übersetzt hatte. »Diese Luft sollte euch beschützen und Zyklone vernichten, bevor sie eure Inseln zerstören. Aber die Luft ist schlecht geworden und wurde irgendwie aus dem Sack befreit. Wie, das kann ich nicht sagen.«
Als er mit seiner Erklärung fertig war, blickte Jim von JoAnn

zu Tekina. Der Alte sah ihn aus haßerfüllten Augen an und hatte offenbar große Mühe, seine Wut zu zügeln.
Als er schließlich etwas sagte, war sogar JoAnn erstaunt über die Bitterkeit seiner Worte. Und sie war entsetzt, daß Tekinas Haß ebenso gegen sie gerichtet war wie gegen Jim.
»Geht fort, ihr Palangis. Verlaßt meine Insel. Zuerst habt ihr die Seelen unserer Kinder vernichtet, und jetzt auch ihr Leben. Auf Nuku habt ihr nichts mehr zu suchen. Ihr habt schon genug Teufelswerk über uns gebracht. Macht, daß ihr wegkommt. Und zwar sofort!«
Noch bevor JoAnn seine Worte übersetzen konnte, griff Tekina nach Lilianis Hand, drehte sich abrupt um und ging zusammen mit ihr hinauf in den Wald. Weder er noch Liliani sahen sich noch einmal nach JoAnn um.

Cernan Kranz saß in seinem leeren Haus und starrte auf das Display des Laptop-Computers. Das Wetterbild aus dem Internet baute sich quälend langsam auf. Obwohl es schon nach Mitternacht war, fühlte sich Kranz überhaupt nicht müde. Viele tausend Kilometer von ihm entfernt passierte nämlich etwas, das entscheidend dafür sein konnte, ob sein Name einmal in den Geschichtsbüchern stehen würde oder nicht.
»Nun komm schon«, murmelte Kranz, als sich auf dem Bildschirm sekundenlang überhaupt nichts tat. Das Internet war wieder einmal unerträglich langsam. Vermutlich absolvierten die Kids an der Westküste gerade ihre abendlichen Surf-Orgien.
Schließlich erschien zögernd der obere Teil eines Wolkenwirbels auf dem Display. Als Kranz den schwarzen Punkt in der Mitte des Gebildes sah, schlug er vor Begeisterung mit beiden Fäusten auf den Schreibtisch. Ja! Das war's! Über

dem Südpazifik hatte sich ein Wirbelsturm zusammengebraut. Daran bestand jetzt überhaupt kein Zweifel mehr.
Als das Bild sich komplett aufgebaut hatte, erschienen nach und nach blaue und rote Buchstaben sowie Markierungen, mit denen der Nationale Wetterdienst das Satellitenfoto erläuterte. Überall tauchen diese Zeichen auf, nur nicht neben dem Wirbel, auf den Kranz so unverwandt starrte. Ja, war es denn möglich, daß diese Idioten vom Wetterdienst »seinen« Sturm übersehen hatten? Nach ein paar Sekunden, die Kranz wie Stunden vorkamen, erschienen neben dem Wolkenwirbel schließlich zwei blaue Worte: »Hurrikan Ana«.
Nachdem sich Kranz eine Weile an dem Anblick delektiert hatte, rief er die nächste Internet-Seite auf. Diese erschien sehr viel rascher auf dem Schirm, weil sie keine Bilder enthielt, sondern lediglich eine Tabelle, der man Luftdruck, Windgeschwindigkeit und andere Wetterdaten an verschiedenen Punkten der Erde entnehmen konnte. Radarmessungen hatten ergeben, daß in »seinem« Wirbelsturm Windgeschwindigkeiten von bis zu einhundertsechsunddreißig Stundenkilometern herrschten, die Ana bereits jetzt zu einem ausgewachsenen Hurrikan machten.
Kranz blätterte zurück zu dem Wetterbild und betrachtete die weiße Spirale auf schwarzem Grund ein zweites Mal. Es konnte durchaus sein, daß der Hurrikan sich in ein paar Tagen der langgezogenen Kette der Tonga-Inseln näherte, wo seine Subloons auf ihren ersten Einsatz warteten. Andererseits aber wußte Kranz genau, wie launisch und unvorhersehbar das Wetter doch war, und gerade Wirbelstürme waren dafür berühmt, daß sie mitunter die erstaunlichsten Haken schlugen. Und dennoch: Irgend etwas tief in seinem Inneren sagte Cernan Simon Kranz, daß dieser Hurrikan seinen Namen tief ins kollektive Gedächtnis der Menschheit einbrennen würde.

Als Kranz den Computer ausschaltete, spürte er, wie etwas Haariges, Weiches um seine in Hauspantoffeln steckenden Beine strich. Verdammtes Mistvieh, dachte er und verpaßte der Katze einen Fußtritt, den das Tier mit einem beleidigten Fauchen quittierte. Kranz griff zum Telefon, das neben dem Laptop stand, und wählte die Vorwahlnummer des Königreichs Tonga.

✷

»Soll ich dir noch eine Piña Colada bestellen?« fragte Peter und musterte die junge Frau, die neben ihm an der Pool-Bar im Paradise Hotel saß. Das gelbliche Licht des Spätnachmittags verlieh ihrem glatten Gesicht einen warmen Glanz und brachte die rote Hyazinthe in ihrem seidigen, schwarzen Haar zum Leuchten.

»Ja«, kicherte das Mädchen, das noch nicht einmal seinen ersten Drink ausgetrunken hatte. Peter erinnerte sich an das, was er in seinem Reiseführer über die sogenannten *fokisis* gelesen hatte. Diese Frauen, deren Bezeichnung eine Verballhornung des englischen Wortes »fox« war, versuchten laut Führer, sich in ihrem Äußeren westlichen Schönheitsidealen anzupassen und damit männliche Touristen zu betören. Sie waren nicht gerade Prostituierte, ließen sich aber gerne »einladen«, wie der Reiseführer schamhaft vermerkte.

Wenn es ein Paradebeispiel für eine *fokisi* gab, dachte Peter, dann war es dieses Mädchen, mit dem er vor einer halben Stunde ins Gespräch gekommen war. Trotz der Hitze trug sie ein rotkariertes Holzfällerhemd, das weit aufgeknöpft war und großzügig den Blick auf ihre mittelgroßen Brüste in einem schwarzen Spitzen-BH freigab.

In seinem Reiseführer hatte Peter gelesen, daß die *fokisi* es vor allem darauf abgesehen hatten, einen Weißen zu heiraten und als Ehefrau in eine der westlichen Industrienationen auszuwandern. Mit mir nicht, dachte Peter, aber das schließt ja nicht aus, daß man ein bißchen Spaß miteinander haben kann.

Gerade als er der Frau eine Hand auf den Oberschenkel legen wollte, kam der Barkeeper heran und räusperte sich.

»Sind Sie Mr. Ratcliff?« fragte der Mann. Als Peter nickte, fuhr er fort: »Ich habe einen Anruf für Sie.«

Peter zwinkerte dem Mädchen zu und ließ sich den Hörer des Mobiltelefons reichen. »Ja?« bellte er hinein, während er ein paar Schritte von der Bar wegging.

»Hier spricht Cernan Kranz. Ich versuche seit Stunden, Sie zu erreichen. Was ist los? Wie steht es mit Ihrem Auftrag? Wieso melden Sie sich nicht?«

Peter hatte sich den ganzen Tag von Telefonen ferngehalten, weil er sich vor diesem Gespräch gefürchtet hatte. Nun aber konnte er sich nicht mehr länger davor drücken, seinem Chef Rede und Antwort zu stehen. »Nun ja«, druckste er herum, »ich habe heute noch nichts von unserem ... Handwerker gehört. Bisher hat er das Boot noch nicht zurückgebracht, und ich kann ja schlecht die Polizei danach fahnden lassen.«

»Haben Sie versucht, ihn über Funk zu erreichen?« fragte Kranz dazwischen.

»Ja, Sir, das habe ich. Aber er hat nicht geantwortet«, log Peter, der jetzt schon wußte, was Kranz als nächstes sagen würde.

»Bringen Sie die Sache in Ordnung, oder Sie sind gefeuert, Peter!«

»Ja, Sir.«

»Und sorgen Sie dafür, daß Sie in Zukunft besser erreichbar sind. Ich habe keine Lust, mich jedesmal bis an die verdammte Pool-Bar durchzufragen. Sie sind schließlich nicht zum Vergnügen auf Tonga, verdammt noch mal. Setzen Sie

sich sofort mit Dr. Matangi in Verbindung und sagen Sie ihm, daß ein Hurrikan im Anmarsch auf Tonga ist.«
»Aber wir haben doch noch nicht alle Subloons installiert. Wir müssen noch –«
»Das weiß ich selber, Sie Hornochse«, schnitt Kranz ihm das Wort ab und brüllte dabei so laut, daß Peter den Hörer ein paar Zentimeter von seinem Ohr weghielt. Er warf einen raschen Blick auf das Mädchen, das ebenso hübsch wie gelangweilt aussah.
»Wann soll der Hurrikan hier ankommen?«
»In zwei bis drei Tagen«, raunzte Kranz, und Peter atmete erleichtert auf. Obwohl er bei weitem nicht über das meteorologische Wissen seines Chefs verfügte, wußte er, daß ein Wirbelsturm in drei Tagen seinen Kurs grundlegend ändern oder gleich ganz in sich zusammenfallen konnte. Diese Gedanken behielt er natürlich für sich, denn er wollte Kranz nicht noch weiter reizen.
»Verstanden, Sir. Ich werde mich so rasch wie möglich mit Dr. Matangi in Verbindung setzen. Sobald ich etwas über unseren Reparaturauftrag erfahre, werde ich …«
Peter hörte am Klicken, daß Kranz aufgelegt hatte, und beschloß, die Hektik seines Chefs nicht allzu ernst zu nehmen. Als er dem Barkeeper das Telefon zurückgab, bestellte er zwei neue Drinks für sich und das Mädchen, das auf einmal wieder ein verführerisches Lächeln auf dem Gesicht hatte.

*

Tekina hielt Lilianis Hand fest in der seinen und zog seine Enkelin auf dem Weg durch den Wald hinter sich her. Die Kleine hatte Mühe, mit ihrem entschlossen ausschreitenden Großvater Schritt zu halten. Die Sonne sank schon auf den Horizont zu, als die beiden ein aus Holzplanken und Well-

blech zusammengezimmertes Haus an der Westspitze Nukus erreichten.
Tekina betrat die ärmliche Behausung, die entfernten Verwandten von ihm gehört hatte, und fand in einem der zwei Zimmer eine alte Frau, die in ihrem Bett gestorben war. Erst jetzt ließ er Lilianis Hand los, um die magere Alte aus dem Haus zu tragen. Nachdem er ihre starre Leiche auf einen in der Nähe stehenden Karren gelegt hatte, ging er zusammen mit Liliani wieder hinein.
»Sieh dir das an, Kind. Wer hat diese Lampe gemacht?« fragte Tekina und packte die Petroleumlampe, die auf einem kleinen Kästchen rechts von der Eingangstür stand. »Weißt du, wer diese Lampe gemacht hat?«
Liliani sah ihn verständnislos an. Die Lampe in der Hand ihres Großvaters war auch nicht anders als die bei ihnen zu Hause. Wer sie gemacht hatte, wußte sie nicht. Tekina machte ihr Angst mit seinen bohrenden Fragen.
»Palangis haben sie gemacht!« schrie Tekina und schleuderte die Lampe zu Boden. Ohne sich um die Scherben ihres zersplitterten Glases zu kümmern, ging Tekina barfuß durch den Raum, in dem langsam der Geruch von verschüttetem Petroleum aufstieg. In einem Regal an der gegenüberliegenden Wand hatte er ein kleines Transistorradio entdeckt, das er anschaltete und seiner Enkelin vor der Nase hielt. Aus dem kleinen Lautsprecher krächzte ein Lied von Frank Sinatra.
»Und das hier? Wer hat das gemacht? Palangis. Und wer singt da? Wieder ein Palangi!« In höchster Wut warf Tekina das Radio so fest gegen die Wand, daß das Plastikgehäuse zerbarst und die Batterie durch den Raum flogen.
»Sieh dich um, Mädchen«, keuchte Tekina. »Vasen, Bilderrahmen, Plastikschüsseln. Kannst du irgend etwas entdecken, das nicht von Palangis gemacht wurde?«
Liliani sah sich in dem Raum um. Ihr Großvater hatte recht.

Viele der Gegenstände, mit denen sich die Menschen auf Nuku umgaben, waren von Palangis hergestellt und auf die Insel gebracht worden. Dann aber fielen ihre Augen auf die Grasmatte am Boden. Tekina bemerkte ihren Blick und nickte. Er ließ Liliani von der Matte treten, rollte sie zusammen und trug sie nach draußen.
»Sonst noch was?« fragte er, als er wieder im Haus war. Liliani deutete auf die Wände.
»Nein, mein Kind«, sagte Tekina und schüttelte den Kopf. »Diese Bretter sind zwar aus Toa-Holz, aber eine Palangi-Säge hat sie zugeschnitten und Palangi-Nägel halten sie zusammen. Das macht sie zu Palangi-Dingen wie alles andere hier auch. Aber du und ich, wir sind keine Palangi. Und deshalb müssen wir von uns ihren Dingen befreien und leben, wie unser Volk vor der Ankunft dieser weißen Teufel gelebt hat.« Tekina packte seine Enkelin an den Schultern und schüttelte sie. »Hast du mich verstanden, mein Kind?«
»Ja«, sagte Liliani. Sie wußte, daß sich ihr Großvater mit einer anderen Antwort nicht zufriedengeben würde. Obwohl Tekinas Wut ihr fast noch mehr Angst machte als die unnatürliche Stille, die über der Insel lag, ließ sie sich nichts anmerken. Schließlich war sie nur ein Kind, dem es nicht zustand, die Entscheidungen der Erwachsenen zu hinterfragen. Und so gehorchte Liliani auch ohne Widerspruch, als Tekina sie aus dem Haus schickte.

Als Liliani draußen war, griff Tekina nach der Schachtel mit Streichhölzern, die neben der Petroleumlampe gelegen hatte. Auch die Zündhölzer stammten von den Palangis, aber sie sollten das letzte sein, das Tekina jemals von ihnen benutzte. Vor Wut zitterten Tekinas Hände so stark, daß er fünf Hölzer anreißen mußte, bis er eines davon zum Brennen brachte. Das hielt er nun so lange in der Hand, bis die kleine Flamme stabil und kräftig war. Dann ließ er es in die Petroleumpfütze fallen, die sich rings um die zerbrochene Lampe gebildet hatte. Gelbliche Flammen begannen emporzuzüngeln, die sich rasch über den ganzen Fußboden ausbreiteten. Als Liliani ihren Großvater aus dem Haus treten sah, loderte hinter ihm ein mannshohes Feuer, das seine weißen, vom Kopf abstehenden Haare wie einen Flammenkranz zum Leuchten brachte. Tekina nahm die Matte und zog sie ein paar Meter vom Haus fort, wo er sie im Gras ausbreitete. Dann rief er Liliani zu sich. Obwohl sie lieber weggelaufen wäre, setzte sich die Kleine neben ihn und legte weinend ihren Kopf in seinen Schoß.

Ihr Großvater starrte auf das Feuer, als wäre es das einzige, was ihm auf dieser Welt noch Trost spenden konnte. Erst als die verbrannten Balken das Wellblechdach nicht mehr tragen konnten und es mit lautem Getöse und hoch aufstiebenden Funken ins Feuer fiel, löste er sich aus seiner Erstarrung. Er stand auf und zog einen der brennenden Dachsparren aus dem lodernden Scheiterhaufen, der noch vor einer halben Stunde ein Haus gewesen war.

»Gehen wir«, sagte er zu Liliani und hielt den an einem Ende brennenden Stecken wie eine Fackel in beiden Händen. »Wir haben heute nacht noch viel zu tun.«

KAPITEL 16

Liliani lernte rasch, welche Aufgabe ihr Tekina bei seinem Kreuzzug gegen die Dinge der Palangis zugedacht hatte. In jedem Haus, zu dem sie ihr Großvater brachte, mußte sie die handgewebten Grasmatten, die als Trinkgefäße benützten Kokosnußschalen und vor allem das Tapa-Tuch herausholen, das die Frauen unter ihren Schlafmatten aufbewahrt hatten. Manchmal waren es so viele, daß sie mehrere Male gehen mußte, bis sie sie alle ins Freie geschafft hatte.

Tekina holte inzwischen die Leichen aus den Häusern und legte sie in sicherer Entfernung nebeneinander. Dann hielt er die Fackel, die er aus dem vorherigen Haus mitgenommen hatte, an die trockenen Bretter des Fußbodens und zündete das Holzgebäude an.

Sechs Häuser brannten die beiden auf diese Art und Weise nieder. Als sie die Kirche erreichten, in der sie jeden Sonntag dem Gottesdienst beigewohnt hatten, erschienen an dem von lodernden Flammen rot erhellten Nachthimmel die ersten Sterne.

Als Tekina mit der Fackel in der Hand auf das gepflegte, weiß gestrichene Gebäude zuging, fiel Liliani ihm in die Arm.

»Nein, Großvater«, rief sie aus und vergaß dabei den Respekt, den sie dem alten Mann schuldete. »Das darfst du nicht. In der Kirche wohnt Gott, du darfst das Haus Gottes nicht anzünden!«

Tekina steckte seine Fackel in die weiche Erde und nahm Liliani bei der Hand. »Diese Kirche haben die Palangis

gebaut, Kind«, erklärte er, »und ein wahrer Gott wird niemals in einem Haus wohnen, das von Teufeln errichtet wurde. Der Gott, den die Palangis uns gebracht haben, ist schlecht, Liliani. Hast du denn nicht sein Bild in der Kirche gesehen? Er ist ein Palangi, dieser Gott, keiner von uns, und er kümmert sich auch nur um die Palangis. Hat dieser Gott etwa verhindert, daß alle Menschen auf unserer Insel getötet wurden? Ein solcher Gott hat kein Haus auf Nuku verdient.«
Liliani fing leise zu weinen an. Tekinas zu einer Fratze verzerrtes Gesicht und seine gegen die Kirche erhobenen Fäuste machten ihr Angst. So hatte sie ihren Großvater, der immer die Güte in Person gewesen war, noch nie erlebt. Aber Tekina bemerkte ihre Tränen nicht. Er nahm die Fackel und ging damit entschlossenen Schrittes auf die Kirche zu.

✷

Nachdem der Anker gegriffen hatte, schaltete Liston die Maschine der Hatteras ab. Vor ihm lag die Insel Nuku, deren dunkle Silhouette von mehreren großen Feuern erleuchtet wurde.
Was ist denn hier los? fragte sich der Honduraner. Ob wohl die Eingeborenen ein Fest feiern? Als er mit dem Fernglas hinüber zur Insel sah, konnte er rings um die Feuer keine Menschenseele ausmachen. Seltsam, dachte Liston, wenn die wirklich feiern würden, müßte zumindest jemand tanzen. Und dann erkannte er, was da brannte: Das waren Häuser!
Was ging auf dieser Insel vor? Vielleicht ein Volksaufstand? Hier in Tonga? Liston schob diesen Gedanken als lächerlich beiseite. Es gab kaum friedlichere Menschen als dieses kleine Volk im Südpazifik.
Liston ging hinunter in die Kapitänskabine und holte sein Nachtsichtgerät aus der Tauchertasche. Dann nahm er die

Mütze ab, um sich das Band der zigarrenförmigen Vorrichtung über den Kopf zu streifen. Nachdem er alle Lichter an Bord gelöscht hatte, schaltete er das Gerät an. Die Elektronik des kleinen Präzisionsapparats verstärkte das Licht der Brände vierzigtausendfach und zeichnete ein taghelles Bild der Insel auf den kleinen Monitor, der sich am Ende des Aluminiumtubus direkt vor Listons rechtem Auge befand. Wie von einer grünen Sonne beschienen sah er Palmen, Strände, Hütten und Felsen. Alles wirkte ruhig und friedlich, nirgends konnte er einen Menschen entdecken.
Liston schaltete das Nachtsichtgerät ab und ging wieder in seine Kabine. Dort zog er sein T-Shirt aus, wickelte das Nachtsichtgerät darin ein und steckte es in einen wasserdichten Beutel, den er ebenfalls in seiner Tasche mit an Bord gebracht hatte. Nachdem er Jeans, Stiefel und Ballonmütze sowie Pistole und Messer und ein Handtuch in dem Sack verstaut hatte, verschloß er ihn mit einer Plastikschnalle. Als er schon die Kabinentür öffnete, um nach oben zu gehen, kam ihm noch eine Idee. Er machte den Sack noch einmal auf und steckte das Foto von North hinein, das er von Ratcliff erhalten hatte.
Dann ging er an Deck und stieg mit dem Sack über die Aluminiumleiter hinab ins Meer. Aus Angst, die Hatteras auf Grund zu setzen, hatte er so weit draußen geankert, daß er bis zum Strand noch eine ziemliche Strecke zu schwimmen hatte.

✷

Langsam näherte sich Tekina der einen Spaltbreit offenstehenden Kirchentür. Als er sie nach innen drückte, gaben die rostigen Angeln ein knarzendes Geräusch von sich, das in dem großen, stillen Raum widerhallte. Als Tekina ein paar Schritte in die Kirche hineinging, leuchteten ihm im Feuer-

schein seiner Fackel das weiße Altartuch und das weiße Kreuz darüber entgegen. Weiß wie die Palangis, dachte Tekina und schritt langsam die Bankreihen entlang.
Trotz seiner Entschlossenheit von vorhin überkam ihm beim Gedanken, diese Kirche anzuzünden, ein merkwürdiges Gefühl. Wie oft hatte er hier zusammen mit seiner Familie zum Gott der Palangis gebetet, der bis vor wenigen Stunden noch der seine gewesen war. Tekina blieb stehen und lauschte in die Stille der Kirche hinein. Fast meinte er, noch den Widerhall der vielen Lieder zu hören, die seine Tochter Mele hier zusammen mit ihm und der ganzen Gemeinde gesungen hatte. Was für eine schöne Stimme Mele doch gehabt hatte! Und jetzt war sie tot, ebenso wie seine anderen Töchter und Enkelkinder. Allein Liliani war ihm geblieben.
Tekina dachte daran, wie sehr es Liliani verletzen würde, wenn er die Kirche in Brand steckte. Aber sie war ein Kind, und Kinder hatten sich den Entscheidungen der Erwachsenen zu beugen. Warum sollte die Kirche bestehen, wenn alle anderen Häuser in Nuku in Flammen aufgingen? Nachdenklich ließ Tekina seinen Blick durch den vom flackernden Fackellicht erleuchteten Raum schweifen, als ihn auf einmal etwas Weiches, Warmes an seinem linken Fuß berührte. Der alte Mann erschrak so sehr, daß er einen Satz nach hinten machte und dabei fast seine Fackel fallenließ.
Und dann sah er es: Zwischen zwei Kirchenbänken direkt vor ihm ragte eine menschliche Hand hervor. Eine Hand, die sich bewegte.
»Liliani!« schrie Tekina. »Komm sofort her!«
Als seine Enkeltochter herbeigerannt war, drückte Tekina ihr die Fackel in die Hand und ging in die Knie. Zwischen zwei Kirchenbänken eingeklemmt lag der Pfarrer, dessen eine Hand das goldene Kreuz auf seiner Brust umklammert hielt. Die andere hing hinaus in den Mittelgang.

Tekina packte den bewußtlosen Priester unter den Achseln und zerrte ihn zwischen den Bänken hervor. Dann lockerte er ihm den Kragen und legte eine Hand auf seine Brust. Der Pfarrer atmete regelmäßig. Tekina ergriff seine Schultern und schüttelte ihn, konnte ihn aber nicht aufwecken. Auch als er ihm mit der Hand auf die Wangen klopfte, reagierte der Priester nicht. Tekina befahl Liliani, die Fackel ganz nahe ans Gesicht des Geistlichen zu halten, und öffnete eines der Augen. Der Blick des Mannes ging glasig ins Leere.
»Die Palangi-Luft hat ihm das Gehirn zerstört«, sagte Tekina. Hier in der Kirche, wo die Fenster alle noch Scheiben hatten, konnte nicht so viel von der teuflischen Wolke in den Raum dringen, um den Priester zu töten. Vermutlich war er auf der Bank gekniet und hatte gebetet, als die schlechte Luft durch die einen Spalt offenstehende Tür hereinkam und ihm das Bewußtsein raubte.
Tekina richtete den Oberkörper des Pfarrers auf und lehnte ihn an die Stirnseite einer Kirchenbank. Der Kopf des Mannes sackte nach vorn, und aus dem Mundwinkel rann ihm ein dünner Speichelfaden.
»Bleib hier bei ihm und ruh dich aus«, sagte Tekina zu Liliani. »Ich mache alleine weiter.«
»Wird er sich denn wieder erholen?« fragte das Mädchen mit banger Stimme.
»Das weiß ich nicht.«
»Dann wird er vielleicht wie der verrückte Tomasi werden?«
»Kann sein, mein Kind.«
»Aber wir werden uns um ihn kümmern, nicht wahr?«
»Ja, sicher werden wir das.«

✷

»Ich schätze, ich komme mit so einem Kanu schon klar«, sagte Jim. »Und den Weg nach Neiafu weiß ich auch. Wenn morgen früh die Sonne aufgeht, will ich es versuchen. Und was ist mit Ihnen? Kommen Sie mit?«
JoAnns Gesicht war im Schein des kleinen Feuers, das sie sich am Strand angezündet hatten, nur undeutlich erkennbar.
»Ich weiß nicht so recht«, sagte sie. »Diese Insel ist zwar nicht meine Heimat, aber vielleicht sollte ich doch hierbleiben.«
JoAnn hatte eine grüne Kokosnuß vor sich im Sand liegen und fing nun an, mit einer Machete, die sie aus einem der Häuser in der Nähe geholt hatte, das dicke Fruchtfleisch abzuhacken. Nachdem sie den harten braunen Kern freigelegt hatte, schlug sie ein paarmal mit der stumpfen Seite der Machete darauf, bis sie an einem leisen Knacken erkannte, daß ihre Arbeit getan war: An der Spitze der Nuß war ein kleines Stück Schale abgesprungen. JoAnn hob die geöffnete Kokosnuß an ihre Lippen und trank von der süßen, wohlschmeckenden Milch. Dann reichte sie die Frucht an Jim weiter.
»Hey, das machen Sie aber gut«, sagte er bewundernd.
»Jeder Tongaer hätte das in der Hälfte der Zeit geschafft«, antwortete JoAnn mit einem müden Achselzucken. Ihre Stimme klang noch immer traurig, und Jim versuchte alles, um sie von den Gedanken an all die Toten auf der kleinen Insel abzulenken.
»Könnten Sie mir vielleicht beibringen, wie das geht?« fragte er.
»Vielleicht. Aber jetzt nicht«, gab JoAnn zurück und stocherte mit der Spitze der Machete im Feuer herum.
»Und warum nicht?«
»Weil mir jetzt nicht der Sinn danach steht.«
Jim beschloß, JoAnn in Ruhe zu lassen. Wenigstens geht sie

jetzt nicht mehr mit irgendwelchen Knüppeln auf mich los, dachte er. Er trank den Rest der Kokosmilch und wollte die Nuß gerade wegwerfen, als JoAnn sie ihm aus der Hand nahm. Nachdem sie mit ein paar Schnitten den Rest des Fruchtfleisches entfernt hatte, drehte sie die schwere Klinge um und hieb abermals mit der stumpfen Seite der Klinge auf die Nuß ein. Diesmal zerbrach sie in fünf unregelmäßige Stücke, aus denen sie mit der Spitze der Machete das weiße, noch etwas weiche Kokosmark entfernte. Das erste Stück davon reichte sie Jim.

Nachdem sie die Kokosnuß verzehrt hatten, schnitt JoAnn eine kleine Papaya auf, die sie von einem Baum in der Nähe gepflückt hatte. Das ist wohl die letzte Papaya, die hier für lange Zeit geerntet wird, dachte Jim trübsinnig und starrte ins Feuer. Die anderen Früchte werden am Baum verfaulen.

»JoAnn?« fragte er, nachdem er mehrere Minuten lang geschwiegen hatte.

»Ja?« antwortete sie desinteressiert.

»Sind Sie noch immer böse auf mich?«

JoAnns Schweigen war ihm Antwort genug.

»Hören Sie, JoAnn, ich hatte nur einen vagen Verdacht, daß die Luft in den Subloons *möglicherweise* verdorben sein könnte, aber ich konnte doch nicht –«

»Und warum haben Sie nichts unternommen?« fuhr JoAnn ihm in die Parade und starrte ihn quer über das Feuer mit bösen Augen an.

»Aber das habe ich doch. Sicher, ich hätte noch mehr tun können, aber immerhin habe ich den Chef meiner Firma in einem Brief auf das Problem hingewiesen. Antwort habe ich darauf bis heute noch keine bekommen. Vielleicht glaubt er mir ja nicht, vielleicht läßt meine Warnung ihn auch kalt. Als ich nichts von der Firma hörte, schrieb ich meiner Schwester, sie solle sich um die Angelegenheit kümmern.

Sie arbeitet freiberuflich als Journalistin und läßt sich nicht so leicht ein X für ein U vormachen.«
JoAnn sagte nichts, sondern sah zu, wie das Feuer langsam die Schale ihrer Papaya versengte. Auch Jim schwieg und schaute den Funken hinterher, die von prasselnden Scheiten in den Himmel stiegen. Da entdeckte er hinter den Bäumen einen rötlichen Schimmer. »JoAnn, hinter Ihnen ist der Himmel ganz rot. Ich glaube, auf dem Hügel lodert ein Feuer.«
»Beruhigen Sie sich, okay? Das sind nur die Lichter von Neiafu.«
»Nein, das kann nicht sein. Ich kenne die Lichter von Neiafu, ich habe sie schließlich oft genug vom Boot aus gesehen. Das ist ein Feuer, ein großes Feuer, und zwar hier auf der Insel.«
JoAnn hörte auf, in der Glut herumzustochern und drehte sich mit einem genervten Ausdruck im Gesicht betont langsam um. Nachdem sich ihre Augen an die Dunkelheit gewöhnt hatten, sah sie den orangefarbenen Schimmer, vor dem sich die Wedel der Kokospalmen deutlich abhoben. Und dann bemerkte sie eine dunkle Rauchsäule, die hinter dem Wald hinauf in den Nachthimmel stieg.
JoAnn sprang auf. »Was ist da los, verdammt noch mal?«

KAPITEL 17

Tropfnaß ging Liston den Strand hinauf und öffnete im Schutz des Waldes seinen wasserdichten Beutel. Nachdem er sich abgetrocknet und angezogen hatte, stopfte er seine Dreadlocks wieder unter die Ballonmütze, die er diesmal aber mit dem Schirm nach hinten aufsetzte. Dann schnallte er sich das Nachtsichtgerät vor sein rechtes Auge und schaltete es ein.

Das grünliche Bild, das auf dem kleinen Schirm erschien, zeigte ihm den Strand so deutlich wie bei hellem Tageslicht. Langsam blickte Liston sich einmal im Kreis um, konnte aber weder am Wasser noch am Wald irgendeine Bewegung entdecken. Dann sah er etwas, das ihm einen ersten Schwall Adrenalin durch die Adern schickte: Neben dem Stamm einer Kokospalme lag ein Mann im Sand und schlief.

Vorsichtig trat Liston einen Schritt näher und betrachtete den Mann, der Kleidung und Hautfarbe nach Tongaer sein mußte. Der Mann hatte die Augen halb geöffnet, aber er lag so starr und bewegungslos da, als wäre er tot.

Liston betätigte an seinem Nachtsichtgerät einen kleinen Schalter, mit dem er die Sensoren der Kamera auf Infrarotbetrieb umstellen konnte. Diese reagierten nun nicht mehr auf Licht, sondern auf Wärme. Die Objekte, die Liston jetzt am hellsten sah, waren die mit der höchsten Temperatur. Den Schläfer allerdings zeigte der Monitor als eine tiefschwarze Masse. Liston wußte nun, daß dieser Mann tatsächlich tot war, und zwar schon seit geraumer Zeit.

Liston schaltete das Gerät wieder in seinen lichtverstärkenden Normalmodus. Er nahm das Tauchermesser aus dem wasserdichten Sack und steckte es in den Schaft eines seiner Cowboystiefel. Die Pistole kam, nachdem Liston sie überprüft und gesichert hatte, in den Hosenbund. Dann rollte Liston den Sack wieder zusammen und vergrub ihn neben der Kokospalme im Sand. Er war bereit, sich diese geheimnisvolle Insel genauer anzusehen.

✷

Mit der Fackel in der Hand stand Tekina vor dem Haus, das er vor fünfzig Jahren zusammen mit seinem Vater erbaut hatte. Es war ein gutes Haus, auch wenn es jetzt ein wenig schief dastand, weil Schweine und Hunde die Fundamente der Stelzen untergraben hatten. Allerdings war das Gebäude in die Jahre gekommen. An den Wänden blätterte hier und da der graue Lack ab, und kleine krümelige Häufchen im Inneren zeigten an, daß an manchen Stellen die Termiten am Werk waren. Dennoch hatte das Haus mehrere Wirbelstürme und zwei Generationen tobender Kinder überstanden.
Als Tekina sein Heim jetzt im Licht der fast heruntergebrannten Fackel betrachtete, kam es ihm fremd und verräterisch vor. Vor fünf Jahrzehnten hatte ihn sein eigener Großvater vor diesem Haus gewarnt, aber er und sein Vater hatten nicht auf ihn hören wollen. Der Großvater selbst hatte sich standhaft geweigert, mit in das größere, im westlichen Stil errichtete Heim umzuziehen. Bis zu seinem Tod war er in seiner alten, mit Kokosblättern gedeckten Hütte geblieben, und Tekina, der damals erst sechzehn Jahre alt gewesen war, hatte es ihm übelgenommen, daß er für sein und seines Vaters Werk nichts als Verachtung übrig gehabt hatte. Erst jetzt wurde ihm klar, was sein Großvater damals gemeint hatte.
Tekina entzündete eine frische Fackel am Stumpf der fast abgebrannten und ging langsam auf das Haus zu, dessen

Anblick in ihm unzählige Erinnerungen wachrief. Es kam ihm so vor, als hätte er erst gestern in einem Regenschauer auf dem Dach gehockt und bis auf die Haut durchnäßt die letzten Nägel in die Balken geschlagen. Nun waren diese Nägel längst verrostet, und manche ragten mit ihren Köpfen aus dem Holz hervor, so als wollten die Balken sie ausspeien.

Jetzt, da Tekina das Haus auf einmal mit kritischen Augen sah, bemerkte er, daß es eigentlich nur aus rechten Winkeln bestand. Rechte Winkel waren das Werk der Palangis. Die Hütte seines Großvaters hatte einen ovalen Grundriß und ein gewölbtes Dach gehabt, durch dessen Kokoswedel die Sonnenstrahlen ein zartes Schattenmuster auf den gestampften Lehmboden gezeichnet hatten.

Ein solches Haus hätte ich mir damals bauen sollen, dachte Tekina voller Reue. Und so eines werde ich mir auch bauen, wenn ich dieses Palangi-Haus erst einmal verbrannt habe.

Zum letzten Mal betrat Tekina das Gebäude, das ein halbes Jahrhundert sein Heim gewesen war. Er steckte die Fackel in einen Spalt zwischen zwei Bodenbrettern und trug die Leiche von Großmutter Lata ins Freie. Dann zog er seinen toten Schwiegersohn an den Beinen aus dem Haus und legte ihn neben seine Mutter.

Gut, daß Liliani in der Kirche geblieben ist, dachte Tekina, während er seine Machete aus Großmutter Latas Zimmer holte. Weil das Werkzeug schon so lange in seinem Besitz war, übersah er, daß auf seiner Klinge die Worte *Tramontina – Made in Brazil* eingraviert waren. Als nächstes brachte er das im Haus gelagerte Tapa-Tuch ins Freie und legte es zusammen mit den Matten aus dem Wohnzimmer und einem kleinen hölzernen Walfisch, den Su'a aus einer Wurzel geschnitzt hatte, in den Sand neben der Kochhütte.

Irgendwo tief in Tekinas Inneren protestierte eine leise Stimme gegen das Anzünden eines Hauses, das seiner Fa-

milie so lange ein Heim gewesen war, aber diese Stimme kam nicht gegen die Wut des alten Mannes an.
Was für eine Familie? fragte er sich zynisch. Bis auf Liliani sind sie doch alle tot. Und nicht nur sie, sondern alle anderen Familien auf Nuku auch. Umgebracht von denselben Palangis, die den Menschen von Tonga beigebracht haben, wie man solche rechtwinkligen Häuser baut.
Mit versteinertem Gesicht hielt Tekina die Fackel an den Balken über dem Eingang. Der Palangi-Lack, mit dem er gestrichen war, gab dunklen stinkenden Qualm ab, bis schließlich das darunterliegende Kokosholz Feuer fing und knisternd den Flammen Nahrung gab.

✷

Liston legte den Kopf schräg und betrachtete mit seinem Nachtsichtgerät die alte Frau, die auf einem zweirädrigen Karren ruhte. Der Infrarotmodus der kleinen Kamera zeigte ihm deutlich, daß die Frau tot und erkaltet war, aber er konnte sich nicht vorstellen, woran sie gestorben sein könnte. Die Alte lag so friedlich auf dem Wagen, als würde sie dort gerade ein Nickerchen machen.
Vorsichtig näherte sich der Honduraner der Ruine eines Hauses, von der noch immer Hitze und Qualm aufstiegen. Ein paar angekohlte Balken ragten aus einem Haufen Asche und ausgeglühtem Wellblech hervor.
Beim nächsten Haus, das gerade zwanzig Meter von dem ersten entfernt war, bot sich ihm ein ähnliches Bild, nur daß vor diesem Haus vier Leichen lagen: die eines Babys, eines Mannes und zweier alter Frauen.
In der nächsten halben Stunde fand Liston noch mehr tote Menschen und abgebrannte Häuser und fragte sich, was wohl die Ursache für dieses von barbarischer Zerstörung begleitete Massensterben sein könnte. Er erinnerte sich dar-

an, daß er vor zehn Jahren mit seiner Spezialeinheit einmal ein Dorf jenseits der honduranischen Grenze niedergemacht hatte, dessen Bewohner mit den Contras sympathisiert hatten. Auch er hatte seine Leute damals sämtliche Häuser anstecken und ihre Bewohner töten lassen. Aber das war zumeist mittels Kopfschuß geschehen, wohingegen die meisten Toten auf dieser Insel aussahen, als wären sie friedlich entschlafen. Nur ein paar hatten sich mit schmerzverzerrten Gesichtern zusammengekrümmt, aber auch an ihnen war keinerlei äußere Gewalteinwirkung zu erkennen.

Die einzige Erklärung, die Liston für all diese Leichen hatte, war, daß es sich um eine Art rituellen Massenselbstmord handeln mußte. Vielleicht, so dachte er, hatten diese Leute auf den Befehl eines obskuren Medizinmanns oder Sektenführers hin ihre Häuser in Brand gesteckt und sich dann durch die Einnahme irgendeines giftigen Wurzelsuds selbst umgebracht. Wer weiß, vielleicht hatte ja ein tot oder lebendig an diese Insel gespülter Gringo diesen religiösen Massenwahn ausgelöst. Die Theorie war nicht allzu wahrscheinlich, das mußte Liston zugeben, aber immerhin war sie besser als gar keine.

Und sie bekam neue Nahrung, als Liston neben dem parallel zum Strand verlaufenden Trampelpfad auf einmal ein unversehrtes Gebäude sah, das er an dem in einem Holzgestell davor aufgehängten Metallzylinder sofort als Kirche identifizierte. Warum, so fragte er sich, sollten die Insulaner ihre eigenen Häuser abbrennen und ausgerechnet eine Kirche unversehrt lassen? Das war doch ein eindeutiges Anzeichen dafür, daß diese Zerstörungsorgie einen religiösen Hintergrund hatte.

Ganz langsam schlich Liston auf das Gotteshaus zu und ging hinein. An einer der Bänke lehnte ein toter alter Mann in einem dunklen Jackett, der wie ein Pfarrer aussah. Ein ebenfalls lebloses junges Mädchen hatte kurz vor ihrem

Ableben den Kopf in den Schoß des Priesters gelegt. Der Tote trug eine Kette mit einem goldenen Kruzifix um den Hals, die Listons Aufmerksamkeit nicht entging. Er trat auf den Alten zu und versuchte, die Hand zu lösen, die er noch im Tod um die Kette geballt hatte. Und dann spürte Liston etwas, das ihn überrascht zurückweichen ließ: Die Hand des Mannes war warm.

*

»Wenn der Alte das wirklich alles getan hat, dann ist er komplett übergeschnappt«, meinte Jim kopfschüttelnd. Er und JoAnn standen auf dem Kamm des Hügels und sahen, wie sämtliche Häuser, Koch- und Latrinenhütten in Flammen standen. Bei manchen brannten sogar die hölzernen Zäune rings ums Haus und die Wäsche an der Leine.
»Sollten wir ihn nicht aufhalten?« fragte der Amerikaner und blickte hinüber zu JoAnn, der im Feuerschein glänzende Tränen über die Wangen liefen. Sie zuckte mit den Achseln und ging ohne ein Wort auf das erste brennende Haus zu. Weil er nicht wußte, was er sonst tun sollte, humpelte Jim hinter ihr her.

*

Liliani erwachte davon, daß ihr jemand den Bauch rieb. War das ihre Mutter, die sie manchmal auf diese Art und Weise aufweckte? Aber ihre Mutter war doch tot …
Das Mädchen schreckte hoch. Hier stimmte etwas nicht. Im Licht des Mondes, der durch die großen Fenster ins Innere der Kirche schien, sah Liliani, wie ein glänzender Stiefel ihren Bauch berührte. Der Stiefel gehörte zu einem großen Schatten, und dieser Schatten beugte sich über sie. Es war ein Mann, wie Liliani noch nie einen gesehen hatte. Er hatte

ganz dunkle Haut und trug eine Mütze und ein seltsames, metallisch glänzendes Ding vor einem seiner Augen. Der Mann machte Liliani Angst. Er war nicht von Nuku.

Liston nahm seinen Stiefel vom Bauch des Mädchens. Sogar in diesem schwachen Licht glänzte das alligatorgemusterte Kunstleder noch so sehr, daß er sich vornahm, die Stiefel bei nächster Gelegenheit auszumustern und sich etwas weniger Auffälliges zu kaufen.
Das Mädchen war wohl ebensowenig eine Gefahr für ihn wie der offenbar bewußtlose Priester, der sich auch auf Listons energische Fußtritte hin nicht bewegt hatte. Aber vielleicht konnte die Kleine ihm ja helfen, den Gringo zu finden. Liston bezweifelte zwar, daß sie Englisch sprach, aber einen Versuch war es ja wenigstens wert. »Wie heißt du denn?« fragte er das Mädchen, das daraufhin keinerlei Reaktion zeigte. »Wie ist dein Name, meine Kleine?« probierte er es noch einmal und lächelte das Mädchen freundlich an. Das Kind musterte ihn von Kopf bis Fuß. »Sprichst du vielleicht Englisch?« wollte Liston wissen, aber die Kleine sah ihn nur verständnislos an.

Liliani konnte genügend Englisch, um die Fragen des schwarzen Mannes zu verstehen, aber nach allem, was an diesem Tag vorgefallen war, hatte sie Angst vor Fremden. Der Mann sah zwar nicht wie ein Palangi aus, aber von den Tonga-Inseln stammte er auch nicht. Als er mit der Hand eine schnelle Bewegung auf Liliani zu machte, zuckte sie zusammen und drängte sich ganz eng an den Priester, der von alledem nichts mitbekam.
Dann aber erkannte Liliani, daß der Mann gar nicht vorgehabt hatte, sie zu schlagen. Er hielt ihr mit seiner großen schwarzen Hand ein Foto vors Gesicht, das sie aber in der düsteren Kirche nicht richtig sehen konnte. Als der Mann

dann eine Taschenlampe anknipste, erkannte Liliani allerdings sofort, wer der Mann auf dem Foto war: Es war der Palangi, den Tekina am Strand gefunden hatte. Der Palangi, der mit JoAnn in der Schule gewesen war, als die tödliche Wolke Lilianis Klassenkameraden getötet hatte.

Liston sah dem Mädchen sogleich an, daß es den Mann auf dem Foto wiedererkannte. Der Gringo war hier auf dieser Insel, das stand fest. Liston konnte sich also immer noch die zweite Rate seines Honorars verdienen.
»Wo ist er?« wollte er von dem Mädchen wissen. Ihrem Gesichtsausdruck entnahm er, daß das Nachtsichtgerät sie irritierte. Also setzte er es ab und schenkte dem Mädchen das freundlichste Lächeln, zu dem er fähig war. »Wo?« wiederholte er und zeigte mit dem Finger auf das Foto.

Liliani wußte mit der seltsamen Geste des Mannes nichts anzufangen, denn in Tonga deutete man mit Bewegungen des Kopfes und nicht mit den Fingern. Aber sie erkannte auch so, was er wollte. Zuletzt hatte sie den Palangi zusammen mit JoAnn am Strand gesehen, aber das Palangi-Wort für Strand wollte ihr einfach nicht einfallen. Also verwendete sie das Wort, das ihm am nächsten kam. »Sand«, sagte sie und deutete mit dem Kinn in Richtung auf die Kirchentür. »Nicht weit von hier.«
Der Mann schenkte ihr ein noch strahlenderes Lächeln als vorhin und sagte: »Danke schön.«
Dann verließ er, ohne sich noch einmal nach Liliani umzudrehen, die Kirche.

✷

Was für ein Recht hat Tekina eigentlich, all die Häuser zu vernichten? fragte sich JoAnn wütend. Sie gehören doch nicht ihm! Sie gehören ... JoAnn hielt inne. Ja, wem gehörten die Häuser eigentlich? Sie gehörten den Verwandten der Familien, die auf den anderen Inseln oder im Ausland lebten. Sie waren die Erben. Aber war diese Ansicht nicht typisch westliches Besitzdenken?

Von ihrem Zorn beflügelt, stapfte JoAnn den Hügel hinauf, wobei ihr die Sandalen feucht an die Fußsohlen klatschten. Mal sehen, ob Tekina es gewagt hat, sogar die Kirche anzuzünden, dachte sie. Vielleicht würde sie ihn ja dort finden, vielleicht war er in der Kirche zur Vernunft gekommen.

JoAnn hörte, wie Jim in ein paar Metern Abstand hinter ihr herkeuchte. Jetzt war sie doch froh, daß er in ihrer Nähe war, denn sie wußte nicht, was sie erwartete. Vielleicht würde Tekina ja seinen Haß auf alle Palangis auch gegen sie richten.

Als JoAnn die intakte Kirche im Mondlicht sah, war sie zunächst erleichtert. Dann aber bemerkte sie durch die Fenster den weißen Lichtkegel einer Taschenlampe und blieb stehen. Kurz darauf erschien eine Gestalt in der Kirchentür. Es war ein Mann, der viel zu groß war, um ein Bewohner von Nuku zu sein. Instinktiv duckte sich JoAnn hinter einen Busch, und Jim, der inzwischen zu ihr aufgeschlossen hatte, tat es ihr gleich.

»Das ist er«, flüsterte er ihr ins Ohr. »Der Pirat, der mich angeschossen hat. Der Rastafari.«

»Aber ich sehe keine Dreadlocks, und außerdem –«

»Er ist es, glauben Sie mir.« Jim Stimme klang hart und gepreßt. Er packte JoAnn am Arm und zog sie noch tiefer ins Gebüsch. Mit angehaltenem Atem sahen die beiden, wie der Mann nur wenige Meter entfernt an ihnen vorbeiging. Jim wartete noch eine Weile, bevor er mit JoAnn zur Kirche humpelte. Drinnen fanden sie Liliani und den Pfarrer.

Nachdem sich JoAnns Freude darüber, daß es mit dem Pfarrer einen weiteren Überlebenden auf der Insel gab, gelegt hatte, fragte sie Liliani auf tongaisch nach dem Mann, der soeben die Kirche verlassen hatte.
»Sie sagt, daß er ihr ein Bild von Ihnen gezeigt hat«, übersetzte sie Jim die Antwort des Mädchens. »Sie dachte, daß wir immer noch am Strand wären und hat ihn dorthin geschickt. Sie sagt, er sei sehr freundlich zu ihr gewesen. Der Mann neben Liliani ist übrigens der Pfarrer der Gemeinde.«
»Ich weiß«, sagte Jim, »er war gestern auf dem Fest. Fragen Sie Liliani doch bitte, wie groß das Foto war«, bat Jim. Nachdem sie seine Frage übersetzt hatte, sah er, wie Liliani ihn mit den Händen die Größe des Bildes zeigte.
»Da stimmt was nicht, JoAnn«, sagte er dann. »Das einzige Foto von mir an Bord des Bootes ist das in meinem Paß, und das ist viel kleiner.«
»Und was bedeutet das?«
»Das bedeutet, daß dieser Mann das Foto bei sich gehabt haben muß, als er zu mir an Bord kam. Vielleicht ist er mehr als bloß ein Pirat, der es auf ein teures Boot abgesehen hat.«
JoAnn kauerte sich hin und legte Liliani einen Arm über die Schulter. »Meinen Sie etwa, dieser Rastafari hat es auf Sie persönlich abgesehen?« fragte sie Jim.
»Sieht ganz so aus. Warum sollte er sonst hier auf der Insel sein und mit einem Foto von mir nach mir suchen?«
»Was ist an Ihnen denn so Besonderes, daß jemand einen Killer auf Sie ansetzt?«
»Keine Ahnung«, entgegnete Jim, der JoAnns mißtrauische Blicke mehr spürte, als daß er sie sah. Das stimmte allerdings nicht ganz, denn eine Ahnung hatte er schon.
Und auch JoAnn war das klar. »Sie wußten, daß die Luft in den Subloons gefährlich ist«, sagte sie. »Das haben Sie mir ja vorhin gesagt. Sie haben das Ihrer Firma mitgeteilt, aber da wollte niemand auf Sie hören. Was wäre eigent-

lich, wenn nun doch jemand auf Sie gehört und beschlossen hätte, Sie zum Schweigen zu bringen? Vielleicht hat dieser Jemand den Subloon absichtlich ausgelöst, um Sie zu töten, nachdem der Rastafari auf dem Boot versagt hat? Jetzt ist er hier, um nachzusehen, ob Sie auch wirklich tot sind.«

Jim ließ sich neben JoAnn auf dem Boden nieder. Sein verletztes Bein streckte er aus, das andere winkelte er an und stützte seinen Kopf darauf. Der Mond schien durch die Kirchenfenster herein und tauchte die Bankreihen in ein gespenstisches blaues Licht. Jim sah, wie aus dem leicht geöffneten Mund des Pfarrers Speichel auf sein schwarzes Jackett tropfte.

»Aber warum sollte er das, wo er doch annehmen mußte, daß ich ertrunken bin? Woher konnte er wissen, daß ich noch lebe ... ach ja, jetzt fällt's mir ein!« Jim dachte an das Seeventil der Hatteras, das er geöffnet hatte. Im nachhinein betrachtet war das ein Fehler gewesen, aber er hatte ja nicht ahnen können, daß der Mann es nicht auf das Boot, sondern auf ihn abgesehen hatte. Er blickte hinüber zu JoAnn, die Liliani mit der Hand über ihre glänzenden schwarzen Haare strich. Das Mädchen war in ihrem Schoß eingeschlafen, und JoAnn schien darauf zu warten, daß Jim mit seinen Erklärungen fortfuhr.

»Ich glaube nicht, daß die einen Subloon ausgelöst haben, um mich umzubringen. Es gibt nämlich nur einen, der in Frage kommt, und der ist immer noch über fünfzig Kilometer von Nuku entfernt. Niemand kann vorausberechnen, daß der Wind das Gas über eine solche Entfernung hinweg genau auf eine kleine Insel weht.«

»Aber der Kerl von vorhin ist ganz eindeutig hinter Ihnen her«, gab JoAnn zu bedenken. »Und außerdem sagten Sie neulich, daß es Ihre Firma war, die ihn auf Ihr Boot geschickt hat.«

Jim hob den Kopf von seinem Knie. »Das hat sie allerdings. Und zwar war es Mr. Ratcliff, der persönliche Assistent des Firmenchefs. Eigentlich hätte ich mich fragen sollen, weshalb der sich plötzlich um so eine Lappalie kümmert.«

Natürlich war Jim klar, daß Peter Ratcliff ihm den Killer nicht aus eigenem Antrieb auf den Hals gehetzt hatte. Wenn, dann hatte Cernan Kranz höchstpersönlich ihm den Auftrag dazu erteilt. Und das wiederum bedeutete, daß der Firmenboß Angst davor hatte, daß Jim seine Befürchtungen wegen der schlechten Luft jemandem mitteilte. Aber er hatte schon jemanden informiert; und zwar seine Schwes –

»Judith!« rief Jim mit heiserer Stimme.

»Wer ist Judith?« fragte JoAnn. Liliani öffnete ein Auge, drängte sich näher an die Lehrerin heran und schlief wieder ein.

»Meine Schwester. Ich habe ihr meinen Verdacht mitgeteilt und sie gebeten, in der Sache Nachforschungen anzustellen. Großer Gott, hoffentlich ist ihr nichts zugestoßen.«

»Warum sehen Sie dann nicht zu, daß Sie so rasch wie möglich von dieser Insel wegkommen? Von Neiafu aus könnten Sie Ihre Schwester anrufen und feststellen, ob alles in Ordnung ist mit ihr. Ich kann Ihnen den Strand zeigen, an dem die Fischer ihre *popaos* haben.«

»Was sind *popaos?*«

»Kanus mit Ausleger. Es ist nicht derselbe Strand, an den Liliani den Rasta geschickt hat, Sie dürften dort also vor ihm sicher sein.«

»Und wie komme ich zu diesem Strand?«

»Liliani und ich werden Sie hinführen.«

✷

Im rotorangen Schein des prasselnden Feuers ballte Tekina beide Fäuste und schrie einem brennenden Haus wüste Beschimpfungen zu. Nachdem die Gebäude auf den Hügeln alle angezündet waren, hatte er sein Zerstörungswerk in der kleinen Ortschaft fortgesetzt. An die dreißig Häuser hatte er nun schon in Brand gesteckt, aber dieses hier war etwas Besonderes, denn es beherbergte den einzigen Laden auf der Insel. Sein Besitzer hatte eine Menge Geld mit dem Verkauf von Palangi-Waren verdient und sein Haus erst neulich leuchtend grün streichen lassen. Dieser Lack ging jetzt knisternd in bläuliche Stichflammen auf, bevor sich das Feuer daranmachte, die Planken und Balken des Hauses zu verzehren.
Tekina stieß einen heiseren, triumphierenden Schrei aus. Hier verbrannten mehr Palangi-Dinge als in allen anderen Häusern auf Nuku zusammen. Das Feuer würde sie zerstören, zu Asche machen und die bösen Geister, die diesen Dingen innewohnten, in Rauch verwandeln. Wenn Tekina erst einmal mit seinem Werk fertig war, würde eine gereinigte Insel zurückbleiben, ein neues Nuku, auf dem Tekina und Liliani ein Leben nach den alten Sitten und Gebräuchen seines Volkes führen konnten.
Aber was war mit den Palangi-Sachen auf der Insel, die das Feuer nicht verschlingen konnte? Tekinas harte, fanatische Augen nahmen den Wassertank aus Beton ins Visier, den sein Besitzer in derselben grünen Farbe hatte streichen lassen wie das Haus. Wie konnte er den zerstören? Mit erhobener Machete rannte Tekina auf den Tank zu und fing an, mit dem Buschmesser wütend auf ihn einzuschlagen. Bis auf ein paar Schrammen im Lack konnte er dem Beton jedoch nichts anhaben. Vom Mißerfolg zu noch größerer Wut angestachelt, lief Tekina in den Vorratsschuppen hinter dem brennenden Haus und fand dort nach längerer Suche einen großen Eisenhammer mit langem Stiel, den er zum

Wassertank schleppte. Er packte das schwere Werkzeug mit beiden Händen, holte weit aus und drosch damit auf den Betonzylinder ein. Zweimal widerstand der Tank den Schlägen, doch als der eiserne Hammerkopf zum dritten Mal den Beton traf, entstand ein langer Riß, aus dem sofort Wasser hervorzuquellen begann. Freudig ermuntert hämmerte Tekina weiter auf die Stelle ein, bis er schließlich ein kinderkopfgroßes Loch hineingeschlagen hatte. Das Wasser schoß nun in einem dicken Schwall heraus auf die trockene Erde. Zufrieden wog Tekina den Hammer in seinen Armen, bis ihm ein schrecklicher Gedanke kam. Dieser Hammer war ja auch ein Palangi-Ding! Angewidert warf er ihn ins Feuer und hob seine Machete vom Boden auf. Nachdem er sie eine Weile angesehen hatte, schleuderte er sie ebenfalls in die Flammen. Unzusammenhängende Flüche vor sich hinbrabbelnd, rannte Tekina zurück zu dem Wassertank und versuchte, mit seinen bloßen Händen das Loch im Beton zu vergrößern. Es gelang ihm lediglich, ein paar ohnehin gelockerte Stücke herauszureißen, dann gab er erschöpft, durchnäßt und demoralisiert auf.
Ich werde mir aus dem Stamm des Toa-Baumes einen Rammbock machen, schwor er mit Blick gen Himmel zum Gott der Palangis, der nun nicht mehr der seine war. Und dann komme ich wieder und werde damit alle anderen Palangi-Wassertanks auf der Insel vernichten. Einen nach dem anderen.

✷

»... und hier ist noch ein Ersatzpaddel«, sagte JoAnn und deutete in den Rumpf des *popao*. Sie stand zusammen mit Jim und Liliani vor einer langen Reihe von kleinen Booten, deren Besitzer nun nie wieder hinaus aufs Meer fahren würden. Bleiches Mondlicht schimmerte auf dem Wasser und dem feuchten Strand, und in einiger Entfernung loderten noch immer die Feuer der brennenden Häuser. Jim hatte es plötzlich eilig, von der Insel wegzukommen. »Kommen Sie jetzt mit oder nicht?« fragte er, während er das Ausleger-Kanu ins Wasser schob.
»Ich habe mich noch nicht entschieden«, antwortete JoAnn. Der Mond stand hinter ihrem Rücken, so daß Jim ihr Gesicht nicht erkennen konnte.
»Dann entscheiden Sie sich, bitte.«
»Sie haben mir bisher nur Unglück gebracht. Wenn ich mit Ihnen gehe, gerate ich vielleicht ebenso ins Visier des Killers wie Sie.«
»In Ordnung, dann fahre ich eben alleine. Kein Problem.«
»Halt, warten Sie. Wenn ich es mir recht überlege, will ich auch nicht auf einer Insel mit einem völlig übergeschnappten alten Brandstifter und einem frustrierten Killer bleiben.« Ihre eigenen Worte taten ihr weh, denn immerhin war der »übergeschnappte Brandstifter« der Vater von Mele und der Großvater von Liliani und Su'a. Trotzdem war solche Sentimentalität nun fehl am Platz. An den vom orangen Feuerschein angestrahlten Rauchwolken im Süden der Insel erkannte JoAnn, daß Tekina nun offenbar auch die Ortschaft angezündet hatte. Niemand würde ihn in seiner grenzenlosen Zerstörungswut aufhalten können, am allerwenigsten sie.
»Okay, ich fahre mit«, sagte sie also zu Jim und stapfte durch das seichte Wasser auf das *popao* zu.
»Nun komm schon, Liliani, steig ein«, ermunterte sie auf

tongaisch das kleine Mädchen, das noch immer am Strand stand.
Liliani stiegen die Tränen in die Augen, aber die beiden Erwachsenen bemerkten es nicht. Konnte denn JoAnn nicht verstehen, daß sie auf den Pfarrer achtgeben mußte? Sie hätte ihn nicht einmal allein in der Kirche zurücklassen dürfen. Wenn ihr Großvater das merkte, würde er sehr böse werden.
»Hör zu, Liliani«, sagte JoAnn und kam wieder ein paar Schritte auf sie zu. »Ich weiß, daß Tekina und der Priester noch auf der Insel sind und daß du Nuku noch nie in deinem Leben verlassen hast. Aber dein Großvater kann alleine auf sich aufpassen, und er wird sich auch um den Priester kümmern. Für dich ist es jetzt besser, wenn du mitkommst.«
Als Liliani nicht reagierte, änderte JoAnn ihren Ton: »Liliani, steig jetzt sofort in das *popao!*« herrschte sie sie an.
Liliani konnte den Befehl einer Erwachsenen nicht ignorieren und kletterte gehorsam in das Kanu. Als sie aber drin saß, kam ihr ein Gedanke: JoAnn hatte nichts davon gesagt, daß sie nicht sofort wieder aussteigen dürfe. Also schwang sie sich behende über die hölzerne Bordwand und rannte, durch das seichte Wasser platschend, zurück an den Strand. Dabei hielt sie sich beide Ohren zu, um keinen weiteren Befehl hören zu müssen.
Jim und JoAnn sahen sich an, während sie das Kanu weiter hinaus aufs Wasser schoben.
»Es wird ihr schon nichts passieren«, meinte JoAnn. »Der Rasta hat ihr ja vorhin auch nichts getan. Außerdem weiß sie jetzt, daß sie sich vor ihm verstecken muß, und sie kennt hier auf der Insel jeden Baum und jeden Strauch. Vielleicht ist es auch nicht schlecht, wenn sie Tekina erzählt, daß wir weg sind. Möglicherweise hört er ja mit seinem Zerstörungs-

werk auf, wenn er weiß, daß keine Palangis mehr auf der Insel sind.«
Mit einem knirschenden Geräusch kam das *popao* endgültig vom Sand frei und schaukelte auf dem von einer leichten Brise bewegten Wasser. Nachdem die beiden hineingeklettert waren, brachte Jim das seltsame Fahrzeug mit ein paar Paddelzügen in Fahrt.

*

Mit Hilfe seines Nachtsichtgeräts hatte Liston nicht länger als zehn Minuten gebraucht, um den Strand, an den ihn das Mädchen geschickt hatte, nach Jim North abzusuchen. Dabei war er zwar auf einen toten tongaischen Jungen gestoßen, der zusammengekrümmt im Sand lag, aber nicht auf einen lebendigen Gringo. Vielleicht ist North ja an der Küste entlangspaziert, dachte Liston, während er durch ein Kokoswäldchen am Ende des Strandes lief. Mit der Infrarotfunktion des Nachtsichtgerätes würde er den Kerl über kurz oder lang entdecken und zur Strecke bringen, das war so sicher wie das Amen in der Kirche. Er würde dem weißen Hund mit seinem Tauchermesser ganz langsam die Kehle durchschneiden und zusehen, wie er vor seinen Augen hilflos verblutete.
Wer weiß, überlegte sich Liston, während er Stämmen auswich und über Wurzeln sprang, vielleicht mache ich dann auch noch dem Mädchen und dem Priester den Garaus.
Als Liston am Ende des Wäldchens angelangt war, blieb er stehen und sah sich mit seinem Nachtsichtgerät um. Der Strand, der vor ihm lag, war leer bis auf ein paar jämmerliche Einbäume mit Ausleger, wie sie die Eingeborenen wohl zum Fischen benutzten. Liston wollte gerade wieder loslaufen, als draußen auf dem Wasser etwas aufblitzte. Auf dem

Monitor seiner Spezialkamera sah er in einiger Entfernung ein Kanu mit zwei paddelnden Menschen darin. Die vordere Gestalt drehte sich gerade zu der hinten sitzenden um. Auch wenn das Kanu schon viel zu weit weg war, um einzelne Gesichtszüge erkennen zu können, wußte Liston sofort, daß es sich um einen Weißen handeln mußte, denn für einen Tongaer war das Gesicht des Mannes bei weitem zu hell.

Das ist er, dachte Liston mit grimmigem Grinsen. Es hatte keinen Sinn, ihm mit der Pistole hinterherzuschießen, denn dazu war er schon zu weit draußen auf dem Meer. North war ihm also schon wieder entkommen. Aber nicht für lange, denn wo sollte der Gringo schon hin außer nach Neiafu? Und spätestens dort würde ihn Liston wieder eingeholt haben.

Der Honduraner nahm das Nachtsichtgerät ab, um schneller laufen zu können, und hetzte ans andere Ende der Insel, wo die Hatteras vor Anker lag.

✷

»Hey!« rief Jim. »Passen Sie doch auf. Sie spritzen ja mehr, als daß Sie paddeln.«

»Das war keine Absicht«, sagte JoAnn »Ich weiß, wie man mit einem Paddel umgeht.«

»Ich dachte, in Tonga paddeln die Frauen nie.«

»Das stimmt. Aber ich bin in Australien schon öfter mit dem Kanu über einen See gefahren.«

»Aber das hier ist das Meer«, sagte Jim in sarkastischem Ton. »Und da gibt es Wellen, falls Sie das noch nicht bemerkt haben sollten.«

Eine Weile paddelten sie schweigend dahin, bis JoAnn sagte: »Schauen Sie, dort drüben ist Ihr Schiff.«

Jim blickte über das im Mondlicht glitzernde Wasser und

sah nicht weit von der Insel die M. V. Kranz vor Anker liegen.
»Wenn Ihr Rastafari Sie nicht auf der Insel findet, dann wird er damit wohl nach Neiafu fahren und Sie dort suchen.«
»Kann schon sein«, antwortete Jim. »Aber wir werden ihm ein Schnippchen schlagen.«

KAPITEL 18

Der australische Flugkapitän hatte volles Vertrauen in seine tongaische Kopilotin, und so sah er während des Fluges kaum einmal aus dem Fenster. Er war schon so oft von Nuku'alofa nach Vava'u geflogen, daß ihn der Anblick der Inseln, die wie smaragdgrüne Edelsteine im tiefblauen Wasser des Pazifiks lagen, nicht mehr sonderlich interessierte.

Er spürte, wie die Twin Otter der Königlich Tongaischen Luftfahrtgesellschaft eine leichte Kurve flog, blickte aber erst auf, als er die Stimme der Kopilotin in seinem Kopfhörer vernahm. »Sieh dir mal das an, Shane«, sagte sie.

Der Flugkapitän legte sein Klemmbrett weg und warf einen Blick hinunter auf den Teppich aus etwa dreißig kleinen Inseln und Korallenriffen. Lina, die Kopilotin, deutete auf ein Eiland links vom Flugzeug, von dem graue Rauchwolken in den Himmel stiegen. Feuer war in Tonga an und für sich nichts Ungewöhnliches. Auf jedem Flug konnte man Dutzende davon erkennen. Die dünneren dieser Rauchsäulen kamen meistens von brennenden Abfallhaufen oder Erdöfen, die dickeren in der Regel von Brandrodungen. Daß aber gleich eine halbe Insel unter einer Rauchdecke verschwand, hatte der Pilot noch nie gesehen.

»Schaut so aus, als würden die da unten die Party des Jahrhunderts schmeißen«, bemerkte er trocken. »Wie heißt die Insel überhaupt?«

»Nuku«, antwortete Lina, ohne dazu auf die Karte blicken zu müssen. Sie kannte praktisch jedes Sandhäufchen und jede Korallenbank auf ihrer Flugroute.

»Ist heute vielleicht einer von euren tongaischen Feiertagen? Der Geburtstag des Königs vielleicht?«
»Der ist am vierten Juli«, antwortete die Kopilotin in fast akzentfreiem Englisch. »Und ich glaube nicht, daß da unten eine Brandrodung stattfindet.«
»Wieso nicht?«
»Ich kenne Nuku ziemlich gut. Dort gibt es nur ein paar landwirtschaftliche Nutzflächen, ansonsten aber sehr viel Wald.«
»Und den roden sie jetzt vielleicht, damit sie die Felder vergrößern können«, meinte der Kapitän.
Lina zuckte mit den Achseln und fragte, ob sie tiefer gehen dürfe, um sich das Feuer einmal aus der Nähe anzusehen.
»Klar, mach das. Aber sieh zu, daß du über dem Qualm da bleibst. Wir müssen das Zeug nicht unbedingt in die Kabine bekommen.«

*

JoAnn betrachtete skeptisch die dicke Spinne, die, nur Zentimeter von ihrem Gesicht entfernt, mitten in einem riesigen Netz hing. Das Tier hatte schwarze, dicht behaarte Beine und war fast so groß wie JoAnns Handteller. Seine bedrohliche Nähe lenkte die Aufmerksamkeit der Lehrerin einen Augenblick von der weißen Hatteras ab, die langsam den Kanal entlangglitt.
Es war Jims Idee gewesen, sich so lange hinter den ins Wasser hängenden Ästen eines Baumes zu verstecken, bis das Schiff mit dem Rastafari vorbeigekommen war. Jetzt spürte JoAnn, wie die Wellen das *popao* hoben und senkten und die Spinne in gefährliche Nähe ihres Gesichts brachten. Während das Tier sich nicht das geringste darum zu scheren schien, war JoAnn doch heilfroh, als die Hatteras endlich vorbei war und das Wasser sich wieder beruhigte.

»Und was machen wir jetzt?« fragte sie Jim. »Wir müssen unbedingt nach Neiafu und bei der Polizei melden, was auf Nuku geschehen ist.«
»Stimmt. Aber wir können dem Rasta jetzt schlecht hinterherpaddeln. Vielleicht hat er ja dieselbe Idee wie wir und lauert uns irgendwo auf.«
»Dann gehen wir eben zu Fuß«, sagte JoAnn. »Damit rechnet er bestimmt nicht.«
»Einverstanden«, sagte Jim und band das *popao* an einen der herabhängenden Zweige des Baumes. Dann stieg er aus und reichte JoAnn die Hand. Mit einem letzten kritischen Blick auf die Spinne stand sie auf und kletterte ebenfalls ans Ufer.

✷

Die rot-weiß lackierte DeHavilland Twin Otter ging auf dreitausendfünfhundert Fuß herunter und flog eine Schleife über Nuku. Der Kapitän hatte das Steuerhorn übernommen, damit die Kopilotin sich ganz der Beobachtung der Insel widmen konnte. Erstens kennt sie die Inseln besser, und außerdem hat sie die besseren Augen, dachte er nicht ohne Bitterkeit. Seine langsam abnehmende Sehschärfe war der Grund dafür gewesen, daß er vor vier Jahren seinen Job bei der Quantas aufgeben und bei dieser Dritte-Welt-Fluggesellschaft hatte anheuern müssen.
»Die haben alle ihre Häuser in Brand gesteckt«, sagte die Kopilotin mit einem Anklang von Entsetzen in der Stimme.
»Soll ich noch einen Anflug machen?« fragte der Pilot. Das alte, zweimotorige Propellerflugzeug hatte knapp vierzig Sekunden gebraucht, um die dreieinhalb Kilometer lange Insel zu überfliegen.
»Nein, ich habe genug gesehen. Aber wem sollen wir das jetzt melden?«

»Gute Frage. Der Polizei in Neiafu jedenfalls nicht, denn die ist viel zu träge, um auf eine andere Insel zu fahren. Ich schätze, eure Marine wäre wohl die beste Adresse für so was.«
Lina nickte zustimmend. Sie hatte sogar einen Cousin, der Dienst auf einem der vier kleinen Patrouillenboote tat, die zusammen die gesamte königlich tongaische Marine bildeten.

✷

»Der Anker ist gelichtet, Sir.«
Kapitänleutnant Sione Vuna nickte. »Verstanden, Bootsmann, Anker gelichtet.« Der Kommandant des königlich tongaischen Patrouillenboots Lifuka hielt sich noch immer strikt an das Reglement, das er vor zwanzig Jahren bei der britischen Royal Navy gelernt hatte.
»Derselbe Kurs wie immer, Sir?« fragte der Bootsmann. Auf Kapitänleutnant Vunas Boot mußten alle dienstlichen Gespräche auf englisch geführt werden.
»Negativ, Bootsmann.« Der Kommandant rückte seine Mütze zurecht und blickte an der rot-weißen tongaischen Flagge am Bug des Bootes vorbei auf den Ozean. »Heute fahren wir nach Nuku. Unser Navigator hat eine Cousine, die Pilotin ist, und die will auf der Insel merkwürdige Vorkommnisse gesehen haben. Halbe Kraft voraus, Bootsmann, Kurs Nord-Nordost.«
»Halbe Kraft voraus, Kurs Nord-Nordost, Sir«, rief der Bootsmann durch das anschwellende Geräusch der kräftigen Schiffsmotoren. Das zwanzig Meter lange, olivgrün lackierte Patrouillenboot setzte sich mit einer mächtigen Bugwelle in Bewegung. Die Flagge begann im Fahrtwind zu flattern, und die Crew sah die grünen Hügel der geschützten Bucht vorbeigleiten, in der die Lifuka über Nacht vor Anker gelegen war.

Fünfzehn Minuten später gab eine vorgelagerte Insel nach und nach den Blick auf Nuku frei. Vuna, der zunächst nur die unbewohnte Südspitze des Eilandes sah, kam alles ganz normal und friedlich vor. Er fragte sich, ob die Cousine des Navigators möglicherweise zu Übertreibungen neigte. Dann aber kam eine Ortschaft ins Blickfeld des Kapitäns – beziehungsweise das, was von der Ortschaft noch übrig war.
»*Oiuaë!*« riefen Kommandant und Bootsmann fast gleichzeitig spontan auf tongaisch aus. Wo früher eine lange Reihe weißgestrichener Häuser gestanden hatte, sahen sie nun nichts weiter als verkohlte Balken, eingestürzte Wellblechdächer und von der leichten Brise aufgewirbelte Asche. Aus manchen der Ruinen stiegen dünne Rauchfahnen in den Himmel.
»Rudergänger, nehmen Sie Kurs auf die Ortschaft. Aber passen Sie auf die Riffe auf.«
»Aye, aye, Sir.«
Der Kommandant griff nach seinem Fernglas, um die abgebrannten Häuser näher zu betrachten. Bis auf die beiden Kirchen des Ortes waren sie alle zerstört. Seltsam. Aber es gab da noch etwas, das ihn beunruhigte und von dem er zunächst nicht wußte, was es eigentlich war. Dann aber ging es ihm plötzlich auf: die Menschen! Es waren nirgendwo Menschen zu sehen! Wo waren die bloß? Außer am Sonntag herrschte auf diesen Inseln ständig rege Betriebsamkeit. Die Leute liefen herum, schwatzten miteinander, kochten, wuschen Wäsche oder nahmen Fische aus. Kapitänleutnant Vuna hob das Fernglas wieder an die Augen und besah sich noch einmal genauer die Ruinen des Dorfes. Was er sah, ließ seinen Magen nach unten sacken. »Maschinen stopp!«
»Aye, aye, Sir, Maschinen stopp!«
Der Bootsmann und der Rudergänger blickten hinüber zur Insel und fragten sich, was ihr Kommandant da wohl gesehen haben mochte. Sie bemerkten zwar die verbrannten

Häuser, aber die Leichen, die davor im Gras lagen, hatte nur der Kommandant durch sein Fernglas erkennen können. Der musterte noch immer die Insel, während die Motoren des Bootes im Leerlauf vor sich hingrummelten. »Alle Mann auf Gefechtsstation!« sagte er schließlich. »Waffen durchladen und sichern!«

»Sir?« fragte der Bootsmann erstaunt.

»Sie haben gehört, was ich befohlen habe.«

»Aye, aye, Sir.« Der Bootsmann gab den Befehl weiter, eine Sirene fing an zu heulen, und die Besatzung eilte an das Zwei-Zentimeter-Geschütz und die beiden Maschinengewehre. Für sie war es nichts weiter als eine der Alarmübungen, die der Kommandant ab und zu veranstaltete.

»Sofort Verbindung mit der Basis!« bellte Kapitän Vuna dem Funker zu. Schon zwei Minuten später war er mit seinem Vorgesetzten auf der dreihundert Kilometer entfernten Hauptinsel von Tonga verbunden.

»Hier hat es offenbar ein Gefecht gegeben, Sir«, meldete er, nachdem er dem Flottillenchef seinen Standort durchgegeben hatte. »Was ich empfehle, Sir? Ich empfehle, daß Sie die anderen drei Boote ebenfalls nach Nuku schicken. Und daß Sie der Polizei in Neiafu Beine machen. Sie soll Fahrzeuge bereitstellen, falls wir Verwundete bringen, die schnell ins Krankenhaus müssen.«

»Aye, aye, Sir. Danke, Sir. *Over.*«

Während Vuna den schweren grauen Hörer zurück auf das Gerät legte, überschlugen sich seine Gedanken. War das der Beginn eines Krieges gegen das Königreich? Aber wer sollte Tonga angreifen wollen? Selbst für einen Mann wie ihn, der sein Leben dem Militärdienst verschrieben hatte, war so etwas völlig undenkbar. Mit ihren vierhundert Soldaten und ihrer völlig überalterten Ausrüstung würde sich die tongaische Armee gegen einen Aggressor nicht lange verteidigen können. Der Kapitänleutnant blickte in die glatten Gesichter der drei Männer auf der Brücke, bevor er zum zweiten Mal innerhalb weniger Minuten seine eigenen Bordregeln brach. Damit sie auch genau verstanden, was er ihnen sagte, wandte er sich auf tongaisch an den Bootsmann und die beiden Maate: »Auf der Insel ist etwas Schreckliches geschehen, aber ich weiß noch nicht, was genau. Das Dorf wurde zerstört und niedergebrannt, und ich habe mit dem Fernglas mindestens zwanzig Verwundete oder Tote gesehen. Machen Sie die Männer bereit. Wir gehen an Land und sehen nach, was da los ist.«

Dr. Langi Matangi, der Chef des tongaischen Wetteramts, saß an seinem Schreibtisch und sah zu, wie der Wind des großen Deckenventilators die Papiere vor ihm ins Flattern brachte. Jeden Tag wuchs das Chaos auf seinem Schreibtisch weiter an, und eine Rettung war nicht in Sicht. Eigentlich hätte Matangi, der immerhin den Rang eines stellvertretenden Ministers bekleidete, eine Sekretärin zugestanden, aber irgendwie war die Planstelle bei der Aufstellung des Etats für das Luftfahrtministerium, dem das Wetteramt angegliedert war, wohl übersehen worden. Jetzt diente der Schreibtisch der nicht vorhandenen Sekretärin als Ablage für die Wetterkarten, die täglich über Bildfunk von Fidschi und Guam kamen.
Dr. Matangi sah auf die Uhr. Gleich war es soweit. Er stand auf und strich seinen *tupenu* glatt. Der dunkle Rock reichte etwa eine Handbreit übers Knie und war damit das korrekte Kleidungsstück, um dem König von Tonga unter die Augen zu treten. Darüber hatte Matangi eine besonders fein gewebte braune Matte geschnallt, deren zahlreiche Löcher auf ein respektables Alter des wertvollen Stückes schließen ließen. Wie andere wohlhabende Tongaer auch, hatte Langi Matan-

gi es sich angewöhnt, harte Halbschuhe anstatt der traditionellen Sandalen zu tragen. Sie waren, wie das Hemd mit Krawatte, das er über dem *tupenu* anhatte, eine vor nicht allzu langer Zeit aus dem Westen importierte Modeerscheinung.

Nachdem er noch einmal seine Kleidung einem kritischen Blick unterzogen hatte, ging er hinaus zu seinem weißen Nissan Sentry. Das Auto war sein Privatwagen, und dieser Umstand war Langi Matangi schon lange ein Dorn im Auge. Obwohl das Wetteramt täglich eine Wettervorhersage für über hundert Inseln erstellte, war es die kleinste und am schlechtesten mit finanziellen Mitteln ausgestattete Behörde des ganzen Königreichs. Von Dr. Matangi abgesehen verfügte es lediglich über vier Mitarbeiter, und an einen Dienstwagen war überhaupt nicht zu denken, obwohl die Meteorologen in einem alten Ziegelgebäude am Rand von Nuku'alofa untergebracht waren und bis ins Zentrum fast zwei Kilometer zurücklegen mußten.

Das monatliche Treffen des Ministerrates begann eigentlich nie zur festgesetzten Zeit. Auch jetzt war schon wieder eine Viertelstunde verstrichen, und Dr. Matangi hatte in dem großen Konferenzraum noch immer niemanden entdeckt, mit dem er gerne geplaudert hätte. Adelige standen in kleinen Gruppen beieinander und lachten schallend über irgendwelche offenbar geistreichen Bemerkungen, mit denen sie einander beglückten. Hinter ihnen servierte eine attraktive junge Frau Tee, Gebäck und Sandwiches. Dr. Matangi setzte sich auf den Stuhl, der für seinen Chef, den Luftfahrtminister, bestimmt war, und wartete darauf, daß die Sitzung endlich begann.

»Möchten Sie vielleicht eine Tasse?« fragte eine weibliche Stimme hinter ihm. Es war die junge Frau, die man sicherlich wegen ihres guten Aussehens für diesen Job ausgesucht

hatte. Als Matangi ablehnte, meinte sie mit leiser Stimme: »Ich würde Ihnen schon raten, etwas zu nehmen. Heute kommt der König, und deshalb kann es noch eine Weile dauern, bis die Sitzung anfängt.«
Dr. Matangi war erstaunt. Obwohl der König zu allen Sitzungen des Ministerrats offiziell eingeladen war und man deshalb mit seiner Anwesenheit immer rechnen mußte, wohnte der Monarch doch nur sehr selten tatsächlich einer solchen Zusammenkunft bei.
»Vielen Dank für die Information. In diesem Fall hätte ich doch gerne eine Tasse Tee. Mit einem Löffel Zucker, bitte.«
Dr. Matangi blickte auf den mit Tapa-Matten geschmückten Thron am Ende des langen Sitzungstisches und fragte sich, weshalb der König sich ausgerechnet heute herbeiließ, mit seinen Ministern zu konferieren. Stunden später, als die Sitzung längst zu Ende war, hatte Matangi noch immer keine richtige Antwort auf diese Frage.

Listons Schritte knirschten auf dem Kiesweg zwischen den Bungalows des Paradise-Hotels. Vor der Tür zu Bungalow Nummer vierzehn hielt der Honduraner kurz inne, bevor er ohne zu klopfen eintrat.
Im Zimmer stand ein schlankes, dunkelhäutiges Mädchen, das bis auf eine verwelkte rote Blüte im Haar vollkommen nackt war. Die Inselschönheit starrte Liston verblüfft an, stieß dann einen entsetzten Schrei aus und rannte auf eine halb offenstehende Tür zu, die Liston sogleich als die zum Schlafzimmer erkannte.
In just jenem Augenblick erschien dort der ebenfalls splitternackte Peter Ratcliff. »Ich kriege dich schon, du kleines Luder!« rief er, dann klatschten die beiden nackten Körper laut hörbar aneinander. Das Mädchen stieß einen weiteren

spitzen Schrei aus und stürzte an Peter vorbei ins Schlafzimmer. Der Geschäftsmann sah sich einen Augenblick lang verdutzt um, bevor er Liston wahrnahm.

»Ziehen Sie sich etwas an«, sagte der Honduraner und ließ mit einem schiefen Grinsen auf dem Gesicht seinen Blick an Peters nacktem Körper nach unten wandern. »Ich muß mit Ihnen reden.«

Ratcliff verschwand im Schlafzimmer. Ein paar Minuten später kam er mit noch nicht ganz zugeknöpftem Hemd wieder heraus. Liston war inzwischen auf die Terrasse gegangen und blickte hinaus auf das azurfarbene Wasser des Naturhafens.

Peter trat neben den Mann mit den Rastalocken. »Und? Haben Sie Ihren Auftrag erledigt?« fragte er mit gereizter Stimme.

»Nein. Er ist auf eine Insel entkommen, und jetzt ist er hier in Neiafu.«

»Wie das?« fragte Peter. »Ich dachte, Sie sind ein Profi.«

»Es hat unvorhergesehene Komplikationen gegeben«, knurrte Liston.

Peter spürte, wie gefährlich der Mann war, und beschloß, ihn nicht weiter zu provozieren. »Sehen Sie zu, daß Sie die Sache möglichst rasch in Ordnung bringen«, sagte er in etwas versöhnlicherem Ton.

»Das werde ich allerdings«, antwortete der Honduraner ruhig. »Die Angelegenheit ist für mich von ganz persönlichem Interesse.«

»Verstehe.«

»Sie sind doch hier, um mir zu helfen, oder?«

»Nun ja ... Eigentlich habe ich ja was anderes zu tun.«

»Setzen Sie sich mit dem Flughafen in Verbindung und sorgen Sie dafür, daß North nicht mit einem Flugzeug abhaut. Und dann gehen Sie zum Hafen und fragen nach, ob heute noch ein Schiff ablegt. Aber vermutlich wird er gar nicht versuchen, die Insel zu verlassen, sondern sich irgendwo verstecken.«

»Und wie wollen Sie ihn finden?«

»Das wird die Polizei für uns tun. Schließlich war er auf der Insel Nuku, und dort liegen eine ganze Menge Tote herum. Außerdem wurden so gut wie alle Häuser abgefackelt. Lassen Sie einfach der Polizei einen anonymen Hinweis zukommen, daß North der Täter ist. Haben Sie noch ein zweites Foto von ihm?«

»Ja.«

»Dann spielen Sie das ebenfalls der Polizei zu.«

»Was ist denn auf der Insel passiert?«

»Das weiß ich auch nicht. Ich habe nur die Leichen und die Brände gesehen.«

»Meinen Sie wirklich, daß ich zur Polizei gehen soll? Wenn North verhaftet wird, dann –«

»Dann weiß ich wenigstens, wo er ist. Keine Sorge, ich schnappe ihn mir schon, auch wenn er im Gefängnis sitzt.«

»Das will ich ja gar nicht bezweifeln. Ich meine etwas anderes. North hat sich inzwischen bestimmt zusammengereimt, daß Sie von der Firma Kranzco angeheuert wurden, und das darf er unter keinen Umständen bei der Polizei aussagen, sonst ist unser Projekt hier in Gefahr. Sie werden sich also etwas anderes einfallen lassen müssen. Mister Kranz bezahlt Sie nicht dafür, daß Sie seine Arbeit hier in Tonga zunichte machen.«

»North kann doch auch so zur Polizei gehen.«

»Genau das müssen Sie verhindern.«

»Aber dazu muß ich ihn erst einmal finden.«

Peter hatte eine Idee. »Ich weiß, daß es nur eine einzige Polizeistation hier auf der Insel gibt, und die muß North aufsuchen, wenn er seine Aussage machen will. Ich werde ihn vor der Station abpassen und mit ihm reden. Sie verstecken sich irgendwo in der Nähe. Wenn North die Firma in Verdacht hat und mich sieht, wird er die Polizeistation meiden und woanders hingehen. Und dorthin werden Sie ihm folgen und endlich Ihre Arbeit tun, für die wir Sie bezahlt haben.«

Liston haßte es, wenn ein Waschlappen wie Ratcliff ihm Befehle erteilte. Aber diesmal mußte er zugeben, daß der Mann recht hatte. Eine Pflaume wie dieser North würde wohl wirklich sofort zur Polizei rennen. Und dort würde Liston dann seine Spur aufnehmen.

»In Ordnung.«

»Warten Sie ein paar Minuten«, sagte Peter, »dann fahren wir mit dem Hoteltaxi hin.«

»Nicht nötig. Ich komme allein in die Stadt.«

»Und woher weiß ich, daß Sie auf Ihrem Posten sind?«

»Keine Angst. Ich werde dasein.«

Liston drehte sich abrupt um und ging. Auf dem Weg nach draußen machte er kurz vor der noch immer halb offenstehenden Schlafzimmertür halt und glotzte ungeniert das Mädchen an, das sich gerade einen schwarzen Spitzen-BH anzog. Die junge Frau knallte ihm die Tür vor der Nase zu.

Die hat Temperament, dachte Liston, als er hinaus in die tropische Sonne trat, die hier ebenso stark herunterbrannte wie in seiner karibischen Heimat.

✷

»Wo wollt ihr hin?« fragte der freundlich grinsende junge Mann, der gerade mit seinem Pick-up neben Jim und JoAnn angehalten hatte.

Die beiden sahen sich an. »In die Stadt«, antwortete Jim schließlich.

»Da fahre ich hin. Steigt ein.«

Die beiden kletterten zu dem Fahrer ins Führerhaus. Kaum

hatten sie die Tür geschlossen, da wollte der junge Tongaer schon wissen: »Seid ihr verheiratet?«
»Nein«, antwortete Jim, aber JoAnn rammte ihm den Ellenbogen in die Rippen und sagte: »Ja.«
Wenn dem Tongaer etwas am Verhalten der Palangis seltsam vorkam, dann merkte man es seinem gleichbleibenden Grinsen nicht an.
»Und ihr wollt tatsächlich in die Stadt?« fragte der Junge.
Jim setzte schon zur selben Antwort an wie vorhin, als JoAnn etwas auf tongaisch sagte. Daraus entspann sich eine lebhafte Unterhaltung, und nach einer Weile bog der Junge von der Teerstraße auf einen holprigen Feldweg ab. Jim warf JoAnn einen fragenden Blick zu.
»Machen Sie sich keine Sorgen«, flüsterte sie. »Er bringt uns bloß zu seiner Familie. Wir sind nämlich eben zum Frühstück eingeladen worden.«
»Aber wir müssen doch nach Neiafu und melden, was auf Nuku geschehen ist.«
»Ja, aber ich bin auch hungrig. Und nach dem Frühstück bringt er uns dann direkt in die Stadt. Wenn wir zu Fuß gegangen wären, hätte es noch länger gedauert.«
Heftig schaukelnd arbeitete sich der Wagen einen mit Schlaglöchern übersäten Weg entlang auf ein paar Hütten zu. Jim nahm an, daß die größte dieser Hütten das Wohnhaus der Familie sein würde, aber er hatte sich getäuscht. Der Junge fuhr an den Hütten vorbei und auf ein gepflegtes, im Ranch-Stil erbautes Gebäude zu. Dort stoppte der Pick-up so abrupt, daß Jim und JoAnn fast mit dem Kopf an die Windschutzscheibe geknallt wären. Der Junge forderte sie auf auszusteigen und kletterte ihnen durch die Beifahrertür entgegen. Offenbar war an der Fahrertür das Schloß kaputt.
Das Empfangskomitee bestand aus acht aufgeregt bellenden Hunden, einer Menge brauner Hühner und einer wohlbe-

leibten tongaischen Frau mit einem kleinen Kind im Arm, die Jim und JoAnn lachend begrüßte und ihren Sohn überschwenglich dafür lobte, daß er die beiden Fremden in ihr Haus eingeladen hatte.

*

Weil Tekina im Alter bei weitem weniger Schlaf brauchte als in jüngeren Jahren, erwachte er normalerweise noch vor Anbruch des Tages. Diesmal aber hatte er eine so harte Nacht hinter sich, daß ihn erst die Strahlen der schon hoch am Himmel stehenden Sonne weckten. Neben dem alten Mann lag Liliani, die sich im Sand zusammengerollt hatte. Tekina ließ sie weiterschlafen und watete voll bekleidet in den Ozean. Dort tauchte er mit dem Kopf unter Wasser und holte sich mit beiden Händen Sand vom Boden des Meeres, um sich damit den Ruß von Haut und Kleidern zu reiben.

Nachdem er einigermaßen sauber war, stapfte er an Land und weckte Liliani. »Steh auf, Kind«, sagte er und zog sie sanft am Arm. »Geh ins Meer und wasch dich. Wir müssen unsere Toten begraben.«

»Wo ist der Pfarrer?« fragte Liliani, während sie sich die Augen rieb.

»Geh jetzt und nimm dein Bad!« befahl Tekina mit scharfer Stimme. »Ich werde inzwischen zur Kirche gehen und nach dem Pfarrer sehen. Komm nach, wenn du fertig bist.«

Liliani sagte nichts, aber Tekina entging der schmollende Ausdruck auf ihrem Gesicht nicht, als sie an ihm vorbei zum Meer stolzierte.

Nachdenklich betrachtete er die weißliche abgestorbene Haut an seinen Füßen, die vom häufigen Kava-Trinken kam. Damit ist es nun wohl auch vorbei, Alter, dachte Tekina. Kava kann man nur mit Männern trinken, und Liliani ist ein kleines Mädchen und könnte dir den Kava höchstens zubereiten und darreichen. Aber du brauchst keinen Kava, um ihr alles über das Leben deines Volkes beizubringen.

✷

Peter saß auf den Stufen vor der weiß-blau gestrichenen Polizeistation. Der Schweiß lief ihm von Stirn und Schläfen in den Kragen seines Hemdes, das unter den Armen und am Rücken schon große dunkle Flecken hatte. Gerne hätte er sich irgendwo in den Schatten gesetzt, aber vor der Wache wurde gerade ein Markt für Obst und Gemüse abgehalten, und Peter befürchtete, North in dem allgemeinen Gewühl zu übersehen, wenn er nicht direkt vor der Tür auf ihn wartete.
Liston hatte er bisher zwar nirgendwo entdecken können, aber sein Gefühl sagte ihm, daß der Killer irgendwo in der bunt durcheinanderwogenden Menge Stellung bezogen hatte und ihn nicht aus den Augen ließ. Manchmal glaubte er sogar, die Blicke des Rasta-Mannes auf sich zu spüren; drehte er sich dann aber um, sah er nichts als feilschende Tongaer und riesige Mengen farbenfroher Früchte und exotischer Gewächse, von denen er nicht mal die Namen kannte.

✷

»Erheben Sie sich.«
Mit lautem Stühlerücken standen die Mitglieder des Ministerrates auf. Alle Augen richteten sich auf die große Tür, durch die König Taufa'ahau Tupou IV. das Konferenzzimmer betrat. In seiner weißen Uniform war der fast achtzig Jahre alte Monarch nach wie vor eine imposante Erscheinung. Bei einer Größe von einem Meter neunzig brachte der einzige Monarch des Pazifiks selbst nach einer vom Leibarzt verordneten Abmagerungskur noch immer an die dreihundert Pfund auf die Waage.

Langi Matangi warf dem würdevoll auf seinen Thron zuschreitenden Herrscher einen verstohlenen Blick zu, vermied es aber, wie alle anderen Anwesenden auch, ihn direkt anzusehen. Nachdem Taufa'ahau langsam Platz genommen hatte, wandte er sich mit leiser Stimme an den Ministerpräsidenten, der neben dem Thron stand und als eine Art königliches Sprachrohr fungierte.

»Seine Majestät König Taufa'ahau Tupou IV. dankt Ihnen für Ihr Erscheinen und lädt Sie ein, zusammen mit ihm Ihr Werk fortzusetzen, auf dem immerdar die Gnade Gottes liegen möge. Nun bittet Seine Majestät Sie, wieder Platz zu nehmen.«

Die Männer am Tisch leisteten der Aufforderung Folge. Niemand sagte ein Wort. Schließlich nahm der König die dunkle Brille ab und ließ seinen Blick langsam über die Anwesenden wandern. Nachdem er alle gemustert hatte, setzte er die Brille wieder auf und begann, ein langes Eröffnungsgebet herunterzuleiern, gefolgt von einem ebenso langen und ebenso lieblos vorgetragenen Appell an die Minister, ihrer Verantwortung für die tongaische Nation gerecht zu werden. Danach lehnte sich der Monarch in seinem Thron zurück und verschränkte die Arme. Es war offensichtlich, daß er der Sitzung lediglich beiwohnen wollte, ohne sich in ihren Verlauf weiter einzumischen. Welches Bedürfnis diesem königlichen Wunsch zugrunde lag, war Dr. Matangi allerdings schleierhaft. Wie die anderen Teilnehmer an der Ministerrunde auch, empfand er die Anwesenheit des Königs als verwirrend, wenn nicht gar störend.

✷

Der Friedhof in der Nähe von Tekinas zerstörtem Haus war klein, aber liebevoll gepflegt. Die Toten lagen in flachen Gräbern, über die man feinen brauen Sand geschaufelt hatte.

Um zu verhindern, daß dieser vom Wind verweht wurde, hatte man die Gräber mit einer Einfassung aus kopfüber in den Sand gesteckten Bierflaschen versehen. Die Sandhaufen waren mit Kronkorken und Glasscherben geschmückt, und an den Kopfenden der Gräber lagen Ketten aus Glasperlen so ausgebreitet, daß sie sich dem Toten, sollte er am Jüngsten Tag auferstehen, wie von selbst um den Hals legten.
Acht Leichen ruhten, in reich verzierte Tapa-Tücher gehüllt, friedlich nebeneinander in seichten Kuhlen, die Tekina mit bloßen Händen in den lockeren Sand gebuddelt hatte. Fast eine Stunde hatte der alte Mann gebraucht, um Mele und ihre Schwester, ihren Mann, Großmutter Lata und die vier Kinder vom nahegelegenen Haus zum Friedhof zu schleppen. Jetzt warteten die Toten darauf, daß Tekina sie mit Sand bedeckte, aber der kleine Haufen in der Ecke neben dem niedrigen Holzzaun würde dafür bei weitem nicht ausreichen. Tekina mußte mehr Sand vom Strand herbeiholen, und weil er dazu nicht die von den Palangis auf die Insel gebrachten Plastikeimer verwenden wollte, mußte er sich etwas einfallen lassen.
Tekina verließ den Friedhof und ging in den Wald, wo er nach längerer Suche eine geeignete Kokospalme fand. Er hatte vor, sich aus einem der unteren Palmwedel einen Korb zu basteln, aber ohne Machete war es nicht gerade einfach, den Wedel überhaupt vom Stamm zu lösen. Als Tekina ihn schließlich unter Einsatz seines ganzen Körpergewichts abgebrochen hatte, flocht er die einzelnen Blätter mit geschickten Handbewegungen zu einem flachen Behältnis zusammen. Dann brach er noch einen weiteren Wedel ab, um daraus einen kleineren Korb für Liliani zu fertigen.
Als er zurück zum Friedhof kam, wartete seine Enkelin bereits auf ihn. Tekina bemerkte zwar den verstörten Ausdruck in ihrem Gesicht, schrieb ihn aber dem Anblick ihrer toten Familie zu.

»Komm, laß uns Sand holen, mein Kind«, sagte er zu Liliani und machte sich auf den Weg zum Strand. Ohne ein Wort trottete das Mädchen hinter ihm her.

*

Am Markttag war Neiafu voller Leben. Autos und Lastwagen brachten von überallher Waren in die Stadt oder fuhren schwerbeladen mit Einkäufen wieder nach Hause. Gruppen von Tongaern drängten sich vor den Schaufenstern der wenigen Geschäfte, und ein älteres Palangi-Ehepaar mit unförmigen weißen Strandhüten filmte eifrig eine Gruppe von Jugendlichen, die fröhlich lachend um die Autos auf einem kleinen gekiesten Parkplatz herumtanzten.
JoAnn stand vor einer Telefonkabine im Gebäude der tongaischen Post und sah zu, wie Jim mit besorgtem Gesichtsausdruck den Hörer auf die Gabel zurücklegte.
»Was hat Ihre Schwester gesagt?« wollte JoAnn wissen.
»Sie war nicht da. Ein Kriminalbeamter hat abgehoben und mir mitgeteilt, daß sie seit Tagen nicht mehr in der Redaktion aufgetaucht ist. Ihr Redakteur hat schließlich die Polizei benachrichtigt, und die hat von den Nachbarn erfahren, daß Judith schon länger nicht mehr zu Hause war. Ich hoffe bloß, daß ihr nichts zugestoßen ist. Immerhin habe ich ihr von den Subloons erzählt. Ich habe dem Kriminaler alles gesagt, was hier vorgefallen ist, und ihm geraten, Cernan Kranz auf den Zahn zu fühlen.«
»Und was hat er geantwortet?«
»Er hat versprochen, der Sache nachzugehen«, sagte Jim. »Ich mache mir große Sorgen wegen Judith, JoAnn.«
JoAnn nickte. »Das kann ich gut verstehen. Aber Sie sollten dabei Ihr eigenes Wohlergehen nicht aus den Augen verlieren. Immerhin ist dieser wahnsinnige Rastafari hinter Ihnen her.«

»Da haben Sie wohl recht«, antwortete Jim. »Wissen Sie, wo hier die Polizei ist?« Bei seinen seltenen Besuchen in Neiafu war Jim nie eine Polizeiwache aufgefallen. Sie hatten immer nur die M. V. Kranz aufgetankt, Vorräte eingekauft und waren so schnell wie möglich wieder hinaus aufs Meer gefahren. Die M. V. Kranz, dachte Jim. Bestimmt liegt sie jetzt im Hafen. Vielleicht sollte er ja hingehen und sie endgültig versenken. Aber erst mußte er zur Polizei.
»Das Revier ist ganz in der Nähe«, sagte JoAnn und unterdrückte ein Gähnen. Es war inzwischen mitten am Vormittag, und sie hatte die ganze Nacht nicht geschlafen. Die beiden verließen das Postamt und gingen die Straße entlang einen leichten Hügel hinauf.
»Da um die Ecke ist es«, sagte JoAnn und gähnte abermals. Gerade als sie in die Seitenstraße einbiegen wollte, riß Jim sie zurück und drängte sie in eine Toreinfahrt. Fast hätte sie dabei einen Tongaer über den Haufen gestoßen, der mit einem Korb voller Kokosnüsse an ihr vorbeiging.
»Hey, was soll denn das?« wollte sie wissen.
»Ratcliff! Da drüben sitzt Peter Ratcliff.«
»Wer ist denn Ratcliff, um Himmels willen?«
»Der persönliche Assistent meines Firmenchefs. Er hat dafür gesorgt, daß der Rastafari auf mein Boot kam. Und jetzt hockt er auf den Stufen vor dem Polizeirevier. Aber er hat mich zum Glück nicht gesehen. Lassen Sie uns dort hinunter verschwinden.« Jim deutete auf eine steile Nebengasse, die hinab zum Hafen führte.
»Und wozu soll das gut sein?« fragte JoAnn skeptisch.
»Ich möchte dem Kerl auf keinen Fall in die Arme laufen«, sagte Jim und warf einen prüfenden Blick um die Ecke. Ratcliff saß immer noch auf den Stufen der Polizeistation – und schien im Durcheinander des Marktes nach irgend etwas Ausschau zu halten.
»Und was sollen wir jetzt machen?« fragte JoAnn.

Jim sah hinüber zu einem großen, roten Schiff mit abgeflachtem Bug, das wie eine rostige Schuhschachtel wirkte. Eine lange Reihe von Menschen stand vor einem kleinen Häuschen an, in dem eine dicke Frau Fahrkarten verkaufte. Nur wer von ihr ein Ticket erhalten hatte, durfte an Bord des Schiffes gehen.

»Das ist doch die Fähre nach Nuku'alofa, nicht wahr?« fragte er JoAnn. »Wissen Sie, wo die überall anlegt?«

»Zweimal auf der Ha'apai-Gruppe und dann in der Hauptstadt, wenn ich mich nicht irre.«

Jim überlegte, ob er nicht die Fähre nehmen sollte. Damit würde er Peter Ratcliff und dem von ihm gedungenen Killer entkommen, und außerdem war Nuku'alofa der Sitz der tongaischen Regierung und der wichtigste Verkehrsknotenpunkt der Inseln. Und dort konnte er viel besser ... Jim hielt inne. Er wußte eigentlich gar nicht, was er wollte. Natürlich wollte er wissen, was mit seiner Schwester los war. Und dann wollte er mit jemandem reden, der in Tonga für die Subloons zuständig war. Er mußte die Regierung über die Gefahr informieren, die vor ihrer Küste am Meeresboden schlummerte, und verhindern, daß noch einmal dieses tödliche Gas an die Oberfläche kam.

»Ich glaube, ich fahre nach Nuku'alofa«, sagte er zu JoAnn.

»Und woher wollen Sie das Geld für die Passage nehmen?«

»Nun, ich ...«

»Lassen Sie nur. Sie bekommen es von mir. Aber ich will es wieder zurückhaben.« JoAnn hob die Hand an den Mund und unterdrückte ein weiteres Gähnen.

»Danke, das ist sehr großzügig von Ihnen. Haben Sie denn Ihre Geldbörse dabei?«

»Nein, aber ich habe ein Bankkonto in der Stadt. Die Fähre fährt erst in einer Stunde, da kann ich noch rasch etwas Geld abheben. Bleiben Sie hier und warten Sie auf mich.«

»Okay. Und was ist mit Ihnen? Kommen Sie auch mit nach Nuku'alofa?«
Anstatt einer Antwort zuckte JoAnn nur mit den Achseln und machte sich auf den Weg.

*

Als Kapitänleutnant Vuna und vier seiner Leute mit Maschinenpistolen bewaffnet an Land gingen, spürten sie deutlich den Hauch des Todes, der über der Insel lag.
»Ausschwärmen!« befahl ihnen Vuna. »Wir treffen uns um zehn Uhr dreißig an der Kirche dort drüben. Und nehmt euch in acht, Männer!« Die Ermahnung hätte er sich sparen können.
Ein paar Minuten später erreichte er das Dorf. Schon das erste Haus war eine verkohlte Ruine mit drei toten Menschen davor: ein alter, etwa achtzigjähriger Mann und zwei Frauen Ende zwanzig.
Vorsichtig ging Vuna weiter die Dorfstraße entlang, und überall bot sich ihm dasselbe Bild: Verbrannte Häuser mit mehreren, auffällig nah beieinander liegenden Leichen davor. Im Sand neben den Toten entdeckte Vuna immer wieder seltsame Schleifspuren, aber es dauerte ein wenig, bis er sich einen Reim darauf machen konnte: Jemand mußte die Leichen zusammengetragen und so aufgereiht haben. Und dieser Jemand mußte das Massaker auf der Insel überlebt haben. Kapitänleutnant Vuna sondierte die Gegend und entsicherte seine Uzi-Maschinenpistole. Nirgends, weder zwischen den Ruinen der Ortschaft noch auf den grünen Hügeln dahinter, konnte er irgendeine Bewegung ausmachen.
Nach einer Weile fiel ihm auf, daß an dieser Insel noch etwas anderes nicht stimmte: Es war still hier, viel zu still. Vuna hörte keine Vögel zwitschern und keine Hähne krähen, und

außerdem hatte er schon zwei tote Hunde und vier verendete Schweine gefunden. Vuna ging noch einmal durch das Dorf. Hinter einem Haus lagen ein lebloses Pferd und eine vom Baum gefallene Taube. Ein eisiger Schauder lief dem Offizier den Rücken hinunter. Irgend etwas hatte das Leben auf dieser Insel ausgelöscht, und Vuna konnte noch nicht einmal sagen, wie. Auch wenn manche der menschlichen Opfer mit schmerzverzerrten Gesichtern gestorben waren, wiesen sie keinerlei Anzeichen von äußerer Gewalt auf, ebensowenig wie die verendeten Tiere.

Vuna fragte sich, was für ein Fluch wohl über die Insel Nuku hereingebrochen war und ob man diesem mysteriösen Feind mit Kugeln überhaupt etwas anhaben konnte. Im Dauerlauf machte sich der Kommandant des Patrouillenbootes auf den Weg zum vereinbarten Treffpunkt. Als er an der Kirche eintraf, warteten dort bereits seine Männer auf ihn.

»Alles tot hier, Sir«, meldete der Maat. »Menschen, Tiere, alles.«

»Das habe ich auch gesehen, Sir«, bestätigte ein Gefreiter. Die beiden anderen Matrosen nickten so heftig, daß die weißen Bänder an ihren dunkelblauen Baretten wie die Schwänze kleiner Tiere auf und ab wippten. Auf dem Rücken ihrer weißen Uniformhemden machten sich große Schweißflecken breit. Kapitänleutnant Vuna konnte es den Gesichtern der Männer ansehen, daß sie Angst hatten, und wenn er ehrlich war, mußte er zugeben, daß auch ihm selbst auf dieser Insel ziemlich mulmig zumute war.

»Sollten wir nicht zurück zum Boot gehen und warten, bis Verstärkung kommt, Sir?« fragte der Maat.

»Soldaten!« rief Vuna, der zwar Verständnis für den Maat hatte, solche Äußerungen aber trotzdem nicht dulden konnte. »Ihr habt vor Gott geschworen, daß ihr eurem König und eurem Land treu dienen werdet. Und das tut ihr nicht, wenn ihr euch auf dem Schiff versteckt, sondern nur dann, wenn

ihr zusammen mit mir jetzt diese Insel erkundet. Ist das klar?«
Die vier Männer nahmen Haltung an.
»Ja, Sir!« erwiderten sie fast gleichzeitig.
»Gut«, sagte Vuna und bezwang seine eigene Angst mit militärischer Disziplin. »Da führen zwei Pfade den Hügel hinauf. Matrose Finau und ich werden dem linken davon folgen. Der Maat und ihr beide nehmt den rechten. Um zwölf Uhr treffen wir uns wieder hier an der Kirche. Alles klar?«
»Jawohl, Sir!«

*

Die Sitzung, die sonst selten länger als sechzig Minuten dauerte, zog sich nun schon drei Stunden hin. Weil der König anwesend war, hatten die Minister sehr viel weitschweifigere Reden als sonst gehalten, und der Monarch hatte sie sich mit stoischer Ruhe angehört. Manchmal hatte Dr. Matangi sogar den Verdacht gehegt, daß Taufa'ahau hinter seiner dunklen Sonnenbrille eingeschlafen war.
Als endlich die Reihe an ihm war, spürte er, wie sich alle Augen mit hoffnungsvollen Blicken auf ihn richteten. Er wußte genau, daß das nicht auf ein wie auch immer geartetes Interesse an seinem Vortrag zurückzuführen war, sondern darauf, daß er der letzte Redner der Sitzung war. Mach schnell, schienen die Blicke ihm sagen zu wollen. Halte uns und den König jetzt bloß nicht noch länger auf. Aber Dr. Matangi hatte ohnehin nicht vorgehabt, die Runde mit endlosen Ausführungen zu langweilen. Sein Bericht würde knapp und präzise sein.
»Eure Majestät, sehr verehrter Herr Ministerpräsident, verehrte Herren Minister«, setzte er an. »Der Minister für Luftfahrt läßt sich entschuldigen, er ist noch immer auf einer

Dienstreise in die Vereinigten Staaten von Amerika.« Matangi wußte ebenso wie die anderen Minister, daß es sich bei dieser »Dienstreise« hauptsächlich um ausgedehnte Besuche in Las Vegas und Disneyland handelte. »Seinen Bericht finden Sie photokopiert in Ihren Unterlagen. Ich bin heute hier, um Sie über die Lage des königlich tongaischen Wetteramtes zu informieren.«
Dr. Matangi faltete die Hände, konzentrierte sich einen Augenblick und fuhr fort: »Wie Sie vielleicht wissen, hat mein Amt, trotz eines überdurchschnittlichen Wirtschaftswachstums in unserem Königreich, im letzten Jahr eine Kürzung seiner Mittel um sechs Prozent hinnehmen müssen. Das ist um so bedauerlicher, als wir neben unserer Hauptaufgabe – nämlich Wettervorhersagen für Landwirtschaft und Luftverkehr zu erstellen – nun auch noch ein neuartiges System betreuen, das unsere Inseln vor Wirbelstürmen schützen soll.«
Dr. Matangi blickte den Tisch entlang, sah aber nur desinteressierte Gesichter. Auch der König rührte sich nicht.
»Dieses System ist nun fast vollständig installiert und in weiten Teilen einsatzbereit. Und das rechtzeitig zur Hurrikan-Saison, worauf ich schon ein wenig stolz bin. Nun wäre es angesichts eines so komplizierten Systems, das bedient, gewartet und ständig in Einsatzbereitschaft gehalten werden will, dringend erforderlich, die Mittel ...«
Langi Matangi hörte mitten im Satz zu reden auf, denn der König hatte mit seiner tiefen Stimme etwas zum Ministerpräsidenten gesagt. Der Chef des Wetteramtes nahm an, daß der Herrscher sich jetzt, wo die interessanten Berichte seiner Minister vorbei waren, entschuldigen und aus der Sitzung entfernen wollte. Als Dr. Matangi aber sah, daß der Ministerpräsident ihm direkt in die Augen blickte, verspürte er ein ungutes Kribbeln im Magen.
»Dr. Matangi, Seine Majestät möchte gerne wissen, bis zu

welchem Tag genau das System zur Abwehr der Stürme vollständig installiert sein wird.«
Noch bevor Matangi antworten konnte, beugte sich der König wieder zum Ministerpräsidenten vor und flüsterte ihm etwas ins Ohr, das dieser mit lauter Stimme an Matangi weitergab. »Außerdem wünscht Seine Majestät zu erfahren, welche Teile des Königreiches zur Zeit noch keinen Schutz vor Wirbelstürmen genießen.«
Der rundliche Ministerpräsident blickte den an australischen Universitäten ausgebildeten Doktor der Meteorologie erwartungsvoll an. Langi Matangi spürte, wie er an den Händen zu schwitzen begann.
»Eure Majestät, nach Aussagen der Firma Kranzco, die dieses System auf Kosten Eurer Majestät für uns installiert, fehlen von den hundert Unterwasserballons des Anti-Sturm-Systems noch vier an der Vava'u-Gruppe. Diese sollen aber noch vor Jahresende einsatzbereit sein, so daß dann sämtliche Inseln des Königreichs von Hurrikanen sicher sein dürften. Vollständiger Schutz besteht jetzt schon für die Ha'apai-Gruppe, die Noamaku-Gruppe und für die Tongatapu-Gruppe mit dieser Insel hier.«
Dr. Matangi sah, wie der König dem Ministerpräsidenten zunickte.
»Seine Majestät muß sich nun dringenden Staatsgeschäften widmen und wird uns leider verlassen. Seine Majestät dankt Ihnen allen für Ihren Einsatz und wünscht Ihnen, daß der Segen Gottes auch in Zukunft auf Ihrer Arbeit zum Wohl des Königreiches ruhen möge.«
Die Anwesenden erhoben sich und sahen zu, wie der König seinen massigen Körper aus dem Thron wuchtete. Ohne ein weiteres Wort drehte er sich um und verließ unter dem Applaus der Ministerrunde den Sitzungssaal.
Nachdem alle wieder Platz genommen hatten, spürte Dr. Matangi, daß sich die Haltung seiner Kollegen ihm gegen-

über verändert hatte. Alle starrten ihn jetzt voller Bewunderung an. Sie fragten sich, ebenso wie Langi selbst, ob der König nur gekommen war, um ihm diese Fragen zu stellen. Es war allgemein bekannt, daß der Monarch ein persönliches Interesse an dem Anti-Wirbelsturm-Projekt hatte, für dessen Realisierung er mit Geldern aus einem Sonderfonds aufkam. Die Worte des Ministerpräsidenten rissen Langi aus seinen Überlegungen: »Wenn unser hochgeschätzter Kollege Dr. Matangi nun mit seinem Vortrag fortfahren könnte, würden wir uns alle sehr geehrt fühlen ...«

*

Der unverkennbare, leicht süßliche Geruch des Todes hing über dem kleinen Friedhof. Tekina und Liliani standen schwer atmend vor acht Haufen Sand, vier größeren und vier kleineren. Daneben lagen, in traditionelle Begräbnismatten gehüllt, ihre toten Angehörigen. Liliani hatte jeder der Leichen einen Blumenkranz aus weißen und gelben Frangipaniblüten und großen, roten Hyazinthen geflochten und auf die Brust gelegt.
Normalerweise hätte nun eine Totenwache stattfinden müssen, zu der nahe und entfernte Verwandte, Nachbarn und Freunde mit traditionellen Essensgaben gekommen wären, die man dann später bei einem Fest zu Ehren der Toten verzehrt hätte. Jetzt, da es auf dieser Insel keine Menschen mehr gab, war daran nicht zu denken.
Tekina und Liliani standen vor den Sandhaufen und betrachteten ihre Toten. »Bei diesem Begräbnis wird es keinen Priester geben, Liliani«, sagte Tekina und wollte seine Enkelin an der Hand nehmen, aber diese war schon ein paar Schritte den Hügel hinunter gelaufen.
»Wo willst du hin?« rief Tekina.
»In die Kirche. Eine Bibel holen.«

»Bleib hier, Kind. Wir brauchen keine Bibel. Die Bibel ... ist ein Palangi-Buch. Ihr Papier wurde von Palangis gemacht, und Palangis haben es gedruckt mit den Worten ihres Palangi-Gottes. Sieh dich um, Kind. Hier liegen dein Vater, deine Mutter, deine Tante, deine Großmutter und deine Geschwister, und alle sind sie tot. Umgebracht vom Gift der Palangis. Und dieses oder ein anderes Palangi-Gift wird auch uns töten, Liliani, wenn wir nicht zu unseren eigenen Traditionen zurückkehren.«

Liliani sagte nichts, sondern starrte mit ausdruckslosem Gesicht ins Leere. In den Händen drehte sie einen Grashalm.

»Wir werden von nun an nur noch nach diesen Sitten und Gebräuchen leben. Es wird nicht einfach sein, aber wir werden es schaffen. Und mit diesem Begräbnis fangen wir an. Von nun an bestatten wir unsere Toten so, wie wir es auf Nuku vor Ankunft der Palangis gemacht haben. Mit den Köpfen nach Osten, nicht nach Westen. Denn wenn die Geister unserer Toten sich erheben, dann sollen ihre Gesichter in die Unterwelt von Pulotu blicken. Und nun laß uns die Toten mit Sand bedecken, Kind.«

Als Tekina seine kleine Ansprach beendet hatte und sich nach Liliani umsah, war sie nicht mehr da. Sie mußte sich unbemerkt fortgeschlichen haben.

✷

Als JoAnn zurückkam, saß Jim auf einer leeren Holzkiste und wartete auf sie.

»Ich war auf dem Rückweg von der Bank bei der Polizei«, berichtete sie. »Ihr Freund Ratcliff hockt noch immer da. Und zwar in der prallen Sonne. Seine Schuld, wenn er sich einen Sonnenstich holt.«

»Hat er Sie erkannt?«

»Wie sollte er denn? Er hat mich doch noch nie gesehen. Der

Blödmann hat mich zwar angeglotzt, aber das hatte wohl andere Gründe. Scheint mir ein Weiberheld von der unangenehmen Sorte zu sein. Nun, jedenfalls habe ich der Polizei erzählt, was auf Nuku passiert ist, aber besonders interessiert kamen mir die Burschen nicht gerade vor. Sie sagten, sie wüßten bereits davon. Dann habe ich ihnen noch von Ihnen und dem Rastafari erzählt, aber auch das hat sie nicht gerade vom Hocker gerissen. Der Polizeichef meinte, Sie sollten bei Gelegenheit mal bei ihm vorbeischauen.«

»Haben Sie auch von Peter Ratcliff was gesagt?«

»Wozu?« fragte JoAnn und blickte zum Himmel, wo sich seltsame, fast durchsichtige Wolken vor die Sonne schoben. »Die Polizisten waren ohnehin mehr an ihrem Kartenspiel interessiert als an dem, was ich ihnen zu berichten hatte. Und was hätte ich gegen Ratcliff auch vorbringen können? Vermutlich hätte ich damit bloß erreicht, daß er mir ebenfalls seinen Killer auf den Hals hetzt.«

JoAnn gab ihm vierzig Pa'anga, damit er seine Fährpassage bezahlen konnte. »Ach, übrigens, ich fahre auch mit. In Nuku'alofa gibt es eine australische Lehrerin, bei der ich wohnen kann, und außerdem muß ich mich ja wohl im Kultusministerium melden. Schließlich habe ich jetzt keine Kinder mehr, die ich unterrichten kann.«

»Schön, daß Sie mitkommen«, sagte Jim. »Sollen wir gleich an Bord gehen, damit wir noch einen Sitzplatz bekommen?«

»Ich will eine Bank, damit ich mich endlich mal hinlegen und schlafen kann. Seit Ihrer Ankunft auf Nuku habe ich die schlimmsten Tage meines Lebens durchgemacht. Ich bin todmüde.«

»Kann man denn auf der Fähre keine Kabine mit einem Bett bekommen?«

»Sie waren wohl noch nie auf so einem Schiff, oder?«

*

»Habe ich mir's doch gedacht«, flüsterte Liston mit einem zufriedenen Grinsen und sah dem Gringo und der Frau zu, wie sie über die Gangway an Bord der Fähre gingen. Die Frau war ihm sofort ins Auge gestochen, als sie die Polizeistation betreten und nach zehn Minuten wieder verlassen hatte. Als er North in dem Kanu von der Insel hatte wegpaddeln sehen, war er nicht allein gewesen. Gut möglich, daß es sich bei der zweiten Person um diese Frau gehandelt hatte. Schließlich hatte sie beim Verlassen der Polizeiwache auch noch Ratcliff einen verstohlenen Blick zugeworfen, der aber schwitzend auf den Stufen gehockt war und natürlich überhaupt nichts mitbekommen hatte. Liston hatte seinem Instinkt vertraut und war der Frau gefolgt. Und siehe da, sie hatte ihn auf direktem Weg zu Jim North geführt.
Der Honduraner nahm einen tiefen Zug aus seiner Zigarette, bevor er die Kippe ins Wasser des Hafenbeckens warf. Als er sah, wie ein Matrose an Bord der Fähre eine der Festmacheleinen loswarf, traf er eine Entscheidung.

»Haben Sie ein Ticket?« fragte die dicke Frau in dem Häuschen vor der Gangway.
»Wieviel?«
»Vierzig.« Liston öffnete seine Brieftasche und nahm etwas von dem tongaischen Geld heraus, das er in Hawaii auf dem Flughafen eingetauscht hatte. Bisher hatte er noch keine Gelegenheit gehabt, es auszugeben. Er las die Zahlen auf den ungewohnten Banknoten, suchte zwei braune Scheine heraus und gab sie der Frau, von der er im Gegenzug einen Fahrschein erhielt. Als buchstäblich letzter Passagier ging Liston an Bord der lauten, nach Dieselqualm stinkenden Fähre.

KAPITEL 19

Liliani weinte so heftig, daß sie kaum weiterlaufen konnte. Tränen verschleierten ihr die Sicht, Schluchzer krampften ihr Magen und Luftröhre zusammen.
Ihr Großvater war verrückt geworden. Er hatte alles verflucht, was er ihr je beigebracht hatte, sogar die Ehrfurcht vor Gott. Er hatte gewütet, Verwünschungen ausgestoßen und Häuser angezündet, und jetzt wollte er sogar wieder den alten Inselgöttern dienen, die der Pfarrer in seinen Predigten immer als heidnische Götzen bezeichnet hatte. Schon als kleines Kind hatte Liliani gelernt, daß jeder, der zu ihnen betete, in die Hölle kam. Und die Vorstellung, daß Tekina dort schmoren würde, machte Liliani fast noch mehr Angst als das Verhalten ihres Großvaters selbst.
Während Liliani barfuß durch den Wald rannte, dachte sie an ihre toten Freunde in der Schule, an den Pfarrer, der nur noch schlafen und sabbern konnte, an die prasselnden Flammen von Tekinas Rachefeuern und an ihre tote Familie, die nun nicht einmal christlich begraben wurde. Herabhängende Zweige, denen sie nicht rechtzeitig auswich, zerrten an ihren Haaren und zerkratzten ihr die Stirn, und einmal trat sie sogar auf ein totes Tier, das sich unter ihrem Fuß ganz weich und matschig anfühlte.
Liliani wollte fortlaufen. Fort vom allgegenwärtigen Tod, den qualmenden Häusern, den über den Kadavern brummenden Fliegen, die von allen Tieren als einzige überlebt zu haben schienen. Sie wollte so lange laufen, bis sie an einen Ort kam, an dem sich alles als ein böser Traum erwies. Einen Ort, an dem sie erwachen und ihre Familie noch am

Leben finden würde. Aber während sie noch rannte, wurde Liliani bewußt, wie vergeblich ihre Hoffnung war.

✷

»Warum sind wir hier oben an Deck?« fragte Jim.
»Weil die Tongaer schnell seekrank werden und dann das ganze Boot vollkotzen«, antwortete JoAnn trocken.
Jim setzte sich neben sie und ließ den Blick über das hoffnungslos überladene Schiff schweifen. Auf dem Achterdeck hinter ihnen hatten Familien ihre Matten über Kisten mit Gemüse und sogar Schweinekäfige geworfen und hockten nun schwatzend und grüne Orangen schälend auf der wackeligen Fracht. Auch sämtliche Gänge und Treppen auf dem Schiff waren voller Passagiere, so daß man, wenn man wohin wollte, ständig über irgendwelche Leute und ihre Habseligkeiten steigen mußte.
An der Reling standen die Passagiere so dicht gedrängt, daß Jim die Betonmauer des Kais nur durch die Lücken einer Wand aus nackten Beinen und tongaischen Kilts sah. Als sich der Beton langsam zu bewegen schien, wußte er, daß die Fähre abgelegt hatte. Er schaute hinauf in den Himmel und bemerkte, daß sich ein dünner Wolkenschleier über die Sonne gelegt hatte. Merkwürdiges Wetter, dachte er. Hoffentlich fängt es nicht an zu regnen. Der schmale Fetzen Segeltuch, der über ihren Köpfen aufgespannt war, wirkte wenig vertrauenerweckend.
»Hey, JoAnn«, sagte Jim, »wir fahren.« Als keine Antwort von ihr kam, schloß er daraus, daß sie bereits eingeschlafen war. Ihr Kopf ruhte auf ihren Plastiksandalen, ihr Atem ging langsam und regelmäßig. Obwohl auch Jim hundemüde war, wollte er lieber doch noch eine Weile wach bleiben. Die Fahrt nach Nuku'alofa sollte zweiundzwanzig Stunden dauern, und den ersten Hafen würde die Fähre erst in sieben

Stunden anlaufen. Genügend Zeit also, um eine Mütze Schlaf nachzuholen.
Als das Schiff mehr Fahrt aufnahm, begann eine leichte Brise über das Deck zu wehen und die Dieselabgase aus dem Schornstein hinaus aufs freie Meer zu blasen. Dafür roch es jetzt nach Schweinen, unreifen Bananen, Kürbissen und einer Ziege, deren Stall ganz in Jims Nähe stand. Von den tongaischen Männern an der Reling zog Zigarettenrauch in feinen blauen Schwaden vorbei.
Jim gähnte herzhaft und betrachtete JoAnn, die friedlich schlummernd neben ihm lag. Er sah, wie der Wind mit ihren Haaren spielte und war froh, daß sie ihn auf dieser Reise begleitete. Ohne ihre Sprach- und Ortskenntnisse wäre er hier doch ziemlich verloren. JoAnns dünne Augenbrauen zuckten und zogen sich im Schlaf zusammen. Hoffentlich hat sie keinen Alptraum wegen Nuku, dachte Jim. Als sich gleich darauf ein sanftes Lächeln auf ihrem Gesicht breitmachte, wußte er, daß er sich umsonst Sorgen gemacht hatte. Mit der Hand fuhr sich Jim übers Kinn und bemerkte, daß er sich seit Tagen nicht mehr rasiert hatte. Plötzlich spürte er auch, wie müde er war. Er zog seine Plastiksandalen aus, die er aus einem verlassenen Haus auf Nuku mitgenommen hatte. JoAnns Beispiel folgend, legte er sie aufs Deck und bettete seinen Kopf darauf, konnte aber in der Enge keinen Platz für seine Beine finden. Wie auch immer er sie ausstreckte, er stieß entweder an JoAnn oder an einen der alten Männer, die sich mit Körben und Plastiktüten neben ihnen breitgemacht hatten. Nach einigem Hin und Her krümmte er sich wie ein Embryo zusammen, und obwohl diese Stellung für sein verletztes Bein alles andere als bequem war, schlief Jim unversehens tief und fest ein.

✷

Tekina blickte in den Himmel und sah, wie Cirrostratus-Wolken einen milchigen Schleier über die Sonne zogen. Darunter reihten sich Altocumuli wie eine Parade von flockigen Wattebällen aneinander. Natürlich kannte der alte Fischer die wissenschaftlichen Bezeichnungen für diese Wolken nicht, die ihm sein Leben lang vertraut waren. Er hatte sogar viele der ursprünglichen tongaischen Namen vergessen, die sein Großvater ihm als Kind für das Wetter und seine Phänomene beigebracht hatte. Trotzdem konnte Tekina den Himmel deuten wie kein zweiter.

»Es wird schlechtes Wetter geben, Alter«, sagte er zu sich selbst, weil niemand da war, dem er seine Beobachtung hätte mitteilen können. Liliani war vor ein paar Minuten davongerannt und nicht wiedergekommen. »Morgen abend gibt es Regen. Vielleicht kommt auch ein Wirbelsturm. Zu dieser Jahreszeit wäre das kein Wunder.«

Ein Blick auf die Leichen, die vor ihm lagen, riß ihn aus seinen Gedanken. »Wenn die Sonne blutrot untergeht und die langen Wellen an die Küste schlagen, werde ich mich auf den großen Sturm vorbereiten. Aber zuerst habe ich hier eine Aufgabe zu erledigen.«

Tekina wußte, daß er den Toten eine Begräbniszeremonie schuldig war, aber er brachte das Wort *eiki,* mit dem auf tongaisch der Gott der Christen bezeichnet wurde, einfach nicht mehr über die Lippen. Weil er andererseits kein Ritual kannte, mit dem er den alten Göttern wie Hikule'o hätte huldigen können, beschloß er, seine Familie mit selbstgewählten Worten den Weg ins tongaische Jenseits Pulotu zu weisen. Sollten ihre Seelen danach noch immer keine Ruhe finden, würde er von einer der anderen Inseln einen der letzten Geisterbeschwörer holen müssen, die es hier und da angeblich noch gab.

»Oh, Hikule'o«, begann Tekina zögernd und wußte nicht einmal, ob er die Göttin überhaupt mit ihrem Namen anspre-

chen durfte. Als Geste der Demut kniete er sich nieder, wandte das Gesicht nach Westen und senkte den Blick.
»Oh, Hikule'o in Pulotu, Halbschwester der Mauis in der Unterwelt und der Tangaloas im Himmel. Verzeih mir, wenn ich Unwürdiger mich mit diesen Worten an dich wende. Ich habe große Angst, deinen Zorn zu erregen, und muß es dennoch tun. Meine Familie ist tot, und ich bitte dich, sie gnädig in dein Reich aufzunehmen. Laß mich dir zuerst von meiner Tochter Mele erzählen ...«
Tekina spürte plötzlich, wie ihm salzige Tränen über die Wangen strömten, aber er hörte nicht auf zu sprechen. Mit rauher, sich manchmal fast überschlagender Stimme erzählte er Hikule'o von Mele, ihrer Schwester und ihrem Mann, von Großmutter Lata und schließlich von den Kindern, die vor ihm in ihren kleinen Gräbern lagen. Unterbrochen von lautem Schluchzen, das seine magere alte Brust erbeben ließ, bat er die Göttin, den Geistern seiner toten Verwandten Ruhe und Frieden zu schenken, auf daß sie nicht länger getrieben und heimatlos durch die diesseitige Welt irren müßten.
Als Tekina sein improvisiertes Gebet beendet hatte und sich mühsam erhob, fühlte er sich so erschöpft wie noch nie zuvor in seinem Leben. Aber er durfte jetzt nicht schwach werden, er mußte seine Aufgabe zu Ende bringen. Langsam schlurfte er mit seinem selbstgeflochtenen Korb hinüber zu dem großen Haufen aus Sand, den Liliani und er vom Strand heraufgeschleppt hatten.

✷

Seltsam, dachte Kapitänleutnant Vuna, warum hat der Traktor einen aufgeblasenen und einen fast leeren Hinterreifen? Er und der Gefreite hatten nun schon ein gutes Stück der Insel durchkämmt und waren überall auf verbrannte Häuser

und sorgsam zusammengetragene Leichen gestoßen. Was auch immer es gewesen sein mochte, das diese Insel heimgesucht hatte, es hatte vor nichts und niemandem halt gemacht, auch vor Säuglingen und Greisen nicht.
Mit entsicherten Maschinenpistolen gingen die beiden Männer den kleinen Hügel zum Traktor hinauf. Als sie oben angekommen waren, blieben sie wie angewurzelt stehen. Mit allem hatten sie gerechnet, nur mit diesem Anblick nicht.
Vor ihnen lagen Dutzende von Schulkindern im Gras, die alle noch ihre Uniformen anhatten. Auf den ersten Blick sahen sie aus, als würden sie ein seltsames Spiel spielen, bei dem man sich ins Gras legen und sich totstellen mußte, dann aber bemerkte Vuna, daß an einigen der Kinder bereits die Möwen herumpickten. Mehr der großen weiß-grauen Vögel flogen gerade vom Meer heran und stürzten sich auf die reiche Beute, die der Tod ihnen beschert hatte. Ihr grausiges Gekreisch war das erste Geräusch, das Kapitänleutnant Vuna in der Stille dieser Toteninsel vernahm.
Mehrere Minuten lang standen die beiden Soldaten da und starrten schweigend auf das Bild des Grauens. Dann riß der Offizier seine Uzi in die Luft und jagte einen langen Feuerstoß in den Himmel hinauf, während Tränen der Trauer und der Wut ihm in die Augen stiegen. Der Gefreite war neben ihm in die Knie gesunken und bekreuzigte sich.
Nachdem er ein ganzes Magazin verschossen hatte, lud Vuna die Uzi nach und setzte sich wieder in Bewegung. Er kümmerte sich nicht darum, ob der Gefreite ihm folgte oder nicht. Er wollte herausfinden, wer für dieses grauenvolle Massaker verantwortlich war, er wollte ihn zur Strecke bringen und auf der Stelle erschießen. Wildentschlossen stapfte der Offizier in seiner weißen Marineuniform auf den Wald zu und kämpfte sich auf dem von Schlingpflanzen überwucherten Pfad vorwärts. Nach ein paar hundert Me-

tern blieb er stehen und lauschte. War da nicht ein Geräusch gewesen?
Vorsichtig drehte sich Vuna einmal um die eigene Achse. Da war es wieder! Raschelnde Blätter, knickende Zweige. Irgend etwas kam ihm auf dem Pfad entgegen und rannte direkt auf ihn zu!
Bereit, sofort abzudrücken, krümmte Vuna den Finger um den Abzug seiner Maschinenpistole. Ein Schatten huschte durchs grüne Gewirr der Zweige. War es ein Mensch oder ein Tier? Vunas Magen krampfte sich zusammen, und am liebsten hätte er auf Verdacht eine Salve aus seiner Uzi ins Unterholz gejagt.
Doch schon eine Sekunde später war er froh, es nicht getan zu haben, denn hinter einem prächtig blühenden Frangipani-Baum tauchte ein kleines barfüßiges Mädchen auf, die Augen streng auf den Weg gerichtet. Erst als es ein paar Schritte von Vuna entfernt war, blickte das Mädchen auf, kam vor lauter Schreck ins Straucheln und schlug der Länge nach hin. Mit einem Satz war Vuna bei dem Kind und hob es auf. Erst jetzt bemerkte er das tränenüberströmte Gesicht der Kleinen.
»Du brauchst keine Angst zu haben«, sagte der Offizier mit sanfter Stimme, während er das Mädchen am Arm festhielt. »Ich bin Kapitänleutnant Vuna von der Königlichen Marine. Wir sind gekommen, um euch zu helfen. Erzähl mir doch, was auf dieser Insel passiert ist.«

Und Liliani erzählte ihm alles. Von der schlechten Luft, vom Sterben in der Schule, von Tekinas blinder Wut, vom Pfarrer, der noch immer in der Kirche lag, und von den beiden Palangis, die in einem *popao* die Insel verlassen hatten. Als sie zu Ende war, fragte der Offizier mit tiefer Stimme: »Hast du Verwandte auf einer anderen Insel? Eine Tante oder einen Onkel vielleicht?«

Liliani hob die Augenbrauen, was soviel bedeutete wie ein Kopfnicken.
»Möchtest du, daß ich dich auf meinem Boot dort hinbringe?« Liliani hob abermals die Augenbrauen. Sie ließ sich von Vuna an der Hand nehmen und wegführen.

*

Die acht frischen Gräber im Friedhof sahen aus wie flache, oben abgeschnittene Sandpyramiden. Tekina hockte schwer atmend an den weißen Holzzaun gelehnt und schloß erschöpft die Augen. Als er sie wieder öffnete, sah er einen Wald von weißen Baumstämmen vor sich.
Du mußt wohl träumen, Alter, sagte er sich. Solche Bäume gibt es hier doch gar nicht. Sie schauen aus, als hätte jemand die Rinde von den Stämmen geschält. Dann bemerkte Tekina, daß die Bäume sich bewegten, und erkannte, daß es gar keine Baumstämme waren, die vor ihm standen, sondern Beine, die in weißen Hosen steckten.
Drei Männer blickten auf Tekina herab. Sie trugen weiße Uniformen mit dunkelblauen Baretten und hatten seltsam gedrungene Gewehre in der Hand. Tekina hielt sie für Matrosen von der Marine, wie er sie schon ein paarmal auf merkwürdigen, grün gestrichenen Metallbooten zwischen den Riffen hatte herumfahren sehen. Wie sie jetzt allerdings nach Nuku kamen und warum sie mitten auf dem kleinen Friedhof vor ihm standen, konnte er sich nicht erklären. Auf jeden Fall empfand er ihre Anwesenheit als störend.
»Warum schläfst du hier auf dem Friedhof?« fragte der Maat, der direkt vor Tekina stand. Der alte Fischer starrte an ihm vorbei in den Wald und sagte nichts.
»Was ist hier auf der Insel geschehen? Warum sind alle Menschen außer dir tot?« bohrte der Maat weiter, während

seine Kameraden am Zaun des Friedhofs entlanggingen und offenbar Ausschau nach Verstärkung hielten.
»Die Palangis haben sie umgebracht«, murmelte Tekina verbittert.
»Die Palangis? Welche Palangis?« wollte der Matrose wissen. Tekina zuckte mit den Achseln und schwieg.
»Sind die Palangis noch hier?«
»Nein.«
»Und waren sie hier?«
»Nein.«
»Aber wie können sie dann –«
Der Maat verstummte, als Tekina aufstand und sich vor ihm aufbaute. »Haut ab!« schrie er. »Ich will nicht mit euch reden! Verlaßt diesen Friedhof!«
»Aber –«
»Laßt mich in Frieden!« schrie Tekina aus voller Kehle. »Ich habe gerade meine Familie beerdigt!« Der Maat bedeutete seinen Kameraden mit einem Nicken, Tekina in Ruhe zu lassen. Als die drei langsam den Hügel hinuntergingen, brüllte Tekina ihnen mit drohend erhobenen Fäusten hinterher: »Laßt euch mit euren Palangi-Waffen hier bloß nie wieder blicken!«

*

»Machen Sie Meldung!« befahl Kapitänleutnant Vuna, als der Maat mit den beiden Männern zurück zum Treffpunkt kam.
»Aye, aye, Sir«, sagte der Maat und salutierte. »Wir waren oben auf den Hügeln und unten am nördlichen Strand. Überall haben wir Leichen und verbrannte Häuser gesehen, Sir. Aber wir haben auch einen Überlebenden gefunden.«
»Einen alten Mann?«

»Jawohl, Sir«, antwortete der Maat und fragte sich, woher Vuna das wohl wußte. Dann erst sah er das junge Mädchen, das mit dem Gefreiten ein wenig abseits stand. »Der Mann war im Friedhof eingeschlafen. Er sagte, er habe soeben seine Familie beerdigt, und dann wurde er aggressiv und hat uns angebrüllt.«
»Sie hätten ihn festnehmen und mitbringen sollen. Der Mann ist ein Verbrecher.«
»Jawohl, Sir«, antwortete der Maat automatisch, aber mit einem fragenden Unterton.
»Das Mädchen dort drüben ist seine Enkelin«, erklärte Vuna. »Sie hat mir erzählt, daß ihr Großvater die ganzen Häuser niedergebrannt hat. Für den Tod der Menschen ist er jedoch nicht verantwortlich. Die hat ein seltsames Gas getötet, das angeblich von den Palangis stammen soll. Der Alte glaubt, die Palangis seien vom Teufel besessen und zerstört alles, was mit ihnen zu tun hat.«
Der Matrose nickte zum Zeichen, daß er seinen Vorgesetzten verstanden hatte. Trotzdem blickte er sich ängstlich um. Mit einem wildgewordenen alten Mann konnte man fertig werden, aber was hatte es mit diesem Gas auf sich?
»Was für ein Gas, Sir?«
»Es muß vom Meer gekommen sein. Das Mädchen sagt, es sei weiß und kalt gewesen, und die Menschen hätten fürchterlich gehustet, bevor sie gestorben sind. Mehr konnte ich nicht aus ihr herausbekommen.«
Ein Windstoß wehte vom abgebrannten Dorf her einen so widerlichen Verwesungsgeruch in die Nasen der Männer, daß sie unwillkürlich den Atem anhielten. Vuna überlegte kurz, ob er noch einmal den Hügel hinaufgehen und den Alten festnehmen sollte, aber angesichts der unzähligen in der prallen Mittagssonne herumliegenden Leichen traf er eine andere Entscheidung. Zuerst einmal mußten das Mädchen und der bewußtlose Pfarrer von dieser Insel geschafft

werden. Um den Großvater würde er sich kümmern, wenn er mit Verstärkung zurückkam.
»Zurück zum Boot!« befahl er seinen Männern und sah ihnen an, wie erleichtert sie waren.

✷

»Verdammt!« rief Cernan Kranz und hackte wütend auf der Computertastatur herum. Das war jetzt schon das dritte Mal innerhalb einer Stunde, daß die Verbindung zum Internet vollkommen unvermittelt abbrach. Und jetzt war sogar das ganze System abgestürzt! Laut fluchend drückte Kranz den Resetknopf am Computer und wartete, bis das Betriebssystem wieder hochgefahren war.
Obwohl es schon elf Uhr nachts war, saß Kranz noch immer an seinem Schreibtisch in der Firma. Vor ihm standen vier leere Styroporbecher, die er sich in den vergangenen Stunden eigenhändig vom Kaffeeautomaten auf dem Gang hatte holen müssen. Irgendwie nahm er es seiner Sekretärin übel, daß sie um halb acht Uhr nach Hause gegangen war. Was war das nur für ein Saustall auf seinem Schreibtisch!
Kranz selbst hatte keine Zeit zum Aufräumen gehabt, denn seit dem späten Nachmittag hatte er sich in Abständen von dreißig Minuten immer wieder die neuesten Wetterbilder aus dem Internet heruntergeladen, sie mit den vorherigen Satellitenfotos verglichen und umfangreiche Berechnungen angestellt.
Der Hurrikan Ana war zu einem gewaltigen Sturm angewachsen, dem längst auch die Meteorologen des Nationalen Wetterdienstes erhöhte Aufmerksamkeit zollten. Auf dem Bildschirm sah man seine Bahn als durchgezogenen orangefarbenen Strich, der nun schon auf der Höhe der Cook-Inseln war. So weit, so gut, dachte Kranz. Was ihm Sorgen machte, war die gestrichelte, ebenfalls orange gefärbte Kur-

ve. Sie gab an, welchen Weg der Hurrikan den Berechnungen der Meteorologen zufolge in den nächsten vierundzwanzig Stunden nehmen würde, und sie lief in circa neunzig Kilometern Entfernung südlich an den Tonga-Inseln und Kranz' Subloons vorbei.

✷

Lin Bo ließ seine wachsamen schwarzen Augen über Horizont und Himmel schweifen. Diesmal war es kein Beobachtungsflugzeug, das seine Aufmerksamkeit erregte. Der Horizont bildete keine gerade Linie mehr. Dunkelgrüne Wogen bauten sich wie gläserne Gebirge rings um den Krabben-Trawler auf, der wie ein Korken in der brodelnden See tanzte. Einmal sah Lin Bo nichts als fast schwarze, von grellen Blitzen durchzuckte Wolken, dann wieder nur den von schäumenden Brechern beherrschten Ozean. Breitbeinig stand der taiwanesische Kapitän am Steuerrad und mußte seine ganze Kraft aufbringen, um das Schiff im Ruder zu halten.
Lin Bo war bewußt, daß er diesem Sturm nicht davonfahren konnte. Schon vor Stunden war ihm klargeworden, daß sich hier ein ausgewachsener Hurrikan zusammenbraute, und er hatte seine Mannschaft verflucht, weil sie so lange gebraucht hatte, um das Treibnetz mit dem Fang an Bord zu hieven. Jetzt hockten zwei dieser Faulpelze unter Deck und hofften, daß er sie unbeschadet aus diesem Inferno herausbringen würde. Die anderen beiden krallten sich neben ihm an das Geländer des Ruderhauses und gafften mit ängstlichen Gesichtern aus den Fenstern, gegen die der Regen peitschte wie Salven aus einem Maschinengewehr.
Lin Bo beschloß, so lange wie irgend möglich den starken Rückenwind zu nutzen, der den mit voller Kraft fahrenden Trawler vor sich hertrieb. Oben auf den Wellenkämmen, wo

das Schiff dem Wind die größte Angriffsfläche bot, peitschte er es richtiggehend nach vorn, in die grüne Flanke der nächsten Woge hinein.
Wenn es Lin Bo nur schaffte, sich von den ums Auge des Hurrikans wirbelnden Rotationswinden fernzuhalten, konnte er auf diese Weise ziemlich gut Fahrt machen. Sein Ziel war, den Nordrand des Sturms zu erreichen, wo der Wind erfahrungsgemäß am schwächsten blies. Sollte ihm das allerdings nicht gelingen, dann half nur noch eines: Beten. Und Lin Bo war alles andere als ein gläubiger Mensch.

*

Peter Ratcliff wurde langsam unruhig. Es war halb vier Uhr nachmittags, und ein paarmal hatten ihn nun schon Polizeibeamte gefragt, ob sie ihm vielleicht helfen könnten. »Nein danke, ich warte hier nur auf jemanden«, hatte er jedesmal geantwortet und war sich dabei zunehmend lächerlicher vorgekommen. Von Liston war weit und breit keine Spur, und Peter hegte schon seit geraumer Zeit den Verdacht, daß er und North längst über alle Berge waren, ohne daß der Rastafari es für nötig befunden hatte, ihm wenigstens ein Zeichen zu geben.
Als Peter sah, daß die Marktleute anfingen, ihre Waren einzupacken, riß ihm der Geduldsfaden. Wenn North bis jetzt noch nicht gekommen war, würde er wohl überhaupt nicht mehr aufkreuzen. Peter spürte, wie ihm die Haut an Gesicht und Nacken brannte, und sehnte sich nach einer ausgiebigen Dusche, einem kühlen Drink und vielleicht einem weiteren Abenteuer mit einer knackigen *fokisi,* von denen immer einige am Hotelpool auf Kundschaft hofften. Er stand auf und ging hinüber zu den auf der anderen Straßenseite wartenden Taxis. Er hatte seine Pflicht und

Schuldigkeit getan. Außerdem mußte er dringend ins Hotel, um einen wichtigen Anruf zu erledigen.

✷

Dr. Matangi runzelte die Stirn und legte den Hörer zurück auf die Gabel. Wie kam dieser Amerikaner dazu, *ihn* darauf hinzuweisen, daß ein Hurrikan im Anzug war? Dieser Mr. Ratcliff von der Firma Kranzco tat ja gerade so, als könnte man im königlich tonagischen Wetteramt keine Wetterkarten lesen. Außerdem hatten Langis Leute schon vor Stunden ein Fax vom Internationalen Taifun-Vorwarnzentrum auf Guam erhalten, das vor einem Hurrikan namens Ana warnte, der sich von Osten her den Cook-Inseln näherte.

Dr. Matangi nahm das Fax noch einmal zur Hand und betrachtete die konzentrischen Isobare, die das Tief im Auge des Sturms darstellten. Er verglich die Linien mit denen auf den drei vorhergehenden Faxen und stellte ein weiteres Mal fest, daß der Hurrikan, solange er seiner bisher eingeschlagenen Bahn folgte, knapp unterhalb der südlichsten Insel von Tonga vorbeistreichen würde. Trotzdem mußte man ein Auge auf ihn haben, denn daß solche Wirbelstürme unberechenbar waren, wußte Dr. Matangi auch ohne Nachhilfe von seiten eines überheblichen Palangis, der wohl meinte, die Weisheit mit Löffeln gefressen zu haben. Nicht umsonst sah der Vertrag mit der Firma Kranzco ausdrücklich vor, daß die alleinige Entscheidung über die Auslösung der Subloons in den Händen des tongaischen Wetteramtes lag.

Dr. Matangi griff wieder zum Telefon. »Geben Sie eine vorbeugende Sturmwarnung heraus«, sagte er zu seinem Mitarbeiter, in dessen Zuständigkeit es fiel, die Warnung an die Polizei, den Rundfunksender und das tongaische Militär weiterzuleiten. »Und nehmen Sie Verbindung mit unseren Kollegen auf den Cook-Inseln auf. Sie sollen uns sofort informieren, wenn der Hurrikan bei ihnen angelangt ist. Ich selbst fahre hinaus zur Kontrollstation für die Subloons und überprüfe, ob dort alles einsatzbereit ist.«

Gerade als der Computer wieder hochgefahren war und Cernan Kranz erneut seinen Internet-Browser starten wollte, klingelte das Telefon. »Was gibt's?« schnauzte der Firmenchef gereizt in den Hörer. So spät abends konnte es eigentlich nur Peter sein, der sich endlich wieder einmal bequemte, ihm einen Lagebericht aus Tonga zukommen zu lassen. Dem Kerl würde er eine Gardinenpredigt halten, die sich gewaschen hatte.

»Spreche ich mit Cernan Kranz?« fragte eine Stimme, die Kranz völlig unbekannt war.

»In der Tat. Und wer sind Sie?«

»Detective Simon Stone von der Polizei in Nantucket. Entschuldigen Sie die späte Störung, Sir, aber Sie waren den ganzen Nachmittag und Abend über nicht erreichbar.«

Natürlich nicht, dachte Kranz. Schließlich hatte er nicht umsonst seine Sekretärin angewiesen, keinen Anruf zu ihm durchzustellen. »Woher haben Sie diese Nummer?« fragte er. Die Durchwahl zu seinem Schreibtischtelefon war nämlich nur ganz wenigen Leuten bekannt.

»Von Ihrer Sekretärin, Sir. Dürfte ich Ihnen jetzt vielleicht ein paar Fragen stellen?«

»Wenn's sein muß«, raunzte Kranz und nahm sich vor, das Mädchen gleich morgen früh zu feuern.

»Sagt Ihnen der Name Judith North etwas?«

»Nie gehört.«

»Und James North?«

»Auch nicht.«

»Aber James North ist einer Ihrer Angestellten, Sir. Er ar-

beitet zur Zeit für Ihre Niederlassung auf den Tonga-Inseln.«
»Das mag schon sein, aber ich kann doch nicht sämtliche Namen meiner Mitarbeiter im Kopf haben. Was ist mit ihm?«
»Ich habe einen Anruf von einem Kollegen in Atlanta bekommen, der wissen möchte, ob Judith North, die Schwester von James North, vielleicht in den letzten vierzehn Tagen mit Ihnen gesprochen hat. Miss North wird seit ein paar Tagen vermißt, und ihr Bruder James ist offenbar der Meinung, daß sie mit Ihnen Kontakt aufgenommen haben könnte.«
»Und warum sollte sie das, Detective Stone?«
»Miss North ist Journalistin, Sir. Ihr Bruder glaubt, daß sie kürzlich mit Ihnen ein Interview über eine neue Technologie Ihrer Firma geführt hat.«
»Das hat sie aber nicht, denn sonst würde ich mich ja wohl daran erinnern, oder?«
»Natürlich, Sir. Das war es auch schon, was ich Sie fragen wollte. Entschuldigen Sie bitte nochmals die Störung. Sollte ich noch Fragen haben, dürfte ich mich dann nochmals an Sie wenden?«
»Tun Sie, was Sie nicht lassen können.«
»Vielen Dank, Sir. Und gute Nacht.«
»Gute Nacht«, brummte Kranz und warf den Hörer auf die Gabel.
Auf dem Monitor hatte sich inzwischen das altgewohnte Wetterbild aufgebaut, auf dem Kranz sofort den Hurrikan Ana erkannte. Bildete er es sich nur ein, oder war der Wolkenwirbel wirklich ein paar Millimeter von dem vorausberechneten Kurs abgewichen? Kranz starrte das Bild an, als könne er den Sturm mit seinem Blick hypnotisieren. »Nun mach schon«, murmelte er. »Ich habe nicht mehr viel Zeit.«

*

Die Kontrollstation für das Kranz-Anti-Zyklon-System befand sich etwa fünfzehn Kilometer westlich von Nuku'alofa auf einer grasbewachsenen Klippe. Riesige Wellen, die sich auf der endlosen Wasserfläche des Pazifiks tagelang aufbauen konnten, donnerten dreißig Meter tiefer gegen eine senkrechte Wand aus dunkelgrauem Fels, vor der Sturmvögel mit weit ausgebreiteten Schwingen dahinsegelten.
Am Fuß der Klippen zog sich knapp oberhalb der Wasserlinie ein etwa sieben Meter breites Felsband entlang, das bei gutem Wetter zwar wie ein natürlicher Gehweg aussah, bei etwas Seegang aber zur tückischen Todesfalle werden konnte. Dann nämlich rauschten die mächtigen Brecher über das vorgelagerte Riff heran und überspülten das Felsband mit solcher Gewalt, daß sich dort niemand mehr auf den Beinen zu halten vermochte.
Das Korallengestein der Klippe wie auch das Riff waren von unzähligen Höhlen, Kammern und Spalten durchzogen, die sich bei Sturm mit Meerwasser füllten. Immer wenn eine Welle ihre Wassermassen in dieses unterirdische Labyrinth pumpte, wurde es woanders wieder herausgeschleudert und spritzte an manchen Stellen wie ein Geysir bis zu zwanzig Meter hoch in die Luft. Die Tongaer nannten diese Blaslöcher *mapu'a a vaca,* die Pfeife des Königs. Zog sich die Welle dann wieder zurück, wurde das Wasser, welches vorhin noch das Felsband hüfthoch überschwemmt hatte, wie von einer gigantischen Pumpe zurück in die Öffnungen und Spalten gesogen. Mit ihm verschwand alles, was sich am Fuß der Klippen befunden hatte, auf Nimmerwiedersehen in den dunklen Gängen unter dem Riff. Kein Wunder, daß die Tongaer diesen Teil der Küste seit Jahrhunderten mieden.
Oben auf dem einsamen, wilden und spektakulären Plateau stellte Dr. Matangi seinen weißen Nissan vor einem kleinen Gebäude aus grauem Beton ab, das zwar häßlich, dafür

aber hundertprozentig sturmsicher war. Während Matangi die schwere Stahltür aufsperrte, kam ihm wieder einmal in den Sinn, daß diese bunkerartig geduckte Kontrollstation mit ihren einen halben Meter dicken Wänden eigentlich ein Widerspruch in sich war: Wenn das Anti-Zyklon-System wirklich funktionierte, dann mußte das kleine Haus keinem Hurrikan widerstehen, sollten die Subloons aber versagen, dann brauchte man auch keine Kontrollstation mehr.
Im Inneren des fensterlosen Betonklotzes war es stockdunkel. Dr. Matangi nahm einen Schlüssel von einem Haken an der Wand und ging zu dem kleinen Anbau, in dem der Generator für den elektrischen Strom stand. Nachdem Matangi geprüft hatte, ob noch genügend Kraftstoff im Tank war, zog er am Startseil des Motors. Schon beim ersten Versuch erwachte der kleine Viertakter zum Leben, und Dr. Matangi konnte sich ins Innere der Station begeben, das jetzt von mehreren Glühbirnen hell erleuchtet wurde.
Die unverputzten, grauen Wände waren kahl bis auf eine große Landkarte des Königreichs Tonga, vor dessen langgestreckter, von Nord nach Süd verlaufender Inselkette eine Reihe von roten Punkten eingezeichnet war. Jeder von ihnen stand für einen der hundert Subloons, von denen sechsundneunzig schon auf ihren Einsatz warteten. Wann würde er kommen? fragte sich Dr. Matangi. Vielleicht in einem Monat, vielleicht in einem Jahr. Vielleicht aber auch schon sehr bald, wenn der Hurrikan Ana, der auf den Wetterkarten unaufhaltsam nach Westen unterwegs war, doch noch überraschend einen Haken in Richtung Tonga schlug.
Neben den Punkten waren auf der Karte die genauen Koordinaten und die Nummer des jeweiligen Subloons verzeichnet. Immer wenn Langi Matangi auf diese Zahlen blickte, fand er es seltsam, daß sie von drei bis hundertdrei reichten und nicht von eins bis hundert. Natürlich wußte er, daß die

Subloons Nummer eins und zwei reinen Testzwecken dienten und deshalb nicht zum Kranz-Anti-Zyklon-System – kurz KAZS – gehörten. Was er nicht wissen konnte, war, daß einer dieser Versuchssubloons eine Insel seines Heimatlandes in einen einzigen großen Friedhof verwandelt hatte.

Von der Landkarte abgesehen, gab es nur wenige Gegenstände in dem kahlen Raum: einen Tisch, einen Stuhl, ein Telefon und einen Computer. Von dem führte ein dickes, schwarzes Kabel zum Boden, wo es in einem mit Silikon abgedichteten Loch verschwand. Draußen lief das Kabel unterirdisch bis an den Rand der Klippe und schließlich hinunter in die brodelnde See, wo es fast zwei Kilometer vor der Küste in einem kegelförmigen, auf dem Meeresgrund verankerten Gebilde endete.

Dr. Matangi schaltete den Computer ein und wartete, bis er hochgefahren war und das einzige Programm geladen hatte, das sich auf seiner Festplatte befand. Als auf dem Bildschirm das Logo der Firma Kranzco erschien, mußte der Leiter des Wetteramtes ein Kennwort eingeben, bevor auf dem Bildschirm ein kurzes Menü erschien:

1. KAZS testen
2. KAZS aktivieren
3. Programmende

Langi Matangi klickte die erste Funktion an und bekam die Meldung, daß der Test des gesamten Systems begonnen habe. Da er wußte, daß diese Prozedur etwa fünfzehn Minuten in Anspruch nehmen würde, vertrat er sich unterdessen vor der Kontrollstation ein wenig die Beine. Der Computer sendete nun eine Reihe von elektrischen Impulsen an den Kegel tief unten im Meer, der sie in Schallwellen mit extrem niedriger Frequenz verwandelte. Solche Wellen waren in

der Lage, unter Wasser rasch große Entfernung zurückzulegen. Jeder der Subloons hatte einen Empfänger für diese Wellen und erhielt nun den Befehl, die elektrischen Schaltkreise seines Auslösemechanismus zu überprüfen. Auf dieselbe Art und Weise, aber mit einer anderen Impulsfolge, wurden auch die Sprengladungen ausgelöst, die den Subloon von seinen Fesseln am Meeresgrund befreiten.
Für jeden Subloon, der getestet und für funktionstüchtig befunden worden war, leuchtete auf dem Bildschirm, der jetzt eine verkleinerte Version der Karte an der Wand darstellte, ein grüner Punkt auf, während diejenigen, die noch keine Rückmeldung gegeben hatten, orangefarben blinkten. Als Dr. Matangi nach einer Viertelstunde zurückkam, sah er, daß alle bisher installierten Subloons einsatzbereit waren. Zufrieden schaltete er den Computer aus, stellte den Generator ab und sperrte die Kontrollstation wieder zu. Sollte der Hurrikan wirklich seine vorausgesagte Bahn verlassen und auf die Tonga-Inseln zukommen, würden ihn die in Dr. Matangis Obhut stehenden Subloons schon aufhalten.

✷

Als Jim erwachte, hatte er den Eindruck, kaum länger als fünf Minuten geschlafen zu haben, aber ein Blick auf seine Armbanduhr belehrte ihn, daß er ein paar traumlose Stunden auf dem harten, unbequemen Stahldeck der Fähre zugebracht hatte. Ächzend drehte er sich auf den Rücken und schloß noch einmal die Augen. Das Schiff unter ihm vibrierte und bebte.
Nach einer Weile setzte Jim sich auf. Die Männer, die vorhin an der Reling gestanden hatten, waren verschwunden, so daß er einen freien Blick auf den Himmel hatte. Noch nie in seinem Leben, auch nicht während des knappen Jahres auf

der M. V. Kranz, hatte Jim einen so schönen Sonnenuntergang gesehen.

»Faka'ofo'ofa«, sagte der graubärtige Mann neben Jim. Der Amerikaner nickte zustimmend, obwohl er kein Wort verstanden hatte.

Vom Horizont bis hinauf zum Zenit war der Himmel in ein tiefes Orange getaucht, das stellenweise schon in einen leuchtenden Rotton überging. Wie goldene Wattetupfer schwebten Wolken in diesem magischen Licht dahin.

»Wachen Sie auf«, sagte Jim zu JoAnn, die immer noch schlief. »Das müssen Sie gesehen haben.«

JoAnn öffnete verschlafen die Augen und fuhr hoch, kaum daß sie die Wolken erblickt hatte.

»Das ist ja irre.«

»Stimmt.«

Jim blickte in die Gesichter der Tongaer ringsum und entdeckte in ihnen nicht nur Bewunderung für ein grandioses Naturschauspiel, sondern auch eine unausgesprochene, stumme Furcht.

»Tut mir leid, daß ich auf der Insel so grob zu Ihnen gewesen bin«, hörte er JoAnn hinter sich sagen.

»Machen Sie sich deswegen keine Sorgen.«

»Und daß ich mit dem Ast auf Sie losgegangen bin.«

»Kein Problem.«

»Trotzdem möchte ich mich bei Ihnen entschuldigen.«

Jim spürte, wie JoAnn ihm ihre Hand auf die Schulter legte. Er sagte nichts und drehte sich auch nicht um, genoß diese Berührung aber ungemein.

✷

Cernan Kranz blickte aus dem Fenster seines Büros hinunter auf den leeren, von den Bogenlampen in ein gespenstisches Licht getauchten Firmenparkplatz. Außer ein paar Autos, die wohl den Leuten des Sicherheitspersonals gehörten, stand nur noch ein einziges Fahrzeug auf dem verschneiten Asphalt: sein eigener Lexus, dessen Chauffeur nun schon seit Stunden im Aufenthaltsraum des Werksschutzes darauf wartete, ihn nach Hause fahren zu können. Kranz hatte kein Mitleid mit dem Mann; schließlich wurde er für seine Arbeit überdurchschnittlich gut bezahlt.

Kranz sah auf die Uhr. Zwei Uhr dreißig. Höchste Zeit, daß er sich das neueste Wetterbild aus dem Internet holte. Er ging zum Schreibtisch, klickte das entsprechende Feld in seinem Browser an und wartete. Während der Computer sich auf der Homepage des Nationalen Wetterdienstes einloggte, kramte Kranz seine Pillendosen aus der Schreibtischschublade und schluckte eine Handvoll Tabletten, die er mit etwas kaltem Kaffee hinunterspülte.

Als er die Augen wieder auf den Monitor richtete, blieb ihm vor lauter Staunen der Mund offenstehen. Kranz stellte den Styroporbecher so hastig auf den Schreibtisch, daß er umkippte und zu Boden fiel. »Na also!« rief er laut aus und kümmerte sich nicht um die Kaffeeflecken auf dem teuren beigen Teppichboden. Als könne er seinen Augen nicht trauen, legte Kranz einen Finger auf den Bildschirm des Computers.

Sein Sturm hatte ihn nicht enttäuscht. Der weiße Wolkenwirbel auf schwarzem Grund hatte einen überraschenden Schwenk nach Nordwest gemacht. Noch bevor die gestrichelte orange Linie erschien, die den voraussichtlichen Verlauf des Hurrikans Ana markierte, wußte Kranz genau, daß sie direkt auf Nuku'alofa, die Hauptinsel des Königreichs Tonga, zulaufen würde.

Tekina stand am Strand unterhalb des Dorfes und hielt Ausschau nach einem geeigneten Ort für einen neuen Friedhof. Der Platz sollte sicher vor Sturmfluten sein und gleichzeitig so nahe am Wasser liegen wie nur möglich, damit Tekina den Sand für die Gräber nicht allzuweit transportieren mußte.

Auf seiner Suche kam der alte Fischer auch an die Stelle, an der das Schlauchboot der Marine gelegen haben mußte. Im Sand fand er die Abdrücke schwerer Militärstiefel und eine vom Rumpf des Bootes stammende Kuhle. Und noch etwas sah er, dessen Anblick ihm die Kehle zuschnürte: Es war die Spur von zwei nackten Kinderfüßen, die direkt zu dem Boot führte und dort abrupt endete.

Das konnte nur bedeuten, daß Liliani zusammen mit den Soldaten die Insel verlassen hatte. Sie hatte Tekina verraten und seinen Ideen bewußt den Rücken gekehrt. Als Tekina begriff, daß es nun niemanden mehr gab, der ihm zuhörte und dem er sein Wissen weitergeben konnte, stiegen ihm die Tränen in die Augen. Er mußte gar nicht mehr zur Kirche gehen, um nachzusehen, ob der Pfarrer noch dort war. Er spürte auch so, daß er nun der einzige lebende Mensch auf Nuku war: allein und verlassen und umgeben von den Geistern der vielen Toten, die er allesamt gekannt hatte und denen er nun einen letzten Dienst erweisen mußte.

Mit müden Augen blickte er in den Sonnenuntergang, von dem er wußte, daß er nichts Gutes bedeutete. Wenn die Wolken am Himmel hingen wie reife Papayas, dauerte es nicht mehr lange, bis ein verheerender Sturm kam. Nur mit etwas Glück blieb ihm noch ein Tag Zeit, um die Toten des Dorfes zu begraben.

Gerade als er sich umdrehen wollte, hörte Tekina ein leises, schnarrendes Geräusch, das von draußen auf dem Wasser zu kommen schien. Der alte Mann blinzelte in die untergehende Sonne und entdeckte ein gutes Dutzend dunkler

Umrisse, die sich langsam der Insel näherten. Motorboote, dachte Tekina. Die Soldaten kommen zurück und haben Verstärkung mitgebracht. Sie werden dir keine Ruhe lassen, Alter. Sie werden dir deine Toten wegnehmen und sie in Gräber werfen, die sie dem Gott der Palangis geweiht haben. Und dann werden sie dich fortbringen von Nuku und dich dafür anklagen, daß du deine Insel von den Dingen der Palangis gesäubert hast.
Mit langsamen Schritten setzte Tekina sich in Bewegung. Verfolgt von dem immer stärker anschwellenden Geräusch der Bootsmotoren verschwand er im dichten Urwald von Nuku.

*

»Tut mir leid, daß es so spät geworden ist, Leo«, sagte Cernan Kranz, als sein Fahrer ihm die Tür des Wagens öffnete.
»Nach Hause, Sir?«
»Ja, Leo. Nach Hause.«
Kranz ließ sich in den Rücksitz sinken und dachte an den Hurrikan Ana, der sich auf der anderen Seite der Welt unaufhaltsam der Kette von Subloons näherte. Dabei überhörte er, daß sich der Fahrer mehrmals lautstark geräuspert hatte.
»Sir?« fragte der Mann schließlich zaghaft durch die halb geöffnete Trennscheibe.
»Was ist denn, Leo?«
»Ich muß Ihnen etwas sagen, Sir.«
»Heraus damit.«
»Heute nachmittag war ein Detective von der Polizei bei mir, Sir. Sein Name ist Stone. Er hat mir eine Menge Fragen über Sie gestellt.«
»Was für Fragen?«

»Er hat sich nach einer Reporterin erkundigt, von der ich noch nie etwas gehört hatte. Und dann wollte er noch wissen, wohin ich Sie in der letzten Woche gefahren habe und ob mir in der Firma etwas Ungewöhnliches aufgefallen sei.«

»Und was haben Sie darauf geantwortet?«

»Eigentlich nichts, Sir. Nur daß der Firmenjet einen Triebwerksschaden hatte. Hätte ich das nicht tun sollen, Sir?«

»Doch, Leo, antworten Sie nur ehrlich auf alle Fragen, die man Ihnen stellt«, sagte Kranz mit matter Stimme. »Ich möchte nicht, daß Sie meinetwegen Schwierigkeiten bekommen.«

Der Rest der Fahrt verlief schweigend. Kranz sah aus dem Fenster hinauf in den tiefschwarzen Himmel und fragte sich, wie lange es wohl noch dauern würde, bis Detective Stone vor seiner Tür stand und ihn verhaftete. Zum Glück ist Peter auf Tonga, dachte er. Wenn den die Polizei in die Mangel nimmt, dann singt er bestimmt wie ein Kanarienvogel.

Als der Wagen in der Zufahrt zum Stehen kam, wandte sich Kranz noch einmal an seinen Chauffeur.

»An Ihrer Stelle, Leo«, sagte er, »würde ich mich langfristig nach einem neuen Job umsehen. Bedauerlicherweise besteht die Möglichkeit, daß ich Sie in Zukunft nicht mehr werde beschäftigen können.«

KAPITEL 20

Der Hurrikan Ana, den Cernan Kranz so gerne als »seinen Sturm« bezeichnete, erschien nur auf den Satellitenbildern als sauberer weißer Wolkenwirbel. Von der Erde aus betrachtet war er das tobende, wütende Chaos, das alles zerstörte, was sich ihm in den Weg stellte. Bisher hatte er nur das sommerlich warme Wasser des Pazifiks überquert, dessen Temperatur ihm immer neue Energie zugeführt hatte. Jetzt traf er bei der siebenhundertfünfzig Kilometer nordöstlich von Tonga gelegenen Insel Niue zum ersten Mal auf Land.
Wie eine Walze der Verwüstung raste der Hurrikan über das aus Korallengestein bestehende Felseneiland hinweg, legte ganze Dörfer flach, spülte mit seinen sintflutartigen Regenfällen fruchtbaren Ackerboden fort und knickte die Stämme mächtiger Kokospalmen wie Streichhölzer um. Er schleuderte einen kleinen Frachter an Land, zerschmetterte mehrere australische Yachten, die im Hafen der Hauptstadt Alofi Schutz gesucht hatten, und riß eine vierköpfige Familie, die sich in ihrem Geländewagen vor der Sturmflut hatte in Sicherheit bringen wollen, hinaus in die brodelnde See. Der Hurrikan, der eine Geschwindigkeit von bis zu zweihundertsechzig Stundenkilometern erreichte, deckte selbst massiv gebauten Häusern die Dächer ab, unter anderem dem Parlamentsgebäude des kleinen unabhängigen Inselstaates. Niemand, der in es diesen fürchterlichen Stunden mit dem Hurrikan Ana zu tun bekam, ahnte auch nur im entferntesten, daß sein Auslöser eigentlich zwei Schneeflocken in der Antarktis gewesen waren. Zwei harmlose Kristalle aus ge-

frorenem Wasser, wenige Millimeter groß und zusammen nur den Bruchteil eines Gramms schwer, hatten eine fatale Kettenreaktion in Gang gesetzt, deren Ergebnis allein auf Niue zwölf Todesopfer forderte, Hunderte von Menschen obdachlos machte und einen kaum zu beziffernden Sachschaden anrichtete.

✷

Tekina trat am anderen Ende der Insel Nuku aus dem Wald und stellte erleichtert fest, daß im Meer keine Motorboote mit Soldaten zu sehen waren. Die Anstrengungen des vergangenen Tages und der Nacht zuvor hatten ihn so sehr geschwächt, daß er es fast nicht schaffte, sein *popao* ins Wasser zu ziehen.

Erst als er den Einbaum mit beiden Armen umschlang und sich mit seinem ganzen Gewicht dagegenstemmte, gelang es ihm, das Boot ein paar Handbreit über den Sand zu schleifen, bevor er sich schwer keuchend ausruhen mußte. Ein gutes Dutzend Versuche waren nötig, bis das *popao* endlich auf den Wellen tanzte und Tekina mühsam hineinklettern konnte.

Seine Glieder kamen ihm schwer wie Blei vor, als er das Ruder aus dem Rumpf zog und ins Wasser tauchte. Dann aber fiel er überraschend rasch in seinen altgewohnten Paddeltakt, der ihn mit jedem Zug weiter von Nuku und seinen Toten fortbrachte. Während er ruderte, dachte Tekina nicht nach, sondern konzentrierte sich darauf, den scharfkantigen Felsen des Korallenriffs auszuweichen, die in der einsetzenden Dämmerung nur schwer erkennbar waren.

Erst als er das Riff umschifft hatte, fiel Tekina wieder ein, was er eigentlich vorhatte: Er wollte sich eine neue Insel suchen, eine Insel, auf der er fern von den Palangis und ihrem Teufelswerk leben konnte. Tekina war klar, daß er auf dieser Insel allein würde bleiben müssen. Ohne andere Menschen seines Volkes, die über kurz oder lang ja doch wieder Palangi-Sitten annehmen und Palangi-Dinge kaufen würden. Und er wußte auch, wo er eine solche Insel finden würde: in dem Gewirr von Riffen, Korallenbänken und unbewohnten Eilanden südlich von Nuku.

Nur einmal drehte sich Tekina auf dieser Reise nach seiner alten Heimat um. Vor dem knapp oberhalb des Horizonts noch immer leicht rötlich schimmernden Nachthimmel zeichnete sich Nuku als schwarze Silhouette ab. Er sah die flachen Strände und die sanft ansteigenden Hügel seiner Heimatinsel, und beim Anblick der buschigen Wipfel der Kokospalmen, die sich im frischen Nachtwind wiegten, dachte er wehmütig daran, wie oft er spät abends vom Fischen heimgekehrt war und gewußt hatte, daß auf diesem kleinen Fleckchen Erde seine Familie auf ihn wartete. Jetzt leuchtete ihm von den dunklen Flanken der Hügel nicht mehr der warmgelbe Schein aus den Fenstern der Häuser entgegen, sondern die Taschenlampen der Soldaten, deren weiße Lichtpünktchen wie eine Prozession von Maden am Strand entlangkrochen.

Angewidert kehrte Tekina Nuku den Rücken. Er wollte die Insel, auf der er geboren wurde und den größten Teil seines Lebens verbracht hatte, niemals wiedersehen.

✷

Auf so einer Matte liegt es sich doch gleich viel angenehmer als auf dem nackten Deck, dachte Jim und streckte sich auf der Unterlage aus geflochtenen Pflanzenfasern genüßlich aus. Vor ein paar Minuten hatte eine tongaische Mutter JoAnn und ihn eingeladen, neben ihr und ihren schlafenden Kindern auf der großen Matte Platz zu nehmen. Während JoAnn sich lebhaft mit der Frau unterhielt, blickt Jim hinauf in den dunklen Nachthimmel und hörte einem Transistorradio zu, das einen westlichen Popsong nach dem anderen herunterdudelte. Ab und zu schien durch Löcher in der Wolkendecke der blasse Vollmond herab und tauchte ein paar Sekunden lang das Meer rings um die Fähre in sein bleiches Licht. Die Wellen hatten weiße Schaumkronen, die ein merkwürdig kühler und feuchter Wind verblies. Sieht ganz so aus, als würde das Wetter schlechter, dachte Jim und drehte sich auf die Seite. JoAnn redete immer noch mit der tongaischen Frau, und im Radio kamen gerade Nachrichten.

»Die königlich tongaische Marine hat ihre Patrouillenboote nach Nuku entsandt, wo durch einen mysteriösen Vorfall fast die ganze Bevölkerung ums Leben gekommen ist«, sagte der Sprecher auf englisch. »Berichte Überlebender, die von einer tödlichen Gaswolke sprechen, konnten bisher von offizieller Seite noch nicht bestätigt werden. Wir werden Sie in unseren Nachrichtensendungen über den neuesten Stand der Katastrophe auf der Vava'u-Gruppe auf dem laufenden halten ...«

Der Rest der Meldungen interessierte Jim nicht. Es ging um einen Bestechungsfall im tongaischen Finanzministerium, den bevorstehenden Besuch des französischen Außenministers in Nuku'alofa und die Vorbereitungen der königlichen Familie auf das Weihnachtsfest. Erst als der Wetterbericht kam, paßte Jim wieder auf.

»Der Hurrikan Ana, der auf der Insel Niue mindestens zehn Menschen das Leben gekostet und schwere Verwüstungen angerichtet hat, bewegt sich mit einer durchschnittlichen Geschwindigkeit von dreißig Kilometern in der Stunde weiter in südwestliche Richtung. Vorausberechnungen des königlich tongaischen Wetteramtes zufolge soll er morgen abend zwischen acht und neun Uhr die Insel Tongatapu erreichen. Für Tongatapu und die südlichen Inseln wurde Hurrikanwarnung gegeben. Die Bevölkerung wird aufgefor-

dert, die für diesen Fall angeordneten Schutzmaßnahmen zu ergreifen und –«
»JoAnn! JoAnn!« unterbrach Jim aufgeregt das Gespräch der beiden Frauen.
»Was gibt's denn?« fragte JoAnn erstaunt.
»Wann legt die Fähre in Nuku'alofa an?«
»Morgen so gegen Mittag. Warum?«
»Weil ich früher dort sein muß.«
»Dann gehen Sie doch zum Kapitän und fragen Sie ihn, ob Sie mitpaddeln können.«
Jim verzog das Gesicht. Ihm war überhaupt nicht nach Scherzen zumute. Plötzlich hatte er eine Idee. »Haben Sie nicht gesagt, daß das Schiff vorher noch zwei andere Inseln anläuft? Gibt es auf einer davon einen Flugplatz?«
»Ja, in Lifuka. Warum fragen Sie?«
»Weil ein Hurrikan im Anzug ist. Er wird morgen abend auf Tongatapu erwartet.«
»Woher wollen Sie das denn wissen?«
»Es kam gerade im Radio.«
»Machen Sie sich keine Sorgen. Dies hier ist ein großes Schiff, und bis der Hurrikan richtig da ist, sind wir längst in Nuku'alofa.«
Die tongaische Frau steckte sich eine Erdnuß in den Mund und warf JoAnn und dem aufgeregten Palangi einen neugierigen Blick zu.
»Nein, nein, Sie haben mich falsch verstanden«, entgegnete Jim. »Es geht mir nicht um diese Fähre. Verstehen Sie denn nicht, was dieser Hurrikan bedeutet?«
JoAnn sah ihn verständnislos an.
»Das Anti-Zyklon-System vor den südlichen Inseln ist schon seit längerem einsatzbereit. Wenn jetzt ein Hurrikan kommt, werden Kranz und seine Leute es auslösen! Und das bedeutet …«
Das Lächeln verschwand aus JoAnns Gesicht.

»... das bedeutet, daß vielleicht dasselbe geschieht wie auf Nuku«, fuhr sie mit leiser Stimme fort.
»Ja und nein. Es könnte sogar noch schlimmer kommen. Ich vermute stark, daß es sich bei dem vor Nuku geplatzten Subloon um eine Testinstallation handelt. Die richtigen Subloons haben ein Vielfaches an Gas gespeichert.«
»Verdammt, Jim, auf Tonatapu leben sechzigtausend Menschen ...«
»Deshalb muß ich so schnell wie möglich von dieser Fähre und nach Nuku'alofa. Auf einem Empfang habe ich einmal den Chef des tongaischen Wetteramtes kennengelernt. Er heißt Langi Matangi, glaube ich. Wenn ich ihn aufsuche und ihm sage, was ich weiß, kann er vielleicht verhindern, daß die Subloons ausgelöst werden.«
»Und was ist, wenn er Sie nicht ernst nimmt?«
»Dann fahre ich zur Kontrollstation für die Subloons und versuche, das System zu zerstören. Sie befindet sich an einem Ort namens Mapu' a paca.«
»Sie meinen wohl Mapu'a a vaca.«
»Kann auch sein«, sagte Jim und beobachtete, wie JoAnn sich mit einer Frage an die tongaische Frau wandte, die ihr mit einem von ausgespuckten Erdnußschalen unterbrochenen Redeschwall Antwort gab.
»Sie sagt, daß wir in etwa einer halben Stunde in Lifuka anlegen müßten. Der nächste Flug nach Nuku'alofa geht angeblich morgen nachmittag, aber darauf würde ich mich nicht verlassen, denn bei einer Hurrikanwarnung werden hier alle Flüge abgesagt.«
»Verdammt noch mal«, unterbrach Jim sie ärgerlich. »Dann miete ich mir eben ein Privatflugzeug.«
»Auf Lifuka? Das können Sie vergessen. Auf der Landebahn dort gibt es mehr Schweine als Flugzeuge.«
»Na schön«, zischte Jim mit zusammengebissenen Zähnen. »Dann müssen wir eben auf diesem Schiff bleiben.«

»Das ist sicherlich das Vernünftigste«, stimmte JoAnn zu. »Warum gehen Sie nicht auf die Brücke und fragen, ob Sie das Funktelefon benützen dürfen?«
»Gute Idee!«

✷

Der Gestank war fürchterlich, aber Liston blieb gar nichts anderes übrig, als auszuharren. Seit über sechs Stunden wartete er nun schon in einem dunklen Seitengang vor der einzigen Toilette des Schiffes darauf, daß der Gringo mal mußte. Immer wieder hatte Liston sich nach oben an Deck geschlichen und North aus der Deckung des Schornsteins heraus beobachtet, wie er mitten zwischen den Eingeborenen auf dem Deck gelegen und geschlafen hatte.
Hätte es auf diesem Seelenverkäufer Kabinen gegeben, dann wäre die Sache ein Kinderspiel gewesen. Für ein paar Scheine hätte Liston sich bei einem Steward North' Kabinennummer beschafft und irgendwann im Lauf der Nacht dem Gringo genüßlich die Kehle durchgeschnitten – und dem Flittchen, mit dem er sich offenbar zusammengetan hatte, gleich mit dazu.
Statt dessen mußte er sich nun vor der Toilette herumdrücken und diesen Gestank von Urin und Erbrochenem einatmen, der von Stunde zu Stunde schlimmer wurde. Angewidert spucke Liston aus.
Nie wieder nehme ich einen Job in der Dritten Welt an, schwor sich der Honduraner. Und wenn er noch soviel Geld bringt.

✷

Als Jim von der Brücke zurückkam, erkannte JoAnn mit einem Blick, daß er keinen Erfolg gehabt hatte. »Was ist passiert?« fragte sie.

»Ach, das war eine einzige Katastrophe. Zuerst wollten sie mich ewig nicht auf die Brücke lassen, und dann mußte ich mir über die Auskunft die Nummer des Wetteramtes beschaffen. Als ich dann schließlich durchkam, ging niemand dran. Kein Wunder eigentlich, schließlich ist es spät am Abend.«

»Aber haben Sie denn nicht gesagt, daß Sie jemanden vom Wetteramt persönlich kennen?«

»Ja, den Chef, einen gewissen Dr. Langi Matangi. Dessen Privatnummer habe ich mir auch geben lassen, aber dort war ständig belegt. Ich wollte die Leute auf der Brücke nicht noch mehr nerven, deshalb bin ich wieder gegangen. In einer Stunde oder so werde ich es noch einmal probieren.«

»Aber wir müssen unbedingt verhindern, daß noch ein Subloon ausgelöst wird, Jim.«

»Das weiß ich auch«, entgegnete der Amerikaner gereizt. »Aber mir fällt niemand mehr ein, den ich anrufen könnte.«

»Und wie wäre es mit dem Boß Ihrer Firma?«

»Die ist nicht mehr meine Firma«, sagte Jim und dachte an sein verwundetes Bein. »Ich schätze, die Kugel, die mir der Killer verpaßt hat, kann man getrost als blauen Brief betrachten. Außerdem glaube ich kaum, daß Kranz mir zuhören wird.«

»Wie heißt dieser Kranz eigentlich mit Vornamen?«

»Cernan. Warum fragen Sie?«

»Weil ich jetzt hinauf auf die Brücke gehe und mir von der Fernauskunft seine Nummer geben lasse. Und dann rufe ich ihn an und erzähle ihm, was auf Nuku geschehen ist. Vielleicht stoppt er dann ja das ganze Projekt.«

»Vielleicht«, murmelte Jim skeptisch, der sich soeben klargemacht hatte, daß es in den USA früh am Morgen war.

✷

Kranz war spät eingeschlafen und hatte einen merkwürdigen Traum gehabt, in dem ein Mann mit Schlapphut und Trenchcoat ihm ständig den Computer ausgeschaltet hatte. Als er das Telefon klingeln hörte, wußte er nicht so recht, ob das Geräusch ebenfalls zu seinem Traum gehörte oder nicht. Dann wachte er wirklich auf und sah auf die rötlich schimmernden Digitalziffern des Radioweckers neben seinem Bett: drei Uhr einundfünfzig. Das Telefon hatte aufgehört zu klingeln.

Dafür hörte Kranz seine eigene Stimme, denn der Anrufbeantworter war angesprungen. Nachdem das Gerät seine Mitteilung heruntergeleiert hatte, ertönt ein Pfeifton, und gleich darauf meldete sich eine weibliche Stimme, die Kranz vollkommen unbekannt war. »Mr. Kranz, Sie kennen mich nicht«, sagte die Frau mit stark australischem Akzent, »und es tut mir leid, wenn ich Sie mit einem Anruf belästige, aber dies ist ein Notfall. Wenn Sie da sind, dann heben Sie doch bitte ab ...«

Kranz dachte gar nicht daran, aufzustehen und ans Telefon zu gehen. Er wollte erst einmal abwarten, was die Frau ihm zu sagen hatte.

»Mein Name ist JoAnn Bodsworth«, fuhr die Stimme ein wenig verunsichert fort, »und ich lebe auf einer der Tonga-Inseln. Das heißt, ich habe dort gelebt, denn diese Insel – ihr Name ist Nuku – wurde zum Schauplatz einer schrecklichen Katastrophe. Alle Menschen auf dieser Insel – oder zumindest fast alle – wurden getötet. Und zwar von einem Ihrer Subloons. Er muß irgendwie ausgelöst worden sein, und das Gas darin hat diese Menschen alle erstickt. Sie sind grausam umgekommen, verstehen Sie? Die Luft in Ihren Subloons enthält keinen Sauerstoff mehr ...«

Bei der Erwähnung der Subloons hatte Kranz sich in seinem Bett aufgesetzt.

»Ich weiß nicht, ob dieser Subloon absichtlich ausgelöst

wurde, aber Sie müssen dafür sorgen, daß so etwas kein zweites Mal passiert. Im Moment nähert sich ein Hurrikan der Insel Tongatapu, und wenn Sie versuchen, ihn mit einem Ihrer Subloons zu stoppen, dann töten Sie womöglich alle Menschen, die dort wohnen. Haben Sie verstanden, Mr. Kranz? Sechzigtausend Menschenleben stehen auf dem Spiel. Bitte glauben Sie mir, Ihre Subloons sind gefährlich. Ich flehe Sie an, sorgen Sie dafür, daß nicht noch eine zweite Katastrophe geschieht. Bitte rufen Sie in Tonga an oder tun Sie sonst etwas!«

Kranz hörte ein Klicken in der Leitung, dann gab der Anrufbeantworter einen weiteren Pfeifton von sich und schaltete ab. Das rote Licht an der Vorderseite des Geräts begann zu blinken.

»North!« flüsterte Kranz und knipste die Nachttischlampe an. »Ich bin mir sicher, daß da dieser North dahintersteckt.«

✷

Liston hörte schwere Schritte die stählerne Treppe herunterkommen und schreckte aus seinem dumpfen Brüten auf. Vorsorglich hatte er die beiden Glühbirnen an der Decke des kurzen Seitengangs herausgeschraubt, so daß er fast ganz im Dunkeln stand und jeden, der im hell erleuchteten Hauptkorridor zur Toilette wollte, eingehend mustern konnte, ohne selbst gesehen zu werden.

Aber auch diesmal war es nur wieder ein Tongaer, ein dicker Kerl in einer grellvioletten Windjacke, der an ihm vorbeiging, um seine Blase zu erleichtern oder den Inhalt seines Magens ins Klo zu kotzen. Liston hatte für Menschen, die unter Seekrankheit litten, nichts als Verachtung übrig. Für ihn waren sie Weichlinge, die sich nicht zusammennehmen konnten. Diese Waschlappen sollten einmal wie er eine halbe Ewigkeit in dem Gestank ausharren, den sie produzierten, dann erst dürften sie mit Fug und Recht behaupten, daß ihnen schlecht sei.

✷

»Na, haben Sie ihn erreicht?« fragte Jim, als JoAnn zurückkam.
»Es ist niemand drangegangen«, antwortete JoAnn. »Aber ich habe auf den Anrufbeantworter gesprochen.«
Jim nickte und zog seine Beine an, um eine Gruppe von Passagieren vorbeizulassen. Das Schiff fuhr gerade in den Hafen von Lifuka ein und würde jeden Augenblick mit dem Angelegemanöver beginnen.
»Sind Sie sicher, daß Sie hier nicht von Bord gehen wollen?« fragte JoAnn.
»Ich will es lieber doch nicht riskieren. Wenn ich kein Flugzeug erwische, komme ich überhaupt nicht nach Nuku'alofa.«
»Da ist was dran«, meinte JoAnn und gähnte.
»Sagen Sie mal, wo ist hier eigentlich die Toilette?«
»Sehen Sie die Tür da vorn? Da gehen Sie rein und zwei Decks nach unten. Es gibt übrigens nur einen einzigen Waschraum für Männer und Frauen, passen Sie also auf, daß Sie nicht einer tongaischen Mama in die Hände fallen, die Sie von Kopf bis Fuß abseift.«
»Ich werde mich schon zu verteidigen wissen«, grinste Jim und humpelte los.
»Na denn, viel Vergnügen da unten«, rief JoAnn ihm noch nach.

✷

Zwei Decks tiefer lehnte Liston an der Wand des dunklen Ganges und zündete sich eine Zigarette an. Langsam muß ich mir die Glimmstengel einteilen, dachte er angesichts des nur noch zu einem Drittel vollen Päckchens. Aber ohne zu rauchen hält es hier unten kein Mensch aus.

✷

Während auf dem ersten Deck des Schiffes die Leute noch dicht an dicht auf den Treppenstufen hockten und ihm nur widerwillig Platz machten, war Jim, als er das Ende der Treppe erreicht hatte, praktisch allein. Nur eine undeutliche Gestalt stand in einem dunklen Seitengang an einem Bullauge und rauchte.

Jim wußte sofort, weshalb es hier unten so leer war. Der Gestank in dem Korridor war kaum zu ertragen. Auch ohne den Pfeil mit dem Buchstaben WC, der ein paar Meter vor ihm um die Ecke deutete, hätte Jim gewußt, daß er sich in unmittelbarer Nähe der Toilette befand.

✷

Liston nahm einen letzten gierigen Zug von seiner eben erst angezündeten Zigarette und warf sie voller Bedauern aus dem Bullauge. Aber es half nichts, er mußte dem Gringo hinterher, der gerade an ihm vorbeigehumpelt war. Liston holte das Tauchermesser aus dem Stiefel, zog sich die Ballonmütze tiefer ins Gesicht und trat hinaus auf den Korridor zum Klo.

✷

Als Jim die Tür zur Toilette öffnete, bot sich ihm ein Bild des Grauens: Am Boden des hellgrau gekachelten Raumes schwappte eine bräunlich-gelbe Flüssigkeit bei jeder Bewegung des Schiffes von Wand zu Wand. In der knöcheltiefen

Brühe schwammen aufgeweichtes Toilettenpapier, eine einzelne Plastiksandale und Dinge, deren genauere Identifizierung sich Jim ersparte. Zwei der drei WC-Türen waren verschlossen, während die dritte im Schlingertakt des Schiffes hin und her schwang und dabei immer wieder den Blick auf eine bis zum Rand gefüllte Kloschüssel freigab. Direkt vor Jim stand ein Tongaer auf der etwa zehn Zentimeter hohen gekachelten Türschwelle und urinierte von dort aus direkt in den Raum. Zunächst fand Jim das ziemlich befremdlich, aber dann verstand er den Mann: Um zu einer der Klokabinen zu kommen, hätte er barfuß durch die Brühe am Boden des Waschraums waten müssen.
Angewidert drehte Jim sich um und beschloß, lieber an Land zu gehen und eine Toilette im Hafen aufzusuchen. Er war noch keine zehn Schritte weit gekommen, als ein Mann um die Ecke bog, den er sofort an seiner Statur erkannte: Es war der Rastafari, der Killer, den die Firma ihm auf den Hals gehetzt hatte. Und er hielt ein Messer mit einer gezahnten Klinge in der Hand!
Jim stützte sich mit beiden Händen an den Wänden des Ganges ab und wich langsam zurück. Was sollte er tun? Weit und breit gab es hier nichts, was er als Waffe gegen seinen Angreifer hätte verwenden können. Als der Rasta-Mann näher kam, entdeckte Jim, daß eine kalte Lust am Töten in seinen harten, schwarzen Augen blitzte. Jim hörte, wie hinter ihm eine Tür aufging, und spürte gleich darauf eine Hand an seinem Rücken.

Der Tongaer, der soeben aus dem Waschraum trat, konnte gerade noch die Hände hochreißen, sonst hätte der Palangi, der rückwärts auf ihn zukam, ihn glatt umgeworfen. Der Mann spürte sofort, daß hier etwas nicht stimmte. Wieso stützt sich der Palangi an den Wänden des Ganges ab? Und warum hat der Typ, der da auf ihn zukommt, ein Messer in

der Hand? Wäre hinter ihm nicht diese ekelhafte Toilette gewesen, hätte der Tongaer auf der Stelle kehrt gemacht und die beiden ihren Konflikt allein austragen lassen. Jetzt aber mußte er zusehen, wie er heil diesen Gang entlang und die Treppe hinauf kam. Hinter sich hörte er eine Klospülung gehen, und eine Sekunde später platschte jemand durch das Wasser auf die Tür des Waschraums zu.
»Sorry«, sagte er auf englisch und wollte den Palangi vor sich zur Seite schieben, aber der machte ihm nicht Platz. Dann ging hinter ihm die Tür auf, und der Mann, der eben aus dem Klo gekommen war, rief auf tongaisch, er solle doch endlich weitergehen.
Eine Weile ging es in dem engen Gang weder vor noch zurück, dann machte der Mann vor dem Palangi endlich kehrt und verschwand mit wütenden Schritten um die Ecke. Der Palangi seinerseits trat nun zur Seite und ließ den Tongaer an sich vorbei, folgte ihm aber auf dem Fuß. Den Schluß der kleinen Kolonne bildete der zweite Tongaer. Im Gänsemarsch bogen die drei um die Ecke und passierten den kleinen Seitenkorridor, in dem eine dunkle Gestalt stand und aus dem Bullauge blickte.

KAPITEL 21

»Er ist hier!« rief Jim, als er wieder an Deck bei JoAnn war. Die tongaische Frau neben ihr streckte ihm eine Handvoll Erdnüsse entgegen. »Nein, danke«, sagte Jim und wandte sich wieder an JoAnn. »Er ist hier, auf diesem Schiff.«

»Wer ist hier?«

»Der Rastafari. Der Killer. Er wollte vor der Toilette mit dem Messer auf mich losgehen. Zum Glück kamen gerade zwei Männer aus dem Waschraum, und da konnte er nicht ...«

JoAnn sah Jim spektisch an. »Sind Sie sicher, daß er es war?«

»Na klar. Ich habe ihn allein an seiner Größe erkannt.«

»Aber könnte es nicht sein, daß er aus einem ganz anderen Grund auf der Fähre ist?«

»Und wozu braucht er dann ein dreißig Zentimeter langes Tauchermesser? Zum Fingernägel putzen?«

Das leuchtete JoAnn ein. »Dann ist es wohl am besten, Sie gehen in Ha'afeva von Bord.«

»Wo?«

»In Ha'afeva. So heißt der nächste Hafen, den wir in ein paar Stunden anlaufen.«

»Nein, das ist unmöglich. Ich muß doch nach Tongatapu und verhindern, daß Matangi einen zweiten Subloon auslöst.«

»Das ist mir schon klar. Und ich wollte doch gar nicht, daß Sie wirklich aussteigen. Aber ich weiß einen Trick, wie wir dem Rastafari vorgaukeln können, Sie seien von Bord gegangen. Vertrauen Sie mir.«

✷

Sechs Stunden stand Li Bo nun schon am Ruder seines sturmgebeutelten Trawlers und mußte sich eingestehen, daß sein Plan, die Nordseite des Hurrikans zu erreichen, gescheitert war. Gewaltige Brecher hatten wie Eisenhämmer auf das Schiff eingeschlagen und schlimme Schäden verursacht. Der vordere Ladekran war abgeknickt, sämtliche Rettungsboote hatte es über Bord gespült, und sogar die schweren Winde, mit der das Schleppnetz an Bord gehievt wurde, hatten die Brecher fast ganz aus den Verankerungen gerissen. Bei jedem Krängen des Schiffes drehte sie sich nun um den letzten verbliebenen Bolzen und knallte gegen die Wand der Kabine, in die sie bereits ein großes Loch geschlagen hatte. Durch dieses strömte nun das Wasser ins Schiff, und obwohl die Lenzpumpen des Trawlers ununterbrochen auf Hochtouren liefen, mußten drei der vier Matrosen ständig mit Eimern Wasser schöpfen.

Das tut den faulen Kerlen mal ganz gut, dachte Lin Bo und verzog trotz des erbärmlichen Zustands seines Schiffes den Mund zu einem grimmigen Grinsen. Jetzt müssen sie arbeiten, ob sie wollen oder nicht. Dafür, daß es auch dem vierten Matrosen nicht langweilig wurde, sorgte Lin Bo höchstpersönlich. Immer wieder mußte er ihn am Ruder unterstützen, wenn das Steuerrad von einem Mann allein nicht mehr zu halten war. Nicht, daß Lin Bo imstande gewesen wäre, einen geraden Kurs zu steuern, aber er mußte wenigstens verhindern, daß die fünfzehn Meter hohen Brecher sein Schiff von der Breitseite her packten und womöglich zum Kentern brachten.

Das allerdings war leichter gesagt als getan. Immer wenn der Trawler auf einen Wellenkamm gehoben wurde, drehten sich seine Schrauben sekundenlang leer in der Luft, und das Ruder war wegen des fehlenden Vorwärtsschubs praktisch wirkungslos. In dieser Position brachte der Sturm das Schiff wieder ein Stück weiter vom Kurs ab, und so wurde der

Winkel, den es zu den Wogen einnahm, immer spitzer, und das Schiff wurde von jeder neuen Welle in eine stärkere Schräglage gedrückt.
Jetzt werden wir gleich kentern, dachte Lin Bo, als er eine riesige Woge auf sich zuschäumen sah. Der Kavenstamm stieg seitlich vom Ruderhaus wie ein schwarzes Gebirge in die Höhe, wurde größer und immer größer, bevor er mit unbeschreiblicher Wucht über dem Trawler zusammenschlug. Der Aufprall der Wassermassen war so stark, daß die dicken Fensterscheiben des Steuerhauses zerbarsten und ein riesiger Schwall Salzwasser hereinstürzte. Lin Bo wurde an die gegenüberliegende Wand geschleudert, wo er sich am Geländer mehrere Rippen brach. Durch das Gurgeln des Wassers und das Heulen des Orkans hörte er, wie achtern die schwere Winde aus ihrer letzten Verankerung gerissen wurde und über das stählerne Deck polterte, bevor sie in der Tiefe verschwand.
Es kam Lin Bo vor, als bliebe der Trawler eine Ewigkeit auf der Seite liegen, bis er sich unendlich langsam wieder aufrichtete. Wie durch ein Wunder liefen die Maschinen noch und brachten das schwer angeschlagene Schiff zögernd wieder in Fahrt. Lin Bo rappelte sich stöhnend auf und griff zum Steuerrad, um den Bug des Trawlers wieder in den Wind zu drehen. Wenn der Hurrikan ihn noch einmal von der Seite erwischte, würde er unweigerlich kentern.
Als die nächste Welle schräg von hinten heranrauschte und das taumelnde Schiff wie in Zeitlupe nach oben trug, bemerkte Lin Bo, daß sich etwas Entscheidendes verändert hatte: Wind und Regen hatten mit einem Schlag nachgelassen. Zwar waren die Wellen noch immer so hoch wie zuvor, aber ohne den Druck des Windes gehorchte der Trawler dem Ruder viel besser und ließ sich auch langsam wieder auf einen Kurs bringen, auf dem er die Wogen frontal angehen konnte.

In der plötzlichen Stille blickte Lin Bo aus den zerbrochenen Fenstern des Ruderhauses und konnte ganz hoch über dem Schiff ein kreisrundes Stück schwarzen Nachthimmel sehen. Eine Portion Glück und seine dreiundzwanzigjährige Erfahrung auf See hatten ihn mitten ins Auge des Hurrikans gebracht. Nun brauchte er mit dem Trawler nur noch dieselbe Geschwindigkeit zu fahren, mit der sich auch der Sturm fortbewegte, und darauf zu hoffen, daß er im Schutz dieser windstillen Zone irgendwann einmal einen Hafen erreichen würde.

✷

»Glauben Sie wirklich, daß das funktioniert?« fragte Jim und sah JoAnn skeptisch an. Sie standen an einer Öffnung im Rumpf der Fähre knapp oberhalb des Wasserspiegels. Jim blickte hinaus in die Dunkelheit, konnte aber weder einen Hafen noch einen Kai erkennen, nur ein Dutzend heller Pünktchen, die wie Irrlichter auf das Schiff zuschaukelten. Es waren die Leuchten kleiner Boote, die längsseits festmachten, um die Passagiere und Fracht für die Insel abzuholen.
Neben JoAnn und Jim wartete eine Gruppe Tongaer darauf, eines der Boote besteigen zu können. Vor ihnen lagen Säcke, Körbe und zu dicken Bündeln zusammengerollte Fala-Matten; eine Frau hatte sogar einen Käfig mit zwei gackernden Hühnern dabei. Direkt neben Jim lehnte sich ein alter Mann an einen riesigen alten Überseekoffer, den er mit einer dicken Schnur aus Kokosfasern zugebunden hatte.
Die Leute fragen sich bestimmt, weshalb zwei Palangis ausgerechnet an dieser gottverlassenen Insel aussteigen, dachte Jim. Vermutlich halten sie uns für Missionare.
Beim dritten Boot, das anlegte, kamen auch Jim und JoAnn an die Reihe. Nachdem drei Tongaer vor ihnen von Bord

gegangen waren und ihr Gepäck auf dem Boot verstaut hatten, stieg auch Jim hinüber. Er drehte sich um, um JoAnn die Hand zu reichen, aber die stellte sich so tolpatschig an, daß sie fast ins Wasser gefallen wäre. In letzter Sekunde konnte Jim sie um die Hüften fassen und zu sich herüberziehen. An Deck der Fähre, wo viele Tongaer an der Reling standen und das Ausbooten interessiert beobachteten, brandete Gelächter auf, und Jim konnte hören, wie das Wort »Palangis« die Runde machte.

»Danke«, sagte JoAnn, als sie sich aus Jims Armen befreite.

»Gern geschehen«, erwiderte Jim lächelnd.

»Damit haben wir Ihren Killer bestimmt auf uns aufmerksam gemacht.«

»Wie bitte?«

»Haben Sie denn nicht gespannt, daß ich mich absichtlich so ungeschickt angestellt habe, damit der Rastafari uns bemerkt? Mit ziemlicher Sicherheit steht er jetzt irgendwo da oben und sieht uns zu.«

Der Außenborder des Bootes heulte auf, und das kleine Fahrzeug setzte sich in Richtung Insel in Bewegung. Als es weit genug von der Fähre entfernt war, ging JoAnn nach hinten zum Bootsführer und wechselte ein paar Worte mit ihm auf tongaisch.

»Alles klar«, sagte sie, als sie zurückkam. »Wenn er die anderen Passagiere an Land gebracht hat, fährt er uns wieder zurück.«

✷

Liston stand am Bug der Fähre und verbarg sich hinter dem Gehäuse einer großen Seilwinde. Natürlich hätte er als Passagier gar nicht hier sein dürfen, aber die Besatzung des Schiffes hatte jetzt andere Dinge zu tun, als sich um die Einhaltung solcher Vorschriften zu kümmern. Der Honduraner haßte unübersichtliche Situationen wie diese, bei denen einem nur allzuleicht ein Opfer durch die Lappen gehen konnte. Aber zum Glück hatte er ja sein Nachtsichtgerät, mit dem er das Ausbootmanöver genauestens überwachen konnte.

Schon als er sah, wie North' Begleiterin beim Umsteigen ausrutschte und sich ihm theatralisch in die Arme warf, hatte er das unbestimmte Gefühl, daß hier irgend etwas nicht stimmte. Und wieso wollten die beiden ausgerechnet auf dieser kleinen Insel an Land gehen, wo sie doch an Bord der von Menschen wimmelnden Fähre viel sicherer vor ihm waren? Liston beschloß, erst einmal abzuwarten, bevor er den beiden folgte. Notfalls konnte er die kurze Strecke hinüber zu der Insel ja auch schwimmend zurücklegen.

Kaum hatte das Boot den Lichtkreis um die Fähre verlassen, da ging die Gringo-Frau auch schon nach hinten zu dem Bootsführer und drückte ihm etwas in die Hand. Der Mann nickte zustimmend, fuhr aber weiter in Richtung Insel. Irgend etwas war faul an der Sache, das spürte Liston genau. Er verfolgte das Boot mit seinem Nachtsichtgerät, bis es an dem kleinen Steg der Insel anlegte. Drei Gestalten stiegen aus, aber Liston konnte auf die Entfernung nicht genau ausmachen, ob auch die beiden Weißen darunter waren. Nachdem jede Menge Gepäck ausgeladen worden war, machte das Boot sich wieder auf den Weg zur Fähre zurück. Als Liston sah, daß der Bootsführer nicht allein war, wußte er genau, daß North versucht hatte, ihn hinters Licht zu führen. Er hatte so getan, als würde er an Land gehen, und darauf spekuliert, daß sein Verfolger ihm auf dem nächsten Boot folgen würde. Nun kamen er und sein Flittchen zurück, um sich klammheimlich wieder an Bord zu stehlen.

Mit mir nicht, Gringo, dachte Liston mit einem triumphierenden Grinsen. Wenn du mich reinlegen willst, mußt du dir schon was Besseres einfallen lassen. Mich bist du noch lange nicht los.

✷

»Und was machen wir, wenn der Rasta nicht an Land gegangen ist?« fragte Jim, als sich das kleine Boot wieder der Öffnung im Rumpf der Fähre näherte.
»Er ist bestimmt auf der Insel«, antwortete JoAnn. »Das halbe Schiff hat ja mitbekommen, wie wir ins Boot gestiegen sind.«
Es blieb den beiden keine Zeit mehr, weitere Überlegungen anzustellen, denn sie hatten die Fähre erreicht und mußten sich darauf konzentrieren, wohlbehalten wieder an Bord zu gelangen. Das kleine Boot schaukelte auf den Wellen und war mal unterhalb des Einstiegs, mal genau auf dessen Höhe. JoAnn machte diesmal den Anfang und sprang hinüber auf das große Schiff. Als Jim ebenfalls an Bord war, sah er drei Nonnen, die geduldig darauf warteten, daß die beiden Palangis ausgestiegen waren und sie auf das Boot konnten. Jim bot einer von ihnen seinen Arm als Stütze an, aber die Nonne stieg so sicher in das kleine Fahrzeug, als hätte sie das schon viele Male in ihrem Leben getan.
»Und was machen wir jetzt?« fragte Jim.
»Jetzt gehen wir wieder auf unseren Platz an Deck, und dann versuchen Sie noch mal auf der Brücke Ihr Glück. Vielleicht kriegen Sie diesen Dr. Matangi ja jetzt an die Strippe.«

✷

Seine Frau neben ihm war längst eingeschlafen, aber Langi Matangi wälzte sich noch immer unruhig im Bett herum. Er dachte an den nahenden Hurrikan und an die Verantwortung, die er als Leiter des Königlichen Wetteramtes hatte.

Immerhin war es seine Aufgabe, das noch nie zuvor in der Praxis erprobte Kranz-Anti-Zyklon-System zu bedienen.
Das System an sich war eigentlich narrensicher: Über jedem Subloon schwamm auf der Wasseroberfläche ein robustes, in ein Styroporgehäuse eingebettetes Barometer, das über eine lange Leine mit dem Subloon verbunden war. Diese Barometer meldeten per Funk ständig den über ihnen herrschenden Luftdruck an die Kontrollstation des KAZS, wo der Computer die eingehenden Daten miteinander verglich und so feststellen konnte, ob sich das Auge des Hurrikans mit seinem extrem niedrigen Luftdruck über einem bestimmten Subloon befand. Dessen Nummer begann dann auf dem Bildschirm zu blinken, so daß Matangi nur noch eine aus drei Ziffern bestehende Geheimnummer eintippen und damit den Befehl zum Auslösen des Subloons geben mußte.
Das war alles. Die Prozedur war so simpel, daß man kaum etwas falsch machen konnte. Höchstens, daß etwas anderes schiefging. So könnte zum Beispiel dem Generator der Sprit ausgehen, was aber eher unwahrscheinlich war, denn Matangi hatte den Tank erst am Nachmittag kontrolliert. Wie stand es mit Vandalismus in der Kontrollstation? Auch kaum möglich bei fünfzig Zentimeter dicken Betonwänden und einer robusten Stahltür. Und das Kabel vom Computer zum Schallwellen-Transmitter verlief unterirdisch, das mußte man schon ausbuddeln, um es zu zerschneiden. Aber was wäre, wenn sein Wagen nicht ansprang? Dann würde er ein Taxi nehmen oder sich das Auto seines Nachbarn leihen.
Langi Matangi atmete erleichtert durch. Er hatte wirklich alles getan, was in seiner Macht stand. Selbst für den unwahrscheinlichen Fall, daß er auf der Fahrt hinaus zur Kontrollstation seine Codezahl vergaß, hatte er sie sich vorsorglich auf einem kleinen Kärtchen notiert, das immer in seiner Brieftasche steckte.

Beruhigt schloß der Leiter des Wetteramtes die Augen. So Gott will, dachte er, werde ich morgen als erster Mensch auf Erden mit Hilfe dieser revolutionären Technologie einen Hurrikan stoppen. Wer weiß, vielleicht werde ich dadurch eine internationale Berühmtheit und der König gesteht mir doch noch einen Dienstwagen zu. Mit diesem angenehmen Gedanken glitt Dr. Langi Matangi langsam ins Reich der Träume und schlief so fest ein, daß er es nicht hörte, als nur fünf Minuten später draußen im Flur das Telefon klingelte.

*

Dicke Regentropfen klatschten gegen die Fenster des Aufenthaltsraums, in dem sich Jim und JoAnn nach dem ersten heftigen Schauer zurückgezogen hatten. Obwohl es hier so eng war, daß sie nur mit angezogenen Knien dicht aneinandergedrängt auf dem Boden hocken konnten, und es penetrant nach Erbrochenem roch, fand Jim es besser, im Trockenen zu sitzen und nicht auf dem vom Regen gepeitschten Deck.

JoAnn war sich da nicht so sicher. »Ich glaube, mir wird schlecht«, sagte sie. Seit die ersten Vorboten des Hurrikans Ana das Schiff erreicht hatten, stampfte und schlingerte es auf den immer mächtiger anschwellenden Wogen, was sich sogar den Hartgesotteneren unter den Passagieren mit der Zeit auf den Magen schlug. Jim war Gott sei Dank nach einem Jahr auf der M. V. Kranz relativ seefest, aber JoAnn wurde langsam grün im Gesicht.

Ich muß sie irgendwie ablenken, dachte Jim. Wenn ich sie in ein Gespräch verwickle, vergißt sie vielleicht ihre Seekrankheit.

»Was haben Sie eigentlich in Nuku'alofa vor?« fragte er.

»Keine Ahnung. Zunächst einmal werde ich bei einer anderen australischen Lehrerin wohnen, bis mir das Kultusministerium eine neue Aufgabe zuweist.«

Neben ihnen saß ein kleiner tongaischer Junge, der mit konzentrierter Miene die Tasten seines Gameboy drückte. Das Spiel gab aufdringlich fiepende Geräusche von sich, die so gar nicht zum Heulen des Windes passen wollten.

»Ist doch seltsam«, sagte Jim und deutete auf den Jungen. »Da sitzen die Tongaer auf Grasmatten herum und fahren mit *popaos* zum Fischen, und dann kaufen sie ihren Kindern solche lächerlichen Gimmicks.«

JoAnn zuckte mit den Achseln. »Da habe ich noch ganz andere Dinge gesehen. In-Line-Skates zum Beispiel. In einem Dorf wohlgemerkt, das nicht einen Meter geteerte Straße hat. Und CD-Spieler auf Inseln ohne elektrischen Strom.«

»Manchmal wünschte ich, wir würden unsere Kultur nicht in alle Winkel dieser Erde exportieren«, meinte Jim und seufzte.

»Wieso?« entgegnete JoAnn provokant. »Nur damit Sie sich an den seltsamen Sitten und Gebräuchen der Eingeborenen delektieren und sie für Ihre Freunde fotografieren können? Die Tongaer sind genauso intelligente Menschen wie wir. Woher nehmen Sie das Recht, ihnen Dinge vorzuenthalten, die für uns selbstverständlich sind?«

»Aber diese Dinge zerstören nun einmal ihre Kultur.«

»Na und? Manches an dieser Kultur ist es vielleicht gar nicht wert, erhalten zu werden. Nehmen Sie den Kannibalismus, zum Beispiel. Überhaupt ist diese Vorstellung von einer alten originären Kultur nur ein westliches Denkmodell. Vor hundert Jahren gab es hier weder Gameboys noch Rollerblades, und doch haben die Tongaer ihre alte Religion abgelegt und den christlichen Glauben angenommen. Und noch viel früher haben sie Handel mit ihren Nachbarn getrieben und Krieg mit ihnen geführt. Dabei lernten die

Fidschi-Insulaner von den Tongaern den Bootsbau, und die Tongaer erfuhren im Gegenzug neue Methoden der Landwirtschaft. Hier fand also schon immer ein reger Austausch der Kulturen statt, wenn auch nicht immer mit friedlichen Mitteln. Und was war bitteschön mit den Menschen, die hier lebten, bevor die Polynesier kamen? Waren das vielleicht die wahren Tongaer? Warum beklagen Sie denn nicht den Niedergang von deren Kultur? Nein, Jim, Kultur ist Veränderung, und Veränderung ist Leben.«

»Das mag ja sein, aber trotzdem finde ich es schade, wenn alte Bräuche untergehen und durch etwas ersetzt werden, das es so oder ähnlich überall auf der Welt gibt.«

»Okay, da ist was dran. Aber andererseits bekommt man auch einiges dafür, wenn man etwas anderes aufgibt. Nehmen Sie zum Beispiel Tekinas Nasenflöte –«

»Was ist denn eine Nasenflöte?«

»Ein Musikinstrument. Ein Stück Bambus mit fünf Löchern drin, in das man durch ein Nasenloch hineinbläst. Daher der Name. Tekina ist einer der letzten, die dieses Instrument spielen können, und das ist vielleicht ganz gut so. Ich habe es gehört und kann Ihnen sagen, daß seine Musik alles andere als ein Ohrenschmaus ist. Von unserem Standpunkt aus betrachtet, verlieren die Tongaer mit der Nasenflöte ein traditionelles Instrument. Sie selbst aber sehen eher das, was sie im Gegenzug dafür erhalten: Pianos, Akkordeons, Trompeten, Violinen und Gitarren. Dazu einen riesigen Fundus an klassischer Musik, Gospel, Rock and Roll. Kann man es den Tongaern wirklich vorwerfen, wenn sie sich angesichts einer solchen Vielfalt gegen die Nasenflöte entscheiden?«

»Aber auch bei uns wurde doch die Musik immer wieder von Einflüssen der südlichen Halbkugel geprägt. Wer weiß, vielleicht wird irgendwann diese Nasenflöte bei uns zum neuen Kultinstrument.«

JoAnn nickte. »Stimmt. Das wäre möglich. Aber verstehen Sie denn nicht, was Sie damit sagen? Sie nehmen sich ganz selbstverständlich das Recht heraus, Ihre Kultur mit fremden Zutaten zu bereichern, während Sie den Tongaern genau das verübeln. Würden die Amerikaner auf einmal alle Nasenflöte spielen und deshalb ihre Gitarren und Banjos in die Ecke stellen, würde Tekina bestimmt nicht lauthals den Verfall Ihrer Kultur beklagen. Wenn die Tongaer aber auf einmal die Elektrogitarre als neues Kultinstrument entdeckten, würden Sie das bestimmt nicht gut finden. Habe ich recht?«
»Kann schon sein«, erwiderte Jim lächelnd. »Aber es geht ja nicht nur um Musikinstrumente, JoAnn. Es gibt schließlich sehr viel Schlimmeres, das wir nach Tonga exportieren. Kriminalität und Alkoholismus, zum Beispiel. Und dann den ganzen Plastikschrott, Getränkedosen und anderen Mist. Und was würden Sie sagen, wenn hier auf einmal Öl gefunden und die Umwelt darunter leiden würde? Dann hätten die Tongaer zwar Geld, aber ölverseuchte Strände. Meinen Sie wirklich, daß es das wert wäre?«
JoAnn dachte eine Weile nach. »Keine Ahnung«, sagte sie schließlich mit leiser Stimme.

✷

Tekina erwachte von den schweren Regentropfen, die auf seinem Gesicht zerplatzten. Er schlug die Augen auf und sah, daß er neben seinem *popao* am Strand lag, aber es dauerte eine ganze Weile, bis ihm klar wurde, daß dies nicht der Strand von Nuku war, von dem aus er sein ganzes Leben lang zum Fischen hinausgefahren war.
Langsam stand Tekina auf und schritt die Insel ab, die er spät in der vergangenen Nacht erreicht hatte. Im schwachen Licht des von Wolkenfetzen verhangenen Mondes hatte er

sie nur als dunklen Umriß wahrgenommen. Jetzt aber sah er, daß sie nicht groß war, nur ein fast kreisrunder Flecken Sand mit dichter, üppig wuchernder Vegetation in der Mitte. Der alte Fischer schützte mit der Hand die Augen vor dem herunterprasselnden Regen und betrachtete die kahlen Stämme der fünf Kokospalmen, die sich aus dem Grün des Dschungels erhoben. Irgendein Sturm mußte den Palmen die Kronen abgeknickt haben, so daß sie jetzt wie die Finger einer skelettierten Hand in den Himmel ragten.
»Es ist nicht Nuku, Alter«, sagte er laut, während er durch den Regen zurück zu seinem *popao* stapfte, »aber vielleicht kannst du ja im Wald Früchte sammeln und dir aus Palmenblättern eine Hütte bauen. Hauptsache, es gibt hier keine Palangis und auch nichts, was von ihnen stammt.«

KAPITEL 22

»Sie sind ja klitschnaß«, sagte Jim und lächelte JoAnn an.

»Sie aber auch«, entgegnete die Lehrerin. Sie standen im strömenden Regen auf dem Kai und ließen die Passagiere von der Fähre an sich vorübergehen. Manche hielten sich Handtücher oder kleine Grasmatten über den Kopf, aber die meisten ließen den Wolkenbruch mit stoischer Ruhe auf sich herniederprasseln. Alle, Jim und JoAnn eingeschlossen, waren froh, daß diese Überfahrt endlich vorüber war. Auf dem letzten Teil der Reise war die Fähre immer weiter in die Ausläufer des Hurrikans hineingekommen und hatte sich gegen die schwere See und den peitschenden Wind vorwärtskämpfen müssen. Als sie endlich mit drei Stunden Verspätung im Hafen von Nuku'alofa einlief, wurde sie von einer Menge ungeduldig wartender Menschen begrüßt, die ihre Angehörigen dankbar in die Arme schlossen.

»Nun denn ...«, begann Jim, dem Abschiedsszenen äußerst unangenehm waren. Er rechnete nach und stellte fest, daß er eigentlich erst dreieinhalb Tage mit JoAnn zusammen war. Es kam ihm vor wie Monate.

»Das war's dann wohl«, sagte JoAnn mit einem spöttischen Funkeln in ihren braunen Augen. Der Regen lief ihr übers Gesicht und klatschte ihr die Haare glatt an den Kopf. »Jetzt nehmen Sie sich ein Taxi und retten Sie diese Insel. Und danke nochmal für die Küsse.«

Jim war verwirrt. Was meinte sie damit? Wollte sie ihn damit auffordern, sie ... Er nahm sie in den Arm und näherte seinen Mund dem ihren.

JoAnn schob ihn mit einer entschlossenen Handbewegung weg. »Nein, nicht so. Ich meinte doch die Mund-zu-Mund-Beatmung, die Sie mir auf Nuku haben zukommen lassen.«
»Ich stehe Ihnen jederzeit für eine Wiederholung zur Verfügung«, meinte Jim.
»Vielleicht ein andermal. Ich muß das alles erst einmal verarbeiten.«
Jim konnte sie gut verstehen. Immerhin hatte JoAnn auf einen Schlag ihre Gastfamilie, ihre Schüler und eine ganze Insel verloren, deren Menschen sie ein dreiviertel Jahr lang freundlich aufgenommen hatten. Er hingegen hatte bloß seinen Job eingebüßt. Oder war es doch mehr? Auf einmal mußte er wieder an seine Schwester Judith denken, aber jetzt war nicht die Zeit, um sich über ihr Schicksal den Kopf zu zerbrechen. Bis er seine Aufgabe erledigt hatte, mußte alles andere zurückstehen.
»Hier«, sagte JoAnn und drückte Jim ein Bündel Banknoten in die Hand. »Das werden Sie brauchen. Aber es ist ein Kredit, kein Geschenk. Allein schon deshalb müssen wir uns wiedersehen. Und jetzt gehe ich in das Haus dort drüben und rufe meine Freundin an.« Mit einem letzten Lächeln drehte sie sich um und lief mit schlappenden Plastiksandalen auf das kleine Hafengebäude zu.
Jim winkte einem Taxi und stieg ein. Als er noch einmal aus dem Fenster des Wagens sah, war JoAnn bereits in der Menge verschwunden.
Im Gehen fiel JoAnn plötzlich ein, daß sie Jim gar nicht ihre Adresse gegeben hatte. Sie machte kehrt und ging zurück zu den Taxis. Hoffentlich war Jim nicht schon abgefahren. Der erste Wagen in der Reihe setzte sich gerade in Bewegung. JoAnn bückte sich rasch und spähte durch die regennassen Scheiben hinein. Was sie sah, war nicht Jim. Es war ein Mann mit sehr dunkler Hautfarbe, der gerade eine schwarze Mütze von seinem Kopf nahm und seine schulterlangen

Dreadlocks schüttelte. Das muß der Rastafari sein! schoß es JoAnn durch den Kopf. Er war also doch nicht auf ihre Finte hereingefallen, sondern auf der Fähre geblieben. Und jetzt fuhr er Jim hinterher!

✷

»Wohin?« fragte der dicke Taxifahrer und musterte im Rückspiegel den Mann mit der schwarzen Hautfarbe. Sein Fahrgast sah nicht wie ein Tongaer aus. Seltsam, daß diese Fremden immer hinten einsteigen, dachte der Fahrer. Einheimische taten das nie, denn das galt hier als unhöflich. Na ja, andere Länder, andere Sitten. Die meisten Touristen erwiesen sich schließlich als ganz freundliche Leute, die ein gutes Trinkgeld gaben. Dieser Bursche allerdings machte keinen allzu netten Eindruck.
»Folgen Sie dem Taxi da vorne«, schnauzte der Schwarze.
Leider war das Englisch des Fahrers nicht besonders gut, und das Wort »folgen« gehörte nicht zu seinem Wortschatz. Also fuhr er extra langsam, um dem Fremden Gelegenheit zu geben, sich klarer auszudrücken. »Welches Hotel?« fragte der Fahrer in der Hoffnung, eine Antwort zu bekommen, die er verstand.
»Kein Hotel!« knurrte der Mann. »Folgen Sie dem Wagen da vorn!«
Der Fahrer spürte den Zorn des schwarzen Mannes, wußte aber noch immer nicht, was sein Fahrgast eigentlich wollte. Also trat er auf die Bremse, hielt an und drehte seinen massigen Körper mit einem Ruck nach hinten, bis er dem Fremden ins Gesicht sah.

Liston schaute durch die nasse Windschutzscheibe und sah, wie das Taxi vor ihnen in eine Seitenstraße abbog. Der begriffsstutzige Fahrer glotzte ihn noch immer mit einem

nach Entschuldigung heischenden Grinsen an. In diesem Moment fuhr noch ein Taxi an ihnen vorbei und spritzte einen Schwall Schmutzwasser an die Scheiben.
»Hinterher!« befahl Liston barsch. »Dem Taxi hinterher!«
Jetzt hatte der Fahrer offenbar endlich kapiert, was er wollte. Er drehte sich wieder nach vorn, legte den ersten Gang ein und fuhr los. Allerdings folgte er nicht dem Taxi, in dem der Gringo saß, sondern dem zweiten, das gerade an ihnen vorbeigezogen war.
»Nein!« schrie Liston und schlug mit der Faust gegen den Sitz des Fahrers. Er zog die Pistole und hielt sie dem völlig verdutzten Mann an die Schläfe. »Nach rechts, oder ich bring dich um«, zischte er.
Der verdatterte Fahrer gehorchte und bog ab. Weit vor ihnen sah Liston das Taxi.
»Hinterher!« befahl er und deutete mit der Waffe auf das andere Auto. Der Fahrer beschleunigte. Durch die beschlagene Heckscheibe konnte Liston lediglich erkennen, daß zwei Personen in dem Fahrzeug saßen.
»Überholen«, herrschte er den Fahrer an. »Vorbeifahren!«
Der Mann brauchte eine Weile, bis er kapiert hatte, dann scherte er so abrupt aus, daß Liston befürchtete, der Wagen würde auf der regennassen Fahrbahn ins Schleudern kommen. Mit einem weiteren bravourösen Schlenker setzte er sich vor das andere Taxi.
»Bremsen!« schrie Liston. Der Fahrer reagierte nicht. Liston verstärkte den Druck der Waffe auf die Schläfe des Mannes und brüllte: »Stopp!«
Der Tongaer trat so heftig auf die Bremse, daß es Liston nach vorn schleuderte. In dem Moment knallte auch schon das andere Taxi, dessen Fahrer nicht mehr rechtzeitig hatte bremsen können, in den Kofferraum.
Liston sprang aus dem Wagen, raste nach hinten und riß die Beifahrertür des anderen Taxis auf. Neben dem völlig per-

plex dreinblickenden Fahrer saß ein alter Tongaer, eine Platzwunde an der Stirn. Verflucht! dachte Liston, der verdammte Gringo ist mir schon wieder entwischt!
Mit noch immer gezückter Waffe sprintete der Honduraner wieder nach vorn zu seinem Taxi. Aber dessen Fahrer war offenbar so froh, den gefährlichen Fahrgast endlich los zu sein, daß er, obwohl die rechte hintere Tür des Wagens noch offenstand, einfach aufs Gas trat und davonbrauste. Daraufhin glaubte der zweite Taxifahrer offenbar, sein Unfallgegner wolle sich aus dem Staub machen und jagte seinem Kollegen hinterher.
Liston blieb laut fluchend im strömenden Regen am Straßenrand stehen. Nachdem die Wagen eine kurze Strecke zurückgelegt hatten, sah er die Bremslichter aufleuchten. Aus dem ersten Taxi flog ein dunkler Gegenstand auf die Straße, dann setzten sich die beiden Fahrzeuge wieder in Bewegung. Am liebsten hätte Liston ihnen hinterhergeschossen, aber er wußte, daß das nur Munitionsverschwendung gewesen wäre. Also rannte er los, um wenigstens seine Tauchertasche aufzusammeln, bevor noch ein Auto darüberfuhr.

✷

Im kleinen Gebäude des Wetteramts traf Jim nur einen einzigen Mann an, der an seinem Schreibtisch saß und sich gerade über ein Satellitenfoto beugte.
»Hallo«, sagte Jim.
»Kann ich Ihnen helfen?« fragte der Beamte, ohne aufzublicken.
»Ich möchte zu Dr. Matangi.«
»Der ist nicht da.«
»Und wann kommt er wieder?«
Der Mann zuckte mit den Achseln. »Das kann dauern.«

»Ich arbeite für die Firma Kranzco und muß unbedingt mit Dr. Matangi sprechen.«
Als der Beamte Jim daraufhin von Kopf bis Fuß musterte, wurde diesem langsam bewußt, daß er wohl keinen allzu vertrauenerweckenden Eindruck machte. Nicht nur, daß er tropfnaß und unrasiert war, darüber hinaus trug er noch immer den schwarzen *tupenu* und das babyblaue Rüschenhemd, die er für den Besuch in JoAnns Schule angezogen hatte. Nicht gerade die Standardkleidung für einen amerikanischen Ingenieur, das mußte Jim zugeben.
»Tut mir leid, da kann ich Ihnen auch nicht helfen«, meinte der Beamte abweisend.
»Können Sie Dr. Matangi denn nicht telefonisch erreichen?«
»Nein, leider nicht«, sagte der Mann. »Und jetzt lassen Sie mich bitte weiterarbeiten. In einer Stunde wird hier ein Hurrikan erwartet.«
»In einer Stunde?« fragte Jim und warf einen Blick auf die Uhr. Es war halb sechs Uhr abends. »Im Radio habe ich gehört, daß er erst um neun Uhr kommen soll.«
»Das war die Prognose von gestern abend. Inzwischen wissen wir, daß der Sturm schneller ist, als wir berechnet haben. Am besten suchen Sie sich ein gutes Hotel und bringen sich in Sicherheit. Wenn Sie morgen wiederkommen, wird Dr. Matangi bestimmt Zeit für Sie haben.«
»Aber es geht um das Anti-Zyklon-System. Die Subloons sind lebensgefährlich. Sie dürfen nicht ausgelöst werden!«
»Das können Sie alles morgen mit Dr. Matangi besprechen«, erwiderte der Mann. Sein Ton machte überdeutlich, daß er Jim kein Wort glaubte.
»Hören Sie, diese Insel ist in großer Gefahr!«
»Wem sagen Sie das? Schließlich ist ein Hurrikan im Anzug. Und wenn ich jetzt nicht gleich ein wichtiges Telefongespräch führe, dann können sich eine Menge Leute vielleicht nicht mehr rechtzeitig in Sicherheit bringen.«

»Nein, nicht wegen des Hurrikans. Wegen der Subloons!«
»Das Anti-Zyklon-System ist ausschließlich Dr. Matangis Sache. Meine Aufgabe ist es, die Verbindung mit den Behörden zu halten, und die würde ich jetzt gerne erfüllen, wenn Sie nichts dagegen haben.«
Jim sah, wie der Mann den Telefonhörer abnahm und zu wählen begann. Es war zwecklos. Der Beamte hielt ihn ganz offenbar für einen hysterischen Palangi, der aus Angst vor dem Hurrikan vollkommen übergeschnappt war. Aber wenigstens konnte Jim sich jetzt ausrechnen, wo er Dr. Matangi finden würde. Wenn der Sturm schon so nahe war, dann mußte dieser hinaus zur Kontrollstation für die Subloons gefahren sein. Jim mußte so schnell wie möglich ebenfalls dorthin. Zum Glück hatte er das Taxi warten lassen. Er machte auf dem Absatz kehrt, humpelte aus dem Gebäude und stieg in den Wagen.
»Nach Mapu'a a vaca«, sagte er zu dem Fahrer.

✷

Vergeblich hatte JoAnn im Hafen versucht, ein Taxi zu erwischen und Jim zu folgen. Als sich schließlich ein tongaisches Ehepaar erbarmte und die tropfnasse, verzweifelt wirkende junge Frau in seinen Wagen steigen ließ, war es schon zu spät. Das Taxi mit Jim war längst außer Sicht.
»Können wir Sie irgendwo hinbringen?« fragte der Tongaer höflich, während seine Frau sich zu JoAnn umdrehte und sie mitleidig anlächelte.
»Fahren Sie in die Stadt?« fragte JoAnn.
»Ja.«
»Dann wäre es sehr nett, wenn Sie mich bis ins Zentrum mitnehmen könnten.«
»Aber gern«, antwortete der Fahrer.
Unterwegs sah JoAnn immer wieder Männer, die vor ihren

Häusern auf hohen Leitern standen und im strömenden Regen die Fenster mit Brettern vernagelten.
»In einer Stunde kommt der Hurrikan«, erklärte die Frau, die JoAnns Blick bemerkt hatte.
»In einer Stunde schon?«
»Ja. Im Radio haben sie gesagt, daß er früher erwartet wird, als man zunächst gedacht hat.«
In einer Stunde! dachte JoAnn. Wenn Jim es nicht rechtzeitig schafft, den Mann vom Wetteramt ausfindig zu machen, wird der den Subloon auslösen und damit eine Katastrophe heraufbeschwören, die hundertmal schlimmer sein wird als das, was auf Nuku geschehen ist.
»Könnten Sie vielleicht anhalten, wenn Sie ein freies Taxi sehen?« fragte JoAnn den Fahrer. »Ich muß ganz dringend nach Mapu'a a vaca.«
»Da sollten Sie aber jetzt besser nicht hinaus«, meinte die Frau mit besorgtem Gesicht.
»Ich weiß«, erwiderte JoAnn, »aber ich habe keine andere Wahl.«

✷

Liston hatte unter dem vorspringenden Dach eines Hauses Schutz vor dem Regen gesucht und dachte nach. Es gab zwei Möglichkeiten: Die eine – und vermutlich sicherste – war, den Auftrag abzubrechen und die Tonga-Inseln auf dem schnellsten Weg zu verlassen. Damit allerdings würde er die zweite Rate seines Honorars verspielen, und außerdem war es schlecht für seine Reputation, wenn er einen Job nicht zur Zufriedenheit seines Kunden ausführte. Vielleicht wäre es also doch besser, den Gringo aufzuspüren und umzubringen – zumal diese Möglichkeit auch noch die lukrativere war. Darüber hinaus würde auch ein Mann für immer zum Schweigen gebracht, der Liston eindeutig identifizieren

konnte. Der Haken an der Sache war nur, daß Liston keine Ahnung hatte, wo er den Gringo suchen sollte.
Daß der Rastafari sich schließlich doch dafür entschied, seinen Auftrag zu Ende zu bringen, hing hauptsächlich von der Überlegung ab, daß es bei diesem Wetter ohnehin unmöglich war, die Insel per Schiff oder Flugzeug zu verlassen. Liston griff nach seinen Zigaretten in der Brusttasche seiner Jeansweste, mußte aber verärgert feststellen, daß der Regen das Päckchen vollkommen aufgeweicht hatte. Mit einem lauten Fluch warf Liston es in die nächste Pfütze und dachte angestrengt nach, wie er den Gringo auf dieser Insel wohl finden könnte. Sollte er noch einmal versuchen, ihm vor einer Polizeistation aufzulauern? Aber würde North überhaupt dorthin gehen? Und wenn ja, zu welcher? Hier in der Hauptstadt von Tonga gab es bestimmt mehrere Wachen.
Wo sonst? fragte sich Liston. Wo könnte der Gringo hingefahren sein? Auf der Suche nach einem Anhaltspunkt ging Liston in Gedanken noch einmal alles durch, was er über den Gringo wußte. Er arbeitete für die Firma Kranzco, für die er an Bord der M. V. Kranz beschäftigt gewesen war. Aber womit? Auf einmal fielen Liston die Papiere wieder ein, die er auf der Hatteras gefunden und studiert hatte. Die Firma des Gringos hatte hier ein System zur Abwehr von Wirbelstürmen installiert. Und jetzt näherte sich ein Wirbelsturm der Küste! Das war's! So ein System konnte die Firma nicht ohne Wissen und Unterstützung der örtlichen Behörden durchziehen. Es mußte hier doch so etwas wie einen staatlichen Wetterdienst geben. Wenn North nicht zur Polizei ging, dann vielleicht dorthin. Vermutlich suchte er bei den Leuten, mit denen er zusammengearbeitet hatte, Schutz und Hilfe.

Eine halbe Stunde später riß Liston die Tür zum königlich tongaischen Wetteramt auf und trat vor denselben Beamten,

mit dem eine Viertelstunde zuvor auch Jim gesprochen hatte. Der Honduraner hielt sich nicht lange mit Höflichkeitsfloskeln auf, sondern legte dem Mann wortlos das Bild des Gringos auf den Tisch.
»Haben Sie den hier schon mal gesehen?« verlangte Liston von dem Mann zu wissen, dem die erneute rüde Unterbrechung seiner Arbeit sichtlich auf die Nerven ging. Als der Tongaer nicht schnell genug antwortete, schlug Liston mit der Faust so heftig auf den Schreibtisch, daß ein Behälter mit Stiften zu Boden fiel.
»Wird's bald?« drängte Liston und drehte dem Beamten, der noch immer keine Anstalten machte, sich das Bild genauer anzusehen, den rechten Arm auf den Rücken.
»Ja, er war hier«, stammelte der Mann mit schmerzverzerrtem Gesicht.
»Wann?«
»Heute.«
Liston grinste zufrieden. Er hatte nicht zu Unrecht seinem Instinkt vertraut.
»Und was wollte er?«
»Er wollte zu Dr. Matangi.«
»Wer ist das?«
»Der Leiter des Amtes.«
»Und wo ist er jetzt?«
»Wer? Dr. Matangi oder der Mann auf dem Foto?«
Liston verdrehte den Arm des Beamten ein wenig fester. »Beide.«
»Wo der Mann ist, weiß ich nicht, aber Dr. Matangi ist draußen in Mapu'a a vaca in der Kontrollstation für das Anti-Zyklon-System.«
»Wo ist das?«
»Bei Houma, etwa fünfzehn Kilometer westlich von hier.«
Mit einem letzten Ruck ließ Liston den Arm des Beamten los und stieß ihn in den Rücken, so daß der Mann mit dem

Oberkörper auf den Schreibtisch fiel. Er ging zur Wand und riß eine Karte von Tongatapu herunter, die ihm schon beim Betreten des Raumes aufgefallen war.
»Hier!« herrschte er den Beamten an, der sich seinen schmerzenden Arm rieb. »Sie zeichnen mir hier jetzt sofort ein, wo diese verdammte Kontrollstation ist.«

✷

An Schlaf war nicht zu denken. Seit einer Stunde schon wälzte sich Cernan Kranz in seinem Bett hin und her und wartete vergeblich darauf, daß die Schlaftabletten ihre Wirkung taten. Der Anruf der Frau aus Tonga war ihm den ganzen Tag im Kopf herumgegangen und ließ ihn auch jetzt nicht zur Ruhe kommen. Am Nachmittag hatte er mit Peter gesprochen, und der hatte ihm die Behauptungen der Frau zum Teil bestätigt. In Tonga war wirklich die Bevölkerung einer kompletten Insel auf mysteriöse Art und Weise ums Leben gekommen. Die Leichen, so hatte es Peter in den örtlichen Nachrichten erfahren, hätten allesamt Anzeichen von Erstickung aufgewiesen, aber die genaue Ursache der Katastrophe sei den Behörden bis dato noch unklar.
Nehmen wir einmal an, North hätte recht, überlegte Kranz, dann bleibt immer noch die Frage offen, welcher Subloon ausgelöst wurde und weshalb. Von der geographischen Lage der Insel her kam eigentlich nur Subloon Nummer zwei in Frage, aber der war eine Versuchsinstallation und konnte gar nicht über den Computer des Anti-Zyklon-Systems erreicht werden. Wie also war das tödliche Gas an die Oberfläche gelangt? Hatte North den Subloon am Ende selbst ausgelöst, um auf drastische Art die Richtigkeit seiner Theorie zu beweisen? Wie schon so oft in der vergangenen Stunde drängte sich Kranz das Bild einer Insel voller Toter auf.

Leichen lagen in ihren Häusern, auf den Feldern, am Strand. Frauen und Männer, Kinder und Greise.
Cernan Kranz schlug die Bettdecke zurück und stand auf. In Bademantel und Filzpantoffeln schlurfte er hinunter in die Küche und holte sich ein Glas Milch aus dem Kühlschrank. Als er es am Küchentisch sitzend trank, wurde er schon wieder von diesen quälenden Bildern heimgesucht. Seine Subloons, die doch eigentlich dem Wohl der Menschheit dienen sollten, kamen ihm auf einmal wie eine tödliche Bedrohung vor. Durfte er zulassen, daß ein weiterer ausgelöst wurde? Wie gefährlich wäre das wirklich? Laut Peters Informationen hatte an dem Tag, an dem die Menschen auf der Insel Nuku gestorben waren, nur ein leichter Wind geweht. Wenn man einen Subloon hingegen mitten in einem Hurrikan auslöste, würde das Gas vermutlich sehr viel besser verwirbelt und mit sauerstoffreicher Luft verdünnt werden. Das konnte doch nicht gefährlich sein!
Langsam ging Kranz von der Küche hinüber in sein Arbeitszimmer und trat vor das Bücherregal. Hier standen all die Biographien großer Männer, die Kranz besonders gerne las: Edison und Kolumbus, Churchill und Stalin, Gandhi und Cäsar. Alle diese Persönlichkeiten der Weltgeschichte waren irgendwann einmal in ihrem Leben vor einer ähnlich entscheidenden Frage gestanden wie er jetzt. Auch sie hatten zwischen Risiko und Sicherheit, zwischen Bedeutungslosigkeit und Unsterblichkeit wählen müssen. Was wäre gewesen, wenn etwa Kolumbus auf der Fahrt in die Neue Welt seinen Zweifeln nachgegeben hätte? Wenn er auf seine Männer gehört hätte, die kurz vor der Meuterei standen und umkehren wollten? Auch Kolumbus hatte für seine Vision Menschenleben aufs Spiel gesetzt. Unzählige sogar, wenn man an die vielen Toten dachte, die in Amerika durch die Hand der Eroberer oder an Krankheiten starben, die diese eingeschleppt hatten. All diese Toten waren nun einmal der

Preis für die Entdeckung eines neuen Kontinents gewesen. Wenn Kolumbus gewußt hätte, daß er später dafür in den Geschichtsbüchern kritisiert werden würde, hätte er seine Fahrt dann nicht unternommen?
Unsinn! Natürlich wäre er losgefahren, dachte Kranz. Kolumbus wußte genau, daß sonst ein anderer diese Reise unternommen hätte. Und dann würde heute dessen Name auf diesem Buchrücken stehen.

✷

Obwohl ein flaues Gefühl im Magen Tekina daran erinnerte, daß er seit Tagen nichts mehr gegessen hatte, war es nicht der Hunger, sondern der erbarmungslos herabpeitschende Regen, der ihn schließlich aufstehen ließ.
Durch den tosenden Wind kämpfte sich der alte Fischer zu seinem *popao* und versuchte, es höher hinauf auf den Strand zu ziehen, aber er war zu schwach, um das Ausleger-Kanu auch nur ein kleines Stück zu bewegen.
Du mußt etwas essen, Alter, sagte er sich. Ein großer Sturm bricht gerade los, und mit leerem Magen überlebst du den nicht. Also ließ Tekina das Boot, wo es war, und stapfte hinauf in den Wald. Das dichte Blätterdach rauschte im Wind und bot einen guten Schutz gegen die Sturzfluten, die sich vom Himmel ergossen. Das vermodernde Laub am Boden fühlte sich unter Tekinas nackten Fußsohlen kühl und feucht an. Mit geübtem Blick suchte der alte Mann unter den Pflanzen des Waldes nach denjenigen, die etwas Eßbares versprachen. Es waren nicht viele. Weder Mango- noch Guavenbäume konnte er entdecken, weder Taro- noch Jams-Pflanzen. Lediglich einen Iti-Baum, dessen Nüsse man aber nur gekocht verzehren konnte. Was es im Überfluß gab, waren Pandanus-Bäume, die zwar Material für dekoratives Flechtwerk lieferten, aber sonst auch schon rein gar nichts.

Wenn es wenigstens eine Kokospalme auf der Insel gegeben hätte, aber die fünf, deren gebrochene Stämme Tekina schon vom Strand aus gesehen hatte, waren bis hinunter zu den Wurzeln abgestorben.
Als Tekina seine Suche beendet hatte, war ihm klar, daß er hier langfristig verhungern würde; allein von Fisch konnte sich kein Mensch ernähren. Er mußte weitersuchen, mußte sein *popao* noch einmal der wilden See anvertrauen, und sei es nur, um darin zu sterben. Weil er zu schwach war, den Einbaum ins Wasser zu ziehen, kletterte er einfach hinein und legte sich flach auf den Boden. Dabei entdeckte er seine alte Nasenflöte, die er in die gefalteten Hände nahm und sie fest gegen die Brust preßte. Dann lag er nur noch da, starrte hinauf in den bleigrauen Regenhimmel und wartete darauf, daß eine große Welle kam und ihn mitsamt seiner Nußschale hinaus aufs Meer trug.
Wie hieß es in einer alten tongaischen Sage? Am Anfang gab es nur die Felsen, das Meer und das Geisterreich. Allen dreien fühlte Tekina sich jetzt sehr nahe. Er spürte, wie das Meer mit seinen Wellenarmen nach ihm griff. Er hörte, wie der Rumpf seines *popao* über das Korallengestein kratzte und wie die Geister der Toten von Nuku nach ihm riefen. Die Unterwelt ist nicht mehr fern, dachte er, wahrscheinlich liegt sie irgendwo da draußen im schäumenden Ozean.
Auf einmal fühlte Tekina, wie eine große Welle sich unter den Rumpf des Kanus drängte, es hochhob und ins Wasser zog. Zwar schleuderte schon die nächste Woge das zerbrechliche Gefährt wieder mit lautem Getöse an den Strand, aber es dauerte nicht lange, bis es abermals schwankend auf den Wellen tanzte. Eine starke Strömung zog das Kanu nun fort von der Insel, hinaus in die kochende, sturmgepeitschte See.

»Da ist es«, sagte der Taxifahrer und hielt an. »Wenn Sie diesen Weg hier hinaufgehen, kommen Sie an ein kleines Betongebäude.« JoAnn sah durch die nassen Autofenster, aber der strömende Regen begrenzte ihre Sicht auf wenige Meter.

»Wollen Sie wirklich bei diesem Wetter dort hinauf?« vergewisserte sich der Fahrer mit einem unglücklichen Unterton in der Stimme. »Die Klippen können ganz schön gefährlich sein.«

»Ich weiß«, antwortete JoAnn und drückte dem Fahrer einen Geldschein in die Hand. »Aber ich werde erwartet. Machen Sie sich meinetwegen keine Sorgen.«

Der Taxifahrer zuckte mit den Achseln, und JoAnn öffnete die Wagentür. Sie mußte sich mit ihrem ganzen Gewicht dagegenstemmen, damit der Wind sie nicht gleich wieder zudrückte. Kaum hatte sie die Tür geschlossen, gab der Fahrer auch schon Gas und fuhr davon. Vermutlich will er noch vor dem Hurrikan zu Hause sein, dachte JoAnn und machte sich auf den Weg. Wenn sie sich getäuscht hatte und weder Jim noch Dr. Matangi in der Kontrollstation auf den Klippen waren, konnte dieses Abenteuer übel enden.

Der Wind kam jetzt direkt von vorn und schien mit jedem Meter, den sie sich auf dem schlüpfrigen, schlammigen Weg nach vorn kämpfte, noch stärker zu werden. Er blies ihr die klatschnassen Haare aus dem Gesicht und trieb die Regentropfen fast waagrecht vor sich her, so daß sie ihr wie kleine Geschosse auf Stirn und Wangen zerplatzten.

JoAnn hatte noch keine fünfzig Meter zurückgelegt, als sie vor sich auf dem Weg eine dunkle Gestalt entdeckte, die offenbar ebenfalls auf die Klippen hinauf wollte. Am Humpeln erkannte sie sofort, daß es Jim war und spürte verwundert, daß sie ein warmes Gefühl der Erleichterung durchströmte.

»Jim!« schrie sie aus Leibeskräften, aber der Wind verwehte

ihre Worte. JoAnn fing an zu rennen, rutschte jedoch mit den glatten Sohlen ihrer Plastiksandalen aus und schlug der Länge nach in den Schlamm. Nachdem sie sich aufgerappelt hatte, hastete sie weiter. Erst als sie einen Meter hinter Jim war, hörte er ihr Rufen und drehte sich um. »Was tun denn Sie hier?« fragte er erstaunt und musterte sie mit einem breiten Grinsen auf dem Gesicht. »Haben Sie gerade ein Schlammbad genommen?«

»Nein, das war eine Fango-Packung«, entgegnete JoAnn. »Soll sehr gesund sein.«

»Und um mir das zu sagen, sind Sie den ganzen Weg hier heraus gekommen?«

»Nein, natürlich nicht«, entgegnete JoAnn und erzählte Jim von dem Rastafari, der seinem Taxi gefolgt war.

»Bis jetzt ist er hier noch nicht aufgetaucht«, meinte Jim. »Vielleicht hat er ja in dem Sturm meine Spur verloren.«

»Oder er hat irgendwo Unterschlupf gesucht. Das sollten wir übrigens auch, sonst fegt uns der Wind noch von den Klippen.«

»Ja, kommen Sie. Wir müssen uns beeilen. Der Hurrikan kann nicht mehr weit weg sein.«

KAPITEL 23

Zufrieden lehnte Dr. Langi Matangi sich in seinem Stuhl zurück und wartete, daß der Computer den Testlauf des Anti-Zyklon-Systems beendete. Nicht mehr lange, dann wäre der Beweis erbracht, ob sich mit den Subloons tatsächlich ein Wirbelsturm würde stoppen lassen. Dr. Matangi versuchte, sich den Hurrikan Ana vorzustellen, wie er in nur wenigen Kilometern Entfernung das Wasser aufwühlte und durch dessen Wärme mehr und immer mehr Energie in sich aufspeicherte. Eine Energie, die fähig war, Matangis Heimatinsel zu verwüsten.

Hier drinnen, hinter den dicken Mauern aus Stahlbeton, klang das Toben des Sturmes nur wie ein harmloses, leises Säuseln. Wäre nicht der Regen gewesen, der ab und zu mit einer heftigen Bö gegen die Stahltür prasselte, dann hätte vor dem Betonbau ebensogut die Sonne scheinen können.

Jetzt allerdings tat sich etwas dort draußen. Ein dumpfer Schlag gegen die Tür ließ Matangi zusammenfahren. Offenbar hatte der Orkan irgendwo einen Ast abgerissen und gegen den Bau geschleudert. Doch da war schon ein zweiter Schlag. Und noch einer. Das war nicht der Wind. Da klopfte jemand an die Tür!

Verärgert erhob sich Matangi aus seinem Stuhl. Ausgerechnet jetzt mußte ihn jemand stören. Einen Augenblick lang überlegte er, ob er die Tür überhaupt öffnen sollte, aber dann machte er sich klar, daß draußen schon die ersten Vorboten des Hurrikans über das Plateau fegten. Vielleicht brauchte ja jemand Hilfe.

Matangi ging zur Tür. Draußen standen ein nasser Mann und

eine ebenso durchnäßte, schlammbespritzte Frau. Beide waren Weiße. Vermutlich Touristen, die sich verlaufen haben, dachte Dr. Matangi. Palangis machten schließlich die hirnrissigsten Sachen.

»Kommen Sie herein«, sagte er auf englisch. »Aber stören Sie mich nicht. Ich habe etwas Wichtiges zu erledigen.«

»Dr. Matangi, mein Name ist Jim North«, sagte der Palangi, der einen knielangen *tupenu* und ein vom Regen halb durchsichtig gewordenes Rüschenhemd trug. »Wir haben uns im Februar auf einem Empfang getroffen. Ich arbeite für die Firma Kranzco. Erinnern Sie sich an mich?«

Erstaunt, daß der Mann seinen Namen kannte, musterte Dr. Matangi ihn mit kritischen Blicken. Irgendwie kam es ihm so vor, als habe er das Gesicht schon einmal gesehen, aber wann und wo, war ihm entfallen. »Was wollen Sie hier?« fragte er.

»Sie dürfen das Anti-Zyklon-System nicht benutzen! Es ist gefährlich. Vor zwei Tagen ist einer der Subloons aus Versehen ausgelöst worden und hat auf der Insel Nuku oben in der Vava'u-Gruppe fast die ganze Bevölkerung getötet. Haben Sie denn noch nichts von Nuku gehört?«

»Doch. Es kam in den Nachrichten. Aber niemand weiß, was an der Katastrophe schuld war.«

»Ich weiß es. Es war das Gas aus einem Subloon. Es enthielt so gut wie keinen Sauerstoff mehr. Wer es eingeatmet hat, ist erstickt.«

»Davon war aber in den Nachrichten nicht die Rede –«

»Wir waren dort!« mischte JoAnn sich ein. »Wir haben es mit eigenen Augen gesehen. Diese Subloons sind eine Gefahr für die Menschheit! Sie dürfen nicht noch einmal einen auslösen.«

Dr. Matangi bemerkte, daß der Computer den Systemtest abgeschlossen hatte und auf weitere Instruktionen wartete. Auf dem Bildschirm erschien wieder das Hauptmenü.

1. KAZS testen
2. KAZS aktivieren
3. Programmende

Dr. Matangi sah Jim an und drückte die Taste mit der Zahl Zwei. Sofort erschienen die Karte von Tonga und die leuchtenden Punkte der einzelnen Subloons auf dem Bildschirm. Der Computer schickte nun eine Reihe von Impulsen aus, die die Auslösevorrichtungen der Subloons entsicherten. Matangi wußte, daß die ersten Subloons in der Kette etwa eine Minute brauchten, bis sie scharf waren, und genau auf diese Subloons kam es jetzt an. Neben den Leuchtpunkten standen nun Zahlen auf dem Bildschirm zu lesen, die den genauen Luftdruck oberhalb der einzelnen Subloons angaben. Der Computer verglich diese Angaben ständig miteinander und errechnete so, wo sich die Zone mit dem niedrigsten Luftdruck befand. Das Auge des Hurrikans. Wenn dieses genau über einem Subloon lag, würde auf dem Monitor ein rotes Signal blinken und Dr. Matangi signalisieren, daß er den Subloon jetzt auslösen mußte.
Ohne die Augen vom Bildschirm zu wenden, sagte Matangi zu dem Mann, der sich ihm als Jim North vorgestellt hatte: »Was immer auch die Leute auf Nuku getötet hat, ein Subloon kann es nicht gewesen sein. Ich habe das System erst gestern überprüft, und alle Subloons waren in Ordnung.«
»Der Subloon, dessen Gas Nuku ausgelöscht hat, gehörte nicht zur Kette des KAZS. Er war höchstwahrscheinlich eine Versuchsinstallation, die Testzwecken diente. Er befand sich fünfzig Kilometer östlich von Nuku.«
Matangi blickte gespannt auf den Schirm. Die Zahlen neben den Subloons vor der Küste von Tongatapu zeigten immer kleinere Werte an. Der Luftdruck sank rapide. Bald mußte es soweit sein. Aber was wäre, wenn dieser merkwürdige

Mann am Ende doch recht hätte? Matangi erinnerte sich jetzt an ihn. Er war ihm tatsächlich auf einem Empfang vorgestellt worden, den der Minister für die Beschäftigten der Firma Kranzco gegeben hatte. Aber warum war er jetzt hier? Vielleicht war er ja verrückt geworden oder litt unter Verfolgungswahn.

Das Klingeln des Telefons riß ihn aus seinen Überlegungen. Dr. Matangi hob ab und meldete sich.

»Hallo?« fragte eine barsche Stimme am anderen Ende der Leitung. »Hier spricht Cernan Kranz von der Firma Kranzco. Und wer sind Sie?«

»Dr. Langi Matangi, der Leiter des tongaischen Wetteramts.«

»Ah, Dr. Matangi. Schön, Sie persönlich am Apparat zu haben. Auf meinen Satellitenfotos sehe ich, daß der Hurrikan kurz vor Tonga ist. Haben Sie schon einen Subloon ausgelöst?«

»Nein«, antwortete Matangi. »Aber es kann jeden Augenblick soweit sein. Hier ist alles bereit und in bester Ordnung. Aber da ist noch etwas, Mr. Kranz. Vor mir steht ein Mann von Ihrer Firma, der behauptet, die Luft in den Subloons wäre gefährlich ...«

»Heißt dieser Mann vielleicht North? Der arbeitet nicht mehr für uns. Er leidet unter Wahnvorstellungen und hat einen geradezu pathologischen Haß auf unser Anti-Zyklon-Projekt. Glauben Sie ihm kein Wort!«

»Kranz!« schrie Jim von der Seite in den Hörer. »Ich weiß, daß Sie meinen Brief bekommen haben. Hören Sie mir zu! Die Subloons verlieren wirklich ihren Sauerstoff. Einer von ihnen hat alles Leben auf einer Insel ausradiert.«

»Hören Sie nicht auf ihn, Dr. Matangi!« erwiderte Kranz ruhig. »Selbst wenn es stimmt, was er sagt, dann wird das Gas aus dem Subloon in einem Hurrikan so verwirbelt, daß es niemandem mehr schaden kann. Aber bedenken Sie, was

der Sturm auf Ihrer Insel anrichtet, wenn er nicht gestoppt wird.«
»Was haben Sie mit meiner Schwester gemacht, Kranz?« brüllte Jim jetzt so laut, daß sein ehemaliger Chef es nicht überhören konnte.
»Ich habe keine Ahnung, wovon der Mann redet, Dr. Matangi«, behauptete Kranz.
Der Leiter des Wetteramtes wußte nicht recht, wie er sich in dieser Situation verhalten sollte. Jim North nahm ihm die Entscheidung ab, indem er die Schnur des Telefons packte und sie aus der Steckdose riß. Dann nahm er Matangi den Hörer aus der Hand und schleuderte den ganzen Apparat an die Wand. Matangi würdigte ihn keines Blickes, sondern starrte gebannt auf den Monitor. Jim wußte, was das zu bedeuten hatte. Auf dem Bildschirm blinkte ein roter Punkt. Das Auge des Sturms befand sich über einem Subloon, und unzählige Kubikmeter eines tödlichen Gases warteten nur darauf, aus ihrem Gefängnis in der Tiefsee befreit zu werden. Dr. Matangi legte die Hände auf die Tastatur.
»Nein, nicht!« schrie Jim und zog das Schweizer Messer aus der Tasche seines tongaischen Männerrocks. Er klappte die große Klinge auf und hielt sie an das Kabel, das vom Computer nach unten lief.
»Hände weg von der Tastatur, oder ich schneide das Kabel durch.«
Eine Weile war es vollkommen still bis auf das gedämpfte Heulen des Sturms draußen vor der dicken Stahltür. JoAnn war die erste, die sich aus der Erstarrung löste. »Schneiden Sie es durch« flüsterte sie Jim zu.
»Nein, das tun Sie nicht«, sagte Dr. Matangi hastig. »Überlegen Sie doch. Auch wenn das Gas giftig sein sollte, würde es von den Turbulenzen im Inneren des Hurrikans wie in einem Kamin nach oben gerissen und mit frischer Luft vermengt. Selbst der Inhalt eines großen Subloons ist nichts

im Vergleich mit den gewaltigen Luftmassen, die ein solcher Hurrikan bewegt!«
Jim blickte unschlüssig von dem Meteorologen zu JoAnn.
»Nun machen Sie schon, Jim«, drängte sie. »Wollen Sie denn, daß auch die Menschen auf Tongatapu alle sterben müssen? Erinnern Sie sich an die Schule, an die toten Kinder, an Mele und Su'a. Schneiden Sie es durch!«
»Sie reden von Menschen, die sterben müssen«, argumentierte Dr. Matangi und sah dabei nicht JoAnn, sondern Jim an. »Aber haben Sie sich überlegt, wie viele Opfer der Hurrikan fordern wird, wenn wir ihn nicht aufhalten? Tongatapu hat sechzigtausend Einwohner, von denen sich viele nicht ausreichend gegen einen Wirbelsturm schützen können. Gilt deren Leben denn gar nichts? Wollen Sie wirklich die Verantwortung dafür übernehmen, daß der Hurrikan alles zerstört, wofür diese Leute ein Leben lang gearbeitet haben? Lassen Sie mich den Code eintippen, solange noch Zeit dazu ist. Bitte!«
»Schneiden Sie es durch, Jim! Der Subloon ist gefährlicher als der Sturm! Sie haben es doch mit eigenen Augen gesehen!«
Jim säbelte mit dem Messer in die Isolierung des dicken Kabels, hielt dann aber inne. Er dachte an Kranz, an Nuku und an den Hurrikan, der auf Niue bereits über zehn Menschenleben gefordert hatte. An dem, was Matangi sagte, war etwas dran. Die Menschen von Nuku hatten vermutlich nur deshalb sterben müssen, weil der Subloon an einem relativ windstillen Tag geplatzt war. Hätte damals eine frische Brise geweht, wäre das Gas auf den fünfzig Kilometern zwischen der Insel und dem Standort des Subloons vermutlich längst in alle Himmelsrichtungen verblasen worden. Vermutlich. Sicher konnte man es natürlich nicht sagen. Aber wo gab es schon absolute Sicherheit?
Jim ließ das Messer sinken und nickte Dr. Matangi zu. Der

tippte rasch seine dreistellige Codezahl ein und drückte gerade noch rechtzeitig die Return-Taste, bevor JoAnn auf ihn zusprang und den Anschluß der Tastatur aus dem Computer riß. Während sie das Eingabegerät auf den Boden warf und wütend darauf herumtrampelte, verfolgte Jim, wie sich das Bild auf dem Monitor veränderte. Anstatt der Karte mit den Subloons waren darauf jetzt nur vier Worte zu sehen: Subloon Nummer acht ausgelöst.

KAPITEL 24

Irgendwie hatte Jim befürchtet, daß sich JoAnn wieder einmal auf ihn stürzen würde, aber nachdem sie ihre Wut an der Tastatur ausgelassen hatte, musterte sie ihn lediglich mit einem traurigen Blick. »Ich hoffe, Sie haben die richtige Entscheidung getroffen«, sagte sie leise und wandte sich ab. Jim klappte sein Messer zusammen und steckte es wieder ein. Jetzt konnte er nichts mehr tun außer warten. In einer Minute, wenn der durch Schallwellen übertragene Impuls den Subloon Nummer acht erreicht und die Sprengladungen in seinen Halteseilen gezündet hatte, würde eine gigantische Blase eiskalten Gases sich auf den sechs Kilometer langen Weg hinauf an die Oberfläche des Pazifiks machen, mitten hinein ins Auge des Hurrikans Ana.

✷

Lin Bo wußte nicht mehr, wo er sich befand. Das eingedrungene Wasser hatte das Satelliten-Navigationssystem des Trawlers lahmgelegt, und an eine Positionsbestimmung anhand der Gestirne war angesichts der düsteren Wolkenwände rings um das Schiff gar nicht zu denken. Seinen Berechnungen zufolge müßten sie eigentlich in nächster Zeit auf eine der Tonga-Inseln stoßen, wo er hoffte, im Schutz des Hurrikan-Auges einen Hafen anlaufen zu können. Sollte der Sturm sie aber doch weiter nach Süden abgetrieben haben, dann würden sie unterhalb der Inselkette vorbeifahren und irgendwann wieder in die tobenden Winde des Hurrikans geraten. Und ob sein angeschlagenes Schiff eine solche

Prozedur ein zweites Mal überstehen würde, wagte Lin Bo zu bezweifeln. Er hatte keine Ahnung, daß ihm eine weitaus größere Gefahr aus einer anderen Richtung drohte, wo er sie am wenigsten vermutete – von unten.

✷

»Was war das?« fragte JoAnn und drehte sich in Richtung Tür. Jim und Dr. Matangi hatten das Geräusch ebenfalls gehört. Es klang wie ein massiver, durch dicken Stahl gedämpfter Aufprall. So, als wäre etwas Großes, Schweres gegen die Tür geknallt.

»Machen Sie nicht auf!« rief Jim Dr. Matangi zu. »Jemand verfolgt mich und will mich töten.« Der Meteorologe sah Jim erstaunt an.

Natürlich, dachte JoAnn, das konnte nur der Rastafari sein, der irgendwie herausgefunden hatte, wohin Jim gefahren war. Jetzt versuchte er, die Tür einzutreten.

»Machen Sie sich keine Sorgen«, sagte Dr. Matangi. »Die Station ist vollkommen einbruchsicher.«

Kaum hatte er das gesagt, erschütterte auch schon ein ohrenbetäubender Knall den kleinen Raum.

»Verdammt noch mal!« schrie Jim. »Der Kerl schießt das Schloß auf!«

✷

Merkwürdig, was es doch für Wellen im Auge des Taifuns gibt, dachte Lin Bo, als er spürte, wie der Trawler auf einmal wie von Geisterhand hochgehoben wurde. Noch viel seltsamer aber war das Schauspiel, das sich ihm direkt vor dem Bug des Schiffes bot: An vielen Stellen gleichzeitig platzte plötzlich rings um das Schiff der Wasserspiegel des Meeres auf und entließ pilzförmige Wolken eines milchig-weißen Gases in die Luft. Die Oberfläche des Ozeans sah aus, als

wäre sie von einem riesigen Tauchsieder zum Kochen gebracht worden.
Auf einmal bekam Lin Bo ein merkwürdiges Gefühl im Magen. Wie in einem Aufzug wurde der schwere Trawler binnen weniger Sekunden zwanzig Meter angehoben, so daß Lin Bo das blubbernde Meer aus der Vogelperspektive sehen konnte. Das Wasser unmittelbar neben dem Schiff begann sich zu wölben und wurde immer hellgrüner, bis es am Ende völlig transparent war und wie eine zu prall gewordene Seifenblase zerriß. Eingehüllt in eiskalten Nebel, der Lin Bo und seiner entsetzt glotzenden Mannschaft mit einem Schlag jegliche Sicht nahm, schien der Trawler den Bruchteil einer Sekunde lang in der Luft zu schweben, bis er schließlich wie ein Stein nach unten stürzte. Tiefer und tiefer taumelte das Schiff hinein in die geplatzte Gasblase. Lin Bo und der Matrose wurden im Steuerhaus von Wand zu Wand geschleudert. Das Geräusch des an dem Schiff vorbeiströmenden Gases war so laut wie die Schubdüse einer Flugzeugturbine. Und dann, nach einem freien Fall, der Lin Bo wie eine kleine Ewigkeit vorgekommen war, krachte der Trawler auf den Boden der Blase, der sich viele Meter unter dem Meeresspiegel befand. Gigantische, viele tausend Tonnen schwere Wasserwände drängten nach innen und klatschten über dem zerschmetterten Schiff zusammen wie zwei riesige Hände, die gerade eine Fliege erschlagen.

*

Mit drei Schüssen und ein paar Fußtritten hatte der Rastafari das Schloß der schweren Stahltür geknackt. Schon nach dem ersten Knall war Jim zum Lichtschalter gesprungen und hatte den Raum in ein düsteres Zwielicht getaucht, das nur vom Schein des Computermonitors ganz schwach erhellt wurde. Als die Tür schließlich aufflog, warf Jim sich zu

Boden. Ein weiterer Schuß peitschte durch den Raum, prallte an der glatten Betonwand ab und traf Dr. Matangi, der noch immer in seinem Stuhl saß und nicht wußte, wie ihm geschah, unterhalb des rechten Auges. Der Meteorologe stürzte laut schreiend zu Boden. Die Kugel hatte das Jochbein unterhalb des Auges zertrümmert und Stücke davon in den Augapfel gejagt, bevor sie kurz vor dem Ohr wieder aus dem Schädel ausgetreten war.
Durch die weit geöffnete Tür drang das Heulen des Sturms in den Raum. JoAnn hatte sich dicht neben dem Eingang in eine dunkle Ecke gekauert, und Jim hatte Deckung hinter dem Computertisch gesucht. Mit zitternden Händen zog er das Schweizer Messer aus der Tasche seines *tupenu* und klappte die lächerlich kurze Klinge aus. Sie konnte ihm gegen den Rastafari und seine Pistole wohl nur wenig helfen. Während die große Gestalt langsam über den sich schreiend am Boden wälzenden Dr. Matangi stieg, zog Jim sich eine seiner Plastiksandalen aus. Der Rastafari machte einen Schritt in Richtung Tisch, um einen Blick auf den Monitor zu werfen, der sein hartes, angespanntes Gesicht in ein gespenstisches Licht tauchte. In dem Moment schleuderte Jim die Sandale über seine Schulter nach hinten, wo sie mit einem matten Geräusch an die Wand klatschte.
Der Rastafari wirbelte mit der Pistole in der Hand herum und trat noch näher an den Tisch heran. Jim, der auf diese Bewegung des Killers nur gewartet hatte, stieß mit dem Messer nach oben. Eigentlich hatte er es dem Rastafari direkt zwischen die Beine stechen wollen, aber er traf nicht richtig und spürte, wie die kurze Klinge in das weiche Gewebe des Unterbauchs drang.
Als der Killer einen lauten Schmerzensschrei ausstieß, sprang JoAnn auf und rannte nach draußen. Der Rastafari jagte ihr zwei Schüsse hinterher, von denen einer ins Freie ging und der andere als Querschläger wie eine wildgewor-

dene Hummel durch den Raum schwirrte, ohne aber weiteren Schaden anzurichten.
Jim hatte die Schüsse gezählt. Es waren sechs gewesen. Ich muß es riskieren, dachte er sich und humpelte, so schnell er konnte, ebenfalls in Richtung Tür.

Liston feuerte automatisch auf den hinkenden Schatten, doch seine Pistole gab nur ein metallisches Klicken von sich. Das war der Gringo, dachte Liston mit zusammengebissenen Zähnen. Er hat mir ein Messer in den Bauch gerammt. Der Honduraner zog den dunkelroten Plastikgriff, der ein paar Zentimeter neben dem rechten Hüftgelenk aus seinem Bauch ragte, mit einem entschlossenen Ruck heraus. Zum Glück war die Klinge lächerlich kurz. So groß wird der Schaden schon nicht sein, dachte Liston, während er das Messer kurzerhand an die Wand schmiß.
Mit ein paar Schritten war nun auch Liston an der Tür. Obwohl die inzwischen einsetzende Dämmerung ihm zusätzlich die Sicht erschwerte, sah er den Gringo und sein Flittchen den Weg entlanglaufen. Sie hatten offenbar gar nicht versucht, mit dem weißen Nissan zu fliehen, der neben der Hütte stand und vermutlich dem Tongaer gehörte, der sich noch immer irgendwo auf dem Boden krümmte. Jetzt bedauerte Liston es fast, die Reifen des Wagens mit seinem Tauchermesser durchstochen zu haben, aber er hatte einfach auf Nummer Sicher gehen müssen.
Unter dem Auto hatte der Honduraner seine Tauchertasche abgestellt, um sie wenigstens halbwegs vor dem Sturm zu schützen. Jetzt zog er sie heraus und trug sie in die Kontrollstation. Nachdem er die Pistole wieder geladen hatte, streifte er sich sein Nachtsichtgerät über den Kopf. Damit war es kein Problem, den Gringo draußen auf den Klippen aufzuspüren. Bevor er sich aber auf die Jagd machte, hatte er hier noch etwas zu erledigen.

Liston ging neben dem blutverschmierten, jetzt schon sehr viel leiser vor sich hinwinselnden Tongaer in die Knie und drückte ihm den Lauf der Pistole mitten auf die Stirn. Der Mann öffnete sein unversehrtes Auge und warf ihm einen flehenden Blick zu, während sein Mund unartikulierte Laute von sich gab. Liston rümpfte angewidert die Nase und bewegte die Waffe ein paar Zentimeter tiefer, bis sie sich direkt unter dem linken Auge befand.
»Der Symmetrie wegen«, erklärte Liston seinem Opfer mit einem kalten Grinsen und drückte ab.

✷

»Da steige ich nicht hinunter!« schrie JoAnn durch den tosenden Wind. Sie stand neben Jim am Rand eines riesigen Kraters, dessen steile Felswände fast senkrecht in die Tiefe führten. Weit unten hörte sie das laute Glucksen von Wasser. Offenbar handelte es sich bei dem gewaltigen Loch um eine Höhle, die an ihrem Boden Verbindung mit dem Meer hatte und deren Dach vor Tausenden von Jahren eingestürzt war.
»Das ist unsere einzige Chance!« antwortete Jim. »Hier oben sind wir Freiwild für ihn, aber dort unten in der Dunkelheit kann er uns nicht sehen. Sie müssen sich nur gut festhalten, dann können Sie an den Felsen runterklettern.«
Jim war schon halb in dem Krater verschwunden. Weil JoAnn einsah, daß der Killer den humpelnden Amerikaner oben auf der Klippe rasch eingeholt haben würde, folgte sie ihm, wenn auch widerstrebend. Die Felsen an den Wänden des Lochs waren scharfkantig und glitschig vom Regen, und es war schwer, an ihnen Halt zu finden. Zum Glück wuchsen ab und zu kleinere Büsche aus dem Gestein, an deren Zweigen sie sich festkrallen und ein Stück hinunterlassen konnte.

»Nun machen Sie schon«, drängte Jim. »Wir müssen zusehen, daß wir da runter kommen.«

✷

Der Infrarot-Modus des Nachtsichtgeräts zeigte nichts weiter als ein uniformes, gestaltloses Grün, denn der Regen und der Wind kühlten alles ringsum so rasch ab, daß es kaum Temperaturunterschiede gab. Wäre das nicht der Fall gewesen, so hätte das kleine Wunderwerk vor Listons rechtem Auge ihm sogar noch die Fußspuren des Gringos und der Frau als kleine Wärmeinsel gezeigt.

Nachdem Liston das Gerät auf Restlichtverstärkung umgeschaltet hatte, ging er den Weg entlang und achtete dabei genau auf das Gras zu beiden Seiten des schlammigen Pfades. Nach etwa hundert Metern sah er, wonach er gesucht hatte: Zwei schmale, parallel zueinander verlaufende Schneisen in den kniehohen Halmen. Hier hatten der Gringo und sein Flittchen den Weg verlassen und waren querfeldein in Richtung Klippenrand gegangen.

Liston folgte den Spuren, bis sich vor ihm auf einmal ein schwarzer Krater von etwa dreißig Metern Durchmesser auftat. Regennasser, mit Büschen bewachsener Fels führte fast senkrecht hinunter in die Tiefe, aus der ein kalter, feuchter Wind heraufwehte. Liston schaltete die Kamera wieder auf Infrarot und sah auf einem Felsen etwa fünfzehn Meter unter sich eine Spur hellgrün leuchtender Flecken. Das mußte Blut sein. Unterhalb der Flecken bewegten sich zwei menschliche Gestalten. Liston konnte ganz deutlich ihre grünen Arme, Beine und Gesichter erkennen. Obwohl es nicht einfach war, mit dem Nachtsichtgerät auf den Kopf zu zielen, hob Liston die Pistole.

✷

Jim war froh, daß JoAnn und er endlich den Schuttkegel erreicht hatten, der sich aus dem Geröll des eingestürzten Höhlendachs gebildet hatte. Vom Klettern an der fast senkrechten Wand mit ihren scharfkantigen Felsvorsprüngen bluteten ihm Hände und Füße, und seine Schußwunde im Oberschenkel tat höllisch weh. Hoffentlich hat sie sich nicht infiziert, dachte Jim.
»Da!« flüsterte JoAnn neben ihn an einen Felsen gelehnt und stieß ihm mit dem Ellenbogen in die Rippen. »Da oben ist er!«
Jim blickte hinauf zum Rand des Kraters, wo sich deutlich eine menschliche Silhouette abhob. Der Killer bewegte langsam den Kopf.
»Keine Sorge«, sagte Jim leise. »Hier unten in der Dunkelheit kann er uns unmöglich sehen. Wir müssen nur still sitzen bleiben, dann wird er schon woanders suchen.«
Eine Sekunde später hörte er einen lauten Knall und einen Schrei. JoAnn sackte zur Seite. Instinktiv zog er sie in den Schutz des Felsens.
»Ich bin getroffen!« stöhnte JoAnn.
»Wo?«
»An der Schulter.«
Vorsichtig tastete sich Jim an JoAnns Hals entlang, bis er etwas Warmes und Feuchtes spürte.
»Aua!« schrie JoAnn.
»Ist ein Knochen verletzt?« fragte Jim.
»Ich glaube nicht.«
»Versuchen Sie, den Arm zu heben.«
»Es geht, aber es tut höllisch weh.«
»Ich glaube, es ist nur ein Streifschuß. Sie haben Glück gehabt.«
»Für jemanden, der uns nicht sehen kann, hat der Rasta-Mann aber verdammt gut getroffen«, meinte JoAnn mit zusammengebissenen Zähnen. »Wie hat er das bloß gemacht?«

»Vielleicht hat er ja ein Nachtsichtgerät. So etwas soll bei Profi-Killern ziemlich verbreitet sein.«
»Meinen Sie etwa so ein Ding wie in den Film ›Das Schweigen der Lämmer‹?«
»Genau.«
»Dann sind wir erledigt.«
»Nicht unbedingt. Können Sie gehen?«
»Ich glaube schon. Warum fragen Sie?«
»Weil es da unten einen Ausgang zum Meer geben muß.«
»Und da wollen Sie hin?«
»Fällt Ihnen was Besseres ein?«
»Aber das ist bei diesem Seegang doch reiner Selbstmord.«
»Wollen Sie etwa hierbleiben und warten, bis uns der Rastafari den Gnadenschuß gibt?«
JoAnn seufzte laut und hielt sich die blutende Schulter. »Okay, Sie haben mich überzeugt. Gehen wir.«

✷

Das schwere Gas aus dem Subloon war tief in das Herz des Zyklons gedrungen. Es war eiskalt und stand unter hohem Druck und war somit genau das Gegenteil des warmen Niederdrucks, aus dem der Hurrikan seine zerstörerische Energie bezog. Sofort hub eine erbitterte Schlacht zwischen den beiden Drucksystemen an, die immer neuen Nachschub aus den Winden des Zyklons und aus der Tiefe des Meeres bekam, von der aus noch immer kalte Gasblasen an die Oberfläche stiegen. Langsam, aber in immer stärkerem Umfang gewann das Gas aus dem Subloon die Oberhand, wobei es kilometerhoch in die Atmosphäre gewirbelt wurde. Während es sich immer mehr mit der sauerstoffreichen Luft vermischte, verlor der Hurrikan Ana ständig an Kraft.

✷

»Da ist ein Sims, auf dem wir gehen können«, schrie Jim durch das Tosen des Wassers, das direkt unter ihm gegen den Fels klatschte. Er stand vor einer bogenförmigen Öffnung am Grund der früheren Höhle, durch die Meerwasser hereinschäumte.

»Mich bekommen Sie da nicht hinaus«, rief JoAnn. Vor sich sah sie den brodelnden, vom Sturm gepeitschten Ozean, der mit brutaler Kraft gegen die Felsen brandete. »Die erste große Welle, und wir sind weg.« Selbst hier in der Höhle stand sie bis über die Knie im Wasser.

»Wir haben aber keine andere Wahl«, schrie Jim zurück, der sich aus der Öffnung beugte und blinzelnd in die Gischt spähte. »Der Rasta kommt uns bestimmt hinterher. Lieber ertrinke ich da draußen, als daß ich mir hier drinnen eine Kugel in den Kopf jagen lasse.«

»Sie sind ja verrückt!« brüllte JoAnn. Aber dann knallte hinter ihr schon ein Schuß. Die Kugel schlug einen halben Meter neben ihr in den Felsen und ließ einen Regen von Gesteinssplittern auf sie herunterrieseln. Der Rastafari hatte sie schneller entdeckt, als sie geglaubt hatte. Trotz ihrer Angst trat sie hinaus zu Jim auf das schmale Band aus Korallengestein. Der Wind zerrte an ihren Kleidern und peitschte ihre nassen Haare nach hinten.

»Er hat schon wieder auf mich geschossen!« brüllte sie durch das Tosen des Sturmes.

✷

Liston ärgerte sich darüber, daß er abgedrückt hatte, ohne richtig zu zielen. Aber er hatte eigentlich damit gerechnet, daß die Gringos unten im Krater in der Falle saßen. Wer hätte schon damit gerechnet, daß sie ins Freie flüchten würden? Es war Wahnsinn, sich dort hinauszuwagen! Vorsichtig trat Liston an den Rand der bogenförmigen Öffnung im Felsen.

Er wollte wenigstens zusehen, wie die beiden Gringos auf Nimmerwiedersehen in den Brechern versanken.
Als Liston den Kopf hinausstreckte, riß ihm der Wind die Ballonmütze vom Kopf und wirbelte sie mit sich fort. Über den am Horizont noch leicht schwefelgelb erhellten Himmel jagten dunkle Wolken, und die See war ein einziges Inferno aus dunkelgrünem, fast schwarzem Wasser und weiß brodelndem Schaum. Durch sein Nachtsichtgerät sah Liston, wie North und das Flittchen auf dem schmalen Felsgrat eng aneinandergepreßt auf die nächste Welle warteten, die sich wie ein gläserner Berg vor ihnen aufbaute. Liston drehte sich um und wollte zurück in den Schutz der Höhle treten, doch der gewaltige Brecher war schneller: Er schlug ihm wie eine Riesenfaust gegen die Brust und schleuderte ihn in die Höhle hinein, wo er mit dem Rücken gegen einen großen Felsen krachte. Liston spürte Salzwasser in Mund und Nase und verlor für einen Augenblick die Orientierung. Verzweifelt suchte er an den vom Wasser glattgeschliffenen Felsen nach Halt, aber erst als er die Pistole losließ, gelang es ihm, einen kleineren Block mit beiden Armen zu umklammern. Er fühlte, wie die Kraft der Woge sich umkehrte und der Sog nun versuchte, ihn mit nach draußen zu ziehen. Als das Wasser abgerauscht war, bemerkte Liston, daß es ihm das Nachtsichtgerät vom Kopf gerissen hatte.
Obwohl damit ein großer Vorteil dem Gringo gegenüber dahin war, beschloß Liston, die Jagd nicht aufzugeben. Noch hatte er sein Messer und vor allem seinen durchtrainierten Körper, gegen den der verwundete Gringo, sollte er den Brecher draußen auf dem Felssims überlebt haben, keine Chance hatte.

»Pressen Sie sich gegen die Felswand und stemmen Sie sich mit den Füßen fest«, schrie Jim, als er die Riesenwelle herannahen sah. »Und halten Sie um Gottes willen die Luft an!«

JoAnn schloß die Augen. Fest gegen den Felsen geschmiegt holte sie noch einmal tief Atem und wartete auf den Aufprall der Wassermassen.

Trotz dieser Vorsichtsmaßnahmen waren weder sie noch Jim auf das vorbereitet, was nun tatsächlich über sie hereinbrach. Wie von einer hydraulischen Presse wurden ihre Körper an den Fels gedrückt. Jims Kopf schlug dabei so hart gegen das Gestein, daß sich zwei Schneidezähne lockerten. Die Wucht des Wassers trieb beiden die Luft aus den Lungen, während Tonnen von Salzwasser auf sie hineinstürzten, und der Druck in ihren Ohren stieg schmerzhaft an. JoAnn spürte, wie die Welle ihr die Füße wegriß. Das Wasser hatte jetzt seine Bewegungsrichtung geändert und wollte sie hinaus in die brodelnde See zerren. Gerade noch rechtzeitig packte Jim sie an der Hand, sonst wäre sie von dem Felsband hinunter ins Meer gespült worden.

»JoAnn!« schrie Jim, als er wieder frei atmen konnte und das Wasser ihm nur noch bis an die Knie reichte. »Stehen Sie auf!« Hustend und spuckend gelang es JoAnn, sich mit Jims Hilfe hochzurappeln. »Sind Sie okay?« fragte Jim.

»Ja, ich glaube schon.«

»Wir müssen weiter«, sagte er ganz nah an ihrem Ohr. »Diese Sturmwellen sind zwar gewaltig, aber langsam. Eine haben wir schon geschafft. Da werden wir die nächsten auch noch durchstehen.«

*

Liston wartete eine weitere Woge ab, dann trat er hinaus auf den schmalen Felsgrat. Ein Blitz zuckte aus den tiefhängenden Wolken und tauchte die nasse Klippe und die davor tosende See in grelles, blaues Licht. Dreißig Meter vor sich konnte er zwei Gestalten sehen, die sich mit dem Rücken gegen die Felswand preßten. Die Gringos sind also immer noch nicht ins Meer gespült worden, dachte Liston.

*

Nach dem dritten Brecher hatten Jim und JoAnn gelernt, wie sie sich am besten an die Klippe drücken mußten. Ihre Füße und Hände waren von den scharfen Kanten des Korallengesteins zerschunden, aber dank der Adrenalinstöße, die durch ihre Körper jagten, spürten sie nur wenig von diesen Verletzungen.
Jedesmal, wenn sich das Wasser wieder zurückzog, war Jim darauf bedacht, eine möglichst große Strecke auf dem Felssims zurückzulegen, bevor die nächste Woge heranrauschte. Auch diesmal stolperte er los, kaum daß das Wasser etwas weniger als hüfthoch war, und zog JoAnn an der Hand hinter sich her. Er war nicht mehr als ein paar Schritte gegangen, als er spürte, daß der Boden unter seinen Füßen auf einmal seltsam glatt wurde. Gleich darauf trat er ins Leere. Er versuchte, einen Schritt nach hinten zu machen, rutschte aber auf dem glitschigen Gestein aus und fiel auf den Rücken. Schon zog ihn ein mächtiger Sog in einen unterirdischen Gang, der immer tiefer ins Korallengestein hineinführte. Das Wasser hatte die Wände seit Jahrtausenden so glattpoliert, daß Jim keinen Halt fand. So wurde er immer tiefer und tiefer in eine der vielen Spalten gesaugt, die das Korallenriff durchzogen.
Mehrere Sekunden dauerte die rasende Fahrt, dann wurde Jim in eine größere Kammer gespült, in der das Gestein so

rauh war, daß er sich mit Fingern und Zehen festkrallen konnte. Die Kammer war voller Wasser, so daß Jim keine Luft bekam. Er wußte, daß er sich mehrere Meter unter dem Riff befand, aber nicht, wo der Ausgang war. Der Sauerstoffmangel machte es ihm schwer, einen klaren Gedanken zu fassen, aber dann fiel ihm ein, daß er warten mußte, bis das Wasser seine Fließrichtung änderte. Wenn eine ablaufende Welle einen Sog nach unten verursachte, mußte eine auflaufende Welle das Wasser wieder nach oben drücken.

Nach mehreren qualvollen Sekunden, in denen Jims Lungen wie Feuer brannten, spürte er, wie der Sog nach unten nachließ. So rasch er konnte, schwamm er los. Der Gang bot nicht viel Platz, so daß er kaum richtige Schwimmzüge machen konnte, aber das Wasser schob ihn wie mit unsichtbaren Händen nach oben. Als er endlich wieder auftauchte und gierig Luft in seine Lungen sog, hörte er JoAnn seinen Namen schreien.

»Jiiiiimmm! Schnell! Die Welle kommt!«

Mit letzter Kraft griff Jim nach dem Bein, das JoAnn ihm hinstreckte, und zog sich daran aus dem strudelnden Wasser auf den Felssims. Kurz bevor der nächste Brecher über ihn hereinbrach, zuckte ein Blitz aus den Wolken, und Jim sah, daß sich der Rastafari nur zehn Meter von ihm entfernt an die Felswand klammerte und zu ihm herübersah.

✷

Als die Welle noch am Ablaufen war, zog Liston sein Messer aus dem Stiefel und setzte sich in Bewegung. Im Dämmerlicht konnte er die Gestalt des Gringos deutlich erkennen. Hinter ihm watete die Frau mit langsamen Schritten durch das knietiefe Wasser. Aber warum bewegte sich der Gringo nicht? Warum blieb er plötzlich stehen, als warte er auf ihn?

Einen Augenblick später wußte Liston, weshalb. Er verlor den Boden unter den Füßen und wurde von einem wirbelnden Strudel mit unglaublicher Gewalt nach unten gezogen. Der Gringo hatte ihm eine Falle gestellt, und er war prompt hineingetappt! Immer tiefer riß es ihn in die Dunkelheit. Rings um sich herum spürte Liston jetzt glatte Wände, die keinen noch so winzigen Vorsprung hatten, an dem man sich hätte festhalten können. Es war ein Tunnel, der tief unter das Riff führte. Liston nahm sein Messer in beide Hände und stach auf die Wand des Tunnels ein. Meterlang kratzte der Stahl an dem glatten Korallengestein entlang, bis er endlich griff und die rasende Fahrt stoppte. Die Hände am Griff des Messers und die Knie gegen die Tunnelwand gepreßt, hielt sich Liston trotz des ihn umströmenden Wassers an Ort und Stelle.

Dann war das Wasser auf einmal verschwunden, und Liston konnte tief Atem holen. Indem er sein Messer als eine Art Eispickel benutzte, begann er, den leicht nach oben führenden, glitschigen Gang hinaufzukrabbeln.

Als der Honduraner an den Rand des Loches kam, hörte er, wie hinter ihm bereits das Wasser einer neuen Welle herangurgelte. Liston sah den fahl leuchtenden Himmel und die dunklen Klippen davor. Und dann sah er im Licht eines plötzlich herabzuckenden Blitzes noch etwas: einen großen Schatten, der direkt auf seinen Kopf zuraste.

*

Jim warf einen bangen Blick auf die Welle, die sich wie eine schwarze Walze näherte, und konzentrierte sich dann wieder auf die Öffnung des Tunnels. Das Geräusch, das er im Dunkeln gehört hatte, war jetzt schon ganz nahe, und rasche, keuchende Atemzüge hallten von den Wänden des Ganges wider. Dann schälte sich ein Kopf aus der Finsternis.

Fast war Jim zu schwach, um den großen Stein zu heben, den er vom Fuß der Klippe herbeigeschleppt hatte. Aber als auf einmal ein ferner Blitz für Sekundenbruchteile das Loch erhellte und er in die haßverzerrte Fratze des Killers blickte, riß er den Felsbrocken mit einer gewaltigen Kraftanstrengung hoch und schmetterte ihn auf den Schädel seines Feindes. Jim meinte, das Splittern von Knochen zu spüren, dann ließ er los, und der Felsbrocken versank neben dem Rastafari in der brodelnden Salzbrühe.
Jim drehte sich um, weil er plötzlich ein bedrohlich anschwellendes Brausen hörte. Gekrönt von einem Kamm aus fluoreszierendem Schaum rollte die Welle auf ihn zu. Verzweifelt versuchte Jim, den rettenden Fuß der Klippe zu erreichen. Es war hoffnungslos. Durch das Brüllen des Wassers hörte er JoAnns entsetzten Schrei, dann spürte er, wie eine unbändige Kraft ihn erfaßte. Er verlor den Boden unter den Füßen und wurde von den Wassermassen wie von einer rasend schnellen Rolltreppe emporgetragen. Dabei wirbelte er mit der Seite gegen etwas Kompaktes und griff instinktiv danach. Es war der Körper des Rastafari. Einen Augenblick später klatschten die beiden gegen die kahle Wand der Klippe.
Der Aufprall war fürchterlich. Jim spürte, wie der Brustkorb des Killers, der sich zwischen ihm und der Felswand befand, wie von einer Riesenfaust zusammengedrückt wurde. Sein Kopf schlug schmerzhaft gegen einen Knochen seines toten Gegners – ob es ein Knie oder der Schädel war, konnte Jim später nicht mehr sagen. Verzweifelt klammerte sich Jim an den leblosen Körper, und auch als die zurückflutende Welle ihn hinaus ins Meer zog, ließ er den großen Körper nicht los. In der kochenden See wirkte er wie ein Treibanker und verhinderte, daß Jim zu rasch abgetrieben wurde. Erst als er in der sprudelnden Gischt ein paar Felsen entdeckte, ließ Jim los, um mit beiden Armen das glattgeschliffene

Korallengestein zu umklammern. Kurz sah er noch, wie der leblose Rastafari weiter hinaus ins dunkle Meer gespült wurde, dann versank der Leichnam in einem Wellental.
Trotz des Gurgelns des ablaufenden Wassers hörte Jim, wie JoAnn nach ihm rief, und stolperte hustend und Salzwasser spuckend auf ihre Stimme zu.

Eine Stunde später hockten JoAnn und Jim erschöpft in Dr. Matangis nicht mehr fahrtüchtigem Auto und sahen durch die Windschutzscheibe hinaus auf den Pazifik. Die Wolken lösten sich langsam auf und ließen hier und da sogar schon das Mondlicht durchscheinen. Obwohl die Wellen unter ihnen noch immer Schaumkämme trugen und dumpf an den Fuß der Klippe brandeten, war der Hurrikan mittlerweile zu einer steifen Brise abgeflaut.
Jim hatte Mühe, die Augen offenzuhalten, und wunderte sich, wie er und JoAnn es nach dem ermüdenden Kampf mit den Wellen überhaupt geschafft hatten, auch noch die steile Klippe zu erklimmen.
Und das alles nur, um festzustellen, daß der Killer Dr. Matangi mit einem zweiten Kopfschuß getötet hat, dachte er und hatte noch immer den blutig zerfetzten Schädel des Meteorologen vor Augen, dessen Leiche sie zu Füßen des unentwegt weiterflimmernden Monitors am Boden der Kontrollstation gefunden hatten.
Zum Glück hatte das Telefon noch funktioniert, so daß JoAnn, nachdem Jim es wieder eingestöpselt hatte, die Polizei in Nuku'alofa hatte anrufen können. Dann waren sie hinaus zu dem weißen Nissan gewankt, um dort alles Weitere abzuwarten.
JoAnn drängte sich zitternd ganz nahe an Jim heran, der ihr vorsichtig den Arm auf die unverletzte Schulter legte. Eng

aneinandergeschmiegt sahen die beiden zu, wie sich auch die letzten Reste des Hurrikans Ana auflösten. Dabei sogen sie immer wieder prüfend die Luft ein. Selbst im Auto schmeckte sie noch feucht und frisch und erzeugte keinerlei Atemnot. Das Gas aus dem Subloon war durch den Hurrikan also wirklich so stark mit frischer Luft vermischt worden, daß es keinen Schaden mehr anrichten konnte.
Dr. Matangi hat also doch recht gehabt, dachte Jim. Er hat trotz meiner Bedenken den Subloon ausgelöst und damit vielen Menschen auf Nuku'alofa das Leben gerettet, kurz bevor er sein eigenes verlor.

EPILOG

Sieben Monate später warf der Moderator des Nachrichtenmagazins *Nightline* einen letzten Blick auf den Monitor und strich sich mit der Hand noch einmal übers Haar. Das rote Licht sagte ihm, daß er auf Sendung war.

»Und nun, wie angekündigt, zu einem Mann, dessen Biographie starke Widersprüche in sich vereinigt. Sein Name ist Cernan Simon Kranz. Er hat in Cornell und Stanford Meteorologie studiert und ist der Inhaber der Firma Kranzco, die ihren Sitz in Nantucket hat. Im Dezember vergangenen Jahres hat Mr. Kranz mit einer von ihm erfundenen, geradezu revolutionären Technologie Aufsehen erregt. Zum ersten Mal in der Geschichte der Menschheit ist es nämlich vor den Tonga-Inseln gelungen, mit technischen Mitteln einen ausgewachsenen Hurrikan zu stoppen. Fast möchte man meinen, daß dieser Mr. Kranz eine von jenen dynamischen, innovativen Unternehmerpersönlichkeiten ist, wie unser Präsident sie nicht müde wird zu preisen. Und dennoch können wir heute nur über eine Live-Schaltung in die Krankenstation des Staatsgefängnisses von Massachusetts mit ihm sprechen.«

Das Bild auf dem Monitor zeigte nun ein altes, eingefallenes Gesicht, das bei der Erwähnung des Gefängnisses amüsiert vor sich hin schmunzelte. Kranz' bis zum Skelett abgemagerter Körper verlor sich geradezu in der weiten, gelben Anstaltskleidung.

Der Moderator beschloß, es gleich am Anfang mit einer journalistisch eigentlich nicht ganz korrekten Frage zu probieren.

»Mr. Kranz, wir alle wissen, daß Sie vor zwei Tagen wegen Anstiftung zum Mord zu einer langjährigen Freiheitsstrafe verurteilt worden sind. Können Sie unseren Zuschauern vielleicht Ihre Meinung zum Urteil über Peter Ratcliff sagen, der diesen Mord in Ihrem Auftrag ausgeführt hat?«
»Einen schönen guten Abend, Len«, antwortete Kranz mit einem freundlichen Lächeln auf den Lippen. »Ich hoffe, Sie haben Verständnis dafür, daß ich über derlei Dinge nicht öffentlich sprechen kann. Mein Anwalt hat Revision eingelegt, müssen Sie wissen, und alles, was ich Ihnen jetzt sage, könnte später zu meinem Nachteil ausgelegt werden.«
»Wenn das so ist, würde ich an Ihrer Stelle auch lieber den Mund halten«, pflichtete ihm der aalglatte Moderator bei. »Aber über Ihr revolutionäres System zur Abwehr von Wirbelstürmen können Sie uns doch bestimmt Auskunft geben.«
»Aber selbstverständlich, gerne«, antwortete der ausgezehrte Gefangene, und Millionen von Zuschauern konnten sehen, wie er sich in freudiger Erwartung nach vorn beugte.
»Mit dem Begriff ›Subloon‹ haben Sie die englische Sprache um ein neues Wort bereichert, Mr. Kranz ...«
»Nennen Sie mich doch bitte Cernan.«
»Sehr gerne. Also, Cernan, wären Sie bitte so freundlich und würden unseren Zuschauern erklären, was sich hinter einem solchen Subloon genau verbirgt?«
»Aber mit dem allergrößten Vergnügen, Len. Ein Subloon ist nichts weiter als ein riesiger Plastiksack, den wir ...«

✷

Winzige Wellen kräuselten sich um Lilianis Füße und reflektierten den orangen Schein ihrer Fackel aus Kokosnußfasern. Neben ihr standen Hunderte anderer Schulkinder, die wie sie Fackeln, Kerzen oder Lichter in den Händen hielten und am Meer entlang Aufstellung genommen hatten. Über viele Meilen zog sich die funkelnde Lichterkette an den Stränden von Tongatapu hin, und auch die kleineren Inseln vor der Küste schimmerten im milden Schein der kleinen Flämmchen.

Früher einmal hatte man diese Lichter angezündet, um von See heimkehrenden Brüdern und Vätern den Weg zu weisen, heute tat man es, um den Geburtstag des Königs zu feiern.

Liliani, die selbst gerade elf Jahre alt geworden war, hielt ihre Fackel ganz nahe an ihr Handgelenk. So konnte sie die nagelneue Armbanduhr besser lesen, die JoAnn ihr zum Geburtstag geschickt hatte. Erfreut stellte Liliani fest, daß sie noch eine Stunde hatte, bevor sie zurück zu Tante und Onkel mußte. Sie konnte also noch hierbleiben und mit ihren Freundinnen reden, und das war an diesem Abend viel wichtiger für sie als der königliche Geburtstag. Außerdem war sie noch viel zu jung, um sich an der Schönheit der Lichterkette zu erfreuen. Und so lief sie, während ihre Fackel einen kleinen Schweif aus roten Funken sprühte, hinüber zu ihren Freundinnen, um zu hören, was die über die Jungs aus ihrer Klasse zu sagen hatten.

✷

»Seid still, Kinder, und stellt euch ordentlich in eine Reihe!« befahl JoAnn dem wild durcheinanderschreienden Haufen aufgeregter Schülerinnen und Schüler. »Und wartet, bis das Boot richtig angelegt hat, bevor ihr einsteigt!«

Die Lehrerin sah zu, wie die Kinder hinunter zum Steg rannten und nickte ihrer Kollegin, einer dicklichen Tongaerin zu. »Viel Spaß, Sela. Du wirst sehen, draußen auf dem Riff ist es wunderschön.«

»Hast du denn gar keine Angst, daß ich dir deinen Palangi-Freund wegschnappe?« fragte Sela lachend.
JoAnn lachte ebenfalls und blickte hinaus aufs Wasser, wo ein kleines, hellblaues Motorboot sich dem Anlegesteg vor der Schule näherte. Sela winkte ihr noch einmal zu und ging hinunter zu den Kindern, die ungeduldig darauf warteten, daß der langersehnte Schulausflug endlich begann.

Vom Eingang zur Schule aus sah JoAnn ihnen zu, wie sie auf das Boot stürmten, auf dem mit gelben Buchstaben »JIMS WAL- UND RIFFSAFARIS« gepinselt war. Jim stand hinten am Außenborder und winkte lächelnd zu ihr herauf, und JoAnn erwiderte seinen Gruß. Als das Boot mit den Kindern schließlich ablegte, blickte sie ihm noch lange nach, bis es schließlich hinter einer der Nachbarinseln verschwunden war.
Ganz in der Ferne ragte eine andere grüne Insel aus dem Wasser. Traurig dachte JoAnn an die Zeit, die sie dort verbracht hatte. Jim, der öfter mit seinem Boot an Nuku vorbeifuhr, hatte ihr erzählt, daß der Dschungel die Insel langsam zurückeroberte. Es würde wohl noch lange dauern, bis die Tongaer wieder an einem Ort siedeln wollten, der voller Geister von gewaltsam ums Leben gebrachter Menschen war. JoAnn konnte das gut verstehen. Sie selbst war nur einmal noch auf Nuku gewesen, als man einen Monat nach der Katastrophe am Strand einen Gedenkgottesdienst für die Opfer abgehalten hatte.
Seitdem hatten sie die Gedanken an die Insel und ihre Menschen immer mit tiefer Trauer erfüllt. Auch nachdem sie ihren neuen Job auf einer anderen Insel der Vava'u-Gruppe angetreten hatte, litt sie noch häufig unter Alpträumen und Depressionen, die erst besser geworden waren, als Jim überraschend aus den USA zurückgekehrt war. Er hatte dort in den Prozessen gegen Kranz und Peter Ratcliff ausgesagt

und den Haushalt seiner Schwester aufgelöst, deren Leiche man bis heute noch nicht gefunden hatte. Das Geld, das ihm vom Gericht als Entschädigung zugesprochen worden war, hatte er hier auf Tonga für den Kauf eines Hauses und eines Bootes angelegt, mit dem er Ausflüge für Touristen und ab und zu auch für JoAnns Schulkinder organisierte. JoAnn und Jim sahen sich oft, und irgendwie hatte sie das Gefühl, daß es mehr als Freundschaft und die Erinnerung an das gemeinsam bestandene Abenteuer war, was sie miteinander verband. Schließlich gehörten sie beide zu den wenigen Menschen, die die Katastrophe von Nuku überlebt hatten.

Etwa einmal im Monat erhielt JoAnn einen Brief von Liliani, die sich bei ihren Verwandten in Nuku'alofa offenbar gut eingelebt hatte. Der Pfarrer, so berichtete sie, lebe mittlerweile in einem Pflegeheim, wo er dumpf dahinvegetiere, und von Tekina fehle seit dem Hurrikan jegliche Spur.

✷

Geschickt steuerte Jim das flache Boot durch das Labyrinth der Korallenriffe, bis er an eine Stelle kam, wo das Wasser besonders klar und die Fische besonders zahlreich waren. Hier stellte er den Motor ab, ließ das Boot auf den sanften Wellen dümpeln und erklärte den Kindern in einer Mischung aus Englisch und Tongaisch, wie viele verschiedene Tiere und Pflanzen auf dem Riff ihre Heimat hatten. Jim hatte in den paar Monaten, die er jetzt hier war, die Sprache so gut gelernt, daß die Lehrerin nur noch selten übersetzen mußte.

Zwei silberne Delphine glitten neben dem Boot vorbei durch das türkisfarbene Wasser, und hoch über ihnen schwebte mit ausgebreiteten Schwingen ein Fregattvogel.

»Warum heißt denn dein Boot ›Judith‹?« wollte eines der

Mädchen wissen, das die gelben Buchstaben am Bug entziffert hatte.

»Judith war meine Schwester«, antwortete Jim mit einer Stimme, die einen Hauch von Traurigkeit barg. Die tongaische Lehrerin, die von JoAnn die ganze Geschichte gehört hatte, wandte sich ab und griff nach Jims Fernglas, das neben ihr auf der Bank lag. Sie sah hinüber zu einer unbewohnten, dreihundert Meter vom Boot entfernten Insel.

Unbestimmt ließ sie ihren Blick über den Strand, die Kokospalmen und den dichten Dschungel schweifen. Kräftige Lianen rankten sich über den grauen Beton eines zerstörten Wassertanks, und zwischen sattgrünem, mannshohem Gras ragten mehrere verkohlte Balken in den Himmel. Das muß wohl Nuku sein, dachte die Lehrerin, die erst vor einem Monat von Tongatapu auf die Vava'u-Gruppe versetzt worden war.

Und dann sah sie etwas, das sie erschreckt ihr Fernglas absetzen ließ: Aus dem dichten Gebüsch am Fuße eines Mangobaums glaubte sie für Bruchteile von Sekunden das Gesicht eines alten Mannes mit langem weißem Bart und einem wirren, ebenfalls schlohweißen Haarschopf zu erkennen, der dem Boot drohend seine geballten Fäuste entgegenreckte.

Als die Lehrerin das Glas einen Augenblick später wieder vor die Augen hob, sah sie nur noch Blätter, Lianen und leuchtend gelbe Mangos. Beunruhigt fragte sie sich, ob sie sich die Erscheinung am Ende vielleicht doch nur eingebildet hatte.